재혼 황후

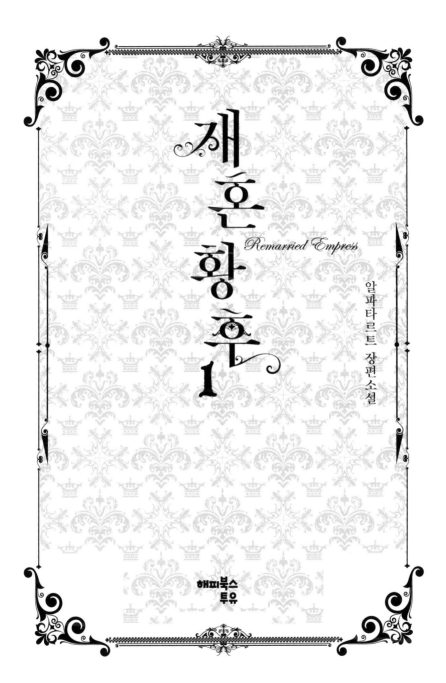

재혼 황후

Remarried Empress

알파타르트 장편소설

해피북스
투유

차례

Remarried Empress

1

황후 자리에서
쫓겨나게 생겼다

"이혼을 받아들이겠습니다."

내 말이 떨어지는 순간 그녀의 입가에 떠오르는 옅은 미소를 발견한 건 나 하나뿐일까?

소비에슈는 반쯤은 안도한, 반쯤은 미안한 얼굴로 나를 내려다보았다. 가식일지도 모르지만 진심일지도 모른다. 지금까지 나는 좋은 동료였고 완벽한 황후였다. 그가 '그녀'를 데려온 후 사이가 데면데면해지긴 했지만, 그전까지 우리는 심각하게 싸운 적도 없었다.

자신의 사랑을 위해 나를 내치지만, 마지막 순간까지 그는 좋은 남자이자 좋은 황제이고 싶을 것이다.

황후 자리에서 떠날 수 없다 우기는 나와 내 가문, 그리고 우리의 결혼을 승인해준 대신전과 지지부진한 이혼 재판을 하고 싶진 않겠지. 그는 그런 남자였고, 그런 황제였다.

"황후 폐하! 말도 안 됩니다!"

파르앙 후작이 버럭 외치며 내 쪽으로 달려오려 했지만, 황제의 근위기사들에게 붙들려 몇 발자국도 오지 못했다. 파르앙 후작과 엘리자 백작 부인, 나를 지켜준 아르티나 부단장. 모두 다 내게는 고마운 사람들이다. 나는 마지막으로 그들에게 감사를 듬뿍 담은 시선을 던진 뒤 대신관에게로 고개를 돌렸다.

"나비에 황후. 정말로 이 이혼 서류에 아무런 이의 없이 동의하시는 겁니까?"

대신관은 조금 노한 얼굴로 질문했다. 그는 내가 싸우기를 원하고 있었다. 절대로 이혼은 안 된다고, 내가 뭐 때문에 이혼해야 하냐고 재판을 하길 원하고 있었다.

황제와의 재판에서 승소 가능성은 없다. 하지만 재판이 진행되는 몇 년의 시간 동안, 사람들은 이 소식을 들으며 황제와 그의 정부를 손가락질할 것이다. 대신관과 내 가족들, 친구들이 원하는 바는 그것이었다.

난 고개를 저었다. 이혼 재판을 진행하면 소비에슈의 명성에 상처를 줄 수 있겠지. 하지만 내 이름에도 상처가 고스란히 남을 것이다.

내게 도덕적인 문제가 생긴다는 건 아니다. 다만, 복잡한 일에 얽힌 상태로는 내가 원하는 걸 가져갈 수 없을 거란 뜻이다.

"이혼을 받아들이겠습니다."

무덤덤하게 대답하자 대신관이 눈을 질끈 감았다. 여기저기서 안타깝다는 탄성이 터져 나왔다.

"그리고 재혼 승인을 요구합니다."

하지만 내가 다음 말을 덧붙인 순간, 분위기는 완전히 바뀌었다.

대신관은 눈을 커다랗게 떴고, 주위는 정적에 휩싸였다. 다들 자신들이 뭘 들었는지 확신할 수 없단 얼굴로 눈짓만을 교환했다.

소비에슈의 옆에 선 그녀 역시도 표정이 매우 요상해졌다. 소비에슈는 말할 것도 없었다. 그는 눈썹을 찌푸리고서 나를 이상하다는 듯이 쳐다보았다.

대신관이 얼떨떨하게 물었다.

"나비에 황후. 재혼이라면……?"

대답 대신 나는 손을 뻗어 한곳을 가리켰다. 기다렸다는 듯이, 보석을 엮은 주렴 뒤에서 반투명한 베일을 뒤집어쓰고 서 있던 남자가 유쾌하게 웃음을 터트렸다.

"이제 나가도 됩니까?"

정적이 사라지고 웅성거리는 소리가 커졌다.

남자는 주렴을 헤치고서 뚜벅뚜벅 걸어 나와 내 옆에 섰다. 그가 베일을 벗자, 지금까지 사태를 관망하고만 있던 소비에슈가 벌떡 일어났다.

"나비에! 그자는!"

"재혼 상대입니다."

대신관의 눈 아래가 퀭하게 질렸다.

나는 생긋 웃으면서 내 옆에 선 남자를 쳐다보았다. 그가 '이런 반응은 어차피 예상했잖아?' 하는 표정으로 어깨를 으쓱했다.

어쩐지 유쾌한 기분이 들었다. 복수를 원해 벌인 일이 아닌데도.

내가 속한 트로비 가문은 황후를 이미 여럿 배출한 가문이었다.

황제와 귀족들 사이에선 정략결혼이 기본이었다. 그 탓일까? 결혼은 정략적으로 하고 연애는 정부와 하겠다는 게 그들의 사고방식이었고, 남자 귀족이든 여자 귀족이든 결혼 후에도 애인을 두는 일은 흔할 정도였다.

선대 황제였던 오시스 3세 역시 황태자의 정략결혼 상대를 일찍이 우리 가문에서 찾았고, 그 상대로 점찍어진 게 나였다. 나는 일찍부터 선대 황후 폐하를 따라다니며 황후가 해야 할 일들을 교육받았고, 황궁 예법에 관해서도 깍듯하게 배웠다.

다행히 황태자 소비에슈와 나는 사이도 퍽 좋은 편이어서, 좋은 친구처럼 어울릴 수 있었다. 서로를 연인으로 보진 않았지만 그래도 이 정도면 어딘가. 머리끄덩이를 잡고 싸우다가도 집안에서 지시하면 억지 미소를 지으며 결혼식장에 가야 하는 게 정략결혼이다.

이것저것 통하는 게 많았던 나나 소비에슈는 제법 운이 좋은 편이었다. 귀족들은 나와 소비에슈가 한 쌍의 새끼 꾀꼬리 같다고 좋아했고, 나는 소비에슈와 나란히 책상에 머리를 맞대고서 우리가 다음 세대에 만들어갈 나라에 대해 의논했다.

성인이 되어 선황제께서 소비에슈에게 양위를 해주시고, 책봉식을 거친 후에도 우리는 제법 사이가 좋았다.

약…… 3년간은.

신년제를 계획하느라 한창 바쁘게 지내던 날이었다. 하루 종일 담당 부서의 관리들과 이것저것 의논을 한 후 방으로 돌아왔는데, 시녀들의 표정이 좋지 않았다.

"무슨 일인가요?"

걱정되어 묻자, 시녀들은 잔뜩 날카로워진 목소리로 대답했다.

"폐하께서 사냥을 가셨다가 웬 꼬질꼬질한 여자를 데려오셨어요."

"퍽 마음에 드셨는지 저희를 불러다가 그 더러운 걸 씻기라 명령하시지 뭔가요."

황후인 내 시녀들은 모두 다 내로라하는 고위 귀족가의 영애며 부인들이었다. 그녀들이 물을 묻히는 건 오로지 나를 도울 때뿐. 집에서 목욕조차도 제 손으로 하지 않을 그녀들에겐 날벼락이었을 것이다.

하지만 퍽 이상한 일이기는 했다. 시녀들의 프라이드를 누구보다 잘 알 소비에슈가 사냥을 나갔다 데려온 여자를 씻기게 하다니?

"무슨 여자인가요?"

"죄수인지 노예인지도 모르겠어요."

"다리가 덫에 걸려 있었는데……."

"다리가?"

"네. 덫에 걸려 쓰러져 있는 걸 폐하께서 보고 구해 오셨대요."

시녀들은 말을 하다 말고서 자기들끼리 눈짓을 주고받았다. 더

하고 싶은 말이 있는데 내 앞에서 말하기 곤란한 모양이었다.

"괜찮아요. 말해봐요."

채근하자, 마지못해 한 명이 입을 열었다.

"꼬질꼬질한데도 미모가 상당했습니다. 씻기기 전부터 짐작하긴 했지만, 다 씻기고 나니 정말 아름답더군요."

"귀부인 중 가장 아름답다는 투아니아 공작 부인에 버금갈 정도였지요."

내가 기분 상하리라 여겼던지 시녀들은 입을 모아 덧붙였다.

"물론 황후 폐하께는 비교도 할 수 없어요."

내 얼굴은 상당히 아름다운 편이다. 하지만 어릴 땐 황태자비, 이후엔 황후로 지내왔기에 나에 대해서는 다들 후하게 칭찬해주는 경향이 있었다. 그러니 내 아름다움이 정확히 어느 정도라 말하는 건 애매하다.

그런 고로 나는 제외로 치고서 말할 때, 투아니아 공작 부인은 사교계에서 현재 가장 아름답기로 유명한 여인이었다. 열일곱 살에 사교계에 데뷔한 이후 현재 마흔 살이 될 때까지 그녀는 부동의 나비였다.

그런데 투아니아 공작 부인에 버금간다 표현할 정도라고? 그것도 저 콧대 높은 귀부인들이?

아무래도 황제가 사냥터에서 데려왔단 그 여자는 상당한 미녀인 모양이었다. 하지만 단순히 예쁘기만 하다면 시녀들이 이렇게 눈치를 볼 이유가 없겠지.

"괜찮으니 다 말해봐. 뒤에 나올 말이 더 있을 것 같은데."

다시 추궁하자, 결국 시녀 하나가 용기를 내 완전히 털어놓았다.

"실은…… 폐하께서 그 여자를 상당히 마음에 들어 하시는 눈치셨어요."

입 밖으로 꺼내는 것만으로도 끔찍하다는 듯, 그녀는 낯빛까지 창백해져 있었다.

"폐하께서요?"

"다 씻긴 후에 체형이 비슷한 시녀의 옷을 입혀 나갔는데, 보자마자 감탄하시더니 왜 다친 거냐, 왜 이렇게 마른 거냐, 어디 아픈 거냐, 안색이 좋지 않다……."

"그 정도는 그냥 할 수 있는 말 같은데요?"

내 질문에 시녀들은 자기들끼리 시선을 교환하며 난처한 표정을 지었다.

"아직 황후 폐하께서는 성인이 되신 지 얼마 안 되셨고, 연애를 해본 적이 없으시니 잘 모르시겠지만……."

"특유의 뉘앙스나 분위기가 있어요, 황후 폐하."

"저희는 황후 폐하의 편이니까요. 지금 당장은 듣기 꺼림칙하더라도 말씀드리는 게 좋을 것 같습니다."

"저희가 괜한 우려를 하는 거라면 오히려 다행이고요."

시녀 중 내 또래는 예법을 공부할 겸 해서 시녀 생활 중인 레이디 로라뿐이고, 나머지는 모두 나보다 연상이었다. 당연히 사람 간의 문제라면 그녀들의 지혜가 나보다 풍부할 터였다.

"그렇군요……."

나는 난감해서 중얼거렸다.

시녀들의 조언이 사실이어서, 황제가 자신이 주워 온 그 아리따운 사냥감에게 흥미를 느낀다고 한들 내가 어찌해야 할까. 황제의 방으로 찾아가 사냥감을 내놓으라 할까, 아니면 도로 쫓아내라 할까, 그것도 아니면 황궁에서 일을 시키라 할까. 어떻게 반응해야 할지 잠시 막막했다.

시녀장인 엘리자 백작 부인이 조심스럽게 물었다.

"저희에게 다친 여자를 주웠단 이야기를 들었다고, 한번 운을 떼 보시는 게 어떨까요?"

다들 그게 좋겠다면서, 한번 지나가듯 그 여자에 대해 물어보라 권했다.

"이대로 그냥 황궁에서 하녀로 부리신다면 상관없지만……."

"만약을 위해서요."

나는 고개를 끄덕이고서, 별일 아닐 거라는 투로 웃어 보였다.

"그럴게요. 다들 고마워요. 폐하께서는 동정심이 많은 분이라, 그냥 가엾어서 데려오신 걸 거예요."

소비에슈에게 '사냥터에서 주워 온 여자'에 대해 물어보는 건 언제가 좋을까? 곰곰이 생각하다가 나는 내일 저녁 식사 때 그 질문을 하기로 했다.

부부라고는 하지만 소비에슈와 내가 머무는 침실은 동쪽과 서쪽 끝으로 완전히 나누어져 있었다. 황제와 황후 부부가 나라를 양옆에서 지지한다는 의미에서 그렇게 배치되었다던데. 그 의미는 이젠 퇴색되었고, 지금은 황제와 황후 부부가 서로 터치하지 않고서 정부를 데리고 살기 딱 좋은 구조가 되었지.

나나 소비에슈는 아직 정부를 두고 살진 않았지만, 각자의 일정이 바쁜 데다 생활 반경도 많이 다르다 보니 대부분은 따로 식사하고 따로 잠들었다. 그래도 일주일에 두 번은 꼭 저녁 식사를 같이 했는데, 그게 바로 내일이었다.

그래. 오늘 당장 찾아가서 사냥터에서 주워 온 여자에 대해 묻는 건 너무 간섭하는 티가 날 거야. 하루 정도 기다려보자.

결혼하기 전, 어머니가 나를 불러놓고 한 말을 아직 잊지 않고 있다.

"나중에 소비에슈 전하께서 정부를 들이시더라도 괜히 그 사이에 간섭하지 마렴."

"그래도 괜찮나요?"

"역사를 봐라. 정부가 없던 황제가 한 명이라도 있었니? 역대 명군이라던 오시스 2세조차 정부가 스무 명이다. 그 일로 화내봐야 네 손해야."

"……."

"나비에. 그럴 때 네가 해야 할 일은 소비에슈 전하보다 더욱 젊고 아름답…… 건강한. 알지, 내 말? 그런 남자를 데려다가 네 정부로 만드는 거란다."

평민들이 듣는다면 이건 무슨 막장 연극이냐면서 눈을 커다랗게 떴겠지만, 정략결혼이 넘쳐나는 귀족 사회에서는 이게 자연스러운 일이었다.

물론 후계권을 가지고 호적에 올라갈 수 있는 아이는 부부 사이에서 태어난 아이뿐으로, 신전에 가면 아이가 누구의 핏줄인지 한 시간이면 알려준다.

귀족 사이에서 문제가 되는 건, 오히려 남편이 부인을 사랑하거나 부인이 남편을 사랑할 때였다. 상대 쪽은 정부를 만들고 싶은데 남편이나 부인이 이걸 견디지 못할 때. 치정극은 그럴 때 벌어졌다. 어머니가 염려한 것도 이런 부분이었을 것이다.

그러니까 난 어머니의 충고에 따라서, 오늘 당장은 소비에슈를 찾아가지 않을 셈이다. 내일 저녁에 물어봐야지. 그리고 설령 소비에슈가 그 주워 온 사냥감 여자를 자기 정부로 삼는다고 해도……
모른 척해야겠지.

"……."

그를 사랑하는 건 아닌데. 남들도 나처럼 살아가는 건 아는데. 그래도 내 남편이 다른 여자를 정부로 삼을지도 모른단 생각을 하는 순간, 심장 한구석이 휑한 느낌이 들었다.

'이상해.'

나는 손을 뻗어 심장 언저리를 짚었다. 심장은 느리지도 빠르지도 않게 뛰고 있었다.

다음 날이 되자 그 '사냥감 여자'에 대한 소문은 더욱 빠르게 번져갔다. 내게 대놓고 그 이야기를 해주는 건 시녀들뿐이었지만, 조용한 곳에 가만히 앉아 있으면 여기저기서 수군거리는 소리가 들려왔다.

점심 식사를 할 때, 시녀들은 속상해하며 투덜거렸다.

"듣자 하니 그 꼬질꼬질하던 여자, 도망 노예랍니다. 도망치다가 사냥터까지 들어갔던 모양이에요."

"사냥터가 로테슈 자작의 영지와 이어져 있으니 아마 그쪽에서 온 거겠지요."

"도망 노예라면 당장 돌려보내야 할 텐데. 폐하께서는 오히려 가 없다며 그 여자를 돌볼 하녀들을 구하라 하셨다는군요."

저녁 식사 시간이 되었을 때, 시녀들은 오늘따라 유독 힘을 주어 나를 치장해주었다. 은색의 보석들로 반짝거리는 드레스를 입혀주고, 귀에는 단순한 진주 귀고리만을 달아주었다.

치장하는 내내 시녀들의 칭찬이 진주 귀고리보다 더욱 화사하게 나를 감싸주었다. 평소에도 늘 나를 신경 써주는 사람들이었지만, 오늘따라 유달리 나를 챙기는 티가 났다.

"그 노예가 아무리 예쁘다 한들 우리 황후 폐하만 하실까."

"황제 폐하께서도 황후 폐하를 보고 나면 눈이 좀 씻기실 겁니다."

하지만 그녀들의 노력은 이상할 정도로 휑하니 귓가를 스쳐 지나갔다.

'치장한다고 해서 내게 반할 거라면, 소비에슈는 진작에 내게 반했어야 하지 않을까?'

쓸데없는 생각만 들었다. 그러나 시녀들의 노력을 헛된 일이라 여기면서도 나는 그녀들에게 순순히 몸을 맡겼다.

그리고 모든 치장이 끝난 후. 황제가 머무는 동쪽 건물로 건너가, 단둘이 앉기에는 지나칠 정도로 커다란 테이블에 앉았다.

처음에 우리는 이런저런 최근의 정치적 사안과 신년제 준비 등에 관해서만 이야기했다. 소비에슈가 먼저 그 사냥터 노예 이야기를 해주길 기다렸지만, 그는 평소처럼 태연하게 굴 뿐. 아무리 기다려도 그녀 이야기는 하지 않았다. 소비에슈가 스테이크를 써느라 잠시 말이 끊어진 틈을 타서, 결국 내가 먼저 지나가듯 흘려보았다.

"폐하께서 사냥터에 갔다가 도망 노예 하나를 주워 오셨다던데. 정말인가요?"

차각차각 칼과 접시가 부딪치며 나던 소리가 멈췄다. 소비에슈는 스테이크 썰던 걸 멈추고 힐긋 나를 쳐다보았다. 그는 잠시 나를 빤히 바라보다가 물었다.

"그 얘기는 어디서 들었소?"

그리 유쾌해하는 분위기는 아니었다. 오히려 무언가 꺼림칙해하는 듯한……

그의 미간 사이가 구겨진 걸 보고서, 나는 일부러 이야기의 출처를 가렸다.

"여기저기서 다들 이야기하고 있었어요. 꽤 소란스럽더군요."

"황후의 시녀들이 했겠지."

"누구에게 들었든 그게 중요하진 않지요. 그보다, 정말인가요?"

거듭된 내 질문에 소비에슈는 눈에 띄게 불편한 기색을 보였다.

"폐하?"

"재촉하지 마시오."

"……."

"뭐라 들었는지 모르겠지만, 그냥 많이 다친 여자를 발견해서 치료해준 것뿐이오."

도망 노예가 아니라 다친 여자인가…….

"그렇군요. 그러면 그 여자는 지금 어디에…….''

"황후."

"……말씀하시지요."

"일주일에 두 번 함께 식사하는 자리요. 이야깃거리가 수없이 많은데, 꼭 그런 이야길 해야겠소?"

차가운 목소리는 명백하게 내게 경고하고 있었다. 이 일에 어떤 식으로든 관여하지 말라고.

"그런 이야기가 무슨 이야기입니까? 전 이상한 화제를 꺼낸 게 아닙니다, 폐하. 황궁의 주인으로서, 폐하께서 다친 여자를 데려오셨다니 물어보는 것뿐인걸요. 처음 있는 일이니까요."

내가 지나치게 닦달하는 건가?

일부러 어조도 평소와 똑같이 했고, 입가에는 희미하게 미소도 지었다. 혹시라도 간섭한다거나 의심하는 것처럼 보이지 않기 위해서, 이까 신년세 이야기를 하듯 가볍게 물었다. 하지만 소비에슈 는 눈에 띄게 불쾌해하는 기색이었다. 과도하다 싶을 정도로 그가 그녀에 관한 이야기를 피하자, 점점 분위기가 이상해졌다.

"정말 궁금해서 물어보는 거요?"

소비에슈는 오히려 미심쩍다는 듯 내게 묻기까지 했다.

나는 눈을 깜빡거리다가 되물었다.

"궁금하지 않은데 물어보진 않겠지요."

"실수로 내가 친 덫에 걸린 여인이오. 도리상 데려와서 치료해준 거고. 아직 부상이 심하지 않아서 잠시 내 방 곁에 두고 하녀를 붙 여 보호해주고 있소."

"……예."

"황후의 시녀들을 다시 부르는 일은 없을 테니, 걱정들 말라 전 하시오."

딱따구리처럼 딱딱딱 잘라서 용건을 전한 소비에슈는 다시 스테 이크를 썰기 시작했고, 차각차각 하는 소리가 넓은 식당을 공허하 게 울렸다.

이야깃거리가 수없이 많다던 소비에슈는 이후 아무런 말도 하지 않았다.

"폐하께서 뭐라고 하시던가요?"

저녁 식사를 하는 둥 마는 둥 끝내고 서쪽 침실로 돌아가자, 방 근처에 모여 있던 시녀들이 다가와 걱정스레 물었다. 다들 휴식을 취할 시간이었지만 이 문제 때문에 남아 있던 모양이었다.

"그냥…… 별말 안 하셨어요."

내 미적지근한 대답에 엘리자 백작 부인은 눈을 매섭게 떴다. 믿지 않는 얼굴이었다.

"그랬다면 황후 폐하께서 이렇게 시무룩해지셨을 리가 없지요."

"……."

"괜찮아요. 말씀해보세요, 황후 폐하. 그래야 저희도 대비를 하지요."

"폐하께서 실수로 친 덫에 걸린 여자라고 하셨어요. 도망 노예라거나 그런 이야기는 없었고……."

그러고 보니 이름도 못 들었다.

"도리상 데려와서 보살펴주는 거라 하시며, 그 화제로 계속 이야기하는 걸 불쾌해하셨어요."

내 말을 듣자마자 로라가 꺅 소리를 내며 발을 탕 굴렀다. 점잖은 다른 시녀들이 그녀에게 눈짓을 보냈지만, 로라는 이미 씩씩거리느라 다른 시녀들을 신경 쓰지 않고 있었다.

"황후 폐하, 그거 딱 우리 아버지가 바람 초기 때 보인 반응인 거 아세요?"

로라가 거침없이 언성을 높이자 엘리자 백작 부인이 "로라!" 하고 단호하게 그녀의 이름을 불렀다. 하지만 로라는 이미 이까지 아득아득 갈고 있었다.

"딱 나왔네. 딱 나왔어요. 바람 초기 증상이 딱 그거라니까요? 찔리면 적반하상으로 언성 높이는 거! 도리상 보살피는 건데 왜 그 화제로 얘기하길 꺼리겠어요?"

시녀들은 로라에게 말을 너무 거칠게 한다며 잔소리를 했지만, 로라의 말을 부정하진 않았다.

내가 침울해 있자 엘리자 백작 부인은 결국 시녀들을 내보내고서 나를 화장대 앞에 앉힌 후, 빗을 꺼내 머리카락을 부드럽게 쓸어주며 말했다.

"폐하께서는 원체 사냥을 좋아하는 분이시니까요. 아름다운 여자가 덫에 걸리니까, 그게 신기해서 잠시 이러시는 걸 겁니다."

"백작 부인."

"네, 황후 폐하."

"전에…… 어머니께서 말씀해주셨어요. 폐하께서 다른 여자를 정부로 앉히더라도 절대 상처받아선 안 된다고. 그런 케이스가 너무 많았으니까, 폐하만 다를 거라 기대하진 말라고."

엘리자 백작 부인은 난감한 듯 미간 사이를 구겼다. 귀족 중에서도 드물게 연애결혼을 한 엘리자 백작 부인은, 지금까지도 백작과 금슬이 아주 좋다 들었다. 그런 백작 부인이다 보니, 어머니의 조언이 말도 안 되게 여겨지는 걸까?

나는 계속 말을 이었다.

"그래서 사실, 다른 부인들 앞에선 말하지 않았지만 조금 각오하고 있어요. 폐하에게서 그 노예 여자를 정부로 맞이하더라도 그러려니 해야겠구나…… 하고요."

"황후 폐하……."

"그런데 폐하께서 갑자기 쌀쌀맞게 대하시니까. 좀 기분이 우울해져요."

엘리자 백작 부인이 빗을 화장대에 내려놓았다.

나는 그녀를 올려다보며 솔직하게 물었다.

"폐하께서 정부를 열 명을 두든 백 명을 두든, 그 사람들은 정부이고 황후는 나잖아요. 어차피 폐하와 난 죽고 못 살도록 사랑한 적도 없는데……. 이론적으로는 지금도 멀쩡해야 하는데, 왜 기분이 횡한 걸까요?"

엘리자 백작 부인은 조심스럽게 팔을 뻗어서 내 머리를 안고는 어깨를 가볍게 다독거렸다. 가만히 안겨 있으려니, 그녀는 한참을 그러고 있다가 천천히 뒤로 물러나며 말했다.

"정략결혼이라 해도 부부니까요. 어린 시절부터 부부였고, 약혼녀였는데, 기분이 나쁜 게 당연하지요. 내 자식이 다른 사람을 데려와 양부모로 삼고 더 공경한다 해도 기분이 나쁠 것입니다. 내 부모가 다른 자식을 데려와 양자식으로 삼고 나보다 예뻐한다 해도 기분이 나쁘겠지요. 가장 친하다 여긴 친구가 다른 사람을 데려와 이 사람과 더 친하게 지낼 거라 해도 기분이 상할 겁니다. 당연한 감정이에요."

"그럼 폐하께서도 제가 다른 남자를 옆에 두면 이렇게 횡하실까요?"

엘리자 백작 부인은 말없이 다시 빗을 들어내 머리를 빗겨주기 시작했고, 나는 그녀의 침묵에서 '아니다'라는 대답을 읽었다. 한참만에야 엘리자 백작 부인은 대답했다.

"솔직히 말씀드리자면 모르겠습니다, 황후 폐하. 찰나의 사랑일수록 더욱 강력해서, 주위를 둘러볼 여력조차 없게 만드니까요."

내가 혼자 마음을 다잡는 수밖에 없단 거구나. 나는 억지로 웃었다.

"그렇군요. 그래도 나도 곧 휑한 기분이 가시겠지요. 그 여자와 내가 얼굴 볼 사이도 아니고……."

"그럼요. 그 노예가 정부가 된다 한들, 비천한 출신이 업무 장소며 사교계에 드나들 수 있을 리가 없으니까요."

노예라고 해서 신분 상승의 기회가 없는 건 아니지만, 그것도 연좌제로 노예가 되어버린 성실한 이들이 기준이다. 매년 나라에서는 일정한 수의 노예들 신분을 평민으로 복권해주는데, 절대로 복권해주지 않는 게 도망 노예였다.

노예가 되었다는 건 자신 혹은 자신의 윗대에서 종신형 급의 죄를 지었다는 건데. 도망 노예는 그 값을 치르지 않고 탈출해버렸으니, 탈옥수나 다름없다 여겨 괘씸죄가 추가되기 때문이다.

그런 탓에 도망 노예 출신 꼬리표는 귀족들 사회에서는 가장 최악이었다. 아무리 소비에슈가 그 도망 노예를 어여삐 여겨 정부로 삼는다 한들, 그녀가 사교계에 데뷔할 가능성은 없었고, 당연히 나와 마주칠 일도 없겠지.

나는 고개를 끄덕이고서 심란한 마음을 다잡았다.

그래. 엘리자 백작 부인의 말이 맞아. 오랫동안 내 약혼자로 남편으로 살아온 사람이 갑자기 정부를 들인다니까 놀라고 허전한 게 당연해. 하지만 이 이상 감정을 뻗진 말자. 그 여자는 그 여자.

폐하는 폐하. 나는 나. 딱 자르는 거야.

동대제국의 황후는 결국 나 하나뿐이니까.

"폐하께서 하루가 멀다고 그 노예를 찾아간다지요?"

"먹을 것까지 손수 챙기신다던데."

"어쩜 그토록 무덤덤한 분이. 신기해라."

"궁정 의사를 불러다가 다리를 치료하라 지시했다는군요."

사람들이 소곤거리는 목소리가 수풀 사이사이로 들려왔다. 황궁 내의 정원에는 화훼 식물로 조형해둔 머리보다 더 높은 벽이 있는 데, 그 너머에서 들려오는 것이다.

이 부근은 내가 직접 설계한 정원으로, 사람들이 잘 드나들지 않았다. 나는 일부러 내 취향대로 제작한 둥지 모양의 그네 의자를 여기에 가져다 두었다.

이곳은 나만의 비밀 장소였다. 시녀들조차 데려오지 않는 곳이니, 사람들은 내가 이곳에 있단 걸 모르고서 저런 말들을 하고 있겠지.

'일주일 정도 지났나……'

나는 책을 덮어 무릎 위에 얹었다. 노예 여자에 대한 소비에슈의 관심이 나날이 높아지는지, 여기저기에서 저런 이야기들을 쉽게 들을 수 있었다. 다들 젊은 황제가 처음으로 흥미를 보이는 여자에게 함께 관심을 기울였다. 그나마 다행인 건 예상했던 대로 그녀와 내가 마주칠 일이 없다는 점?

다음에 소비에슈와 함께 식사할 때 나는 일부러 그녀에 대해 묻지 않았고, 소비에슈는 아무런 일도 없었던 것처럼 신년제 준비나 알현 이야기를 꺼냈다.

나는 적당히 이 선에서 타협하기로 했다.

무관심. 모른 척. 못 들은 척.

그러나 우연은 예상치 못한 곳에서 나와 그녀를 마주치게 만들었다.

계속되는 신년제 준비로 늦은 시간까지 회의실에 모인 날이었다. 말을 많이 했더니 목이 자꾸 막히는 느낌이 들어서, 나는 따뜻한 물을 한 잔 마신 후 갑갑한 기분도 풀 겸 본궁 근처의 정원을 산책했다. 옆에는 근위기사단 부단장인 아르티나만이 함께 있었다.

우리는 신년제 때 있을 수여식에서 누구를 추천하는 게 좋을지 이야기했다. 그런데 우리의 이야기 사이로, "저분이야?" 하는 소곤거리는 소리가 섞여들었다.

돌아보자, 한 여자가 휠체어에 앉아 있고, 주위로 하녀 둘이 그녀를 둘러싸고 있었다. 나와 눈이 마주치자 휠체어에 탄 여자는 놀라서 일어서려 했다. 하녀 둘은 얼결에 "안 됩니다!" 하고 그녀를 말리려다가 내 눈치를 보며 엉거주춤 손을 내렸다. 휠체어에 탄 여자는 휠체어 손잡이를 잡고서 후들후들 서는 나를 향해 꾸벅 인사했다.

　모르는 얼굴이었다. 혹시 황제가 주워 왔다는 그 노예는 아닌가 생각이 들었지만, 이곳은 본궁 근처였다. 정부가 올 만한 곳이 아니지. 그 정부가 신분이 높거나 따로 맡은 일이 있다면 올 수도 있겠지만, 이 경우는 전혀 그런 게 아니니까.

　그래도 다리가 아픈데도 일어나 인사를 하는데 무시하긴 뭐해서, 나는 고개를 까딱여 인사를 받아준 후 돌아섰다. 그런데 다시 산책을 계속하려니 뒤에서 "저기요." 하고 부르는 소리가 들려왔다.

　'저기요?'

　날 부르는 건가? 황후가 된 후 황궁에서 '저기요' 소리를 듣는 건 처음이었다. 당황해서 돌아보자 휠체어에 탄 여자가 낑낑거리며 커다란 바퀴를 굴리며 다가왔다. 하녀들은 당황해서 "라스타님, 그냥 가요." 하고 그녀를 만류했지만, 여자는 막무가내였다.

　나한테 볼일이 있는 건가? 그런데 나한테 볼일이 있다면 내가 황후인 걸 알 텐데 '저기요'라 부른 거야?

　곤혹스러운 기분을 감추며 쳐다보고 있자니, 라스타라는 여자는 내 근처까지 다가와서 다시 꾸벅 인사했다.

　"라스타입니다."

　뭘 어쩌라는 거지?

　"그래. ……라스타."

　이름을 불러달라는 건가 싶어서 이름을 불러주자, 그녀는 배시시 웃었다. 무척 기뻐하는 얼굴이었다.

　'정말로 이름을 불러달라 온 건가?'

의아하지만 왜 불렀냐고 물어볼 만큼은 아니었다. 알현 시간은 끝났고, 세 시간 내내 모르는 이들의 이야기를 들으며 골머리를 썩였다. 급한 사정이 있다면 보자마자 도와달라면서 하소연을 했을 텐데, 배시시 웃을 정도면 급한 사정도 아니겠지.

더 볼 일은 없다 여겨져서 나는 다시 돌아섰다. 그런데 돌아서는 내 치맛자락을, 라스타가 손을 뻗어 움켜쥐는 게 아닌가. 옆에 서서 그녀를 동물원 원숭이처럼 쳐다보던 시녀들이, 기겁해서 라스타의 손등을 때렸다.

"무례하다!"

"이런 무엄한 자를 보았나!"

라스타는 놀라서 손을 치우고는 더듬거렸다.

"그게, 죄, 죄송합니다. 불러야 할 텐데, 뭐라고 불러야 할지 몰라서……."

이 애, 정말 내가 황후라는 걸 모르는 건가? 아까 하녀들과 '저분이야?'라면서 속삭였잖아? 그 말은, 처음엔 몰랐더라도 하녀들에게 내가 누구인지 들었다는 거 아닌가?

미심쩍게 보고 있자니 로라가 날카롭게 외쳤다.

"동대제국의 황후 폐하시다. 행동에 조심해라!"

라스타는 눈을 동그랗게 뜨고서 머뭇거렸다.

"예? 아니 그게 아니라……. 황후이신 건 알아요."

황후이신 걸 알아?

이상한 어감에 눈살을 찌푸리고 있자니 라스타가 쭈뼛쭈뼛 내 눈치를 살피며 중얼거렸다.

"저…… 저는 라스타입니다."

또 아까와 같은 말이다.

대체 라스타가 뭔데? 시녀들도 나도 당황해버렸다. 우리가 이름을 알아야 할 정도의 사람인가?

나는 머릿속으로 현재 외국에서 동대제국에 방문해 있는 귀빈 중, 저 정도 나이의 여자들을 떠올렸다. 귀빈이라고 해서 모두 내가 맞이하는 건 아니었다. 나름의 방침이 있어서, 내가 맞이해야 할 귀빈과 외교부 장관이 맞이해야 할 귀빈, 소비에슈가 직접 맞이해야 할 귀빈들이 정해져 있는데…….

일단 내가 맞이한 귀빈 중엔 저 사람이 없고. 소비에슈나 외교부 장관이 맞이한 귀빈 중 저런 이름도 없는데?

역시 귀빈은 아니다.

대귀족의 영애라면 내가 모르더라도 최소한 시녀 중 누군가는 알았을 텐데, 시녀들도 라스타에 대해선 모르는 눈치였다.

"내가 널 알아야 하느냐?"

결국, 대놓고 물어보자 라스타가 놀라 되물었다.

"절 모르세요?"

"모른다."

"아…….."

라스타는 내 대답에 난감해하더니 하녀들에게 "어쩌지?" 하고 작게 소곤거렸다. 내 착각인가? 서운한 것처럼 보이기도 했다.

피로해졌다. 누군지도 모르는 사람이랑 이게 뭐 하는 건지. 그냥 무시하고 가버리자, 할 때쯤에야 라스타가 다시 말했다.

"진 이번에 폐하의 은혜를 입어 동쪽 궁전에서 지내고 있습니다."

소비에슈의 은혜? 동쪽 궁전, 다친 다리, 여자. 아아.

"노예?"

그런데 왜 저 애가 본궁에 와 있는 거지?

물어보기도 전에 라스타의 얼굴이 먼저 흙빛으로 질렸다. 그러자 라스타의 옆에 있던 하녀 하나가 얼른 나서서 내 말을 정정해주었다.

"황후 폐하, 무례를 용서하여주시옵소서. 레이디 라스타께서는 노예가 아니십니다."

노예가 아니라고? 하지만 시녀들은 분명 도망 노예라 전해주었는데?

헛소문이라면 '신빙성 있는 이야기는 아니다'고 꼭 덧붙였을 것인데, 그런 말은 없었다. 하지만 본인이 아니라는데 굳이 이런 걸로 따지기도 별로겠지.

그보다 이런 식으로 그 노예…… 아, 노예가 아니라 했지. 이런 식으로 황제가 데려온 여자의 얼굴을 보게 될 줄은 몰랐다.

조금 전까지는 그녀의 얼굴에 관심을 기울이지 않았는데. 그래. 확실히 그 여자에 대해 도는 소문을 떠올리며 보니, 그녀는 소문처럼 아름다웠다.

투아니아 공작 부인처럼 화려하고 우아하고 고상한 아름다움은 아니었다. 그러나 라스타는 청초하면서도 부드럽고, 가련해 보이는 이미지가 있었다.

'덫에 걸린 아름다운 사냥감'이란 말에 이토록 어울리는 사람이 있을까. 웃고 있는데도 보호 본능을 자극하는 커다랗고 새까만 눈동자가 특히 매력적이었다. 머리카락은 그녀의 청순한 매력을 한층 더 신비롭게 해주는 옅은 은색이었다.

아니, 그런데 내 시녀들은 저 여자를 목욕시켰다더니 왜 알아보지 못한 거야? 돌아보니 몇 명이 이 자리에 없었다. 공교롭게도 이 자리에 없는 시녀들이, 라스타를 씻기는 데 불려 갔던 이들이었던 것이다.

"그래. 누군지 이제야 알겠다."

내가 고개를 끄덕이자 라스타가 활짝 웃었다.

"다행입니다. 저, 실은 언제 인사를 드리러 가야 할지, 계속 궁금했어요."

"인사?"

"폐하께 여쭤봤는데 자꾸 신경 쓸 필요 없다고만 하셔서……. 하지만 그래도 앞으로 계속 뵈어야 하는데, 인사해야 하잖아요."

앞으로 볼 거라고? 나를? 왜?

"제가 황후 폐하를 뭐라고 불러야 할까요?"

"……황후 폐하라 부르거라."

"예?"

"그거면 됐다."

그리고 내가 왜 저 여자랑 여기서 이렇게 사이좋게 대화하고 있어야 할지도 모르겠다. 피곤해져서 돌아서려니 라스타가 다시 낑낑거리며 휠체어를 움직였다.

내 기분이 상한 걸 눈치챈 시녀들은 그녀의 휠체어 손잡이 끝을 잡고서 뒤로 살짝 밀었다.

"오지 마라."

"감히 누구한테 친한 척이야?"

로라는 라스타가 밀려나자 치를 떨며 제 손을 털었다.

"더러워."

그때였다.

"사람에게 더럽다니. 그게 무슨 말이냐."

차가운 목소리와 함께 소비에슈가 근위기사들을 대동하고 나타
났다.

황제가 마음에 들어 하는 여자를 욕하다가 걸린 상황이라.

아주 가관이다.

로라를 비롯해 시녀들이 얼른 공손히 소비에슈에게 인사했지만,
그는 그녀들의 인사에 답해주는 대신 차갑게 로라를 쏘아보다 내
게로 시선을 돌렸다. 나는 본궁에서 그와 아까 몇 번 마주쳤기에,
따로 인사하는 대신 가만히 그를 마주 쳐다보았다.

소비에슈는 다시 로라를 보다가 라스타에게 고개를 돌리며 탄식
했다.

"이런."

라스타는 놀랐는지 눈가가 불그스름했다. 울 듯 말 듯 눈을 동그
랗게 뜬 모습은 놀란 초식동물처럼 보였다.

"울지 마라."

소비에슈가 달래자 오히려 라스타의 눈에선 눈물이 펑펑 떨어졌다.

"울지 말라는데도."

소비에슈가 차갑게 다그쳤지만, 라스타는 말을 듣는 대신 계속해서 울었다. 사교계에서 소문난 소비에슈의 얼음장 같은 태도가 두려워서는 아닌 듯했다. 그녀는 연신 나를 힐긋거리고 있었으니까. 어이없게도, 그녀는 내게 배신당하기라도 한 얼굴이었다.

아무리 달래도 라스타가 울음을 그치지 않자, 놀랍게도 소비에슈는 자신의 품에서 금사로 수를 놓은 손수건을 꺼내 그녀에게 건넸다. 하지만 라스타가 손수건을 받아 든 채로도 계속 울자, 한숨을 내쉬고서 친히 얼굴을 닦아주었다.

"넌 정말 손이 많이 가는구나."

타박하는 말이지만 그 안엔 걱정이 가득했다.

심장 한구석이 또다시 욱신거렸다.

당연한 감정……. 당연한 감정이야.

엘리자 백작 부인이 해준 말을 거듭 되새기며, 나는 돌아서서 시녀들에게 따라오라 지시했다.

"가지요. 다리가 아프군요."

소비에슈가 정부를 두는 걸 막을 수는 없겠지만, 그 꼴을 굳이 내 눈으로 보지 않을 자유는 있겠지.

시녀들은 잘됐다는 듯 얼른 내 뒤를 쫓았다.

"잠깐. 멈추시오."

그러나 몇 걸음도 가기 전에 소비에슈가 나를 불렀다. 아깐 라스타가 자꾸 붙잡더니 이번엔 소비에슈인가. 미간을 찡그리고 쳐다보자 소비에슈가 눈짓으로 로라를 가리켰다.

"저 시녀는 두고 가시오, 황후."

"무슨 일이십니까?"

"두고 가시오."

"제 시녀입니다. 무슨 일인지 먼저 말씀해주셔야지요."

로라의 낯빛이 차갑게 질렸다. 나 역시도 마음 한구석에 찬바람이 부는 감각을 느꼈다.

설마, 로라가 라스타에게 한 소리 때문에 혼을 내려고 부른 건 아니겠지?

로라가 한 말이 좋은 말이라 할 수는 없지만, 로라는 황후인 내 시녀였고 고위 귀족의 영애였다. 반대로 라스타는 황제가 마음에 들어 한다고는 하지만 아직 정부가 아니었고, 하급 귀족조차 아니었다. 심지어 도망 노예일 가능성도 높은 사람인데.

여기서 소비에슈가 로라에게 벌을 내리는 건, 사교계에서 로라를 완전히 공개적으로 망신시키는 거나 다름없었다. 더불어 황후인 나까지.

내가 빤히 쳐다보자 소비에슈는 시선을 로라에게 돌리며 말했다.

"황후의 시녀지만 내 국민이기도 하지. 감히 사람을 대하는 말버릇이 고약하지 않소."

"제가 잘 꾸짖겠습니다."

"사람에게 더럽다느니 어쩐다느니 하는 사상이, 꾸짖는다고 고

쳐질까? 설마.”

소비에슈는 딱 잘라 말하고서 근위기사에게 턱으로 로라를 가리키며 말했다.

“3일간 가두어두고 물과 딱딱한 빵만 주어라.”

시녀들이 짧은 비명을 질렀다. 로라의 얼굴이 새파랗게 질렸다.

“폐하. 과한 처사입니다.”

내가 나섰지만, 소비에슈는 오히려 나를 차갑게 흘겨보며 되물었다.

“사람에게, 그것도 제대로 걷지조차 못하는 사람의 휠체어를 밀며 더럽다느니 하는 말을 했는데. 이 정도가 과한 처사라고?”

“!”

“하긴. 황후는 그 모습을 그냥 지켜만 보고 있었지. 황후가 보기엔 과한 처사가 아닐지도 모르겠군.”

“저 여자가 자꾸 제 드레스를 붙잡으려 하기에 시녀들이 막아준 것뿐입니다.”

그러나 소비에슈의 표정은 더욱 매서워질 뿐이었다.

“앞에 사람을 두고 저 여자라니.”

“폐하.”

“그리고 드레스를 붙잡는 게 뭐가 어때서 그러는 거지? 황후의 드레스가 사람의 손보다 더 고귀하단 건가?”

“하인을 시켜 폐하의 망토 자락을 잡아당기게 하겠습니다. 폐하의 망토가 사람의 손보다 고귀하진 않으니 괜찮으신지요.”

소비에슈는 눈썹을 들어 올리고서는 헛웃음을 지었다.

"정말 한 마디도 지지 않는군. 그게 이 상황과 같다고 생각하시오?"

"다릅니까?"

"다르오."

"무엇이오?"

"라스타는 하인이 아니지 않소."

그러면 예시를 내 정부로 들어주어야 하냐고 묻고 싶다. 내 정부가 나중에 소비에슈의 옷자락을 잡아당기면, 웃으면서 무슨 일인지 되물을 거냐 묻고 싶다.

"황후의 시녀는 5일간 감금이오."

그러나 소비에슈는 내가 다른 말을 하기도 전에 로라에 대한 벌을 이틀 더 늘려버렸다. 내가 무어라 반박할수록 로라에게 가해지는 벌을 늘리겠단 선언이었다.

소비에슈의 뒤에 선 라스타가 눈을 동그랗게 뜨고서, 위대한 영웅을 보듯 소비에슈의 뒤통수를 바라보는 게 보였다.

하고 싶은 말이 목구멍까지 치솟았지만, 아무리 황후라 해도 황제의 명령을 뒤집을 수는 없었다. 로라에게 내려진 벌을 거두려면 따로 사법부를 불러 재판을 열어야 하는데, 재판을 열고 닫는 사이에 이미 로라는 감금에서 풀려난 상태일 터. 그야말로 아무것도 할 수 없는 상황인 것이다.

"제가 벌을 받겠습니다, 황후 폐하."

내가 소비에슈와 척을 질 게 염려되었는지, 로라가 얼른 나서서 내게 말했다. 수치심에 얼굴이 붉어진 채로도 내 걱정을 하는 게 보여서, 오히려 화가 턱 끝까지 차올랐다.

"가보시오."

소비에슈는 정부에게 왜 본궁으로 왔는지를 묻는 대신, 하루 종일 일한 내게 축객령을 내렸다. 달콤한 연인은 아니었으나, 소비에슈는 좋은 친구기는 했는데. 지금은 어느 쪽도 아니었다.

나는 이를 악물고서 뒤돌아 그 자리를 벗어났다. 어머니가 정부들과 엮이지 말라, 절대로 마음을 쓰지 말라 충고한 이유를 이제야 알 것 같았다.

소비에슈가 로라에게 벌을 내린 일로 황궁은 내내 떠들썩했다. 사람들은 황제가 내 시녀인 로라에게 벌을 내린 건, 대놓고 라스타에 대한 총애를 표현한 거라 했다. 그리고 이건 나와 라스타의 첫 번째 비공식 경쟁에서, 라스타가 1승을 거둔 거라고 수군거렸다. 내 귀로 직접 들은 건 아니지만, 분개해 그 일을 전해주는 시녀들은 많았다.

"제가 그 자리에 있었어야 했습니다!"

라스타를 씻기는 일에 동원된 시녀는, 자기가 있었더라면 그 도망 노예와 엮히기 전에 얼른 자리를 벗어났을 거라며 씩씩거렸다.

"하지만 황제 폐하께서 정말 그 여자를 좋아하긴 하나 봅니다."

"황후 폐하를 존경해주던 분이었는데, 이번엔 황후 폐하의 말조차 들으려 하지 않다니요."

분노하면서도 시녀들은 앞으로를 걱정했다.

"만난 지 며칠이나 됐다고 벌써 저러시니. 이후 일이 걱정입니다."

이 상황에서 내가 할 수 있는 건 아무것도 없었다.

소비에슈와 나는 본궁에서 마주쳤을 때는 서로 아무 일도 없었던 것처럼 굴었다. 나는 최대한 일정을 빽빽하게 잡고서 일부러 그날을 잊기 위해 노력했다.

혼자 방 안에 있을 때면 나를 쳐다보던 소비에슈의 차가운 시선이 생각나 심장이 지끈거렸지만, 일할 땐 덜했다.

그리고 마침내 로라의 벌이 끝나는 날. 나는 직접 탑으로 올라가 로라를 데려왔다. 시녀들에게 부탁해 로라를 내 욕실에서 씻긴 후, 수프를 가져와 먹게 했다. 그리고 로라가 가장 좋아하는 케이크를 구워 오라 지시했을 때였다.

소비에슈가 보낸 비서가 나를 찾아와 황송해하며 황제의 말을 전했다.

"송구하오나 황후 폐하. 황제 폐하께서 황후 폐하를 모셔 오라 명하셨습니다."

"나를?"

"예."

무슨 일이지?

일단 고개를 끄덕이고서 엘리자 백작 부인에게 부탁했다.

"케이크가 완성되면 로라에게 여기서 먹으라 하고, 후작가에서 며칠 푹 쉬다 오라 하세요."

"예, 황후 폐하."

비서에게 눈짓하자 그가 얼른 앞서 걸어갔다.

동쪽에 있는 구역으로 가자, 같은 담벼락에 둘러싸인 곳인데도 분위기가 확 바뀌었다. 서로 완전히 다른 방식으로 꾸며두었기 때문일 것이다. 혹시 이곳에서 라스타를 다시 마주치는 건 아닐까 걱정했지만, 소비에슈의 침실에 갈 때까지 라스타를 마주치진 않았다.

소비에슈는 자신의 침실 안, 작은 원탁 테이블에 앉아 있었다.

"부르셨다고요."

다가가자 소비에슈가 잠시 말없이 나를 쳐다보았다. 할 말이 가득한 시선이었다. 좋은 분위기는 절대 아니겠구나. 속으로 한탄했지만 먼저 물었다.

"무슨 일이신가요?"

소비에슈는 잠시 주저하다가 인상을 찌푸렸다.

"황후의 시녀. 감금되었던 그 시녀가……."

"로라입니다. 탈리탈 후작가의 영애이지요."

"황후가 그 시녀를 데리고 갔다 들었는데."

"내 시녀이니까요. 닷새나 고생했고요."

소비에슈는 그게 불만인지 더욱 인상을 썼다.

"굳이 그래야 했소?"

아. 이걸 따지려고 부른 거구나.

"폐하께서 벌을 내린 시녀를 꼭 챙겨야 했느냐, 이걸 물어보시는 건가요?"

참으로 영민하기도 하지, 소비에슈가 빈정거렸다.

"내가 말하고자 하는 바를 이미 다 알고 있군. 그렇다는 건, 황후는 내가 불쾌해하리라는 걸 알면서도 그 시녀를 직접 챙겨서 데려간 거야. 안 그렇소?"

반반이었다. 소비에슈가 기분 나빠할 거란 생각을 하기도 했고……. 그래도 5일이나 지났으니 그가 흥분을 좀 가라앉혔을 거란 생각도 했다. 흥분이 가라앉으면, 소비에슈도 이번에 로라가 받은 처벌이 일반적인 경우를 훨씬 벗어난다는 걸 깨달으리란 기대도 했지.

아닌가 보다.

"폐하께서 불쾌해하실 수도 있단 생각은 했습니다."

"그런데 그녀를 챙기는 거요? 황후가 날 생각한다면 당장 그녀를 쫓아 보냈어야지. 황후가 내가 벌한 이를 그리 챙기면 내가 뭐가 되는 거요."

"절 위하다 벌을 받은 아이를 쫓아 보내는 건 옳지 않습니다. 게다가 그 아이가 보인 행동은 충분히 상식선에 있었습니다."

"사람을 더럽다 하는 게?"

"곤혹스러울 정도로 옷을 잡아당기는 이를 떨쳐버리는 과정에서 한 말입니다. 꾸짖으면 될 일이었습니다."

소비에슈는 내가 그의 말을 받아칠 때마다 표정이 굳어졌다.

"그래서. 끝까지 그 시녀를 데리고 있겠다?"

"제 시녀로 누구를 임명할지는 온전히 저의 관할입니다."

이 일로 로라가 황궁이 무섭다며 시녀 일을 그만두고 싶어 한다 해도, 당분간은 그녀를 데리고 있을 생각이었다.

도망 노예 출신이란 말이 도는 황제의 예비 정부 때문에 벌을 받았다는 것만으로도 사교계에서 웃음거리가 되기 충분한데. 여기서 당장 그녀를 내보냈다가는, 소비에슈는 물론 내 보호까지 받지 못한다 여겨져서 완전히 비웃음거리가 될 터였다. 예비 정부에게조차 밀린 황후 소리를 듣는다 한들, 동대제국의 황후는 나이지. 로라를 보호할 이름값은 해줄 수 있었다.

소비에슈는 나를 지그시 쳐다보다가 한숨을 내쉬며 돌아앉았다.

"황후와 말싸움을 하고 있자니 피곤하군. 한 번이라도 그냥 내 말에 고분고분 굴 수는 없소?"

"황후는 폐하의 뜻에 고분고분 따라야 하는 사람이 아닙니다."

"황후가 자꾸 이런 식이니까 비교가 되는 게 아니오."

비교가 돼? ……누구와?

빤히 쳐다보자, 소비에슈는 아차 하는 얼굴로 축객령을 내렸다.

"피곤하군. 돌아가시오. 돌아가서 그 버르장머리 없는 망아지나 챙기시오."

나비에 황후가 나간 후 소비에슈는 한숨을 내쉬고서 원탁 테이블 위에 놓인 작은 종을 흔들었다. 곧 문이 열렸다. 그러나 들어온 이는 시종이 아니라 라스타였다.

"네가 언제부터 시종 일을 하게 된 거지?"

소비에슈가 황당해 쳐다보자, 라스타는 머쓱하게 배시시 웃었다.

"계속 아무 일도 하지 않고 있으려니 부담스러워서요."

"그래서 시종 일을 하겠다?"

"네! 손은 안 다쳤거든요!"

라스타가 씩씩하게 두 손을 펼쳐 보이자 소비에슈는 헛웃음을 지었다.

"혼자 걸어 다니지도 못하면서 시종 일은 무슨."

게다가 황제를 모시는 시종 일은 굉장히 명예로운 일이라, 직함 없는 고위 귀족들도 꼭 하고 싶어 했다. 그런데 부담스럽다며 황제의 시종 일을 하겠다니……. 이 자리를 노리는 귀족들이 들었더라면 목덜미를 잡고 넘어갔겠지만, 라스타는 이런 일에 대해서는 무지했다.

"웃긴 녀석."

소비에슈는 그게 또 특이하게 여겨져 피식 웃었다.

살가운 성격이 아닌 소비에슈에게, 인생에 있어 여자는 지금까지 딱 둘이었다. 한 명은 선대 황후인 어머니. 다른 한 명은 현재 황후인 나비에다.

일찍부터 황후 교육을 받는 건 물론, 일부 제왕학까지 함께 배운 두 사람에게 익숙하다 보니, 소비에슈는 뭘 하든 영 어설픈 라스타가 신기했다.

"이리 와서 간식이나 먹어라."

소비에슈가 한 번 더 종을 울리자, 미리 문가에서 초조하게 대기하고 있던 시종이 얼른 들어왔다.

"호박파이. 아주 달게. 그리고 포도주를 가져와라. 가벼운 거로."

시종이 나가자 라스타가 "호박파이!" 하고 외치며 짝 손뼉을 쳤다.

"고작 음식 가지고 그리 좋아하느냐?"

"고작 음식이라니요. 호박파이 한 입조차 평생 못 먹어보는 사람이 얼마나 많은데요."

헤헤 웃은 라스타가 어린아이처럼 좋아하는 동안, 소비에슈는 그 모습을 물끄러미 바라보았다.

"황후는 아무리 값비싼 보석을 줘도 반응이 영 밍숭맹숭한데. 넌 사소한 데에도 이리 기뻐하니 신기하구나."

"황후께서는 보석을 받아도 안 좋아하시나요?"

"좋아하긴 하지. 고마워도 하고. 하지만 황후는 원래 감정 기복이 크지 않아서. 무슨 감정이든 작게 표현한단다."

라스타는 이마를 살짝 찡그리고 폭 한숨을 내쉬었다.

"황후께서는 곱게 자라셨고 험한 세상을 모르시니까요. 어떤 보석을 받아도 당연하게 여기시는 거라 그래요."

"흠?"

"황후께서 잘못됐다는 게 아니에요. 그냥, 많이 가진 사람들은 원래 다 그렇잖아요. 당장 폐하만 하더라도 커다란 보석을 선물 받아도 무감동하실 테니까……."

"그건 그렇지. 이런. 내 사냥감은 생각보다 영리한걸."

고개를 끄덕인 소비에슈가 놀리는 건지 진심인지 알 수 없는 칭찬을 하자, 라스타가 얼굴이 벌게져서 입술을 삐죽 내밀었다.

"치. 맨닐 사냥감이래."

"내 덫에 걸렸으니 내 사냥감이지."

"저…… 폐하."

가벼운 농담을 히히덕거리던 라스타가 갑자기 쭈뼛거리며 부르자, 소비에슈가 말해보라며 고개를 끄덕였다.

라스타는 두 손을 깍지 낀 채 꼼지락거리다가 조심스레 물었다.

"라스타를 폐하의 정부로 삼아주실 거라 했잖아요……."

"그래."

"황후께서는 아직 그걸 모르시는 것 같던데……."

소비에슈는 가볍게 웃으며 달래듯 말했다.

"급하지 않으니 천천히 하자. 아직 다리도 다 낫지 않았잖느냐."

"급한 건 아니지만……. 전에 황후 폐하를 뵀을 때 난감해서요. 절 뭐라고 소개해야 할지 좀. 앞으로도 계속 그런 일이 있을 것 같고……."

"황제 폐하께서 결국 그 여잘 정부로 들이시겠답니다!"

여느 때와 같은 아침이었다. 날이 흐리거나 비가 오지도 않았고, 더 덥거나 춥지도 않았다. 어제도 그저께도 딱 이런 날씨였다. 최근 일주일이 거의 이런 날씨였다고 봐도 좋았다. 평범하지 않은 소식은 이렇듯 평범한 하루 사이에 난데없이 끼어들어 왔다.

"황후 폐하께서는 신년제다 알현이다 접견이다 해서 하루 종일 바쁘신데. 황제 폐하께서는 정부를 받아들이시다니요."

"너무하십니다."

"적어도 신년제가 끝날 때까진 기다려주셨어야 했습니다."

시녀들이 속상해 투덜거렸다.

"……."

나는 말없이 거울 속에 비친 내 모습만을 멍하니 바라보았다.

소비에슈가 그 여자를 정부로 들이리라는 건 미리 각오하고 있던 거지만…… 이렇게 빠를 줄은 나도 몰랐다. 시기를 보아하니 정부를 들이고 얼마 있지 않아 바로 신년제일 텐데.

"후……."

속에서부터 깊은 한숨이 올라왔다. 신년제 때 사람들이 다 내게 몰려와 그 일을 이야기할 걸 떠올리자 속이 울렁거렸다. 내게 다가오지 않는다 한들, 뒤에서 수군거리는 소리가 들려오겠지.

하지만 황궁 내의 대소사를 처리하는 입장이기에, 아무리 싫다해도 그 여자가 정부가 되는 과정을 마냥 모른 척할 수도 없었다.

"언제 맞이한다던가요?"

내 질문에 시녀들이 서로 눈치를 보았다. 엘리자 백작 부인이 대표로 대답했다.

"소문으로는 최대한 빨리 맞이하실 거라 합니다. 신년제 전에 모든 걸 마무리 지어야 하실 테니까요."

엘리자 백작 부인의 말대로 점심 무렵이 되자 소비에슈의 비서가 직접 나를 찾아와 말을 전했다. 내 눈치를 보며 정부 건에 관해 이야기한 그는, 더더욱 눈치를 보며 뒷말을 이었다.

"황제 폐하께서는, 시간이 촉박하고 다른 커다란 행사가 잡혀 있으니, 무조건 간소하게 처리하길 원하십니다."

"간소하게?"

황제의 정부가 황족으로 인정받는 건 아니다. 아이를 낳는다 해도 그 아이 역시 황자나 황녀가 될 수 없었다. 서자와 서녀로서 가장 잘 풀리는 경우는, 총애를 받아 승계권 없는 대공이나 공작 자리에 오르는 게 다였다.

하지만 그렇다 한들 그녀가 황제의 아이를 낳았다는 사실이나, 낳을 가능성이 있단 사실까지 사라지는 건 아니었다. 그렇기에 정부가 될 때 결혼식은 올리지 않지만, 작은 연회를 열어주는 게 관례였다. 그 앞에서 연회의 주인공이 되어 놀다가, 나중엔 재상이 공증한 서류에 사인하는 것이다.

"연회를 간단하게 열라는 건가요, 아니면 연회 자체를 생략하란 건가요?"

"기간을 짧게 두고 손님들을 파티에 계속 초대하긴 어려우니, 연회는 생략하시겠답니다."

"연회를 하지 않는다면 제가 처리해야 할 부분이 있나요?"

"아니오, 없습니다. 황제 폐하께서, 황후 폐하께서는 이 일에 관해서 전혀 신경 쓰지 않아도 좋다 하셨습니다."

내가 알기로 연회를 생략하는 케이스가 드문 건 아니지만, 생략하더라도 그날의 주인공이 될 정부를 위해 연회장 안을 꾸며주기는 했다. 그 안에서 황제와 식사하고 친한 이들을 부르고, 정부 계약 서류에 사인할 수 있도록.

그런데 아예 신경을 쓰지 말라?

이건 소비에슈의 자존심 때문일까, 아니면 배려 때문일까.

"알았다고 전해요."

나로서는 나쁠 것 없었다.

비서가 꾸벅 인사를 하고 물러났다.

관리들이 일하면서도 내 쪽을 힐긋거리다가, 내가 한 번 주위를 쓱 훑자 얼른 서류로 고개를 바삐 내려 일하는 시늉을 했다.

'흔들리는 모습을 보여서는 안 돼.'

소비에슈가 정부를 들인다고 해서 아파하는 모습을 보였다가는, 다들 수군거리며 나를 동정할 것이다. 정부가 내 인생을 잡아먹기라도 한 것처럼, 소비에슈가 다른 여자를 사랑하니 내 인생이 끝났단 것처럼 보이고 싶진 않았다. 아무렇지 않은 척 무심한 척, 나는 다시 기획안을 살피며 필요한 부분을 지적했다.

"재상님이 공증한 서류를 펼치면 폐하께서 먼저 사인하실 겁니다. 그 아래쪽 칸에 검고 가는 작대기가 보일 텐데, 그 위에 사인하시면 됩니다."

라스타를 교육하는 일을 맡은 건 황제의 비서 중 하나인 랑트 남작이었다. 랑트 남작이 서류의 기본적인 틀을 그려가며 설명을 끝내자, 라스타는 눈을 동그랗게 뜨고서 으으 소리를 냈다. 이 나이대의 귀족 영애들이 흔히 내는 소리는 아니었다.

랑트 남작이 잠시 당황해 쳐다보자, 라스타는 울상을 지었다.

"무슨 말씀이신지는 알겠는데……. 라스타는 사인이 없어요."

"만들면 되지요."

랑트 남작의 시원스러운 대답에 라스타의 얼굴이 붉어졌다.

"아……."

랑트 남작은 바로 라스타가 쭈뼛거리는 이유를 알아차렸다.

"혹시 글을 모르십니까?"

랑트 남작을 라스타에게 붙일 때, 황제는 그녀가 평민이라고 했다. 그러니 당연히 기본 교육을 받았다는 전제하에 설명했는데.

은연중에 떠도는 소문, 황제의 총애를 듬뿍 받는 이 사랑스러운 사냥감이 사실 도망 노예라는 소문이 사실이라면 글을 모를 만도 했다. 노예들에겐 굳이 시간과 노력을 투자해 글을 가르쳐주지 않기 때문이다.

"모를 수도 있지요."

하지만 황제가 그녀를 가리켜 평민이라 소개했다는 건, 그녀가 도망 노예 출신이라는 걸 묻고자 한다는 뜻.

랑트 남작은 모른 척 웃으면서 말하고는 빈 종이를 꺼내 펼쳤다. 며칠 사이에 글을 익히게 할 수는 없겠지만, 서류에 이름을 적고 사인을 하는 정도는 빨리 배울 수 있었다.

"이름의 철자가 무엇인지…… 모르시겠군요. 그러면 제가 '라스타'란 발음이 나는 이름을 여러 개 적어드릴 테니 이 중에서 고르고 그걸로 외우시면 됩니다."

다행히 기본적으로 머리가 나쁜 건 아닌지 라스타는 철자를 빠르게 익혔다. 노예 출신이라면 답답하겠구나, 속으로 혀를 차던 랑트 남작이 놀랄 정도였다.

"됐나요?"

"우수하시군요."

배시시 웃으면서 묻는 라스타를 칭찬한 후, 랑트 남작은 일반적인 정부 계약 절차에 관해 마저 설명해주었다.

"성대한 연회를 벌이고 귀족들을 초대합니다. 레이디 라스타도 원하는 친지들을 얼마든지 초대할 수 있지요."

"우와."

"파티하며 놀다가 나중에 재상님이 오셔서 정부 계약 서류를 펼치거든, 그 위에 서명하시면 됩니다."

"서류는……."

"재상님이 잘 보관하실 겁니다."

라스타가 작게 꺅 소리를 내며 발을 동동 굴렀다. 순수하게 기뻐하는 모습이 퍽 귀엽다고 생각하며 보다가, 랑트 남작이 한 가지 사실을 더 알려주었다.

"이건 의무는 아니지만……."

"?"

"황후 폐하께서 황제 폐하의 정부들에게, 정부 계약을 할 때마다 선물을 보내는 경우가 있습니다."

"선물이요?"

"황궁의 주인은 황후 폐하시거든요."

"……."

"그러니 주인의 입장에서, 앞으로 이곳에서 함께 살아갈 정부에게 따로 선물을 보내시는 거지요. 이건 황제 폐하뿐만 아니라 황후 폐하께도 인정과 존중을 받는 셈이기 때문에, 정부가 여럿이라면 개중에선 황후 폐하의 선물을 받은 부인을 가장 높게 본답니다."

라스타는 자신감 없는 목소리로 물었다.

"황후 폐하께서 라스타에게도 선물을 주실까요?"

"보내지 않을 겁니다."

내 대답에 시녀들이 잘됐다는 듯 서로 눈짓을 주고받았다.

"다행입니다."

"혹시 황후 폐하께서 그 여자한테 선물이라도 보내실까 봐 얼마나 걱정했는데요."

보내지 않을 이유는 많았다.

소비에슈의 비서가 간 후. 그래도 혹시 몰라 이런저런 선례를 찾아봤다. 연회야 그렇다 쳐도 선물에 관한 건 나도 좀 헷갈렸기 때문이다.

하지만 찾아보니 황후가 정부에게 선물을 보낼 때는 다 나름의 사유가 있었다. 정부가 여럿이면 기존의 정부가 지나치게 권력을 쌓아가는 걸 견제하기 위해서. 정부가 황후와 개인적으로 친분이 있거나 고위 귀족 출신이어서. 정부가 황후와 같은 집안이나 같은 계파 가문 사람이어서 등등.

하지만 라스타는 어느 쪽에도 해당하지 않는다.

챙기고 싶은 마음이 전혀 없는데, 군이 없는 이유를 만들어 '내 남편을 잘 부탁해' 따위의 말을 하라고? 그렇게 하고 싶진 않다. 소비에슈가 신경 쓰지 말라며 비서를 보내 지시했는데 나서기도 뭐하고.

"걱정하지 마세요. 꼭 보내야 할 이유가 있다면 모를까, 그렇지 않으면 보내지 않을 겁니다."

시녀들의 얼굴에 만족스러운 표정이 떠올랐다.

"로라, 그 애가 여기 있었으면 좋아서 환호했을 텐데……. 오늘 궁 밖으로 외출할 생각이었으니, 로라에겐 제가 따로 말을 전하겠습니다, 황후 폐하."

"로라는 잘 지내고 있나요?"

"어휴, 전에 갔을 때 보니 '그 여자'에게 어찌나 화가 나 있던지."

"탈리탈 후작 부인도 화가 나서 티파티를 열 때마다 그 이야기를 한답니다."

내 적이 사람들의 칭송을 받는 것보다는 사람들과 사이가 나쁜 편이 낫다. 어차피 소비에슈와 그의 측근들이 라스타를 잘 보듬어줄 텐데, 군이 내 측근들까지 그녀를 보듬어줄 필요는 없지 않나.

그렇게 라스타에 대한 화제를 마무리 지을 때쯤이었다.

"그런데 황후 폐하. 저…… 무얼 하나 여쭈어도 될까요?"

시녀 한 명이 눈을 초롱초롱 빛내며 질문했다. 아까와는 전혀 반대되는 분위기였다. 무슨 말을 하려고?

"왜 그러나요?"

궁금해서 묻자, 시녀가 두 손을 깍지 껴 잡고서 물었다.

"소문으로는 이번 신년제에 서왕국의 왕자께서 오신다던데. 정말인가요?"

질문한 시녀는 한 명인데. 놀랍게도, 다른 시녀들도 동시에 말을 멈추고 내게 시선을 고정했다.

내가 웃으면서 고개를 끄덕이자, 그녀들은 부채나 손으로 얼굴을 반쯤 가리고서 묘한 눈길을 주고받았다. 나는 웃음이 나오는 걸 참느라 입술에 힘을 주었다.

시녀들이 저렇게 기대할 만도 했다. '서왕국의 왕자'라고 하면 서왕국 왕의 남동생 딱 하나뿐인데, 여러 가지 의미로 유명했으니까.

"듣기로는 그렇게 아름다우시다지요?"

"눈만 마주쳐도 황홀해질 정도라는군요."

"하지만 고집이 장난이 아니라 들었어요. 오죽하면 서왕국 선왕은 물론이고 현왕께서도 결혼시키는 걸 포기하셨을까."

"씨 없는 수박이란 소문이 사실일까요?"

"글쎄요. 하지만 서왕국 왕도 아이가 하나도 없는데, 그 많은 여자와 염문을 뿌리고 다닌 왕자까지도 여태 아이가 없는 걸 보면 좀 의심스럽기는 하지요?"

소곤거리는 시녀들의 말을 주워 담으며 나도 슬쩍슬쩍 고개를 끄덕였다.

서왕국은 말이 왕국이지, 사실상 우리 동대제국과 비등할 만큼 대단한 군사력을 가진 나라였다. 나라의 부유한 정도로 따지자면 세계에서 제일이라고들 한다. 그런 곳의 왕위 계승 서열 1위라는 왕자가 온갖 소문을 몰고 다니는데, 궁금하지 않을 리가 없었다. 나는 머리 아프던 소비에슈와 그 정부에 대한 일을 뒤로하고서, 시녀들의 설탕 같은 수다에 빠져들어갔다.

"연회가 없다니요?"

라스타는 소비에슈 황제에게, 정부 계약식을 치를 때 연회를 얼마큼 크게 여는지, 자신도 사람들을 초대해도 좋을지 물어보다가, 완전히 깜짝 놀랐다.

"랑트 남작 말로는 큰 연회를 할 거라고……."

"내가 말하지 않았느냐. 곧 신년제라고. 급히 할 필요가 없다 했을 때, 최대한 빨리 계약식을 하고 싶단 건 너다, 라스타."

"?"

소비에슈가 설명을 했는데도 라스타의 머리 위에는 커다란 물음표가 떠다녔다. 라스타는 어리둥절해 쳐다보기만 했다.

소비에슈는 자신이 라스타의 상식 수준을 너무 높게 생각하고 있었다는 걸 뒤늦게 알아차렸다. 라스타가 생각보다 영리한 것 같아서, 그녀는 귀족들이 당연히 아는 것들을 하나도 모른다는 걸 깜빡해버린 것이다.

"내 실수로구나."

"무엇을 말씀하시는 건가요?"

"연회에 참석하는 것도 쉬운 일만은 아니지. 준비해야 할 게 많고 시간적으로도 부담스럽거든. 그래서 커다란 연회를 연달아 여는 건 예의에 어긋난단다."

"아……! 라스타가 계약식을 치르는 날과 비슷한 날에 다른 연회가 잡혀 있나요?"

"곧 신년제이지 않느냐."

화려하고 성대한 연회에서 귀족들의 축하를 받는 걸 꿈꿨던 라스타는 좀 서운해졌다. 늘 저 위에 있으리라 여긴 사람들이 자신에게 몰려드는 걸 보고 싶었는데…….

하지만 지금은 바쁘니 나중에 계약식을 치르자는 황제를 설득한 건 라스타 본인이었다. 이 일로 서운해하면 황제가 귀찮게 여길 게 분명했기에, 라스타는 결국 더 서운한 내색을 하진 못하고 입을 다물었다.

그러나 섭섭한 마음은 계약식 당일에 더욱 거세졌다. 성대한 연회는 아니라지만 그래도 작게라도 연회를 차려주고, 그게 아니면 직접 찾아와줄 줄 알았는데. 미안하다면서 사과와 함께 선물을 보낼 거라 기대했는데. 아무리 기다려도 황후에게서는 선물은커녕, 축하한다는 인사조차 없었다.

황궁의 대소사는 전부 다 황후의 소관이란 걸 랑트 남작에게 들었기에, 라스타는 황후에게 섭섭한 마음이 들었다. 그토록 열심히 준비한 사인도, 막상 종이 한 장에 쓱쓱 긋고 나니 별것 없어서 더욱 허무했다.

재상 앞에서 사인한 다음에는, 재상은 재상대로 바쁘다면서 어딘가로 가버렸다. 상상했던 환호나 주위의 박수, 세상 모든 걸 다 가진 듯 황홀한 기분 따위도 없다. 소비에슈 역시 일이 덜 끝났다며 나중에 보자고 입만 맞춘 후 가버렸다.

자신이 머무는 방으로 돌아온 라스타는 울적해져서 두 손으로 얼굴을 가렸다.

"이게 뭐야."

라스타의 곁에서 수족처럼 보살펴주는 하녀들이 걱정스레 무슨 일이냐고 묻자, 라스타는 내내 섭섭하던 점들에 대해 하소연했다.

"황후는 날 밉게 본 게 틀림없어. 안 그러면 연회는 물론 선물까지 생략할 리가 없잖아. 선물을 안 보내더라도 얼굴은 비춰주셔야 하지 않아?"

"울지 마세요, 라스타 님. 이렇게 좋은 날에 왜 우셔요……."

"어차피 황후 폐하와는 만날 일도 거의 없을 테니까 신경 쓰지 마셔요."

하지만 워낙 기대했던 터라 섭섭한 감정은 쉽게 풀리지 않았다.

결국, 서둘러 일을 마치고 라스타를 보러 온 소비에슈도, 라스타가 기분이 좋지 않다는 걸 대번에 알아차리고 물었다.

"내 사냥감은 오늘처럼 뜻깊은 날에 표정이 좋지 않은데?"

"뜻깊은 날이면 무얼 하나요. 아무에게도 축하받지 못했는걸요……."

"아무에게도 축하받지 못하다니? 재상도 네게 축하한다 인사를 했고, 하녀들도 네게 축하 인사를 올렸지 않느냐."

재상은 건성이었고, 라스타가 원하는 건 하녀들의 인사가 아니라 귀족들의 인사였다. 세상에서 자기들이 제일 잘난 듯 턱을 치켜들던 이들에게 인정과 축하를 받고 싶었다.

"역시 라스타는 황후께 밉보인 게 틀림없어요……."

라스타의 낯빛이 점점 어두워지자, 소비에슈는 어쩔 수 없이 말해주었다.

"황후가 널 미워해서 연회도 선물도 준비하지 않은 게 아니란다. 내가 여건이 안 되니 하지 말라 했다."

라스타는 소비에슈의 말을 믿지 않는 게 분명했다. 앞에서는 괜찮다고 고개를 끄덕였지만, 소비에슈는 라스타가 괜찮지 않다는 걸 알아보았다. 이런 분위기에서 정부가 된 사냥감과 달콤하고 나른한 시간을 가지는 건 불가능했다.

다음 날, 소비에슈는 결국 비서를 시켜 라스타 나이대의 귀족 영애들이 제일 좋아한다던 선물을 준비시킨 후, 황후의 이름으로 라스타에게 선물을 전해주었다.

"황후 폐하, 릴테앙 대공께서 먼 이국땅에서 사셨다는 비단을 보내오셨습니다."

평소보다 준비가 조금 빨리 끝나서, 시녀들과 둘러앉아 아침 커피를 마시는 도중이었다. 릴테앙 대공이 사람을 보냈다기에 들여보내주었더니, 대공의 시종은 다짜고짜 선물부터 내밀었다.

또.

나는 커피잔을 든 채 대공의 시종이 두 손 높이 뻗어 들어 올린 선물을 쳐다보았다. 시종이 받쳐 든 선물은, 갈치처럼 은은한 빛을 내는 푸른 비단 옷감이었다. 나는 한숨을 내쉬고서 커피잔을 내려놓았다. 퍽 아름답고 값비싸 보였지만 보내는 사람의 의도를 생각하면 순수하게 받아들이기는 곤란했다.

릴테앙 대공은 소비에슈의 삼촌뻘 되는 이로, 삼촌이라고는 하지만 소비에슈보다 두 살이 많을 뿐이다. 황제 자리에는 욕심이 없지만 권력욕은 강해서, 내가 황후가 된 후에는 주기적으로 뇌물을 보내며 이런저런 청탁을 해오고 있지. 저 선물을 받고 나면 물리치기 곤란한 요구들을 해올 게 분명하니, 답은 정해져 있었다.

"감사하지만 사람들의 눈에 자칫 오해를 불러올 수 있으니 마음만 받겠다고 전하거라."

시종은 하도 여러 번 있던 일이기에, 그저 어색하게 웃으면서 "예." 하고 대답한 후 유유히 물러났다. 본인 역시 기대도 하지 않고 왔단 태도였다.

"지치지도 않는군요, 그분은."

문이 닫히자 엘리자 백작 부인도 혀를 찼고 시녀들은 웃음을 터트렸다. 그렇게 분위기가 다시 화기애애해졌을 즈음. 뜻밖에 두 번째 방문자가 나타났다.

나는 매일 아침 식사를 마친 후 본궁으로 가 정해진 일정을 소화하기 때문에, 이른 시간에 서궁으로 오는 방문자는 거의 없다시피 한다. 그런데 오늘따라 두 명이 연달아 오다니? 의아해하면서도 방문을 허락해주었다.

다행히 두 번째 방문자는 뇌물을 바치는 귀족의 수행인은 아니었다. 그는 오늘 회의에 부칠 안건에 대해 미리 의견을 조율하기 위해 온 관리였다. 그리 어려운 문제가 아니어서 몇 마디 말을 나누고 돌려보낸 후.

놀랍게도 세 번째 방문자가 나타났다. 심지어 세 번째 방문자는 이제 얼굴 볼 일도 많이 없을 거라 여겼던 사람, 소비에슈의 첫 번째 정부인 라스타라고 했다.

"라스타? 정말인가?"

나는 근위기사에게 그 이야기를 전해 듣자마자 놀라서 되물었다. 근위기사는 송구스럽단 표정으로 "예." 하고 대답하며 고개를 숙였다.

엘리자 백작 부인은 혀를 찼다.

"감히 여기가 어디라고 온단 건가요."

근위기사가 알 리는 없었다. 그는 문 앞에 서 있다가 방문 소식을 전했을 뿐이니까. 하지만 소식을 전한 것만으로도 책임감이 느껴지는 듯, 기사는 민망한 얼굴로 계속 내 눈치를 살폈다.

엘리자 백작 부인은 걱정스럽단 표정으로 나를 쳐다보며 물었다.

"들여보내주실 겁니까, 황후 폐하?"

"글쎄요……"

솔직한 감정으로야 당연히 만나고 싶지 않다. 만날 의무도 없고,

만나봐야 속만 상할 상대를 왜 만나야 한단 말인가.

언젠가는 나도 아름다운 남자들을 정부로 삼은 채 소비에슈와 웃으면서 이야기를 나눌 수 있을지도 모르지. 하지만 그게 지금은 아니었고, 아직 나는 소비에슈나 소비에슈의 정부를 아무렇지 않게 대하는 게 어려웠다.

그렇지만······.

"들여보내주어라."

내가 허락할 줄 몰랐던지, 엘리자 백작 부인이 놀라 외쳤다.

"황후 폐하!"

나는 반 남은 커피잔 손잡이를 움켜쥐었다. 보고 싶지 않지만 라스타는 이제 막 정부가 된 사람이었고, 소비에슈가 처음으로 사랑하는······ 사랑이겠지? 처음으로 사랑하는 여자였다.

안 그래도 라스타가 등장한 후로 내게 쌀쌀맞아진 소비에슈인데. 라스타를 내쳤다가 소비에슈와 다시 감정싸움을 하고 싶진 않았다. 그와 열렬한 사랑을 할 수 없다 해도, 황제의 미움을 사봤자 내 손해 아닌가. 두 번의 방문을 허락하진 않더라도 첫 방문 정도는 허락해주는 게 구색 맞추기에 나았다.

"황후 폐하, 두 번째로 뵙습니다. 라스타예요."

로라와의 일은 신경을 쓰지 않는 건지, 안 쓰는 척하는 건지, 라스타는 들어오자마자 내게 밝게 웃으며 인사했다. 엘리자 백작 부인은 불쾌한 티를 감추지 않으며 아예 돌아앉아버렸다.

나는 되도록 무표정을 유지하기 위해 얼굴 근육에 힘을 주었다. 다행히 원치 않는 상황에서 무표정을 유지하는 건 여러 번 해본 일이었다.

"……지난번과 달리 이번엔 확실하게 폐하의 정부가 되었구나. 축하한다."

"감사합니다!"

형식적인 인사는 했고……. 이제 뭐라고 말을 해야 하나. 고민하다가 나는 그냥 본론을 꺼냈다.

"그래. 여기는 무슨 일로 온 거지?"

"무슨 일로 오기는요."

"?"

"이젠 황후 폐하와 저는 자매 같은 사이가 된 거잖아요. 식구요."

쌀쌀맞게 커피만 홀짝거리던 엘리자 백작 부인이 안타깝게도 사레에 걸리고 말았다. 엘리자 백작 부인은 주먹을 입에 가져다 대고서 콜록거리다가 라스타를 쳐다보았다. 나 역시 당혹스럽긴 마찬가지였다.

방금 내가 무슨 말을 들은 거지? 자매? 식구?

"식구라니?"

"같은 남편을 두었으니까요."

무표정이 깨질 뻔했다. 저절로 관자놀이에 힘이 들어가며 안면에 경련이 왔다. 정부 계약은 말 그대로 계약이었고, 정부는 황실 족보에 올라오지 못한다. 정부로 계약된 동안에는 풍족한 품위 유지비를 받을 수 있지만, 계약 기간이 끝나 연장하지 못한다면 정부들은 황궁에서 나가야 했다. 이건 정부가 낳은 자녀들도 마찬가지로, 아무리 황제를 빼다 박은 아이가 태어난다 한들 황자나 황녀라

부를 수 없는 건 물론 족보 역시도 따로 관리되었다.

그런데 같은 남편을 둔 식구라고?

하도 오류가 많아서 어디부터 짚어주어야 하나, 오히려 막막해진다. 잠시 머리를 정리하고 있자니, 라스타가 두 손을 모으고서 해맑게 물었다.

"언니라고 불러도 괜찮을까요?"

주위가 싸늘해졌다.

나는 입술을 꾹 다물었다. 내가 낼 수 있는 배려심의 한계는 여기까지였나 보다.

"아니."

딱 잘라서 부정하자 생글거리던 라스타의 얼굴에 한 줄 금이 갔다. 그녀는 눈을 깜빡거리다가 곧 소스라치게 놀라 나를 쳐다보았다. 마치 내가 이렇게 대답할 줄은 전혀 몰랐다는 것처럼. 말도 안 되는 말을 먼저 뱉었으면서, 몹시 충격받은 얼굴이었다.

나야말로 더 놀라웠다.

저 여자는 내가 정말로 "그래 동생. 자매처럼 지내자. 네가 내 남편을 뺏어 갔지만 사이좋게 지낼 수 있어." 하고 나올 거라 생각했던 건가? 나를, 모두가 친구로 나오는 3세용 동화책 속 황후로라도 생각하나?

"라스타가…… 싫어서 그러시는 건가요?"

라스타는 놀라운 감정이 가시자 섭섭한지, 커다란 눈에 눈물이 그렁해져서 물었다.

"네가 싫고 말고의 문제가 아니다."

물론 싫기도 하지만.

"넌 폐하의 정부가 된 거지, 내 자매가 된 건 아니지 않느냐."

울지 말라고 일부러 웃으면서 설명해주었으나, 라스타는 오히려 더욱 눈가가 촉촉해졌다. 비웃음이라 여긴 모양이었다. 굳이 정정할 필요도 없고 웃어도 효과가 없기에, 나는 미소를 거두고서 축객령을 내렸다.

"나가거라."

방 안의 모두를 기겁하게 만든 라스타가 돌아간 후.

"참으로…… 저걸 뭐라고 말해야 할지 모르겠습니다."

엘리자 백작 부인은 어이없어 하며 중얼거렸다. 다른 시녀들도 마찬가지였다. 그녀들은 정부 계약식 다음 날 황후를 찾아오는 정부도 처음이지만, 저런 말을 하고 가는 정부도 처음 봤다며 혀를 내둘렀다.

나는 미간을 찌푸리고서 가장 나이 많은 귀부인에게 물었다.

"보통 정부들이 다 저런가요?"

어릴 때부터 황궁을 드나들긴 했지만, 예비 황태자비로서 교육받던 내가 황제의 정부들과 만날 일이 뭐가 있겠는가. 아직 나이가 되지 않아 사교계에 데뷔하지도 못했던 때인지라, 나는 선대 황제의 정부들과는 접점이 없었다.

"보통 정부들이라 하면 황후 폐하와는 웬만해서는 마주치지 않으려 합니다. 만나봐야 서로 기분만 상할 텐데, 정부들 입장에선 황후 폐하에게 괜히 미움을 사기 싫을 테니까요."

"……."

어쩌면 소비에슈는 라스타 같은 성격을 좋아하는지도 모르겠다.

엘리자 백작 부인이 한숨을 내쉬었다.

"그보다 곧 저 여자의 시녀도 구할 텐데. 폐하께서는 평민이라 말씀하시지만 아무리 보아도 그 여잔 평민 같진 않으니 걱정입니다. 귀부인들과 영애들이 그 정부의 시녀가 되고 싶다며 나서기는 할지⋯⋯."

"황후를 찾아갔는데, 저는 폐하의 정부이지 황후의 자매가 아니니 언니라 부르면 안 된다 하셨어요. 랑트 남작, 원래 이런 건가요? 아니면 내가 황후에게 미움을 산 건가요?"

정부 계약식은 끝났지만 그간 얼굴을 익힌 터라, 라스타에 대한 일은 거의 비서 중에서도 랑트 남작이 도맡아 처리했다.

오늘도 별 목적 없이 라스타를 찾아간 랑트 남작은, 라스타에게 이런저런 전반적인 도움을 주려다가, 뜻밖의 이야기를 듣고 깜짝 놀라 되물었다.

"황후 폐하를 찾아가셨습니까?"

"네⋯⋯. 황후가 라스타에게 선물을 보내주셨거든요. 선물을 받았으면 인사하러 가는 게 맞다고 생각해서⋯⋯."

랑트 남작은 속으로 끙 소리를 내며 자신의 이마를 짚었다.

라스타가 고개를 갸웃했다.

"왜 그러나요? 라스타가 잘못한 건가요?"

"잘못하셨단 것보다는……."

"?"

"아무래도 황후 폐하와 라스타 님의 입장이 정반대이지 않습니까."

"어째서요? 둘 다 같은 남편을 모시는 사이잖아요."

설마 황후 폐하께도 저렇게 말한 건가! 랑트 남작은 순간 눈앞이 어지러워졌다. 하지만 라스타의 커다랗고 까만 눈을 본 랑트 남작은, 그녀가 그만큼 순수하기 때문에 벌어진 일이라 납득했다. 어린아이들이 말실수한다 해서 성인의 말실수처럼 취급하진 않는다. 라스타는 귀족 사회에 대해서는 오히려 귀족 어린아이들보다 더욱 무지할 테니, 어느 정도는 감안을 해줘야 했다.

하지만 그렇더라도…….

"라스타 님. 라스타 님이 황후 폐하를 뵈러 간다고 할 때 말리는 사람이 아무도 없었습니까?"

"체리리와 키스에 말인가요?"

"그 사람들은 누구입니까?"

"라스타의 하녀예요. 폐하께서 직접 붙여주셨어요."

"하녀 말고…… 시녀는 없으십니까?"

라스타가 고개를 기우뚱하게 했다.

"없는데요?"

랑트 남작은 뜨악한 얼굴로 라스타를 쳐다보다가 자리에서 일어났다. 그 길로 랑트 남작은 소비에슈 황제에게 돌아가 라스타를 방문한 일에 대해 보고한 후 설명했다.

"폐하. 이제 라스타 님도 정부가 되었는데, 그분은 귀족 사회에 대해 무지하십니다. 그분에게는 하녀들 이외에도 시녀들이 필요합니다."

옆에서 듣고 있던 다른 비서가 "시녀들은 귀족들인데, 평민 출신인 라스타 님을 보필하려 할까요?"라고 중간에 끼어들었다.

"평민 출신 정부가 라스타 님뿐인 것도 아니지 않습니까."

랑트 남작은 자기가 모욕이라도 당한 듯 쏘아붙이고서 다시 소비에슈 황제에게 간청했다.

"한 명이라도 시녀를 붙여드려서, 그분이 자연스럽게 귀족 사회에 대해 알게 하셔야 합니다."

소비에슈는 흐음 소리를 내며 수긍했다.

"그렇지 않아도 고민하던 차였다. 랑트 남작."

"예, 폐하."

"네가 책임지고 라스타에게 도움이 될 시녀들을 알아보아라."

"예, 폐하."

서궁에 딸린 정원을 산책하는 도중이었다. 사람의 머리통만큼 커다란 잎이 나는 꽃이 있는데, 처음 보는 잘생긴 새 한 마리가 꽃잎 위에 앉아 털을 고르고 있었다.

"이상한 새로구나."

시녀들은 소비에슈의 비서가 라스타의 시녀를 구하려 하는데 잘 안 된단 이야기를 하며 깔깔거리느라 새를 발견하지 못한 듯했다.

나는 혼자 조용히 다가가 보았다. 손을 내밀자 새는 무섭지도 않은지 얼른 손 위로 올라왔다. 날개를 떨다가 부리를 손등에 비비는 둥 귀엽게 구는 게, 사람 손을 탄 새가 분명했다.

'귀족들이 기르는 새인가?'

작은 머리통을 쓰다듬으며 보니, 새의 다리에 작은 종이가 묶여 있었다. 종이를 풀어서 보니 깨알 같은 글씨로 들쭉날쭉한 글씨가 쓰여 있었다.

나는 신년제에 도착할 외국 손님입니다. 이 편지는 술을 먹고 쓰는 중.

피식 웃고 있자니 뒤늦게 시녀들이 다가와서 무슨 일이냐고 물었다.

"어머. 새로군요."

"귀여워라."

"참으로 잘생긴 새입니다. 이런 새를 뭐라 부르죠?"

"길들이기 어려운 새로 알고 있는데……. 사냥에 쓰이는 새가 아닌가요?"

편지를 보여주자 시녀들은 까르륵 웃으면서 답장을 써서 보내라고 부추겼다. 나 역시 입꼬리가 절로 올라갔다. 정말 외국인이 술을 먹고 술주정으로 쓴 건가? 신년제를 대비해 외국 사절들이 잔뜩 모여들고 있을 테니 가능성이 없진 않지만…….

보통 전서구가 날아가는 곳은 새들을 끌어들이는 특이한 향을 내는 새탑이었다. 그런데 굳이 여기로 날아온 게 신기했다.

나는 늘 가지고 다니는 휴대용 작은 펜을 꺼냈고, 다른 시녀가 근처에서 종잇조각을 받아 왔다.

술에 취한 새가 날아와 돌려보냅니다. 제대로 길을 찾아간다면 주인보다는 영특할 테니 다행.

고개를 빼꼼 내밀고 편지 쓰는 걸 보고 있던 시녀들이 다시 한 번 깔깔 웃음을 터트렸다.

나는 펜을 넣고, 여기까지 날아온 새에게 물을 준 다음 다시 다리에 종이를 묶어주었다. 새는 내 손등에 다시 부리를 비비적거리고는 다시 훌쩍 날아올랐다.

"귀엽군요."

"저 새가 황후 폐하를 좋아하나 봅니다."

"그러게요. 황후 폐하에게만 붙는 게 신기하지 않나요?"

그런데 새에 대한 이야기로 떠들며 방으로 돌아오니, 방문 앞에 소비에슈가 보낸 비서가 서 있었다.

"무슨 일이지요?"

방금 온 게 아니라 여기서 꽤 기다린 것 같기에 묻자, 비서가 얼른 대답했다.

"황제 폐하께서 황후 폐하를 모시고 오라 하셨습니다."

시녀들의 안색이 빠르게 굳었다. 나 역시 마찬가지겠지.

잘생긴 새를 보며 즐거워하던 마음은 어디론가 가버리고, 가슴 언저리가 답답해졌다. 예전에는 소비에슈가 날 부른다고 해도 아무렇지 않았는데. 요즘은 소비에슈가 부른다고 하면 '또 무슨 일인데?'란 생각부터 들었다.

"……알았어요."

하지만 라스타는 이미 정부가 되었고, 나는 그녀가 필요 이상으로 내게 친하게 굴려는 걸 차단했다.

그걸로 끝이다. 끝인가?

'혹시 내가 언니라 부르지 말라 한 걸 타박하려는 건……? 아니야. 아무리 소비에슈라 해도 그 정도는 아니겠지.'

그도 자기 어머니를 보았으니 황후와 정부들이 어떤 사이인지 알 테지 않는가.

"잠시만 기다려요."

방 안으로 들어간 후, 나는 산책을 하느라 아랫단이 젖은 드레스를 벗고 좀 더 격식 있는 드레스로 갈아입었다.

비서를 따라 동궁으로 갔지만, 다행히 이번에도 라스타를 만나진 않았다. 소비에슈는 내가 방으로 들어오자 차를 한 잔 권하고는 바로 본론을 꺼냈다.

"황후만큼은 아니지만, 정부들도 시중을 들어주는 시녀를 하나둘은 두지 않소. 라스타에게도 시녀를 하나나 둘쯤 붙여주려 하오."

"들었습니다. 폐하의 비서들이 돌아다니고 있다고요."

"……그렇기는 한데, 며칠이 지났는데도 이상하게 귀족들이 지원하지 않아서 말이오."

"그렇습니까."

"내 생각엔 궁의 주인인 황후가 나서지 않으니 다들 몸을 사리는 것 같소. 그러니 황후가 직접 라스타에게 시녀를 한 명 구해줄 수 있겠소?"

"말도 안 됩니다! 황후 폐하께서 왜 정부 따위에게 직접 시녀를 구해주신단 말입니까!"

내 이야기를 전해 들은 시녀들은 화가 나서 버럭 소리 질렀다. 고혈압 증세가 있는 엘리자 백작 부인은 목 뒤를 손으로 짚으며 끙 소리를 냈다. 베르디 자작 부인은 엘리자 백작 부인에게 부채질을 해주며 달래듯 말했다.

"그래도 로라가 이 자리에 없어서 다행입니다. 성질이 불같은 아이니, 이 이야기를 들었다가는 흥분해서 어디로 튈지 모르니까요."

잠시 가만히 앉아 입을 다물고 있자, 초조하게 눈치를 살피던 시녀들이 물어왔다.

"어쩌실 겁니다, 황후 폐하?"

"정말 그 여자에게 시녀를 구해주실 건가요?"

"폐하의 비서들이 나섰지만 아무도 나서려 하지 않았다는데요."

나는 한숨을 내쉬었다.

"하고 싶지 않다고 하지 않을 수 있다면 좋겠지만…… 폐하께서 직접 불러 지시한 일이니까요."

시녀들은 울상을 지었지만 마땅한 방도가 없기는 모두 마찬가지였다.

나는 한숨을 내쉬었다. 보통 시녀는 자기와 비슷한 직위의 귀족, 혹은 자기보다 조금 낮은 직위의 귀족이 해주는 일이었다. 하지만 라스타는 아예 귀족이 아니니, 고위 귀족들에게는 이 일을 부탁하는 자체가 결례 될 터.

이 경우엔 몰락 귀족이나 하급 귀족 중에 구하는 게 적당하기는 한데…… 그런 사람들은 궁전에 드나들지 않는 경우가 대다수라서 문제였다.

나는 잠시 생각해보다가 엘리자 백작 부인에게 부탁했다.

"일단 건너 건너 사람을 통해서라도 알아봐야 할 것 같으니, 수도 내에 있는 귀부인과 영애 모두에게 초대장을 보내주세요."

"예, 황후 폐하."

"모든 여자 귀족들이 참석하는 티파티?"

라스타는 눈을 휘둥그렇게 뜨고 되물었다.

"확실한 거야?"

라스타에게 소식을 전해준 전속 하녀 체리니가 "그렇다니까요!" 하고 화가 나서 씩씩거렸다.

"말이 티파티지, 얼마나 성대한지 몰라요. 몇 시간 전부터 수도 내의 모든 귀부인이 전부 다 서궁으로 모여들고 있다고요. 초대장은 어제 돌렸대요."

"……라스타는?"

"그러니까요! 물론 라스타 님이 귀족 출신이 아니긴 하지만, 이젠 명실상부한 황제 폐하의 사람이신데……. 너무해요."

하녀 체리니의 말에 라스타는 눈썹을 찌푸리고서 침울하게 어깨를 늘어뜨렸다.

"어쩐지. 오늘 하루 종일 황궁이 떠들썩하다 싶더니……."

"황후 폐하께서 이번엔 정말 너무하셨어요. 곧 신년제란 이유로 라스타 님을 위한 파티는 다 생략해버리시더니, 막상 황후 폐하는 라스타 님을 쏙 뺀 파티를 하시다니요."

티파티와 일반 파티는 규모부터 달랐고, 참석하는 이들의 부담감 역시도 달랐다. 이런 점을 모르는 체리니와 라스타에게는 티파티나 파티나 둘 다 파티여서, 이번 일이 퍽 섭섭하게 여겨졌다. 라스타는 괜히 발끝으로 바닥을 툭툭 건드리다가 완전히 힘이 빠져서 침대에 엎어졌다.

"라스타 미움받고 있나 봐……."

"폐하께서 라스타 님을 사랑하시니까 황후 폐하가 질투하시는 거예요."

"라스타 님도 예쁘게 차려입고 서궁에 가시는 게 어떨까요?"

"라스타는 초대받지 않았는데……?"

"황궁에 황후 폐하만 사나요? 라스타 님도 이젠 여기가 집이잖아요."

두 하녀가 번갈아 말했으나, 라스타는 잠시 생각하다가 고개를 젓고 이불을 덮어썼다.

"싫어. 가봤자 눈칫밥만 먹을 텐데."

하녀들은 울상을 지었다.

"가엾은 라스타 님……."

남귀족들 없이 여귀족들만 초대한 것이지만, 평소와 달리 지위의 고하를 가리지 않고 불러들였으므로 인원수가 생각보다 많았다. 개중에는 사교계에서 얼굴을 보기 힘든 이들까지도 있어서, 나조차 이름이나 얼굴이 가물가물한 이들도 있었다.

나는 정원에 뷔페 형식으로 과자며 푸딩, 젤리, 초콜릿 등을 차려놓아서 사람들이 돌아다니며 음식을 먹을 수 있게 했다. 처음에는 다들 티파티에 뷔페 형식이 도입된 데 조금 놀란 눈치였지만, 곧 재미있어 하며 웃고 떠들었다.

그러다가 어느 정도 분위기가 잡혔을 즈음, 나는 그녀들을 부른 용건에 대해 알렸다.

"폐하께서 이번에 그분의 정부가 된 라스타 양에게 시녀를 붙여주고 싶다 하셔서 여러분을 부르게 되었어요. 신년제 전에 구해야 하는지라 멀리까지 사람을 보내 알아볼 수가 없거든요. 혹시 지인 중에 라스타 양의 시녀 자리를 원하는 사람이 없을까요?"

'여러분 중에 라스타 양의 시녀가 되고 싶은 사람은 없느냐'는 말은 하지 않았다.

평소보다는 기준이 좀 더 낮아지긴 했지만, 그래도 수도 내에 귀족 저택을 짓고 사는 이들은 어느 정도 자신의 위치에 대한 프라이드가 강했다. 수도에 거주하는 귀족이라 해서 지방 귀족이나 영주 가문보다 지위가 더 높은 건 아니지만, 평민 출신 정부의 시중을 들고 싶어 할 만한 이들은 없단 뜻이다. 그러니 그 부분을 신경 써서 말해야 한다.

나는 말을 끝내고 누군가 나서기를 기다렸다. 귀부인과 영애들은 서로 눈짓을 주고받으며 작게 고개를 젓거나 어깨를 으쓱였다.

침묵이 어색하게 공기를 떠다녔다.

잠시 후, 로라와 가장 친한 레이디 알리슈테가 조심스럽게 입을 열었다.

"저…… 황후 폐하. 사실 며칠 전부터도 계속 이 일이 화제였지만……. 폐하께는 비밀로 해주세요. '꼭'입니다."

"괜찮으니 말해봐요, 알리슈테 양."

"라스타 님은 도망 노예 출신이란 소문이 돌지 않나요? 평민 출신이라면 그래도 시녀가 되겠단 이들이 좀 있겠지만, 그런 소문이 너무 심하게 돌아서…… 다들 꺼리고 있습니다."

다른 귀부인들이 고개를 끄덕이며 한두 마디 말을 덧붙였다.

"도망 노예의 시녀가 되었다간 얼굴을 들고 다닐 수 없을 겁니다, 황후 폐하."

"적당한 사람이 있긴 하지만, 그런 소문이 도는 정부의 시녀가 되어달라 했다가는 뺨을 맞을 거여요."

"도망 노예의 시녀라니. 영광이 아니라 모욕이자 벌이지 않습니까."

소문이 사교계 전체에 파다하게 돌았던 모양이었다.

귀부인들은 머뭇거리다가 내게 "그런데 그 소문은 사실입니까, 황후 폐하?"라고 묻기 시작했고, 나는 소비에슈에게 들은 그대로 전해주었다. 소비에슈의 실수로 다친 평민이라고.

저녁이 되어 귀부인들이 모두 돌아간 후, 나는 이번에는 동궁으로 찾아갔다. 어차피 오늘은 소비에슈와 저녁 식사를 하는 날이기도 하니, 식사하면서 나도 라스타의 시녀를 구하지 못했던 이야기를 하면 되겠지.

그런데 뜻밖에도 동궁으로 가자, 평소와 달리 식당 테이블에 음식이 차려져 있지 않았다. 소비에슈는 분명 테이블에 앉아 있는데도. 당황해서 빈 테이블을 내려다보고 있자, 소비에슈가 태연하게 말했다.

"황후가 귀부인들을 '모두' 불러놓고 몇 시간이나 간식을 먹었다 들었소. 배가 부를 것 같으니 오늘은 상을 차리지 말라 한 것이오."

"……그렇습니까."

"나는 라스타와 함께 식사하면 되니 걱정하지 마시오."

"……."

"라스타의 시녀는? 알아보았고?"

"귀부인과 영애들을 불러 물었지만, 시녀 일을 하겠다며 나서는 이들은 없었습니다, 폐하."

소비에슈가 미간을 찡그렸다.

"그게 다요?"

"예."

"못 한다고 나서면 못 하는 이유가 있을 게 아니오."

"시녀 일은 돈을 보고 하는 게 아니니까요."

"그게 무슨 뜻이오?"

라스타에 관해 떠도는 소문 이야기지. 하지만 도망 노예 소문을 이야기했다가는 괜히 다른 귀부인들에게 불똥이 튀겠지. 알리슈테 양이 비밀로 해달라 부탁하기도 했고, 그 부분은 말하지 않아야겠다.

"제 생각일 뿐이지만, 지금은 신년제 준비로도 바쁘고 할 테니 굳이 남을 시중들고 싶지 않은 듯합니다. 이중으로 바빠질 테니까요."

잠시 생각하는가 싶던 소비에슈가 농담조로 물었다.

"혹시 황후가 귀족들을 불러다 이상한 얘기를 한 건 아니오?"

분명 농담조인데 말 안에 날카로운 뼈가 있었다.

"그럴 리가요. 저는 폐하의 정부에 대해 아는 바가 없는데, 이상한 얘기를 할 수가 없지요."

"아는 게 없어도 사람들은 늘 말을 전하니까."

"하긴. 들은 것도 본 것도 없이 상대를 의심하는 사람도 있으니……."

나 역시 말에 뼈를 담아서 던져버리자 소비에슈가 잠시 흠칫했다. 우리는 서로 말없이 바라보았다.

"그게 내게 한 말이라면, 황후를 의심한 건 아니오."

먼저 발을 뺀 건 소비에슈였다.

"저 역시 폐하를 두고 한 말은 아니었습니다."

나도 한 걸음 뒤로 물러나자 소비에슈는 웃으며 달래듯 말했다.

"그저 물어본 것뿐이니 기분 나빠하진 마시오."

이미 기분은 상한 후였으나 대놓고 황제와 싸워봤자 내 손해였다. 내색하진 않았으나 자존심은 구겨졌고, 드러내진 않았으나 속

이 울렁거렸다. 나는 기계적으로 작게 웃어 보인 후 자리에서 일어
났다.

이래서는 안 되겠다 싶었던 소비에슈는 자신의 시종과 비서들을
모두 불러놓고 명령을 내렸다.

"임시라도 좋으니 우선 라스타의 시중을 들 시녀가 필요하네. 자
네들에게도 여자 친인척이 있겠지. 사정을 이야기하고 두 명을 추
천해 데려오게."

황제의 정부란 묘한 지위여서, 관심과 선망의 대상이 되다가도
비난과 경멸의 대상이 되기도 했다. 소비에슈는 라스타가 평민 출
신이라고 한 게 귀족들의 같잖은 자존심을 건드린 게 분명하다 생
각했다. 이 때문에 일부러 귀족 외 출신의 정부를 귀족과 가짜 결
혼시켜서 신분을 세탁하는 역대 황제들도 있지 않았던가.

그러나 신분 세탁을 하기엔 라스타에 관한 이야기가 너무 많이
퍼져 있었다. 어차피 귀족들은 소비에슈가 라스타를 계속 아껴주
기만 한다면, 1년, 아니 한 달만 지나도 다들 라스타 곁에 모여들어
친한 척해댈 것이다. 그러니 자발적 시녀를 구할 수 없다면, 당장은
명령을 내려서 구하는 수밖에 없었다.

"적응하려면 또래가 좋을 테니까, 위아래로 나이 차이가 크진 않
았으면 좋겠군."

시종들이 난처한 시선을 주고받았다.

“이 사람 말하는 거 봐. 도망 노예의 시중을 들라니요! 당신 미쳤 나요?”

“아버지! 어떻게 어머니한테 그런 말씀을 하세요?”

혹시 황제의 정부의 시녀가 되고 싶은 마음이 없냐는 랑트 남작의 말에 그의 부인과 어린 아들이 펄쩍 뛰었다. 랑트 남작은 땀을 뻘 뻘 흘리며 손을 내저었다.

“도망 노예라니. 아니에요, 부인. 그분은 도망 노예가 아니라 평 민……”

“도망 노예가 아니라 해도 다른 사람들은 모두 그렇게 알고 있 으니 문제지요!”

랑트 남작 부인은 버럭 소리 지르면서 허리에 팔을 올리고 랑트 남작을 노려보았다.

“당신은, 내가 도망 노예의 시중을 들었으면 좋겠나요? 사람들 이 나뿐만 아니라 당신과 우리 제스까지 비웃을 겁니다. 랑트 남작 가는 노예보다 아래에 있다고!”

랑트 남작은 라스타가 참으로 귀엽고 사랑스러운 여자이며, 언 젠가는 다른 귀족들도 그 신선한 정부에게 푹 빠지리라 믿었다. 하 지만 그거야 미래의 일이고. 현재 사교계에서 라스타에 대한 사람 들의 평가가 나쁘단 건 분명했다. 그러니 랑트 남작 부인의 말은 현실적이고 정확했다.

“부인의 친정 조카인 에이시는……”

"당신, 지금 당신 조카 아니라고 애 앞길을……? 당신 조카 중에도 여자애가 세 명이나 있잖아요?"

"그 애들 성격은 부인도 알지 않습니까. 누구의 시중을 들어줄 성품이 아니에요."

"어머 이 사람 봐? 무슨 핑계지 지금?"

소비에슈의 명령이 때아닌 랑트 남작 부부의 말다툼으로 번져갈 즈음. 다른 시종과 비서의 집안 역시 사정은 비슷했다. 다들 도망노예 이야기를 하며 기겁해 손을 내저었다. 하지만 이대로 물러서기에는 황후와 그들은 처지가 달랐다. 결국 피르누 백작과 랑트 남작은, 황제의 명령이라 어쩔 수 없었다고 사람들에게 말해도 좋으니 한 달만 와달라 부탁 부탁을 해서 각자 딸과 먼 친척을 데려올 수 있었다.

소비에슈가 또다시 내게 귀부인들을 볶으라 재촉하진 않을까 생각했는데.

그래도 어찌어찌 일을 해결한 건지, 3일 후 시녀들은 피르누 백작의 딸과 랑트 남작의 먼 친척뻘 되는 여자가 라스타의 시녀로 오게 되었단 걸 알려주었다. 먼 시골에 산다는 랑트 남작의 친척이야 그렇다 쳐도, 피르누 백작의 딸이 라스타의 시녀로 간 건 의외였다.

"그 집 딸이 헬렌 양 아닌가요?"

피르누 백작가라면 그래도 어깨에 힘을 좀 주고 다니는 집안으로 알고 있는데.

"맞습니다, 황후 폐하."

내 티파티에 왔을 때만 해도 치를 떨던 헬렌이 용케도 시녀 일을 받아들였구나.

"평소 헬렌 양은 호기심이 많고 제 아버지와도 사이가 좋았으니까요. 백작을 위해 일부러 나선 게 아닐까 합니다."

"그런가 보군요."

나는 고개를 끄덕이고서 그 화제에 대해서는 더 이상 꺼내지 않았다. 다행히 몇 시간 뒤에는, 산책하다가 일전의 그 잘생긴 새를 다시 발견하면서 완전히 라스타에 대한 일을 잊어버릴 수 있었다.

시녀들은 새가 날아와 내 앞을 유유히 맴돌자 놀라워하며 감탄했다.

"어머나. 또 왔어요, 쟤."

"황후 폐하께 가는 걸 봐요! 신기해라."

이번에도 새는 다리에 쪽지를 달고 있었다.

그래도 새보단 내가 좀 더 똑똑하지요. 이젠 술이 다 깼습니다.

쪽지를 빼내어 읽은 후 나는 작게 웃음을 터트리고 말았다. 별말은 아니지만, 누군가와 이렇게 헛소리를 주고받으며 놀아본 적이 없다 보니 그냥 마냥 웃음이 나왔다.

나는 새에게 물을 준 다음, 얼른 작은 쪽지에 이번에도 짧은 문장을 썼다.

아직 덜 깬 모양인데요. 새의 이름은 뭔가요?

내가 쓴 쪽지를 본 시녀들은 다시 까르르 웃음을 터뜨렸다. 평소

차분한 내가 이런 글을 쓰는 게 재미있는지 다들 이런저런 말을 한 마디씩 붙였다. 나는 조그마한 새의 머리 위에 입을 맞추고서 하늘로 손을 뻗었고, 새는 얼른 날아올랐다.

이번에는 질문으로 편지를 끝맺었는데.

저 편지를 받은 사람이 또 내게 답장을 해줄까?

그랬으면 좋겠단 생각이 들었다.

잊어버리고 살던 라스타의 이름은 그리 오래 지나지 않아 다시 내 귀에 들어왔다.

"황후. 라스타에 관해 물어볼 게 있어서 왔는데."

라스타에 대해 거론한 이는 소비에슈였다.

나는 본궁에서 신년제를 기념해 열 복지 행사에 대해 재무부 장관과 의논하던 중이었다.

"급한 일인가요?"

그렇지 않아도 원래의 퇴근 시간을 이미 넘긴 후여서, 나는 시계를 확인하고 물었다. 급한 일이 아니라면 나중에 얘기해도 될 텐데. 라스타에 관한 일이라면 급한 일일 리가 없었다.

소비에슈는 대답 대신 재무부 장관에게 눈치를 보냈고, 재무부 장관은 어색하게 자리에서 일어났다. 재무부 장관이 나가면서 아래의 관리들까지도 모두 따라 나갔다. 순식간에 방 안에 우리 둘만이 남았다.

"무슨 일이지요?"

내가 묻자, 책상 위에 커다랗게 펼쳐진 표를 쳐다보던 소비에슈가 시선을 들어 올렸다.

"말했다시피 라스타에 대한 건인데."

제발 그 정부에 관한 건 네 선에서 해결하면 안 되는 건가. 목구멍까지 치솟는 말을 누르며 고개를 끄덕였다.

"네."

"황후가 귀족들에게 라스타는 도망 노예란 소문을 퍼트렸소?"

"또 그 이야기인가요?"

아니지. 전보다는 더 구체적으로 되었구나. 전에는 '이상한 소리'를 퍼트리냐고 물었으니까.

어이가 없어 그를 쳐다보았다.

"라스타의 시녀들이 라스타를 제대로 대우하지 않는 건 물론 시녀의 역할을 전혀 하지 않고 있소."

"폐하. 전 폐하의 정부와 어떤 식으로도 엮이고 싶지 않아요."

"그런데 왜 시녀들이 사사건건 라스타를 황후와 비교하며 무시한단 말이오? 가엾은 라스타는 그걸 꾹 눌러 참으며 내게 한마디 말도 하지 못하고 있었소. 우연히 현장을 보지 않았으면 그런 일이 벌어지는 줄도 몰랐을 거요."

"그건 그 시녀들에게 물어야 하지 않을까요?"

"물어봤지. 물어보니 그 여자들이 그러더군. 도망 노예의 시중은 들고 싶지 않았다고."

"……정말 너무하십니다."

결국, 견디지 못하고 속내를 뱉어버렸다. 소비에슈가 놀란 눈으로 나를 쳐다보았다. 눈시울이 뜨거워졌지만, 혀를 물고 눈물은 꾹 눌렀다. 황후는 자존심으로 눈물을 보여선 안 되는 법이니까.

"시녀들이 제가 시켰다고 말을 한 것도 아니고, 그런 소문이 돌고 있다고 한 겁니다. 폐하께서는 출처 모를 소문이 돈단 이유로 저를 타박하나요?"

"내내 생각해봤소. 하지만 아무리 생각해도 그런 소문을 퍼트려서 이득을 볼 사람은 황후 외엔 떠오르지 않소."

"제가 무슨 이득을 본다고요?"

"라스타는 황후에게 있어선 연적이나 다름없으니 이러는 게 아니오?"

"!"

"게다가 라스타가 도망 노예 출신이란 이야기는, 황후가 내게 한 번 한 적이 있지. 그렇지 않소? 황후는 소문의 출처도 밝히지 않았어. 밝힐 수 없었겠지. 애초에 황후가 낸 소문이었을 테니."

소비에슈의 오해는 일방적이었고 모욕적이었다. 나는 아랫입술을 꼭 깨물고 그를 쳐다보았다. 간신히 숨을 고르며 침착한 모습을 보이려 애썼다.

그러나 내가 태연하게 굴려 하면 할수록 소비에슈는 더욱 미심쩍어 하는 기색이었다. 조금 시간이 걸렸지만, 마침내 나는 제법 멀쩡해 보이는 목소리를 쥐어짜낼 수 있었다.

"폐하의 정부는 제게 연적이 아닙니다."

"뭐?"

"폐하가 제게 연인이 아닌데, 어떻게 그녀가 내게 연적이겠어요."

소비에슈의 표정이 흔들렸다. 의자 등받이를 쥔 손에 힘이 꽉 들어가는 게 보였다. 거울을 수며 수천 번 수만 번 연습한 가벼운 미소를 지어 보인 후, 나는 허리를 꼿꼿하게 펴고서 충고했다.

"폐하에겐 소중한 정부이지만, 제게는 남과 마찬가지입니다. 굳이 피곤하게 이런저런 신경을 쓰고 싶지 않아요. 그러니 다시 말씀드리지요, 폐하. 폐하와 정부의 일에 절 끌어들이지 마세요."

그대로 휙 돌아서서 급히 문을 열고 나갔다. 초조하게 복도를 서성이던 재무부 장관이 고개를 돌렸다. 나와 눈이 마주치자 그가 눈을 커다랗게 떴다. 표정 관리가 잘 안 되는 게 분명했다. 나는 그를 향해서도 웃어 보이고서 얼른 그 복도를 빠져나와 서궁으로 갔다.

시녀들도 데려가지 않는 외진 둥지 의자로 달려가서, 안에 몸을 파묻었다. 온몸을 끌어안고서 최대한 우는 소리를 내지 않기 위해 버텼다.

황후는 우는 게 아니야. 황후는 남들 앞에서 우는 게 아니야.

머릿속으로 끝없이 소비에슈와 그의 정부는 아주 작고 사소한 존재니까, 절대 흔들리면 안 된다고 읊조렸다. 그러나 마음 한구석이 뻥 뚫린 것처럼 아파 견디기 힘들었다.

한참을 그러고 있었을까. 결국, 완전히 깜깜한 밤이 되어버렸다. 시녀들이 놀라서 날 찾고 있을 게 분명했다. 나는 몸을 천천히 움직였다. 몇 시간을 한 자세로 있었더니, 몸이 경직이라도 된 건지 내 팔다리가 나무인형처럼 느껴졌다.

그때, 삐이이익 하는 소리가 멀리서 들려왔다. 둥지 의자에서 고개만 내밀고 올려다보자, 하늘에서 커다란 새 한 마리가 내려오고 있었다.

"아!"

그 잘생긴 새였다. 술 취한 외국인의 쪽지를 가지고 온 새.

새는 이번에도 내게로 날아와서는, 우리가 무척 친한 사이인 것처럼 무릎 위에 앉아 빤히 쳐다보았다. 귀여워서 웃음을 터트리자, 새가 커다란 눈을 깜빡이더니 머리를 갸웃했다.

"넌 날 잘 찾아오는구나."

이번에도 새의 다리에는 쪽지가 묶여 있었다. 쪽지를 펼쳐 확인하자 또박또박한 글자가 나타났다.

그런 게 필요한가? 필요하다면 당신이 지어주시길.

새를 쳐다보았다. 누가 봐도 감탄을 자아내는 잘생긴 새는 연신 고개를 이리 갸웃 저리 갸웃 하고 있었다.

평소보다 나를 유심히 살핀단 느낌이 드는데. 혹시 내 기분이 평소보다 우울하다는 걸 알아차린 걸까?

"새야."

— …….

"새야."

— …….

똘망한 새의 눈을 보고 있자니, 이 새는 내 말을 알아들을지도 모른단 생각이 든다. 바보 같지만.

아니, 똑똑한 새들은 사람 말을 알아듣기도 한다 했잖아? 나는 잠시 머뭇거리다가 주위를 둘러보고서, 새를 살짝 끌어안고서 속삭였다.

"이곳은…… 나의 비밀 공간이란다."

새가 움찔하더니 나를 물끄러미 보았다. 나는 새의 등을 살짝 쓸어주며, 어색하지만 다시 목소리를 냈다.

"다른 데에선 울 수 없는데. 여기에 있으면 그래도 마음껏 울 수 있어. 하지만 이건 비밀이니까, 내가 울었다는 건 너만 알고 있어야 한다."

새가 또다시 커다란 눈을 깜빡거렸다. 이윽고 새는 커다란 날개로 내 뺨을 가볍게 쓸었다. 마치 위로해주는 것 같은 모양에, 저절로 웃음이 나왔다.

"착한 새네."

칭찬하기 위해 머리통에 입을 맞추자, 새가 구구 하는 괴상한 소리를 내더니 자기가 달고 온 쪽지를 툭 쳤다.

답장을 달라는 건가? 정말 영특한 새였다. 다행히 이전부터는 나도 작은 쪽지와 휴대용 펜을 가지고 다니고 있었다. 나는 쪽지와 펜을 꺼낸 다음, 새에게 적당한 이름을 생각하다가 써넣었다.

새의 이름은 '퀸'으로.

쪽지를 마친 후 쳐다보자, 글자를 읽을 줄 아는 것처럼 내 손을 빤히 보고 있던 새가 흠칫했다. 새가 커다란 발로 '퀸'이란 부분을 콕 집었다.

"네 이름이란다. 네 주인이 이대로 지어준다면."

쪽지를 새의 다리에 묶어준 후, 나는 새를 가볍게 끌어안았다.

황후. 그래……. 누가 뭐라고 해도 황후는 나지.

소비에슈가 뭐라고 한들, 정부는 정부이고 황후는 황후이다. 나는 손거울을 꺼내 눈가의 불그스름한 자국을 꾹꾹 누른 다음 숨을 골랐다.

어머니 말씀을 기억하자. 그 사람들에게 휩쓸리지 말아야 해.

"국민이 내게 기대하는 건 황제에게 사랑받는 황후가 아니야."

—!

"내 인생의 목표도 황제에게 사랑받는 여자가 아니고."

가장 완벽한 황후가 되기 위해 배워왔고, 살아왔다. 나도 사람이니 상처받지 않을 수는 없지만, 상처받았다고 해서 그걸로 주저앉을 수는 없었다.

이 정도 슬퍼했으니 됐지. 딛고 일어나야지.

나는 숨을 고르고서 새의 머리에 다시 입을 맞춘 후 하늘로 날려 보내주었다. 새는 잠시 내 머리 위를 한 바퀴 날며 머뭇거리는 듯했지만, 곧 평소처럼 멀리 날아갔다.

입꼬리를 올려 웃는 연습을 한 다음, 나는 평소와 같은 모습으로 황후궁에 돌아갔다.

푸드덕거리며 하늘을 날아가던 커다란 새는, 근처의 산으로 곧장 날아갔다. 산으로 간 새는 잠시 나무 여기저기를 배회하다가, 온갖 종류의 새들이 모인 곳을 발견하자 그곳으로 날아갔다.

커다랗고 잘생긴 새가 날아오자 주위의 다른 새들이 동시에 폴짝폴짝 뛰어올랐다. 새는 공터의 커다란 바위 위로 가 앉았다. 놀랍게도 커다란 새의 모습은 바위에 앉자마자 훤칠하고 수려한 남자의 모습으로 변했다. 몸 여기저기에 깎아놓은 듯한 근육이 잘 잡혀 있는 데다 신체 비율이 그린 듯 아름다운 청년이었다.

"수컷한테 퀸이라니."

청년은 투덜거리면서 괜히 자기 정수리를 만지작거렸다. 근처에 앉아 폴짝폴짝 뛰던 파랑새 역시도 나무에서 내려오자마자 파란 머리카락의 남자로 변했다. 파란 머리 남자는 눈을 뾰족하게 뜨고는, 나무 둥치에서 붉은 망토를 주워 펼치며 잔소리부터 했다.

"무슨 말씀입니까? 정찰을 가신다더니, 설마 또 다른 곳으로 샌 건……."

"아아, 아니다. 아니야. 제대로 정찰하고 왔다고."

"미녀들을요?"

"무슨 소리야? 황궁에 다녀왔어, 황궁에."

"……확실하십니까?"

파란 머리 남자가 영 미덥지 못한 시선을 보내자, 청년이 인상을 찡그렸다.

"날 못 믿어?"

파란 머리 남자는 그제야 청년의 어깨에 붉은 망토를 둘러주었다.

"그럴 리가요. 다만, 제발 행동에 주의를 기울이십시오, 하인리

전하. 전하께서 서왕국의 제1 왕위 계승자란 사실을 제발 기억하셔
야지요."

아무래도 어제 둥지 의자에 펜을 꺼내면서 손수건을 떨어트린
모양이다. 방 안을 여기저기 뒤져봤지만 늘 가지고 다니는 손수건
은 보이지 않았다. 나는 본궁에서 업무를 보다가 점심시간에 짬을
내어 서궁 정원으로 갔다.

"아이참. 괜찮다니까요? 황후 폐하께서는 이 시간엔 여기에 안
오세요."

"그리고 서궁이 다 황후 폐하 건가요? 황후 폐하 침실만 황후 폐
하 거지."

"황후 폐하도 동궁에 자주 오시잖아요. 라스타 님이라고 여기에
못 올 이유가 있나?"

그런데 둥지 의자 근처로 가자 웃으면서 떠드는 목소리가 들려
왔다. 나는 수풀 뒤쪽에 선 채 멈춰 서서 그들을 지켜보았다. 내 둥
지 의자 위에 라스타가 앉아 있고 한 하녀가 의자를 그네처럼 밀
어주며 놀고 있었다. 다른 하녀는 간이 테이블까지 놔둔 채 거기서
과일을 깎는 중이었다.

"……."

순간 불쾌한 기분이 치솟았다. 서궁은 황후의 영역이라는 걸 아
직도 모르는 건가? 아니, 내가 있는 시간을 피해 왔다는 걸 보면 분

명 알고 있는 걸 텐데?

싫은 사람이, 내가 직접 사 와서 애지중지하던 의자에 앉아 놀고 있다는 것조차 싫었다.

"하긴. 황후 폐하께서는 이렇게 소소한 곳에는 오지도 않으실 거야. 라스타가 앉아주지 않으면 의자도 외로울 거고. 그치?"

"라스타 님…… 귀여우셔라."

"라스타 님은 정말 다른 영애들과는 너무 다르세요. 좋은 쪽으로요."

"왜? 다른 사람들은 어떤데?"

"아무래도 좀……. 귀족들은 열일곱 살에 의무적으로 사교계에 데뷔하잖아요. 그러고 나면 좀, 영악해진다 해야 하나."

"자기들끼리 파가 나뉘어서 싸우는 것도 심하고, 뒷공작도 심하고 그래요."

"어휴, 라스타 님은 그런 사람들 틈에 끼지 마셔요. 잡아먹힐걸요?"

그때 까르르 웃던 라스타가 시선을 내 쪽으로 돌렸다.

"아, 언니, 아니, 황후 폐하."

내 쪽을 본 라스타는 놀라서 화들짝 일어섰다. 열심히 귀족들을 싸잡아 욕하던 하녀들 역시 놀라서 물러났다. 새로 들인 시녀 두 명은 보이지 않았다. 그녀들과 사이가 나쁘다더니. 소비에슈가 돌려보냈거나, 시녀들은 빼고 온 모양이었다.

나는 수풀을 젖히고 몇 걸음 앞으로 나아갔다. 힐긋 둥지 의자로 시선이 갔다. 라스타가 일어서자, 그녀의 드레스 뒤쪽으로 내 손수건이 보였다. 리스타는 근처에 떨어진 내 손수건을 가져다가, 등지 의자에 깔아놓고 앉은 모양이었다.

내 시선이 닿자 라스타가 황급히 말했다.

"고물이 아니에요, 황후 폐하. 멀쩡한 물건이에요."

"의자가 고물이 아니라는 건 나 역시 안다. 내 의자니까."

차갑게 말하자 라스타가 쭈뼛거리면서 눈치를 살폈다.

나는 속으로 숫자 10을 고대어로 셌다. 마음 같아서는 지금 그 의자는 내가 소중히 여기던 의자이고, 여기는 내 비밀 장소라고 화를 내고 싶었다. 소비에슈의 정부가 내 물건을 건드렸다는 게 화가 났다.

"저…… 황후 폐하? 왜 그렇게 무서운 표정이신가요?"

라스타가 풀 죽은 목소리로 내게 물었지만 나는 입을 열 수가 없었다. 이 의자는 내게 소중한 의자인 게 맞고 이곳은 내가 혼자만의 시간을 보낼 때 쓰던 장소가 맞지만, 그렇다고 해서 금지된 의자나 장소가 아니었다.

내 눈으로 본 적은 없지만, 나 외의 다른 사람도 이 의자를 사용할 수 있단 점도 알고 있었다. 하지만 그 상대가 라스타가 되자 이상할 정도로 분노가 치솟았다.

그렇다고 내 의자에 네가 앉은 게 기분 나쁘다고 하자니, 전혀 황후답지 않았다. 저 하녀들은 내가 이 일로 화를 내면 자기들끼리 아까처럼 깔깔거릴 것이다. 황후가 의자 하나 가지고 내 것 네 것 따지는 게 참으로 우스웠다면서.

저들의 말처럼, 서궁이 황후의 영역이긴 하지만 정부가 아예 올 수 없는 곳도 아니었다. 다만 모든 정부는 황후의 눈치를 보느라 이곳에 오지 않았고, 그게 관례로 굳어졌을 뿐.

간신히 숨을 골랐다. 머릿속으로 절대로 화를 내선 안 된다고 거듭 반복했다.

"황후 폐하……?"

"네가 깔고 앉은 손수건 역시 내 것이구나."

억지로 화를 누르며 말하자 라스타는 아차 싶은 얼굴로 얼른 뒤를 돌아보았다. 하녀들이 서로 눈치를 살피며 고개를 숙였다.

"죄송해요, 황후 폐하. 라스타는 몰랐어요. 그냥 의자 근처에 떨어져 있어서……."

"모르고 한 일이니 되었다. 하지만 되도록 서궁에는 오지 마라. 서로 얼굴을 마주해봐야 좋은 사이도 아니지 않느냐."

"하, 하지만 라스타는 황후 폐하와 친해지고 싶은데……."

라스타가 울먹거리자 하녀들이 가엾어 죽겠다는 듯 그녀를 쳐다보았다. 이미 속으로는 나를 의자나 손수건 따위로 옹졸하게 구는 못된 여자라 생각하고 있을지도. 그걸 보고 있자니 결국 심기가 꼬여서, 일부러 그녀가 충격을 받을 만한 말을 조언처럼 웃으며 말해주었다.

"네 다음 정부가 오면, 그때 그 정부와 친하게 지내거라."

"다음 정부라니요?"

"폐하께서 너 다음으로 데려올 정부 말이다."

그녀가 내게 한 말을 똑같이 돌려주었을 뿐인데. 라스타는 얼굴이 창백해져서는 상처받은 얼굴로 나를 쳐다보았다.

라스타가 건성으로 인사하고 뛰어가버리자 하녀들이 머뭇거리다가 황급히 그녀를 쫓아갔다.

나는 홀로 우두커니 선 채 내 등지 의자와 뭉개진 손수건을 바라보았다. 통쾌한 기분은 없었다. 단지 이전과 똑같은 의자와 손수건인데도 몹시…… 불쾌하게 여겨졌다.

"폐하!"

업무가 끝난 후 라스타를 찾은 소비에슈는 깜짝 놀랐다. 방 안으로 들어오자마자 눈이 퉁퉁 부은 라스타가 소비에슈를 끌어안고 흐느꼈다.

"왜 그러느냐? 왜 울고 있어? 그 시녀들이 또 널 모욕했느냐?"

"폐하께서는, 라스타에게 질리면 다른 여자를 또 정부로 데려올 건가요?"

"뭐? 누가 그딴 소리를 한 게냐?"

소비에슈가 어이가 없어 묻자, 라스타는 엉엉 울면서 "황후가요!" 하고 외쳤다.

"황후가?"

소비에슈는 그럴 리가 없다는 듯 미간을 찡그렸다.

"황후가 갑자기 네게 그런 말을 왜? 아니, 황후는 또 어디서 만난 거냐, 너는?"

"서궁 정원 외진 곳에 버려진 의자가 있어요. 어차피 아무도 안

쓰는 거니까, 라스타가 거기서 놀고 있었는데…….''

"또 서궁에 갔느냐."

"이번에는 황후가 없을 때를 골라 갔는걸요. 게다가 건물 근처도
아니라 외진 정원이었어요, 폐하."

라스타가 또다시 엉엉 눈물을 쏟자 소비에슈는 한숨을 내쉬고서
소맷자락으로 그녀의 눈가를 닦아주었다.

"그래, 안 쓰는 의자에 앉아 있었는데 왜. 황후를 피해 갔다면서."

"모르겠어요. 어찌 아셨는지 그곳에 와서는 라스타를 막 무섭게
보시다가……. 라스타가 그랬거든요, 황후랑 친하게 지내고 싶다
고요."

"그랬더니 내가 네게 질리면 또 정부를 데려올 거라면서 모욕하
더냐?"

"꼭 그렇게 말씀하신 건 아니지만 그런 뉘앙스였어요. 폐하, 정
말 그런가요? 폐하께서는 라스타 말고 다른 여자도 사랑하실 건가
요? 폐하, 라스타를 두고 바람피우실 거예요?"

"그럴 리가 없지 않느냐."

"정말이죠? 폐하는 바람피우는 그런 남자가 아니시지요?"

라스타가 커다란 눈망울로 바라보자 소비에슈는 그녀를 꼭 끌어
안고서 절대 아니라고 거듭 말해주었다. 그제야 덜덜 떨리던 라스
타의 손가락이 진정되었다.

소비에슈는 라스타의 등을 토닥거리며 미간을 찌푸렸다.

알현을 마치고 황후궁으로 돌아오자마자, 평소보다 좀 더 빠르게 편한 옷으로 갈아입었다. 계속 신경 쓰이는 일이 있어서인지 머리가 지끈거리고 속이 울렁거렸다. 황제와 정부의 일에는 신경을 아예 쓰지 말라던 어머니의 말이 서서히 이해가 가고 있었다.

하지만 어머니, 내가 신경을 쓰지 않으려고 해도 자꾸만 눈앞에 나타나요.

"엘리자 백작 부인."

"예, 황후 폐하."

"어머니께 조만간 내가 한번 뵙자고…… 아니, 아니에요."

"트로비 공작 부인을 모셔 올까요?"

"아니, 괜찮아요. 어차피 신년제 때 오실 테니 그때 뵙지요."

"마음이 편치 않으시면 공작 부인께 상담하는 게 좋을 거예요, 황후 폐하."

상담하면 내 마음은 편해지겠지. 하지만 그때부터 어머니 마음은 가시밭길일 것이었다. 내 마음 편하자고 어머니를 괴롭게 하고 싶진 않았다. 안 그래도 이 문제로 내내 고민하신 분인데.

'아직은 혼자 버텨보자. 나중에 말씀드려도 되니까. 어차피 라스타에 대한 소문은 어머니도 들으셨을 거고.'

"그러도록 하지요. 아, 로라 양은 이제 괜찮아졌나요?"

"예. 빨리 궁전으로 돌아오고 싶어 한답니다."

"언제든 원할 때 돌아오라고 전해주세요. 이왕이면 신년제 전에요. 그래야 사람들이 수군거리지 않을 테니까……."

"예, 황후 폐하."

로라에 관한 이야기를 하다 보니 그녀의 밝은 에너지가 그리워졌다. 잠시 백작 부인이 자리를 비웠고, 나는 머리카락에 촘촘히 달아둔 보석을 빼 화장대 위에 올려두었다.

'오늘은 좀 일찍 자야겠어.'

저녁 식사는 생략해야겠다 생각하면서 일단 책상 앞에 앉아 노트를 펼쳤다. 뒤에서 달칵 소리가 났지만, 당연히 백작 부인이겠거니 생각하고서 돌아보지 않았다. 그런데 바로 뒤까지 다가온 인기척은 아무 말 없이 서 있기만 했다.

백작 부인이라면 이러지 않는데?

펜에 잉크를 묻히다가, 나는 인상을 찡그리고 돌아보았다.

"폐하?"

놀랍게도 뒤에 서 있는 건 소비에슈였다. 소비에슈가 서궁에 온 게 얼마 만이지? 기쁘기보다는 불안한 마음부터 들었다. 요즘 들어 소비에슈를 보는 게 편하지 않았으니까.

"무슨 일이신가요, 폐하?"

"사람이 왜 이렇게 변한 거요?"

역시나. 이번에도 그와 나 사이엔 불편한 대화가 오가려나 보다. 끔찍한 기분이었다. 이제는 내 방에서까지 소비에슈와 이래야 하는 건가?

"변하다니요?"

"라스타에게 퍼부은 악담. 다 들었소."

라스타. 작은 체구의 여자 한 명. 하지만 그녀의 이름과 존재감은 내가 어디를 가든 발끝에 달라붙어 떨어지질 않는다.

"제가 무슨 악담을 했다는 거지요?"

"내가 그녀 이후 다른 정부를 맞이할 거라 했다면서."

"제게 친하게 지내고 싶다기에, 다른 정부가 오거든 그 정부와 친하게 지내라 하였습니다."

"!"

"제가, 틀린 말을 하였습니까?"

"상대는 악의 없이 한 말인데. 꼭 그렇게 비꼬아야 했소?"

"……제가 변했다고요? 변한 건 폐하십니다."

"황후!"

"폐하와 그녀의 일에 얽히고 싶지 않다고 몇 번이나 거듭 말씀드려야 하는 건가요. 제게 그녀에 관한 일을 자꾸 듣게 하는 건 폐하십니다. 폐하와 라스타 양이 절 찾지 않으면 제가 비꼴 일도 없지 않을까요?"

"꼭 필요한 일이었으니 어쩔 수 없지 않았소! 이번에도 황후가 라스타를 건드리지 않았다면 내가 이리 왔겠소?"

내 분노는 흥분해서 고함을 지르는 형태가 아니라, 소비에슈가 가장 상처받을 말을 찾아냈다.

"혹시 선황 폐하께서도 선황후 폐하께 소피아 백작 부인 이야기를 수시로 하였나요?"

선황제 폐하와 선황후 폐하, 그리고 선황제 폐하가 가장 아끼던 정부의 이야기를 꺼내자 소비에슈의 낯빛이 창백해졌다.

"황후가 이렇게 악담을 잘하는 사람일 줄은 몰랐군."

소비에슈는 빈정거리고서는 내 방을 한 바퀴 둘러보며 다시 입을 열었다.

"게다가 방 안 가득 이렇게 화려한 가구가 많고, 원한다면 무엇이든 살 수 있으면서. 쓰지도 않는 의자 하나 가지고 평생을 불쌍하게 살아온 사람을 그렇게 구박하다니."

혀를 찬 소비에슈의 눈에는 실망감이 가득했다.

"그녀는 내 정부이기 이전에 황후의 백성이기도 한데. 가엾게 여기는 마음이 그리 안 드시오?"

"네."

단답에 혀를 찬 소비에슈가 나가자마자, 다리에서 힘이 풀렸다. 무너지듯 화장대 의자에 앉자 엘리자 백작 부인이 뛰어 들어왔다. 그녀는 조심스레 나를 꼭 끌어안아 자신의 품에 넣고 다독여 주었다.

"정말? 폐하께서, 황후에게 가서 화를 내셨어? 라스타 때문에?"

"그렇다니까요? 목소리가 쩌렁쩌렁 다 울리도록 고함을 치셨대요."

하녀인 체리니가 고소하다는 듯 웃으면서 말하자, 라스타는 두 손으로 얼굴을 감쌌다.

"와…… 어떡해. 폐하 멋있어……."

다른 하녀인 키스에가 실세라 또 다른 이야기를 털어놓았다.

"그뿐만 아니라, 라스타 님이 도망 노예 출신이란 헛소문을 꺼내는 사람들은 전부 벌을 내릴 거라고 엄명을 내리셨어요."

두 하녀의 표정이 몽롱해졌다.

"폐하께서는 라스타 님을 정말 많이 사랑하시나 봐요."

"응……."

"하긴. 이렇게 아름답고 순수한 분을 그 어떤 남자가 사랑하지 않을 수 있겠어요?"

"폐하와 라스타 님은 꼭 동화 속 연인 같아요."

"사실 위치가 딱 동화 속 연인이기도 하구요."

라스타는 부끄러워져서 고개를 숙이고 발끝을 꼼지락거렸다.

"라스타는 요즘 너무 행복해. 하루하루가 꿈을 꾸는 기분이야."

잠시 후, 하인 세 명이 끙끙거리면서 커다란 그네 의자를 방 안으로 가져오자 그녀의 기분은 더욱 몽실몽실해졌다.

"이건……?"

"황제 폐하께서 라스타 님에게 주시는 선물입니다. 서궁에 갈 필요 없이 여기 앉으라 하셨습니다."

소비에슈가 새로 보내온 그네 의자는 서궁에 있는 평범한 형태의 그네 의자와 달리 받침 부분이며 고정대, 장식이 전부 보석과 금, 은으로 된 것이었다. 게다가 깃털을 채워 넣은 쿠션과 방석으로 아주 폭신하기까지 했다.

라스타는 결국 기뻐서 눈물을 터트렸고, 하인들을 서로 눈짓을 교환하며 뿌듯하게 웃었다.

침대에서 소리를 죽여 울고 있는데 무언가가 툭툭 창문을 두드렸다. 멍하니 고개를 들자 창문 밖에 잘생긴 새가 퍼덕거리는 게 보였다. 망설이다가 문을 열어주자 새는 이불 위로 깡충 뛰어오르더니 날개를 고르면서 내 눈치를 살폈다.

"이번에는 빨리 왔구나."

얼른 눈물을 닦고 말을 걸자, 새는 커다란 눈동자를 가늘게 뜨더니 나를 지그시 바라보았다. 마치 방금 전 우는 걸 다 봤다는 듯이.

참 똑똑한 새야.

"네 주인이 이 근처로 왔나 보지?"

정말로 말을 알아들은 것처럼 새가 고개를 끄덕였다. 새를 번쩍 안아 들어 무릎 위에 올려주자, 새는 잠시 굳은 채 커다란 눈을 엄청난 속도로 깜빡거렸다. 귓가를 쓸어준 다음 다리에서 쪽지를 빼냈다.

새의 이름은 '퀸'으로 하겠지만, 이 애가 수컷이라는 걸 명심할 것.

이번에도 짧지만 임팩트가 강한 문장이었다.

아까는 하염없이 온 정신이 무거웠는데. 얼굴도 이름도 모를 누군가가 보낸 한마디에 저절로 웃음이 나왔다.

"너 수컷이니?"

새는 몰랐냐는 듯 황급히 날개를 퍼드덕거렸지만, 이 새의 종도 모르는데 암수 구별을 할 수 있을 리가.

머리를 쓰다듬어주고서 책상으로 갔다. 새는 책상까지 따라왔다. 종이를 꺼내 책상 위에 내려놓고 펜으로 답장을 적었다.

수컷인 줄 몰랐습니다. 의외.

쪽지를 돌돌 말아 새의 다리에 다시 묶으면서 달력을 보니, 과연. 어느새 신년제가 훌쩍 다가와 있었다. 내일이면 이르게 도착한 신년제 손님들은 황궁 안으로 들어올지도…….

새가 답장을 빨리 전달한 걸 보면, 새의 주인도 이 근처에 있단 건데. 내일 새의 주인도 도착하려나?

다음 날 아침이 되자 룩스 지방의 영주 부부가 올라왔고, 이웃 나라의 귀빈도 하나둘 마차를 타고 나타났다.

손님이 누구인가에 따라 내가 맞을지 소비에슈가 맞을지, 외무부 장관이 맞을지 재상이 맞을지, 아니면 그냥 관리들을 보내 맞을지가 나누어졌다. 대부분은 나나 소비에슈가 나설 일은 없다고 봐도 좋았다.

"황후 폐하! 황후 폐하! 서왕국에서 도착했습니다."

"서왕국이라면……."

"예. 하인리 왕자일 겁니다."

하지만 하인리 왕자는 내가 나서서 맞이해야 할 몇 안 되는 손님들 중 하나였다. 나는 고개를 끄덕이고서 자리에서 일어섰다. 초대장 문구를 작성 중이던 관리들이 덩달아 일어났다.

그들에게 앉아 있으라 손짓한 후, 나는 커다란 거울 앞에 서서 옷매무새를 정리한 후 걸어갔다.

하인리 왕자는 서왕국 왕의 동생으로, 선대왕의 둘째 아들이다. 하지만 현재 왕이 이미 왕비는 물론 공식적인 애인만 셋인데도 불구, 그중 누구에게서도 후사를 보지 못하는 바람에 여전히 제1 왕위 계승자였다.

서왕국 왕이 불임일 거란 소문이 자자한 데다 요즘 들어서는 몸 상태가 좋지 않다고 하니, 이변이 일어나지 않는 한 아마 하인리 왕자가 다음 대 왕의 자리에 오를 터. 아직 칭제하진 않고 있지만, 서왕국은 이미 규모나 가진 힘이 동대제국과 비슷할 정도였다.

당연히 내가 직접 나가 환영해주어야 했다. '흰 장미의 방'으로 들어가자 그사이에 먼저 도착한 서왕국 사절단이 보였다. 나는 방 안으로 들어가며 자연스레 사절단을 한 번 둘러보다가, 순간 가장 앞에 선 남자를 보고 숨을 멈췄다. 무척이나 아름다운 남자라고 그 외모에 대한 소문은 익히 들어왔다.

사교계에 발을 담그는 즉시, 하인리 왕자에 대한 소문은 누구든 들어볼 수밖에 없었다. 바람둥이라더라, 성격이 포악하다더라, 굉장한 미남이라더라, 웃으면서 사람을 죽일 인물이라더라, 현재 서왕국 왕이 아이를 못 가지는 게 아니라 가지는 족족 그가 없애는 거라더라, 웃으면서 뒤통수를 친다더라 등등.

하인리 왕자가 바람둥이거나 잔인한 사람인지에 대해선 모르겠다. 하지만 소문 한 가지는 확실했다.

그의 외모. 그는…… 정말로 아름다웠다. 연한 금발 머리는 부드러워 보였고, 삐딱하게 올라간 한쪽 입꼬리조차 매력적이었다. 부드러운 목선이나 홀로 우뚝 솟은 키, 넓은 어깨도 멋있었지만 가장 아름다운 건 신비로운 보라색을 띠는 그의 눈동자였다.

'저런 남자라면 입을 다물고 구석에 서 있기만 해도 온갖 소문을 휩쓸고 다니겠어.'

속으로 감탄했지만 되도록 내색하지 않으며, 나는 하인리 왕자의 맞은편으로 가 섰다. 왕자이지만 서왕국의 위치가 있으니, 황자의 대우를 하기 위해서였다.

그러나 내가 맞은편으로 가서 서는 순간. 무어라 입을 열기도 전에 하인리 왕자가 한쪽 무릎을 굽히더니, 충성 서약을 하는 기사들이 하듯 내게 손을 내밀었다. 얼결에 손을 내밀자 그가 내 손등에 입술을 가볍게 가져다 대었다.

그러나 기사들과 다른 점은 명확했다. 기사들은 충성의 키스를 할 때 눈을 내리깔거나 정면을 보는데, 그는 내 손등에 입을 맞추는 내내 나를 바라보았다. 손등에 부드러운 입술이 닿았다 떨어지는 순간까지 그의 보라색 눈동자는 집요하리만큼 내게서 떨어지지 않았다.

"만나 뵙게 되어 영광입니다, 나의 퀸."

인사를 건넨 그가 내 손을 놓아주며 웃는 순간, 어째서인지 등골이 쭈뼛해졌다. 바람둥이구나, 라는 생각보다는 잔인하단 소문이 사실일지도 모르겠구나, 하는 생각부터 들었다.

그의 시선엔 기름기가 없었다. 오히려 저 머리 위에서 아래를 탐색하는 독수리처럼 보였다. 분명 낮은 위치에서 올려다보고 있는데도 그런 느낌이었다.

"나도 만나서 영광입니다, 하인리 왕자."

하지만 상대가 어떤 느낌을 풍기든 그에게 눌릴 수는 없었다. 다행히 오랜 훈련을 통해 위엄 있는 표정을 포장하는 건 능숙했다. 무덤덤하게 대꾸하고서 자연스레 손을 빼내자, 그는 눈썹을 치켜올리는가 싶더니 곧 부드럽게 웃으면서 무릎을 펴고 일어났다.

"먼 길을 오느라 고생하였을 텐데, 신년제 전까지 푹 쉬며 황궁 생활을 즐기길 바랍니다."

"동대제국의 황궁에 대한 찬사는 늘 들어왔지요. 무척 아름답다고."

"마음에 드실 겁니다."

의례적인 인사에 하인리 왕자의 눈이 가늘어졌다.

"이미 마음에 듭니다."

귀빈들이 오면서 반대로 내 업무의 양은 반쯤 줄었다. 신년제에 대해서 내가 처리해야 할 건 다 끝냈기 때문이다. 평소보다 빨리 업무를 마치고 서궁으로 돌아가자, 아침부터 시녀로 복귀한 로라가 얼른 다가와 물었다.

"황후 폐하, 황후 폐하. 어땠어요? 하인리 왕자님은 어떻던가요? 정말 소문처럼 아름다우신가요?"

다른 귀부인들도 관심이 가는지 찻잔을 챙겨 들고서 내 근처로 다가왔다. 그녀들은 창틀이나 화장대 위, 티테이블 위에 찻잔을 내려놓고 내가 옷 갈아입는 걸 도우면서도 연신 질문을 퍼부었다.

"크롬 대공께서 하인리 왕자를 보고는 놀라 기절했다던데. 정말 그 정도인가요?"

"그 콧대 높기로 유명한 연극배우가 하인리 왕자와 한 번 데이트하고는 푹 빠져서 3년을 쫓아다녔다면서요?"

어차피 며칠 후면 보게 될 텐데도 호기심을 견딜 수 없는 눈치들이었다. 나는 하인리 왕자의 집요한 시선과 보라색 눈동자, 멀리서도 눈에 확 들어오던 존재감을 떠올리며 대답했다.

"제가 본 모든 사람 중 가장 아름다웠어요. 사람인가 의심스러울 정도의 외모였죠."

로라가 작게 비명을 질렀다.

"우와. 빨리 보고 싶어요. 또요? 목소리는 어떻던가요?"

"목소리도 제가 만난 남자 중 가장 듣기 좋았어요."

과장된 말이 아니라 정말이었다. 귀부인들이 가슴에 손을 얹고서 작게 비명을 터트렸다.

"그 잘생긴 왕자님이 어떤 가십을 뿌리고 갈지 벌써 기대되는군요."

"많은 분이 속앓이 좀 하겠는걸요?"

하인리 왕자에 대한 호기심도 호기심이지만, 그가 만들어줄 몇 편의 드라마들이 기대되는 눈치였다. 웃으면서 그들의 대화를 듣고 있자니, 창밖에서 퀸이 창문을 똑똑 부리로 두드렸다.

"벌써 왔어?"

물어보며 창문을 열어주자 퀸은 얼른 창틀에 깡충 내려앉고는 슬쩍 나를 살폈다. 그러고 보니 퀸 역시 금색 깃털에 보라색 눈동자를 가지고 있었다.

이렇게 눈에 띄는 색을 하고 있으면 야생에서 살아남기 힘들 텐데……

문득 이런 새를 전서조로 써도 괜찮은가, 걱정이 들었다. 퀸은 내가 자신을 쳐다보기만 하자 빨리 쪽지를 읽어보라는 듯 발을 내밀었다. 쪽지를 받아 펼치자 그사이에 내 방에 들어와서는 자연스레 책상에 앉아 털을 고르기 시작했다.

시녀들이 퀸이 마실 물을 챙겨주는 사이, 나는 쪽지를 펼쳐 보았다. 익숙한 필체가 장난스럽게 쓰여 있었다.

난 황궁에 도착했습니다. 당신은 내가 누군지 알겠나요?

황궁에 도착했다고?

손님들이 도착하기 시작한 건 오늘부터다. 나는 오늘 도착한 손님들이 누구였던가 헤아려보았다.

"……."

커다란 덩어리로 치자면 아직 많지 않았다. 크롬공국에서 온 대공 부부, 릴테앙 대공, 북왕국에서 온 재상 일가, 사모뉴에서 온 크랑티아 후작 부인과 아이들, 서왕국에서 온 하인리 왕자, 블루 보헤안의 시림 왕제……

문제는 그들이 두 명 세 명씩만 오는 게 아니라는 점이었다. 대공 부부만 해도 부부 두 명에 그들을 호위하는 기사, 수행원, 가신들을 합하면 그 숫자가 몇 배로 불어버린다.

편지 상대가 여자인지 남자인지, 나이가 적은지 많은지 또래인지, 어떤 신분의 사람인지도 모르는데. 퀸의 주인이 이 사람이라고 콕 집기 힘들었다.

누군지 모르겠습니다.

나는 생각해보다가 뒤에 덧붙여 썼다.

당신은 내가 누구인지 아나요?

물론 모르리라 생각하고서 쓴 것이다. 상대가 보기에도 나는 황궁 안에서 살아가는 수많은 사람 중 하나일 테니까.

편지를 다 쓰자마자 퀸은 얼른 내 옆으로 다가왔다.

"이 애, 정말로 머리가 좋아요, 황후 폐하."

"털을 고르면서도 계속해서 황후 폐하의 눈치를 살피던걸요?"

시녀들은 퀸이 내게로 다가와 머리를 들이밀자 까르르 웃으면서 알려주었다.

"정말이야?"

물어보며 새의 머리를 손가락으로 문지르자, 새는 커다란 눈을 반쯤 감고서 구구구구 하는 소리를 냈다.

쪽지를 꼬아 새의 다리에 묶어주자, 새는 날개를 푸덕거리면서 춤을 추듯 침대 위를 뛰어다니다가 창밖으로 날아갔다.

"정말 영리한 새구나……."

저런 새를 기른다면 주인도 아 주 영리하겠지. 새의 주인은 어떤 사람일까. 로라 같은 내 또래의 여자 친구? 우아한 노부인이나 노신사? 방탕한 귀족? 겁밖에 모르는 기사라거나…….

"황후 폐하. 새가 마음에 드시나요?"

가만히 창밖을 쳐다보고 있자, 엘리자 백작 부인이 다가오며 물었다.

"네. 귀엽네요."

새도 귀엽고 새 너머에 있는 사람도 귀엽고. 반 정도는 솔직하게 대답하자, 엘리자 백작 부인이 웃으면서 권유했다.

"그러면 황후 폐하께서도 비슷한 종의 새나, 아니면 다른 종이라도 새를 한 마리나 두 마리쯤 키워보시면 어떨까요?"

"맞아요. 새끼 때부터 기르면 아주 좋을 거예요."

"함께 길러요!"

솔깃하긴 했으나 나는 잠시 생각해보다가 고개를 저었다.

"아니요. 잠시 보는 것과 기르는 건 다르니까요."

퀸이 유달리 똑똑한 건 주인이 잘 훈련시켰기 때문이겠지. 내가 퀸을 좋아하는 건지 새를 좋아하는 건지 아직 애매했다. 동물을 기르게 된다면 그 부분을 확실하게 한 후에 길러야 할 것 같았다.

"그런데 베르디 자작 부인이 어제부터 보이지 않는데……."

"급하게 영지에서 사람이 와서 내려갔답니다."

"……혹시 또 '그런' 일인가요?"

내가 묻자 시녀들이 난처한 얼굴로 서로를 쳐다보았다.

나쁜 일이구나.

다른 시녀들과 달리 베르디 자작 부인은 수도 안에 저택이 없었다. 그러다 보니 가문 일로 급하게 영지로 내려가는 게 한두 번 있던 일은 아니었다. 문제는 그 '가문 일'이 대부분이 좋지 못한 일이란 거지.

"아들이 외국에서도 카지노를 들락날락한다더군요."

"베르디 자작은 결혼한 평민 여자를 건드려서, 그쪽 남편이 소송을 신청했다 하고요."

대부분 패턴도 이랬다. 아들은 도박 문제, 베르디 자작은 여자 문제.

"그래요……."

베르디 자작 부인도 속앓이를 꽤나 하겠구나. 걱정이 되지만 이런 문제는 그녀가 부탁하지 않는데 내가 나설 수는 없었다. 내 배려가 오히려 그녀의 자존심을 건드릴 수도 있으니.

사실, 그녀가 도와달라 요청한다 한들 그녀의 가족 일이라 내가 나선다고 해결될 일도 아니지만…….

'누구나 다 고민이 있구나.'

한숨을 내쉬고서 손을 뻗어 열려 있는 창문을 닫았다.

다음 날, 남왕국의 공주가 아침 일찍 찾아온 걸 시작으로 더 많은 손님이 황궁에 도착했다. 남왕국의 공주와 인사를 나누고, 마지막 보안을 점검하다 보니 시간은 눈 깜짝할 사이에 흘러갔다.

비가 와서인가. 유달리 정신없는 느낌이었다.

방으로 돌아와서야 나는 퀸을 발견했다. 날 찾아왔는데 사람이 없자 계속 기다렸는지, 창틀 위에 앉아 불쌍하게 꾸벅거리고 있었다. 문을 열어주자 퀸은 비에 쫄딱 젖은 채 엉금엉금 방 안으로 들어와 푸르르 떨었다.

"세상에. 네 주인은 비가 오는데도 널 날려 보냈어?"

— !

"뭘 도리도리 저어. 쪽지까지 달고 온 걸 보니 확실한데."

— …….

혀를 차고서 보송한 수건을 가져다가 퀸의 몸을 감싼 후 살살 털을 말려주었다. 퀸은 잠시 머뭇거렸지만, 곧 얌전히 내 손에 몸을 맡긴 채 꾸벅꾸벅 졸았다. 털이 완전히 마를 때까지 수건으로 문지른 후에 조심스럽게 퀸의 다리에서 쪽지를 빼냈다. 비에 맞아 글씨가 조금 뭉그러졌지만 이렇게 쓰여 있었다.

그러면 우리 내기를 할까요? 상대를 찾아내는 사람이 이기는 걸로.

내가 뭐라고 써서 보냈더라? ……아. 나는 당신을 모르는데, 당신은 내가 누구인지 알겠냐고 물었지.

내기하자는 걸 보니 퀸의 주인도 내가 누구인지 영 감이 안 잡히는 모양이다. 나는 책상으로 가 쪽지를 썼다.

내기라면 뭘 걸 건가요?

쪽지를 다 쓴 후. 나는 퀸을 쳐다보고 다시 창밖을 쳐다보았다. 창밖에서는 비가 많이 내리는 중이었다. 안 그래도 창틀에서 몇 시간을 꼬박 비 맞은 새인데.

지금 내보냈다가는 감기에 걸리겠지?

퀸이 수건을 가지고 장난치다 말고 힐긋 나를 보았다. 내가 펜을 내려놓고 있자, 퀸은 고개를 갸웃하더니 얼른 가까이로 다가왔다. 퀸은 쪽지 내용을 확인하고는 능숙하게 자신의 다리를 내밀었다. 얼른 쪽지를 묶어달라는 듯이.

"……안 돼."

— ?!

"지금은 비가 내리잖아. 지금 편지를 보내면 네가 감기에 걸릴 거야."

새는 정말로 내 말을 알아들은 것처럼 주저하며 내 눈치를 살폈다. 나는 새를 품에 안아 들고서 머리를 도닥거렸다.

"오늘은 나랑 같이 자자. 비가 멈추면 그때 보내줄게."

— !

그런데…… 수컷이라더니. 새도 사람 성별을 따지나? 갑자기 왜 이렇게 굳었지?

목욕을 마친 후 가운을 걸치고 방으로 돌아오자, 퀸이 내 침대에 누운 채 꾸벅꾸벅 졸고 있었다. 내 옆에서 자면 불편할까 봐 따로 쿠션으로 자리를 만들어주려 했는데. 퀸은 아예 궁둥이까지 붙인 채 누워 있었다.

"……."

그런데 새가 저렇게 드러누워서 잘 수 있나? 귀여워라.

가까이 다가가서 보자 입을 조금 벌린 채 숨을 쌕쌕 내쉬기까지

해서 더욱 신기했다. 살짝 건드려도 깨지 않기에, 나는 머뭇거리며 평소대로 침대에 누워 베개를 베었다. 가만히 누워 있자니 어깨 옆이 괜히 뜨끈한 느낌이 들었다. 조금 떨어져 있는데도 퀸의 체온이 높아서 그런가 보다. 신기해서 뚫어져라 보고 있자니, 퀸이 꼭 감고 있던 눈을 떴다. 보라색의 눈동자와 눈이 마주치는 순간 어째서인지 하인리 왕자가 떠올랐다.

그러고 보니 하인리 왕자 역시도 독수리 같은 눈을 가지고 있었지. 손을 뻗어 눈가를 쓸자 날카롭게 번뜩이던 눈은 곧 힘이 풀려서 흐느적해졌다.

"넌 진짜 예쁘구나, 퀸."

작게 속삭이자 새는 쭈우욱 발끝까지 힘을 줘 기지개를 켜고는 고개를 끄덕이며 날개로 내 팔을 슬쩍 덮었다.

"……잘 자, 퀸."

다음 날 일어나보니 퀸은 이미 없었다. 창문이 3분의 1 정도 열려 있는 걸 보니, 혼자 문을 열고 나간 듯했다.

'정말 똑똑한 새구나.'

더욱 대단한 건, 책상 위에 놓아둔 내 쪽지까지도 알아서 챙겨갔다는 것.

"엘리자 백작 부인. 책상 위 쪽지는 부인이 치운 게 아니지요?"

혹시나 싶어 엘리자 백작 부인에게 물어보았지만, 퀸이 가져간

게 맞았다.

"물론입니다, 황후 폐하. 없어졌나요?"

"네. 퀸이 물고 갔나 봅니다."

내 이야기에 엘리자 백작 부인 역시도 감탄했다.

나는 본궁에 가서도 내내 퀸과 퀸의 주인, 그리고 퀸의 주인이 제시한 내기에 대해 생각했다. 퀸이 그렇게 똑똑한 걸 보면 주인도 분명 똑똑하겠지.

혹시 블루 보헤안에서 온 시림 왕제가 아닐까? 그 사람은 무척 똑똑하다고 들었다. 게다가 블루 보헤안은 해상 국가라 전서조를 가장 많이 사용하기도 하고…….

"간만에 표정이 밝으십니다, 황후 폐하."

"그런가요?"

"예. 그간 안색이 어두우셔서 걱정이었는데, 신년제가 폐하께 좋은 기운을 불어넣는 듯해 다행입니다."

"그렇군요……. 그러네요."

정확히 말하자면 내게 좋은 기운을 주는 건 퀸이지만. 그렇더라도 신년제가 아니었다면 퀸이 내게 올 일도 없었을 테니까. 결과적으로는 맞는 말이었다.

나는 웃으면서 서류 작업을 하다가, 점심을 먹을 시간이 되자마자 바로 서궁으로 돌아왔다. 평소에는 본궁에서 식사하지만, 혹시 어제처럼 퀸이 창문 밖에 있을까 걱정되었다.

"역시."

퀸은 이번에도 창틀 밖에 앉아 있었다. 다행히 오늘은 햇살이 화창해서, 비를 맞으며 덜덜 떠는 모습이 아니라 나른하게 햇볕을 쬐며 꾸벅꾸벅 졸고 있었다. 문을 열어주자 퀸은 얼른 방 안으로 들어와서는 다리를 척 내밀었다. 쪽지를 빼내어 얼른 확인하자 섬세한 필체로 장난스럽게 쓰여 있었다.

퀸을 겁시다.

나는 퀸을 쳐다보았다. 퀸은 이 안의 내용이 무언지도 모른 채 커다란 눈을 끔뻑거리면서 고개를 갸웃했다.

"……."

― 구?

"네 주인이 널 걸자고 하는데, 퀸?"

말하자마자 퀸은 날갯짓하더니 폴짝 뛰어서 날개로 나를 툭 두드렸다. 나는 퀸을 들어 무릎 위에 앉힌 채, 녀석의 금빛 털을 잠깐 내려다보았다.

퀸을 가지고 싶긴 했다. 이렇게 귀엽고 똑똑하고 사랑스러운 새는 처음 봤는걸. 하지만…… 퀸에겐 누가 뭐라 해도 자기 주인이 최고겠지.

내가 멋대로 내기에서 이겨서 퀸을 넘겨버린다면, 그건 퀸에게 너무 가엾은 일이었다. 말이 좋아 '넘기는' 거지, 퀸에게는 주인에게 버림받는 것일 테니까. 게다가 막상 상대를 찾는다고 생각하자 그리 달갑지만도 않았다.

호기심이야 당연히 들었지만, 그만큼 염려되기도 했다. 지금 퀸의 주인과 내가 격의 없이 대화를 주고받을 수 있는 건 서로에 대해 모르기 때문인데.

우리가 서로의 신분을 알게 된 후에도 이렇게 허물없이 대화할 수 있을까? 나는 황후로서의 체면을 생각하느라 말을 조심하게 될 테고, 상대는 황후에게 말을 하는 거니까 조심하게 될 테고. 결국, 지금처럼 가벼운 분위기는 사라져버리겠지.

─ 구?

내가 가만히 있기만 하자 새가 툭툭 내 손등을 두드렸다. 얼른 편지를 써서 매달아달라는 것처럼.

나는 망설이다가 퀸을 데리고 책상으로 갔다. 책상 빈 곳에 퀸을 내려놓고, 쪽지를 꺼내서 거짓말을 썼다.

힌트. 나는 남자.

뒤뚱뒤뚱 걸어와 슬쩍 쪽지 내용을 확인한 퀸이 돌연 희한한 소리를 내며 날개를 털어댔다. 마치 쪽지 내용을 확인하고 웃어대는 것 같아서, 새인데도 괜히 민망해졌다. 쑥스러워서 뺨을 긁적이자, 퀸은 동그란 몸뚱이로 빙글빙글 춤을 추듯 돌더니 내 팔목에 대고 제 뺨을 문질렀다.

"네 주인에게 거짓말하는 게 그렇게 재미있어?"

─ 구!

재밌다니 다행이다. 퀸의 주인에게 미안하긴 하지만…… 이렇게 써두면 날 찾진 못하겠지. 나는 퀸의 주인이 누구인지 알아보지 말자. 그러면 서로가 서로를 못 찾을 테고, 지금처럼 얼굴 모르는 친구로 계속 남을 수 있을 테니.

"너도 이게 좋을 거야. 그렇지, 퀸?"

─ ?

신년제가 정식으로 시작되기 전날이었다. 급하게 들어온 손님들을 맞이하고, 신년제 절차와 마지막 날 특별 연회에 대해 점검했다.

오늘도 퀸이 왔으려나 싶어 점심시간에 서궁으로 가보았지만, 이번에는 퀸이 없었다. 대신 며칠간 자리를 비웠던 베르디 자작 부인이 돌아와 있었다. 안 그래도 하얗던 낯빛이 더욱 창백해진 베르디 자작 부인은, 내게 인사를 올리자마자 몹시 난처해하며 부탁했다.

"저…… 괜찮으시다면 황후 폐하. 저…….."

"괜찮아요. 말해보세요."

"돈을 조금 빌릴 수 있을까요?"

얼굴이 잔뜩 붉어진 베르디 자작 부인은 어디에 돈이 필요하다는 말조차 하지 못했다.

"5,000크랑 정도만…….."

하지만 나도 다른 시녀들도 그녀가 어디에 돈이 필요한지는 알고 있었다. 자작이나 아들이 사고를 쳤겠지. 급하게 영지로 갔다더니, 결국 해결을 못 본 모양이다. 군이 캐묻는 대신 돈을 빌려주자, 그녀는 꼭 갚겠다고 연신 인사하고서 얼굴이 빨개진 채 자리를 비웠다.

"차라리 이혼하는 게 나을 텐데."

미혼인 로라는 안타까워하면서도 베르디 자작 부인이 이해가 안 된다는 듯 투덜거렸다.

"그러면 룩스 군이 붕 떠버리게 되니까요."

엘리자 백작 부인이 설명해주었지만, 여전히 로라는 이해가 가지 않는 듯했다.

"그렇지만 이혼한다고 해서 그 사람이 서출이 되진 않잖아요?"

"당장 서출이 되는 건 아니지만, 때에 따라서 후계자가 못 될 수도 있으니 참는 거예요, 로라."

"뭐 어때요. 그런 사고뭉치, 후계자가 되어봤자 가문만 말아먹을 텐데."

"쉿. 로라."

엘리자 백작 부인이 눈을 부라리자, 로라는 입술을 삐쭉거렸다.

"걱정되니까 하는 말이지요."

베르디 자작 부인은 바로 영지로 돌아갔지만, 남은 사람들 모두 편하게 식사를 할 수는 없었다. 점심 식사를 마치자마자 나는 얼른 본궁으로 돌아왔다.

그런데 본궁에서의 일을 거의 다 마친 후 잠시 숨을 돌리고 있을 때였다.

"황후 폐하."

집무실 앞에 서 있던 기사 한 명이 들어와 뜻밖의 보고를 올렸다.

"하인리 왕자님이 황후 폐하를 뵙고 싶어 하십니다."

"하인리 왕자가?"

그 사람이 왜? 의아했지만 일단 밖으로 나가 보자, 뒷짐을 진 채

벽화를 구경 중인 그의 모습이 보였다.

"아. 황후 폐하."

하인리 왕자는 내가 다가가자 힐긋 고개를 돌리고는, 가볍게 웃으면서 또다시 기사처럼 인사했다.

"제가 실례되지는 않았는지?"

"괜찮습니다. 그보다 무슨 일로 오셨나요?"

"이 시간 즈음이면 업무가 끝나신단 말을 듣고 왔는데…… 바쁘십니까?"

내 업무가 끝나는 것까지 확인하고 왔어? 의아했지만 맞는 말이긴 해서 "거의 다 끝났어요." 하고 대답하자 그가 활짝 웃었다.

"잘되었습니다. 괜찮으시다면 황궁을 안내해주시겠습니까? 구경하고 싶은데, 워낙 넓다 보니 길을 잃어버릴 것 같군요."

"아. 그러면 제 시녀를……."

"저는."

시녀를 붙여주겠다고 말을 하려는데, 하인리 왕자가 말을 끊더니 가까이로 다가와 나지막한 목소리로 부탁했다.

"퀸께서 해주셨으면 좋겠는데."

목소리는 부드럽고 다정했지만, 어딘가 오만한 투였다. 게다가 퀸이라니. 저번에도 그렇고 이번에도 다시 날 퀸이라고 불렀다. 물론 외국인 중에 날 퀸이라 부르는 사람이 없는 건 아니지만, 요즘은 퀸(새)을 통해 얼굴 모를 이와 편지를 주고받는지라 기분이 묘해졌다.

혹시…… 하인리 왕자가 퀸의 주인인가? 그렇다면 하인리 왕자는 내가 자기의 편지 상대라 생각하고서 떠보는 건가?

잠시 의심이 들었지만, 나는 그 부분에 대해 더 생각하지 않기로 했다. 그가 편지의 상대이건 아니건 상관없었다. 나는 퀸의 주인과 현실에서 만날 생각이 전혀 없으니까.

옆에 선 기사가 기분이 상했는지 인상을 찡그렸다. 하인리 왕자가 굳이 황후인 내게 궁 안내를 부탁하는 게 무례하다고 생각하는 눈치였다.

"좋아요."

하지만 언제 어느 때 우리 동대제국을 뛰어넘을지 모를 나라의 왕자. 그것도 장차 왕위를 이을 가능성이 큰 왕자와 트러블을 만들 필요는 없었다.

잠시 생각한 끝에 승낙하자, 놀라울 정도로 순식간에 하인리 왕자의 얼굴에 오만한 태도가 사라졌다. 천진해 보일 정도로 밝게 웃은 그는, 자신이 날 에스코트하겠다며 한쪽 팔을 내밀었다. 그의 팔 위에 손을 얹자 아름다운 외모와 달리 팔이 굉장히 단단했다. 놀라서 얼결에 손을 떼자 하인리 왕자가 의아한 얼굴로 나를 바라보았다.

"왜 그러십니까?"

"……아니. 아니에요."

생각보다 근육이 많아서 놀랐단 말을 할 수는 없기에, 나는 얼른 말을 돌려버렸다.

"은의 정원에는 가보았나요? 남궁에 가장 가까이 있는 정원인데, 아주 아름다워요."

"당연히 남궁 근처는 다 가보았습니다."

나는 본궁 밖으로 나온 후 회랑을 따라 걸어가며 잠시 고민했다. 본궁은 주로 업무가 이루어지는 데다 외부인 출입 금지 구역이 많아서, 이곳을 안내하는 건 적절하지 못하게 여겨졌다.

남궁은 빈방이 많으므로, 이번처럼 먼 곳에서 귀빈들이 많이 올 경우 그들에게 제공하는 용도로 사용한다. 하인리 왕자 역시 남궁에서 머무르는 데다 이미 근처를 다 가보았다니 내가 따로 더 소개할 필요는 없겠고.

그렇다면 동궁과 서궁, 북궁이 남는데……. 안내를 해준 다음 차를 권해야 할 테니, 서궁은 가장 마지막에 가는 게 좋겠지.

원래대로라면 동궁을 보여주어야겠지만, 동궁 근처로 갔다가 라스타를 볼까 봐 꺼려졌다. 하지만 뻔히 옆에 있는 동궁을 건너뛰고 북궁으로 가기도 좀…….

"황후 폐하?"

내가 말없이 걷기만 하자 조용히 따라오던 하인리 왕자가 나를 불렀다. 습관인 걸까. 단순히 부르는 것뿐인데도, 그의 목소리는 어딘가 속삭이는 듯 귀를 간지럽게 만드는 구석이 있었다.

"어디를 먼저 안내해야 할지 고민 중이었어요."

"아. 그렇다면 가고 싶은 곳이…….."

하인리 왕자가 말을 다 마치기 전이었다. 저쪽 동궁 수풀 뒤에서 익숙한 머리가 보인다 싶더니, 곧 누군가 빠르게 달려왔다.

"황후 폐하!"

라스타였다. 피하고 싶던 인물을 동궁 밖에서 마주쳐버리다니. 순간적으로 한숨이 나왔지만, 내색하지 않으며 그녀에게 고개를 끄덕여 보였다.

"황후 폐하, 산책 중이신가요? 라스타는 산책 중이었어요."

"그래."

도대체 저 사람의 넘쳐나는 에너지는 어디서 오는 건지 모르겠다. 마지막에 보았을 때 그리 좋게 헤어지지도 않았는데.

"저쪽 길로 왔어요."

라스타는 손가락으로 자기가 따라서 온 길을 가리키더니 활짝 웃고서 하인리 왕자에게도 인사했다.

"안녕하세요? 라스타예요."

귀족들의 예법과는 많이 다른 인사에 하인리 왕자가 당황할 거라 여겨졌지만, 그는 의외로 가볍게 웃으면서 라스타를 따라 했다.

"안녕하십니까. 하인리입니다."

장난스러운 말투가 재미있는지 라스타는 은방울꽃처럼 웃었다.

"재미있는 분이시네요! 황후 폐하, 이분은 누구신가요? 처음 뵙는데."

내가 소개하기 전에 먼저 하인리가 나서서 자신을 밝혔다.

"서왕국에서 온 하인리 왕자입니다."

"우와! 왕자님?"

라스타는 두 손으로 입을 가리고 깜짝 놀란 표정을 짓더니, 흥분해서 외쳤다.

"라스타는 왕자님은 처음 봤어요!"

"하하. 그렇습니까."

"왕자님은 정말 왕자님처럼 생기셨네요. 동화책에서 튀어나온 분 같아요."

"이런. 과찬이십니다, 레이디 라스타."

라스타는 얼굴이 붉어진 채 헤헤 웃고서 말했다.

"두 분이 함께 산책하시는 건가요?"

"제가 황후 폐하께 궁전 안내를 부탁드렸답니다."

"참 멋진 곳이지요? 구경할 곳도 많고요."

"그건 이제부터 알아봐야지요. 하지만 지금까지는 아주 멋있었습니다."

라스타를 처음 본 귀족들이 그녀의 말투나 행동에 당황하는 것과 달리, 하인리 왕자는 능숙하게 라스타와 대화를 이끌어나갔다. 라스타 역시 하인리 왕자가 아주 편안하게 여겨졌는지, 환하게 웃으면서 제안했다.

"저, 그러면 하인리 왕자님. 라스타가 궁 안내를 해드릴까요?"

하인리 왕자가 눈썹을 살짝 들어 올렸다.

"레이디 라스타가 말입니까?"

"최근 들어서 라스타는 궁 전부를 탐험하고 다녔거든요. 모르는 곳이 없답니다!"

라스타는 슬쩍 나를 보고는 상냥하게 덧붙였다.

"황후 폐하께서는 바쁘실 테니까, 라스타가 해드릴게요."

"아. 고맙습니다, 레이디 라스타. 하지만 괜찮습니다. 황후 폐하
께서 아주 좋은 안내자 역할을 해주고 있으시니까요."

아직 안내를 시작하지도 않았는데.

자기도 말을 하고 나니 머쓱했는지, 하인리 왕자가 내 쪽을 향해
한쪽 눈을 찡긋했다.

"아! 그러면 라스타도 함께 가요. 셋이 같이 산책하면 더 즐거울
거예요!"

하지만 라스타는 하인리 왕자가 퍽 마음에 드는지, 얼른 하인리
왕자의 옆으로 가서 서며 붙임성 좋게 웃었다.

하인리 왕자는 부드럽게 웃었다. 그가 라스타와의 동행을 허락
하면 빠져야지. 나는 속으로 생각하면서 적당히 핑계가 될 말들을
골라보았다.

바쁘다? 아냐, 내 입으로 바쁘지 않다고 했잖아. 바쁜 일이 방금
생각났다? 너무 급조한 티가 나고. 화장실이 급하다는 건…… 안
돼. 절대 안 되지.

어찌 되었든, 황제의 정부와 황후가 옆 나라 왕자를 사이에 두고
같이 산책하는 장면은 연출하고 싶지 않았다. 그것처럼 우스운 꼴
은 없을 테니 말이다.

그러나 내가 변명을 고르기도 전.

"미안하지만 레이디 라스타."

하인리 왕자가 상냥하지만 단호한 목소리로 라스타를 밀어냈다.

"셋은 너무 많아서요."

라스타가 놀란 사이, 하인리 왕자는 "산책 잘하시길." 하고 인사

하고는 유유히 앞으로 걸어갔다.

예의 바른 태도였지만 놀라울 만큼 차가운 태도였다. 보통은 누군가 동행을 제의할 때 저렇게 딱 잘라서 싫다고 대답하지 못할 텐데. 놀라서 그의 옆모습을 곁눈질했다. 어느새 그는 내게 안내를 부탁할 때의 오만한 태도로 돌아와 있었다. 무언가를 생각하는 듯 눈살을 찡그리고 있는데, 무척이나…… 성격이 더러워 보였다.

표정에 따라서 정말 이미지가 확확 달라지는 남자구나. 그래서 사교계에 온갖 소문이 다 도는 건가?

잠시 생각하고 있자니, 하인리 왕자가 힐긋 나를 쳐다보았다. 너무 노골적으로 본 건가 싶어서 얼른 시선을 피하려는데, 그가 돌연 엉뚱한 질문을 던졌다.

"저, 안 잘생겼습니까?"

무슨 소리야? 당황해서 살짝 인상을 찡그리자, 하인리 왕자가 미심쩍다는 투로 말했다.

"이상합니다. 보통 이쯤 되면 다들 제게 관심을 보이시던데. 퀸께서는 왜 이렇게 차가우시지? 오늘 저, 얼굴 부었습니까? 예쁘게 입고 왔는데."

내가 뭘 잘못 들은 게 분명하다고 생각했다. 떨떠름해서 쳐다보자, 하인리 왕자는 갑자기 픽 가볍게 웃음을 터트렸다.

농담……? 어처구니가 없어서 따라 웃자 하인리 왕자가 또다시 부드러워진 태도로 변해 말했다.

"송구합니다, 황후 폐하. 아깐 너무 경직되어 있으셔서요."

"!"

"아까 그분이 그 사람입니까? 동대제국 폐하의 불륜 상대?"

하인리 왕자는 정부라는 말 대신 불륜이란 말을 사용했다. 이 역시 보통의 귀족답지 않아서 저절로 웃음이 나왔다.

"동대제국 폐하는 참으로 이상한 분이시군요. 퀸을 앞에 두고 어떻게 시선이 옆으로 갈까요?"

"좋게 보아주어서 고맙지만⋯⋯."

"고마운 일이 아닙니다. 좋게 안 보려고 해도 좋게 안 볼 구석이 없으시니 드리는 말씀이니까."

이런 점을 두고서 바람둥이라 하는 건가. 순간 기분 좋은 놀라움이 퍼져 나갔다. 일부러 듣기 좋은 말을 해준다는 건 알고 있지만, 그의 오만한 표정 덕분에 오히려 아부가 아부처럼 여겨지지 않았다. 멱살을 잡고 아부하라 해도 아부하지 않을 사람처럼 보여서.

무어라 말해야 좋을지 몰라 어색하게 웃자 하인리 왕자가 다시 소년처럼 웃으면서 물었다.

"그래서 말입니다만. 괜찮으시다면 황후 폐하, 신년제 마지막 날에 있는 특별 연회 때 절 초대해주실 수 있겠습니까?"

신년제에 초대 받아 오는 사람들 모두가 대단한 신분이나 업적을 이룬 이들, 혹은 이루리라 기대되는 이들이었다. 하지만 마지막 날에 있는 특별 연회 때에는 그중에서도 손꼽히는 손님들만을 따로 부르는데, 황제와 황후가 각기 열 명씩만을 초대하게 되어 있었다. 당연히 대부분은 신년제 전에 초대 인물 목록이 나왔으며, 하인리 왕자의 경우 제1순위 목록에 있었다.

특별 연회 초대장 역시 신년제 초대장과 함께 갔을 텐데?

"초대장을 받지 못하였나요? 그럴 리가 없는데⋯⋯."

"받았습니다. 동대제국 황제 폐하의 이름으로 된 초대장이었지요."

그런데 왜 나한테 또 달라는 거냐 싶어서 쳐다보자, 그가 눈썹을 들어 올렸다.

"황제 폐하의 손님보다는 황후 폐하의 손님으로 가고 싶거든요."

"마음은 고맙지만, 이미 모든 초대장을 다 발송한 후여서요."

"황제 폐하 이름에 밑줄 긋고, 아래에 황후 폐하의 이름을 적어 두면 어떨까요?"

말이 안 되는 소리였지만 능청스러운 말에 웃음을 터트리자, 그가 따라 웃고서 다시 팔을 내밀었다.

"계속 걸을까요?"

산책을 마치고 서궁으로 돌아왔다. 씻고 옷을 갈아입고 있자니, 엘리자 백작 부인이 갑자기 "어머!" 하고 탄성을 뱉었다.

"왜 그래요?"

그녀는 창문을 쳐다보며 웃고 있었다. 무슨 일인가 싶어 같은 방향을 보자, 창틀에 퀸이 앉아 있었다. 그것까지는 평소와 같았지만, 오늘은 창문을 보고 있는 게 아니라 창문에 궁둥이를 대고 있는 게 달랐다.

엘리자 백작 부인이 깔깔 웃음을 터트리며 말했다.

"이쪽으로 날아오더니, 황후 폐하가 옷을 갈아입는 걸 보자 소스라치게 놀라면서 허둥지둥 돌아앉지 뭔가요."

"퀸이요?"

"정말 영리한 새입니다, 황후 폐하. 게다가 수컷인 티를 이런 데에서 내다니요."

옷을 다 입은 후 다가갈 때까지도 퀸은 뒤돌아 앉아 있었다. 가까이 다가가자 귀를 내 쪽으로 돌렸지만, 그래도 돌아앉진 않았다.

"옷 다 갈아입었는데."

통통한 궁둥이를 쿡 찌르며 속삭이자, 퀸은 그제야 엉거주춤 돌아보며 내 이마에 자기 이마를 비볐다.

"부끄러워서 돌아앉아 있었어?"

작게 속삭이며 묻자 퀸은 새침하게 고개를 저었다. 하지만 그 모습이 더욱 똑똑해 보여서 신기했다.

게다가…….

"오늘은 급하게 날아왔어? 왜 이렇게 숨이 차?"

처음 쪽지를 매달고 올 때는 지쳐서 날아왔지만, 퀸의 주인이 황궁에 도착한 후로는 여유롭게 오가는 것 같더니. 오늘은 어디에서 급하게 날아오기라도 한 듯 숨이 가쁜 눈치였다. 퀸은 흠칫하더니 쪽지나 보라는 듯 얼른 다리를 내밀었다.

머리를 쓰다듬어주고서 쪽지를 빼내자 정갈한 글씨가 드러났다.

날 찾아보고 있습니까?

퀸이 고개를 갸웃거리며 내 눈치를 살폈다. 물을 떠다 주자 찹찹 물을 마시면서도 연신 나를 곁눈질했다. 나는 한참을 망설이다가 쪽지에 거짓말을 썼다.

　열심히 찾는 중. 당신은?

　퀸이 부리 주변이 물에 젖은 채 허둥지둥 날아와서는 내가 쓴 쪽지를 확인했다. 그러더니 곧 거짓말하지 말라는 듯 날개로 내 팔을 툭 가볍게 두드렸다. 자기가 글자를 읽고 대답하는 듯한 태도가 귀여워 궁둥이를 두드려주었다.

　— !

　신년제가 시작되었다.

　아침 해가 뜨는 걸 보자, 밤에는 폭죽을 쏘고 낮에는 거리를 돌아다니며 웃고 떠들어대는 거리의 풍경이 눈앞에 그려졌다. 이미 황궁으로 들어와 오랜 시간을 보냈지만, 아직도 신년제를 생각할 때 떠오르는 이미지는 결혼 전의 활기 넘치는 축제이다.

　창문을 열자 서늘하면서도 촉촉한 아침 공기가 코를 간지럽혔다. 잠시 그 공기를 들이마시다 내쉬기를 반복하고서 창문을 반쯤 닫은 후 침대 옆에 달아둔 종을 울렸다.

　잠시 기다리자, 평소보다 화려하게 차려입은 엘리자 백작 부인이 들어왔다.

　"오늘은 바쁘게 준비하셔야 합니다. 아시지요?"

　백작 부인은 날 보자마자 웃으면서 묻고는 얼른 옷장에서 미리 준비해둔 드레스를 꺼내 들어 올렸다. 드레스 여기저기에 새하얀 진주를 덮어 장식하고, 치맛단이 풍성하게 보이도록 겹겹으로 눈 같은 레이스를 달아둔 것인데, 어머니가 선물로 준비해주신 것이었다. 직접 말씀하시진 않았지만, 라스타에 대한 소문을 들은 후 내내 걱정 중이라 하셨다.

"첫날이니 다들 아주 화려하게 꾸미고 나올 터이지요. 이런 날에는 더욱 화려하게 하려다가 너무 힘을 준 것처럼 보이면 괜히 우습게 될 뿐이지요. 여왕의 이미지가 돋보이도록 하는 게 더욱 나을 거랍니다."

설명을 마친 엘리자 백작 부인이 콘셉트는 '눈의 여왕'이라면서 얼른 일어나 씻자고 재촉했다. 향이 나는 목욕물에 들어가 마사지를 받은 후 머리를 감고 피부가 더욱 매끄럽게 보이도록 옅게 화장을 했다.

온통 하얀색인 드레스를 입은 후 머리 역시도 풍성하게 늘어뜨린 데에다 진주만으로 장식했다. 하얀 구두까지 신고 나자 엘리자 백작 부인의 말처럼 정말 눈의 나라에서 튀어나온 사람 같았다.

"황후 폐하께서는 참으로 아름다운 분이십니다. 제가 모시는 분이라 이런 말씀을 드리는 게 아니라 정말로요."

"고마워요, 엘리자 백작 부인."

엘리자 백작 부인은 무어라 더 말을 하고 싶은 눈치였지만 말없이 웃기만 했다. 아마 소비에슈도 나를 보면 감탄할 거라든가, 흔들릴 거라든가, 이런 말을 하고 싶었겠지.

나는 책상에 붙여둔 오늘의 일과표를 한 번 더 확실하게 점검한 후 동궁으로 갔다. 둘째 날부터는 상관없지만, 큰 파티의 첫날은 항상 황제와 황후가 함께 대연회장에 입장해야 했다.

소비에슈는 미리 나와서 나를 기다리고 있었다. 그가 나를 향해 가볍게 미소를 지어 보였고, 에스코트를 해주기 위해 팔을 내밀었다. 한참 빠져 있는 연인인 라스타를 두고 가야 하니 속상해하고 있을 거라 생각했는데. 그런 눈치는 아니었다. 의외라 생각하며 나는 소비에슈의 팔을 잡고 대연회장으로 걸어갔다.

대연회장의 문은 활짝 열려 있었다. 평소보다 더 화려한 의장복 차림의 근위기사 네 명이 문의 양옆에 둘씩 서 있다가, 나와 소비에슈를 보자 문을 탕탕 두드렸다.

관리 하나는 작은 나팔을 들어 불었다. 순식간에 홀 안의 소란이 가라앉았다. 소비에슈와 나란히 몇 걸음을 걸어가자, 계단 아래로 펼쳐진 커다란 홀과 그 안을 알록달록하게 물들인 드레스들이 보였다.

소비에슈가 한 손을 들어 올리자 사람들이 동시에 우리를 향해 가벼운 절을 올렸다. 그들을 한 번 전체적으로 훑어보다가, 나도 모르게 손에 힘이 들어갔다. 연회장 중앙 부근에 외국 귀족들에게 둘러싸인 라스타가 보였다.

정부를 신년제에 불렀다고?

정부라고 해서 신년제에 참석하지 못하는 건 아니었다. 하지만 정부가 신년제에 참석하는 경우는, 정부가 아니더라도 신년제에 참석할 수 있는 위치일 때가 대다수였다.

신분이 낮은 정부를 둔 황제들이 굳이 자신의 정부를 다른 귀족과 위장 결혼시켜서 백작 부인이니 후작 부인으로 만드는 데에는 이런 이유가 있었다.

그런데 소비에슈는 그런 '눈 가리고 아웅' 식의 조치조차 취하지 않고 자신의 연인을 신년제에 부른 것이다. 라스타를 여기에서 볼 거란 예상은 하지 못했기에 당혹스러웠다.

나는 옆으로 고개를 돌렸다. 당혹스러운 건 나 혼자뿐. 소비에슈는 라스타를 향해 미소를 지으며 고개를 끄덕이고 있었다. 다시 라스타를 보자, 그녀는 드레스를 어색하게 들어 올린 채 소비에슈를 올려다보며 '이거 어려워요.' 하고 입 모양을 만들고 있었다.

이윽고 그녀는 나를 발견했다. 눈이 마주치자 빙그레 웃으면서 '언니!' 하고 부르는 시늉도 했다. 흠칫하자 그녀는 놀란 표정을 짓더니 자기 입을 톡톡 두드리고서 미안하다는 듯 귀엽게 웃었다.

"하여튼, 맹하다니까."

소비에슈는 그런 라스타가 몹시 사랑스럽단 목소리로 웃음을 터트렸다. 심장이 일그러지는 느낌이 났다. 분명 그의 아내는 나인데. 오히려 내가 두 사람 사이에 낀 이물질이 된 기분이었다.

처음에는 우리에게 인사를 건넨 이들도 지금은 소비에슈와 라스타를 번갈아 보고 있었다. 여자들은 부채로 입을 가리고, 남자들은 손이나 장갑 등으로 입을 가린 채 서로를 향해 수군거렸다.

하나하나 들으면 작은 목소리이지만 그런 소리가 다 합쳐지니 너무나 거대했다. 라스타는 놀라서 주위를 둘러보더니 겁먹은 얼굴로 소비에슈를 올려다보았다. 소비에슈는 한숨을 내쉬고서 내게 물었다.

"황후, 혼자 내려갈 수 있겠소?"

입장은 둘이서 나란히 했으니 그가 나와 해야 할 의무는 끝났다. 혼자 내려가도 괜찮기는 했다. 하지만 여기까지 함께 입장하면 계단도 함께 내려가는 게 자연스럽다. 여기서 뚝 반으로 갈라져 따로 가는 건 '우리는 억지로 붙어서 왔다'는 걸 보여주는 행동밖에 되지 않았다. 나는 억지로 입을 열었다.

"……함께 내려가야 합니다."

몸을 약간 옆으로 틀었던 소비에슈가 의외라는 듯 나를 쳐다보았다. 나는 최대한 무덤덤한 척 대답했다.

"외국의 고위 귀족들 상당수가 모여 있습니다. 여기서 떨어져 이동하는 건, 자칫 폐하와 저의 불화로 보일 수 있습니다."

"!"

"황제 부부의 불화는 이웃 나라에게는 우스갯거리이고, 적국에게는 노리기 쉬운 틈으로 보이게 됩니다. 사이좋은 부부를 연출할 필요까진 없더라도, 사이가 나쁘게 보여선 안 됩니다."

소비에슈의 표정이 미묘하게 비틀렸다.

"아아. 그래. 그렇겠지."

내 말을 믿기보다는 변명으로 받아들이는 듯했다. 그는 조금 안타깝다는 듯 웃고는 내게 손을 내밀었다.

"그러면 함께 내려가지."

나를 에스코트한 채 계단을 내려간 소비에슈는 사람들을 향해 가볍게 눈인사를 건네며 걸어가다가 적당한 지점이 되자 나를 바라보았다. 손을 치우자 그는 빙그레 웃고서 팔을 내렸다.

"이 정도면 되었소?"

"예."

소비에슈는 자신의 의무가 다 끝났다는 듯 뒤도 돌아보지 않고 라스타에게 다가갔다.

나는 홀로 우두커니 선 채 그쪽을 응시했다. 라스타의 주위를 에워싸고 있던 외국 귀족들이 웃으면서 소비에슈를 반겼다. 그들이 약간씩 물러나 자리를 만들어주었고, 라스타는 얼른 소비에슈에게 두 팔을 벌리며 안겼다. 누가 봐도 사랑스럽기 그지없는 연인의 모양새…….

나는 떨어지지 않는 시선을 억지로 옆으로 돌렸다. 아픈 내색을 하는 대신 평소처럼 조용히 웃으며 근처에 있던 투아니아 공작 부인에게 인사를 건넸다.

"이번 신년제도 황후 폐하께서 기획하셨다지요? 참으로 멋집니다."

투아니아 공작 부인은 눈치 좋게 소비에슈나 라스타 이야기를 쏙 빼고 상냥하게 다가왔다. 얼마 지나지 않아 귀족 부인과 영애들이 하나둘 내게로 왔고, 우리는 가벼운 담소를 나누면서 이동했다.

"어머, 저길 봐요."

"저분이 그 하인리 왕자님이라지요."

"그렇게 바람둥이라더니. 확실히. 참으로 아름다운 얼굴 아닌가요?"

"소문으로는 위험한 해적들과 어울려 다닌다던데……."

그녀들이 라스타와 소비에슈에 대한 화제를 피해준 덕에, 화제
의 대부분은 하인리 왕자에 대한 것이었다.

"어디를 가든 풍문을 만들고 다니는 분이니 이번에도 누군가와
연애를 하고 가시겠지요?"

"누가 불장난의 상대가 될지."

"하인리 왕자님이라면 미혼이니까…… 어쩌면 불장난에서 끝나
지 않을지도 모르지요."

"하긴. 장차 서왕국의 왕이 될 분이니, 우리 동대제국의 여자와
결혼하는 편이 도움이 될지도 몰라요."

"하지만 요란하게 소문이 도는 분치고, 아직까진 조용하게 지내
시는 듯한데……."

하인리 왕자의 이야기를 들으며, 지나가는 하인에게서 샴페인
잔을 가져왔다. 가장 도수가 낮은 샴페인으로, 사실 거의 음료수나
다름없는 것이었다.

나는 샴페인 잔을 입술에 물고서 살짝 위로 기울였다. 자연스레
고개가 들렸다. 그러자 투명한 유리잔 속의 샴페인이 기우뚱하게
각도를 바꾸면서, 유리잔 너머로 맞은편에 선 상대의 모습이 들어
왔다.

이쪽을 빤히 바라보고 있는 하인리 왕자였다.

잔을 내리고 입술을 떼었다. 혹시 잘못 본 건 아닌가 했지만, 그는
이쪽을 보고 있는 게 맞았다. 눈이 마주쳤지만, 그는 고개를 돌려 시
선을 피하지 않았다. 대신 자신의 손에 든 길쭉한 잔을 들어 보였다.

그러고는 건배하는 시늉을 한 후 잔을 자신의 입으로 가져갔다.

머리를 옆으로 한 덕에 그가 고개를 들어 올리자 깎은 듯한 옆선이 드러났다. 하인리 왕자의 옆에 있던 외국 귀족이 이쪽으로 고개를 돌렸기 때문에, 나는 얼른 그에게서 시선을 뗐다.

그때였다.

"아무리 고고한 황후라 해도 황제의 눈치를 보려면 어쩔 수 없단 거지요."

어디선가 웃음기 섞인 목소리가 들려왔다.

순간 심장이 쿵 떨어지는 느낌이 났다. 나도 모르게 소리가 난 쪽으로 고개가 돌아갔다. 벽에 맞닿은 의자에 외국인과 내국인들이 섞여 모여 있었다. 사람이 많아서 누가 한 말인지는 알 수 없으나, 저들끼리는 알 수 있을 것이다. 그리고 그들은 그 말이 무척이나 재미있게 여겨지는지 배를 잡고 웃어댔다.

제대로 들리진 않지만, 아까의 그 목소리를 낸 남자가 다시 무어라 말을 하는 것 같았는데, 이후 웃음소리가 더욱 높아졌다. 낄낄거리던 이들 중 몇몇이 내 쪽을 곁눈질하다 눈이 마주치자, 황급히 서로서로 옆구리를 찌르며 조용히 하란 신호를 보냈다.

그들의 반응으로 인해 내 얘기가 확실하다는 확신이 왔다. 무슨 말을 하는지 들어야겠단 생각이 들었다. 그러나 대답은 멀지 않은 곳에서 찾을 수 있었다.

"저…… 그런데 황후 폐하. 정말로 '그 여자'에게 선물을 보내셨나요?"

아까부터 내게 하고 싶은 말이 있는지 우물쭈물하던 한 귀부인의 질문 덕이었다.

"선물이라니요?"

저절로 날카로운 목소리가 나갔다. 귀부인은 얼굴이 발개져서 "죄송합니다." 하고 사과했다. 내가 원하는 건 사과가 아니었다.

"정말로 무슨 일인지 몰라서 물어보는 거랍니다. 화내는 게 아니에요. 선물이라니, 무슨 말인가요?"

억지로 목소리를 평소처럼 꾸며내 묻자, 귀부인이 걱정스레 입을 열었다.

"외국 손님들은 '그 여자'에 대해 도는 소문을 모르잖아요. 처음으로 폐하께서 받아들인 정부라고, 온갖 선물을 다 싸 들고 찾아갔다더군요."

그 이야기는 이미 보고받은 바였다.

하지만 그게 왜 갑자기 내 선물이 된 거지?

"그때 어떤 외국인이 저······."

"괜찮아요. 말해봐요."

"어떤 외국인이 황후 폐하와 삼각관계인데 괜찮으냐고 물었더니, '그 여자'가 그랬나 봐요. 황제 폐하와 황후 폐하는 모두 자기를 사랑해준다고. 황후 폐하께서는 '그 여자'가 정부가 되고 나자 환영의 의미로 온갖 귀한 선물까지 보내주셨다고······."

외국인과의 대화라면 최근의 일은 아니었다. 게다가 사교계 내에 많이 퍼진 이야기도 아닌 듯, 주위 귀부인 대부분도 놀란 표정이었다. 그런 걸, 외국인들이 역으로 내국 귀족들에게 소문을 내는 것이었다.

발밑이 꺼지는 느낌이 들고 눈앞이 다 어지러웠다. 사람들은 내가 소비에슈의 눈치를 보기 위해, 남편의 애인에게 선물을 보낸다고 비웃고 있었다.

억지로 긁어모아 세우고 있던 자존심이 헛소문 하나로 순식간에 모래성이 되어버렸다. 일부러 소비에슈와 라스타 사이의 일에 선을 긋고 관여하지 않으려 했는데. 내 의지나 행동과는 아무 상관도 없이, 나는 남편의 연인에게 잘 보이려 드는 비굴한 사람이 되어 있었다.

"아닙니다."

단호하게 말했으나, 소문이 걷잡을 수 없이 번져 나가리라는 건 명백했다. 샴페인 잔을 꽉 쥐고서 다리에 힘을 주었다. 눈앞이 어지러웠다. 그냥 다 때려치우고 서궁으로 가고 싶기도 하고, 아니라고 고함을 치고 싶기도 했다. 그러나 여기서 흔들리는 모습을 보일 수는 없었다.

"라스타 양이 뭔가 오해를 한 모양이군요."

차분한 척 말하고서 빙그레 웃자, 귀부인들이 '그런가?' 하는 얼굴로 고개를 끄덕거렸다. 하지만 속으로 믿을지 안 믿을지는 모를 일이었다. 사람들은 소문으로 피해를 받을 사람의 이야기는 변명으로 치부하는 경향이 강하니까.

최대한 엮이지 않으려 했는데. 이렇게 되었으니 어쩔 수 없었다. 나중에 라스타 본인을 불러다가 입을 조심시키는 수밖에.

한숨을 내쉬고서 아직 반 이상 남은 잔을 하인에게 들려 보냈다.

"어머, 이제 춤을 추려나 봐요."

과장되게라도 웃어야 하나 생각하고 있자니, 투아니아 공작 부인이 말했다. 그녀의 말처럼 은은한 곡을 연주하고 있던 악사들이 잠시 음악을 멈춘 채 대화를 나누고 있었다. 피아노 연주자와 바이올린 연주자가 무어라 말을 하면서 악보를 연신 넘겨댔다.

파티에서 춤을 출 때 반드시 지켜야 할 규칙은 하나였다. 똑같은 파트너와 두 번 연달아 춤을 출 수 없다는 것. 그 규칙 덕분에 파티에 오면 여러 명의 파트너들과 춤을 출 수 있다지만, 아무래도 첫 파트너에는 좀 더 의미가 부여되었다. 사정이 없는 한, 최소한 가장 호감 가는 상대와 첫 춤을 추는 건 분명했으니까.

뭉쳐서 대화를 나누는 데 주력하던 사람들이 이동하기 시작했다. 춤을 출 이들은 파트너를 찾기 시작했고, 파트너를 찾으면 중앙으로 나갔다. 춤을 추기 싫은 이들은 변두리로 빠졌다.

'소비에슈는 라스타와 첫 춤을 추겠지.'

결혼한 이래 소비에슈는 늘 나와 첫 춤을 추었다. 하지만 올해는 그가 라스타와 첫 춤을 추리라는 건 충분히 짐작이 갔다.

다른 쪽을 보는 척하며 힐긋 보자, 역시나. 소비에슈가 라스타의 한 손을 잡고 무어라 말을 하는 게 보인다. 기뻐하던 라스타가 힐긋 내 쪽을 쳐다보았다. 눈이 마주치자 그녀가 미안하단 표정을 지었고, 이어 소비에슈의 고개가 내 쪽으로 돌아왔다.

눈이 마주치기 전에 고개를 돌렸다. 나는 애써 턱을 들고 변두리로 걸어갔다. 황후인 내게 첫 춤을 신청할 수 있는 사람은 소비에슈뿐. 어차피 누구도 내겐 춤을 신청하지 않을 테니 아예 자리를 비켜주는 게 나았다. 그나마 남은 자존심이라도 지키려면.

사교계에서 가장 인기 많은 투아니아 공작 부인의 곁엔 이미 수많은 신청자가 몰려 한쪽 무릎을 꿇고 있었다.

이러면 안 되는데, 하면서도 내 시선은 다시 라스타와 소비에슈에게 향했다. 소비에슈는 근처의 재상과 대화하는 중이었다. 다행히 라스타도 투아니아 공작 부인 쪽을 가만히 지켜볼 뿐, 내 쪽엔 신경을 끈 상태였다.

'눈이 안 마주쳐서 다행이야.'

저들을 보지 않으려면 억지로 다른 쪽을 봐야 하는데, 잘못하다간 시선을 피하는 게 더욱 드러나버린다. 제발 자연스럽게 저들을 안 볼 수 있길 바라며 나는 벽으로 더욱 가까이 붙었다. 그런데 목적한 위치에 완전히 다가서기도 전에 주위에서 웅성거리는 소리가 났다. 돌아보자 하인리 왕자가 사람들의 시선을 받으며 이동하는 중이었다. 걸음걸음마다 사람들의 시선을 받으며 그는 느긋하게 걷고 있었다.

근처의 영애 두 명이 속닥거리면서 까르르 웃었다. 쑥스러운 듯 귀까지 발개져 있었다. 많은 사람이 하인리 왕자가 누구에게 첫 춤을 신청할지 궁금해하는 눈치였고, 하인리 왕자는 그 시선을 즐기는 듯 보인다. 하지만 소비에슈와 라스타의 일로 속이 상한지라, 나는 이 소문 속 왕자님에게까지 신경을 쓸 겨를이 없었다.

그가 누구와 춤을 추건 상관없었다. 없다 여겼다.

"아. 여기에 계셨습니까."

여기저기 느긋하게 둘러보던 하인리 왕자가 내 앞으로 다가올 때까지는.

사람들이 더욱 웅성거렸다.

나는 부채를 꺼내다 말고 그를 쳐다보았다. 눈이 마주치자 하인리 왕자가 눈꼬리를 접으며 웃었다.

"찾아다니느라 반 바퀴는 돌았습니다."

바로 앞까지 온 하인리 왕자가 자신의 가슴팍에 달아둔 장미를 꺼냈다. 장미를 손바닥 위에 올린 채 한쪽 무릎을 기사처럼 꿇은 그가 나를 가만히 올려다보았다. 순간 그가 뭘 하고 있나 어리둥절해졌다.

"황후 폐하께 춤을 신청하려나 봐요!"

누군가의 놀라워하는 목소리를 듣고서야, 이 남자가 내게 춤을 신청하고 있다는 걸 알아차렸다.

황후인 내게 첫 춤을 신청하는 사람이 있다고? 그것도 하인리 왕자? 예상 못 한 일에 저절로 입술이 벌어졌다.

"춤, 잘 추십니까, 황후 폐하?"

전형적인 기사처럼 춤을 신청하면서도, 하인리 왕자의 목소리는 장난스러웠다.

잠시 망설였다. 안 그래도 라스타, 소비에슈와 얽혀서 온갖 안 좋은 소문을 다 듣게 생겼는데. 바람둥이인 하인리 왕자와 어울리다가 괜히 이상한 오해를 더 받는 건 아닐까. 그렇지만 춤을 거절하는 것도 신청자가 여럿이거나 이미 여러 번 춘 후에나 가능한 일이다. 신청자가 하인리 왕자 하나뿐이고 이제 막 첫 춤을 추려는 건데.

이런 상황에서 그를 거절해버리면 하인리 왕자를 모욕하는 일이었다. 적어도 사교계에서는 이런 상황을 모욕으로 간주했다. 선택지는 없었다.

"무척. 따라올 수 있겠어요?"

그가 건네는 장미를 받아 들며 묻자 하인리 왕자는 일어서며 자신만만하게 웃었다.

"이렇게 당당하시니. 제 발을 몇 번 밟더라도 모른 척해드려야겠군요."

"그럴 일은 없어요."

"걱정하지 마시지요. 전 입이 무거우니까."

장난스러운 말에 피식 웃자 하인리 왕자는 팔을 내밀었다. 그의 팔 위에 손을 얹자 그는 홀의 정중앙으로 걸어갔다. 당연히 소비에슈와 라스타도 그곳에 있었다.

하인리 왕자와 함께 나타나자, 소비에슈가 흠칫 눈썹을 치켜올렸다. 딱히 이 상황에서 '라스타와 춤 잘 춰라'고 말할 순 없기에 모른 척 하인리 왕자를 쳐다보았다.

"잘했어요."

"……무슨 뜻이죠?"

"그렇게 날 보고 있어달란 말입니다. 어제는 별로 관심을 안 주셔서. 오늘은 더 멋지게 차려입고 왔거든요."

능구렁이 같은 말에 저절로 바람 빠지는 소리가 났다.

"음. 안 믿으시는 눈치인데."

어제도 충분히 입이 벌어질 만큼 멋있었다고 말해주는 게 좋을까? 고민하는 사이 미뉴에트가 흘러나오기 시작했다. 무릎을 굽혔다 펴고서 서로의 한쪽 손바닥을 붙였다.

가벼운 바이올린 소리를 따라 손을 붙인 채 빙글빙글 돌기 시작하자, 원하지 않아도 저절로 주위 사람들이 눈에 들어왔다. 사교계의 나비라 칭송받는 투아니아 공작 부인이 수많은 신청자 중 선택한 이는 젊고 잘생긴 랑드레 자작이었다. 릴테앙 대공은 그의 부인과 춤을 추고 있었고, 로라는 남자가 아니라 가장 절친한 친구인 알리슈테 양과 춤을 추며 즐거워하는 중이었다.

소비에슈는…….

빙글빙글 도는 춤은 이게 싫다. 정면을 볼 수밖에 없는데, 보기 싫은 것까지 봐야 하잖아. 한숨을 내쉬는 찰나 어느새 하인리 왕자와 완전히 가까운 거리로 접어들었다. 자연스레 귓가에 그의 입이 가까워지는 순간.

"쓸데없는 소문이 쉽게 퍼져 나가는 건 누구보다 내가 잘 압니다."

하인리 왕자가 속삭였다.

다시 몸이 떨어졌다.

놀라 쳐다보자 그가 특유의 오만한 표정으로 웃고 있었다.

"내가 라스타 양에게 선물을 보냈단 소문을 말하는 건가요?"

다시 가까워졌을 때 묻자 그는 살짝 고개를 끄덕였다. 대놓고 소문 이야기를 하는 것도 놀라웠고, 대놓고 위로해주는 것도 의외였다.

잔잔하면서도 경쾌하게 흐르던 음악이 멈추었다. 그가 날 놀리는 건가 싶어 잠시 뚫어져라 보았으나, 그런 기색은 아니었다.

"……고마워요."

부끄러워졌다. 그가 바람둥이란 소문을 자연스레 믿고 있었는데. 하인리 왕자는 내 소문을 대번에 믿지 않는다고 말해주니 고마우면서도 민망했다.

"나도 믿지 않을게요."

"뭘 말입니까?"

"그대가 바람둥이라는 소문."

하지만 고마워서 한 말에 그가 폭소를 터트렸으므로 나는 곧 더 민망해지고 말았다.

자기 소문은 진짜라는 건가? 얼굴에 열이 올라왔지만 모른 척 돌아섰다. 춤이 끝났으니 이제는 진짜 변두리로 가 있을 참이었다.

"황후. 이번은 나와 추지."

그러나 소비에슈가 다가와 손을 내미는 바람에, 이번에도 물러서지 못했다. 작게 한숨을 내쉬고서 그의 손 위에 내 손을 올렸다. 같은 상대와는 춤을 출 수 없으니 라스타 대신 내게 춤을 신청하는 거란 걸 알지만, 알면서도 받아들여야 한다는 게 속상했다. 소비에슈에게 말했듯 나와 그는 열렬히 사랑하는 시늉을 할 필요는 없지만, 사이가 나쁜 모습을 보여서는 안 되니까.

옆을 보니 라스타는 하인리 왕자에게 춤을 신청하고 있었다.

"이런. 죄송하지만, 레이디 라스타. 제가 체력이 약합니다."

하인리 왕자는 웃으면서 돌려 거절했다.

"춤을 두 번 연달아 추진 못해요. 의외로 병약한 미남인지라."

"그러면 한 번 쉬고 나서는요? 체력을 회복시키고 나서요."

"그땐⋯⋯."

하인리 왕자가 돌연 이쪽을 보는 바람에 눈이 마주쳤다. 그의 눈 꼬리가 가늘게 접혔다.

"다시 추고 싶은 분이 있어서."

산책을 거절할 때에도 생각한 거지만. 정말 놀라울 정도로 맺고 끊는 게 단호한 남자였다. 자신의 체면과 상대의 체면까지 생각하며 행동하는 귀족 대부분과는 달랐다.

라스타는 설마 거절당할 줄 몰랐는지 민망한 얼굴로 제 머리카락을 만지작거리다가, 이쪽으로 고개를 돌렸다. 눈이 마주쳤지만, 그녀는 내겐 별다른 내색 없이 소비에슈에게로 시선을 돌렸다. 그러고는 이쪽으로 다가오며 귀엽게 우는 소리를 냈다.

"폐하. 라스타는 같이 출 사람이 없어요."

"한 번만 쉬고 있거라. 두 번 연달아 같은 사람과는 출 수 없단다."

라스타도 하인리 왕자와 비슷한 면이 있었다. 그녀 역시도 자신의 의견이나 감정을 드러내는 데 거침이 없었다. '춤을 함께 출 사람이 없다'면서 큰 소리로 말하는 일은 대부분의 귀족들은 자존심이 상한다 여겨서 하지 못하는 일이니까.

"힝⋯⋯."

그녀가 아기처럼 칭얼거리는 소리를 내자 주위의 귀족들이 웃음을 터트렸다. 비웃음이 아니라 호감이 섞인 그런 웃음이었다.

귀족 출신이 아니라는 점은 라스타를 규격화된 귀족처럼 보이지 않게 만들었다. 나쁘게 말하면 버릇없고 예의 없었지만, 좋게 말하자면 신선하고 새롭고 순수해 보이는데, 사람들의 관점은 신년제를 계기로 전자에서 후자로 바뀌고 있었다.

"레이디 라스타. 저와 함께 추시겠습니까?"

다른 귀족 청년 몇이 라스타에게 제안했지만, 라스타는 힘 빠진 얼굴로 괜찮다 중얼거리고는 벽으로 터덜터덜 걸어갔다. 소비에슈는 당장이라도 그녀에게 달려가고 싶은지 몸을 움찔했다. 음악이 시작되지 않았더라면 정말로 달려갔을지도 모르겠다. 그러나 바이올린 소리가 시작되었으므로 소비에슈는 제자리를 지켰다.

공교롭게도 이번 음악은 잔잔한 데다 파트너와 약간 거리를 두고 추는 음악이었다. 소비에슈와는 어린 시절 춤을 배울 때부터 서로의 파트너가 되어주었기에 함께 박자를 맞추는 데 익숙하다. 더 어릴 때는 상대의 춤동작이 어색하다고 서로 배를 잡고 웃어대기도 했다.

'이젠 그런 시절은 오지 않겠지.'

커다란 지도를 붙잡고서 여기에는 뭐를 세우고 여기에는 뭐를 세우자고 의논하던 일이 떠오르자 가슴 한구석에 싸한 바람이 돌았다. 소비에슈가 평생을 같이할 상대라고 당연히 믿던 시절의 나는 얼마나 멍청하고 순진했을까.

계속해서 떨어져 추다가 드디어 근처로 오게 되었을 즈음.

"아까."

소비에슈가 나지막한 목소리로 물었다.

"하인리 왕자와는 무슨 대화를 했소?"

"평범한 대화를 했습니다."

"……."

"……."

"하인리 왕자가 어떤 사람인지, 소문을 들어본 적 없소?"

무슨 의도로 저런 말을 하는 거야?

복잡한 스텝을 밟느라 잠시 말을 멈추었다 쳐다보았다. 소비에

슈는 미간을 찡그리고 있었다.

"그런 남자와 '평범하게' 대화를 나눌 게 있소?"

"무척 재미있는 분이었어요."

"바람둥이로 유명하니 말은 재미있게 하겠지. 사람들은 유머러

스한 남자를 좋아하니까."

다시 거리가 멀어졌다. 빙글 돌면서 보니 하인리 왕자는 테이블

근처에 선 채 나를 보고 있었다. 눈이 마주치자 그가 웃으면서 한

손을 가볍게 흔들었다.

"나도 라스타를 정부로 두었으니, 황후에게 다른 남자를 정부로

두지 말란 말은 못 하겠지만."

"?"

"그래도 하인리 왕자는 아니라 생각하는데."

"무슨 소리인지 모르겠군요."

"하인리 왕자와 어울렸다간, 저자가 황후의 정부가 되는 게 아니

라 황후가 저자의 정부가 되어버릴 거란 말이오."

"!"

"동대제국의 황후로서 그런 일은 없어야 하지 않을까? 체면 상하게?"

"무슨 상상을 하시는지 모르겠지만, 하인리 왕자와 전 그런 사이가 아닙니다."

"잘 생각했소. 여자라면 다 건드리고 다니는 불한당 같은 작자의 불장난 상대가 되진 마시오."

"그는……."

하인리 왕자는 그런 사람으로 보이지 않는다고 한소리를 하려던 찰나였다. 소비에슈가 돌연 제자리에 멈춰 섰다. 음악은 여전히 계속되고 있었다. 단체로 움직이는데 소비에슈가 딱 멈춰버리니 그의 양옆과 뒤에 선 사람들도 덩달아 동선이 끊겼다. 파트너가 멈췄는데 혼자 춤을 출 수 없는지라 나 역시 멈춰야 했고, 내 주위의 사람들도 동선이 끊기며 같이 멈추었다.

"폐하?"

왜 저러지? 혹시 발이라도 삐었나 싶어 물어보려는데, 소비에슈가 어딘가로 바쁘게 걸어갔다. 주위 사람들 모두 어리둥절해서 그를 쳐다보았다. 소비에슈가 다가간 곳은 라스타 앞이었다. 벽에 기대어 선 채 라스타는 울고 있었다.

"라스타. 왜 우는 거지?"

소비에슈가 놀라 묻자, 라스타는 두 팔을 뻗으며 그의 목에 안겼다. 웅성거리는 소리가 더욱 커졌다. 주위 사람들이 힐긋거리며 내 눈치를 살피는 게 느껴졌다.

소비에슈가 나와 춤을 추는 도중, 날 버리고 라스타에게 가버린 것이었다. 턱에 힘이 들어갔다. 눈앞이 하얘지면서 머릿속에서 피가 빠져나가는 기분이 들었다.

라스타는 계속 울고 있었고 소비에슈는 그녀를 달래느라 바빴다. 결국, 소비에슈는 라스타를 번쩍 들어 올려 안고는 자리를 빠져나갔다.

"어머나. 황제 폐하께서 정부에게 푹 빠졌다더니 정말인가 봅니다."

"그러게요."

두 사람이 나가자 시선이 더욱 내게로 강하게 몰렸다.

"그런데 라스타 양은 도망 노예 출신이라던데. 정말인가요?"

"뭐? 진짭니까?"

"그럴 리가요. 황제 폐하께서 헛소문이라고 딱 잘라 말씀하셨지 않습니까."

"입조심하세요. 그런 이야기를 꺼내기만 해도 벌할 거라 하셨습니다."

"아니, 잠시만요. 동대제국에선 도망 노예도 정부로 받아들입니까? 우리 북왕국에선 있을 수 없는 일입니다. 난 라스타 양에게 북왕국의 바다 보석까지 선물로 가져다 드렸는데?"

"폐하께서 아니라니 아니겠지요."

음악 소리까지 멈추었고, 사람들은 나를 쳐다보거나 라스타에 관해 이야기했다. 당장 그 자리를 도망치고 싶었지만 억지로 태연한 척 걸어갔다. 어디로 가는지도 모른 채 마냥 걷고 있자니, 뒤에서 누군가 따라오는 소리가 났다.

매끈한 기둥에 하인리 왕자의 모습이 비쳤다. 따라오는 이는 그였다. 하지만 지금은 예의를 갖춰 외국 왕자와 담소하고 싶은 마음이 없었다. 일단 좀…… 제발 어딘가에 앉고 싶었다. 아무도 없는 곳에서.

정신을 차려보니 어느새 나는 서궁 회랑을 걷는 중이었다. 근위기사단 부단장인 아르티나 경이 날 부축하고 있었다.

"괜찮으십니까, 황후 폐하?"

"괜찮아요."

"쉬시는 게 좋겠습니다. 얼굴이 창백하십니다."

고개를 끄덕이고서 방 안으로 들어오자마자 응접실을 지나 침실로 들어갔다. 침대에 엎드린 채 베개를 끌어안고 몸을 비틀었다. 온몸이 무겁고 거추장스럽게 느껴져서 견디기 힘들었다.

얼마를 그러고 있었을까.

— 구…….

창문을 부리로 쪼는 소리가 들려 쳐다보니, 창가에 퀸이 앉아 있었다. 창문을 열자 퀸은 얼른 들어와서는 내 앞으로 다가와 커다란 눈을 깜빡거렸다. 나는 퀸을 들어 올려 품에 안았다. 작고 따끈한 몸에서 열기가 전해지자, 저절로 눈물이 터져 나왔다.

— …….

이 조그만 존재가 어떻게 이렇게 큰 위안을 줄 수 있을까. 추운 겨울에 홀로 내팽개쳐진 사람처럼 나는 퀸이 주는 온기에 한참을 매달렸다. 간신히 진정이 될 즈음, 새를 너무 오래 끌어안고 있었단 걸 깨달았다.

갑갑했을 텐데. 놀라서 조심스레 고개를 들자, 퀸이 고개를 기웃거리면서 내 눈치를 살폈다. 진짜로 살피는 건지 아니면 그저 볼 뿐인진 모르겠지만, 적어도 그렇게 보였다.

"고마워."

― 구……

"네 덕에 항상 힘을 얻는 것 같아."

크게 말하기는 쑥스러워서 귀에 대고 속삭이자, 퀸은 날개로 내 얼굴을 살며시 덮어주었다.

"넌 진짜 사람 같아."

― !

그런데 퀸의 동그란 눈가 주위를 만지작거리고 있으려니, 밖에서 소란스러운 소리가 들려왔다. 퀸을 끌어안은 채 보고 있자 침대에 걸어둔 종이 찰랑찰랑 흔들렸다. 나도 종을 흔들어서 들어와도 괜찮다는 신호를 보내자, 곧 문 열리는 소리가 나더니 응접실 쪽으로 말소리가 들려왔다.

퀸을 안은 채 응접실로 나가보니, 시녀장인 엘리자 백작 부인을 비롯해 로라 등 시녀 몇 명이 서성이고 있었다. 파티를 즐기다가 바로 온 덕에 다들 평소 이상으로 화려하고 멋진 차림이었다. 시계를 보니 아직 연회는 한창일 시간이었다.

왜 온 거지?

"백작 부인. 무슨 일인가요?"

백작 부인이야 그렇다 쳐도 신년제를 잔뜩 고대했던 로라까지 올라온 게 의아했다. 혹시 나 때문에 분위기를 망친 건가? 내가 도망치듯 그 자리를 빠져나간 걸 보고서 온 건가?

설령 그렇더라도 지금은 이들의 위로를 받고 싶지 않았다. 이상한 일이지만, 그리고 스스로도 어찌 된 영문인지는 모르겠지만. 남편이 다른 여자를 사랑하는데 오히려 자존심이 상하는 건 나였다.

내 잘못은 하나도 없는데, 당사자인 소비에슈와 라스타는 당당하고 오히려 내가 움츠러들게 되는 것이다. 이런 모호한 심정을 설명할 수도 없는지라, 차마 먼저 말하지 못한 채 우물거렸다.

그런데 잘 보니 라스타와 소비에슈의 행동을 보고 놀라서 온 게 아닌 눈치들이었다. 엘리자 백작 부인은 빠르게 자기 얼굴을 부채질했고, 로라는 돌돌 말아둔 머리카락을 끊임없이 손으로 만지작거렸다.

왜 이러지? 그러고 보니 다들 좀 흥분한 기색인데.

"황후 폐하. 베르디 자작가에서 사람이 왔습니다."

어리둥절해 서 있자니 엘리자 백작 부인이 부채를 내려놓으며 말했다.

"베르디 자작가에서요?"

"네."

"베르디 자작 부인이 보낸 사람인가요?"

"예, 황후 폐하. 베르디 자작 부인이 황후 폐하의 시녀 생활을 할 수 없단 이야기였습니다."

베르디 자작 부인은…… 며칠 전에 돈을 빌려 가지 않았던가? 당시에도 꽤 피곤해하는 기색이었지.

"베르디 자작 부인이 보낸 사람이 확실한가요?"

나는 놀라서 되물었다. 사고뭉치 가족들을 둔 덕에, 그 집에는 빚이 많았다. 당장 거리에 나앉을 정도는 아니라지만 자작가에서 나오는 수입 대부분은 그 빚을 메꾸는 데 사용되고 있어서, 생활비라고 할 만한 건 베르디 자작 부인이 시녀 일을 하며 받아 가는 돈이 전부였다. 그런데 시녀 생활을 관둔다고?

로라가 걱정스레 물었다.

"급하게 왔다 갔다 하더니. 혹시 베르디 자작이나 그 사고뭉치 아들하고 싸운 게 아닐까요?"

다른 시녀 역시도 염려 가득한 얼굴로 제안했다.

"사람을 보내서 사정을 알아보는 게 좋을지도 모르겠습니다."

"그래야겠군요."

하지만 다음 날. 베르디 자작 부인을 향한 걱정은 하등 쓸모없었다는 게 밝혀졌다. 신년제 둘째 날의 연회는 굳이 소비에슈와 함께 입장할 필요가 없기에, 나는 좀 느긋하게 여유를 두고서 연회장으로 갔다. 곁에는 엘리자 백작 부인과 로라 등 시녀들이 있었고, 남왕국에서 온 서즈 공주 역시 함께 있었다.

서즈 공주는 남왕국의 호탕하고 대범한 기질을 그대로 갖춘 사람이어서 말을 무척 재미있게 했다. 다들 그녀가 하는 말에 정신없이 끌려가고 있는데, 갑자기 그녀가 내 어깨너머를 쳐다보며 "그 여자네요." 하고 혀를 찼다.

돌아보자 라스타가 사람들에 둘러싸인 채 웃으며 홀로 들어오고 있었다. 하루 사이에 그녀는 더욱 반짝이고 있었다. 눈이 마주쳤다가는 저 성격에 이쪽으로 와서는 또 언니 소리를 할 것 같아서, 나는 그냥 모른 척 고개를 돌려버렸다.

"세상에."

그런데 이번에는 로라가 라스타를 보며 헛웃음을 지었다.

"왜 그러나요?"

의아해서 묻자, 로라가 도끼눈을 뜨며 대답했다.

"폐하. 지금 저 여자가 입은 푸른 비단이요. 릴테앙 대공이 황후 폐하한테 뇌물로 바쳤다가 튕긴 비단 아닌가요?"

돌아보자 로라의 말이 정말이었다. 그 비단을 이용해 만든 드레스였다. 시녀들이 혀를 찼다.

"릴테앙 대공님도 진짜…… 대단하시네."

"그러게요. 황후 폐하한테 거절당하자마자 바로 저기로 가는 꼴이라니."

다시 고개를 돌렸는데, 이번에는 엘리자 백작 부인이 당황한 목소리로 중얼거렸다.

"황후 폐하에게서 저기로 간 게 비단뿐만은 아닌 듯합니다."

무슨 소리지? 번거롭지만 다시 또 뒤돌아보았다.

이번에는 나 역시 힐긋 보고 돌아볼 수 없게 되었다. 어제 시녀 일을 그만두겠다고 전갈을 보내온 베르디 자작 부인이, 라스타의 옆에 서 있었던 것이다. 약간 뒤쪽에 있느라 보지 못했지만 이젠 확실하게 보였다. 베르디 자작 부인은 라스타의 곁에 나란히 붙어 있었다. 저녁 내내 베르디 자작 부인에 대해 걱정했던 로라가 날카롭게 외쳤다.

"세상에. 미친 거 아냐?"

소리가 컸는지 라스타와 베르디 자작 부인이 동시에 이쪽을 쳐다보았다. 베르디 자작 부인은 나와 눈이 마주치자 얼른 고개를 떨구고서 시선을 피했다.

"……."

푸른 비단이나 릴테앙 대공이야 그저 우스울 뿐이지만, 이번에는 조금 화가 났다. 내 사람이라고 생각했던 이가 저쪽으로 가 있었다. 내 남편을 가져간 사람에게. 그것도 큰돈을 빌려 가고서. 어디서부터가 계획이고 어디서부터 마음이 변한 건진 모르겠지만, 베르디 자작 부인은 라스타의 출신을 가장 많이 비웃던 이였다.

"……."

엘리자 백작 부인과 로라가 옆에서 무어라 말을 했지만 제대로 소리를 들을 수조차 없었다. 이걸 뭐라고 해야 할까. 당황스럽다? 어이가 없다? 저 여자는 내 것들을 하나하나 다 뺏어 가려고 온 건가?

아니. 어쩌면 처음부터 베르디 자작 부인은 내 사람이 아니었을지도 모르겠다. 단순히 돈 때문에 옆에 있었을지도. 하지만 괜히 입 안이 텁텁해지는 건 어떻게 할 수가 없었다.

서즈 공주가 혀를 찼다.

"난 정부 제도를 도대체 이해하지 못하겠습니다. 남왕국에는 그런 이상한 제도가 없거든요. 말이 좋아 정부지, 그냥 바람피우는 거 아닙니까? 법으로 정부라고 땅땅 허락해두니까, 저렇게 부끄러운 줄도 모르고 고개를 빳빳이 들고 다니는 겁니다."

"정말 그래요. 난 저 여자가 황후 폐하 앞에서 저렇게 꼿꼿하게 허리를 펴고 다니는 것도 이상하다니까요?"

로라가 열이 올라 동조하는 동안, 나는 가장 단맛이 강한 샴페인을 골라 마셨다. 어제 도망치듯 자리를 떠났으니 오늘은 최대한 버텨볼 생각이었는데. 이 상태로는 그것도 쉽지 않을 것 같았다.

게다가 서즈 공주와 시녀들이 하는 말은 모두 고마운 이야기였지만, 사람들 앞에서 이런 이야기를 나누고 싶진 않았다. 어떤 식으로 이야기가 퍼져 나갈지 아니까.

겉으로는 꼿꼿한 척하지만 안 보는 데에서는 라스타에게 잘 보이려 선물을 보내고, 또 한편으로는 그녀를 뒷담화하고 있다며 나를 우습게 보겠지.

"다른 이야기를 할까요?"

결국, 이 화제로 더 이야기하고 싶지 않단 걸 에둘러 표현했다. 다행히 서즈 공주는 불쾌한 내색 없이 바로 화제를 돌려주었다.

"아. 그러고 보니 오늘 아침에 하인리 왕자에게서 재밌는 이야기를 들었습니다."

"재밌는 이야기라니요?"

"남궁에서 다 같이 식사할 때 나온 이야기인데요. 동대제국에 하인리 왕자와 익명의 편지를 주고받는 분이 있다더군요."

"!"

"그분을 공개적으로라도 꼭 찾고 싶다면서 남궁에 머무는 손님들에게 부탁하던데요? 여기저기 소문 좀 내달라고."

시녀들의 시선이 동시에 내게로 향했다.

"응? 왜 그러나요?"

서즈 공주 역시도 그걸 눈치채고서 덩달아 나를 보았다. 시녀들이 왜 나를 보는지는 알 수 있었다. 하인리 왕자가 찾고 있다던 그 '익명의 친구'가 나일 거라 생각해서겠지.

"……."

나 역시 같은 생각이었다. 퀸의 주인…… 하인리 왕자인가.

우연의 일치일 가능성이 없진 않았지만, 나일 확률이 높았다. 시녀들은 머뭇거렸으나, 내가 말없이 가만히 있자 아는 척하지 못하고 딴청들을 피웠다. 그러다 서즈 공주가 다른 곳으로 가자, 로라가 목소리를 죽여 물었다.

"황후 폐하, 그 부엉이랑 독수리 섞어둔 것처럼 생긴 새요. 그 새 주인이 하인리 왕자님 같지 않아요?"

엘리자 백작 부인도 거기에 동의했다.

"제 생각도 같습니다, 황후 폐하. 황후 폐하 이야기 같아요."

다른 시녀들 역시도 눈을 빛내며 나를 바라보았다.

"……제 생각도 같습니다."

내 말에 시녀들이 입을 가리고서 서로 묘한 눈짓을 주고받았다. 이 상황이 무척 즐거운 듯했다. 하지만 내가 "나서지 않을 생각이지만요"라고 덧붙이자 다들 실망 가득한 표정으로 나를 바라보았다.

"폐하, 하인리 왕자님처럼 아름다운 분과 친구가 되는 것도 좋지 않을까요?"

"하인리 왕자님도 자신의 편지 상대가 황후 폐하라는 걸 알게 된다면 더욱 좋아하실 거여요."

"어제도 황후 폐하께 춤을 신청했잖아요?"

나는 고개를 저었다.

"이름도 얼굴도 모르는 친구로 남고 싶어요."

"하지만……."

로라가 안타까워하며 무어라 말하려 하자, 엘리자 백작 부인이 얼른 눈총을 보내 입을 다물게 했다. 그녀는 내 생각을 눈치챈 듯 마주 보고서 고개를 끄덕였다.

"하인리 왕자님은 여자 문제에 관해선 이런저런 추문이 많은 분이시니까요. 바람둥이로 소문이 자자한 분인데, 사적으로 편지를 교류하던 상대가 황후 폐하라는 게 알려지면, 다들 신기해하기보다는 흥미 위주로 이상하게 쳐다볼 것입니다."

엘리자 백작 부인이 잠시 차갑게 라스타와 릴테앙 대공 쪽을 쳐다보았다. 릴테앙 대공은 라스타 앞에 선 채 호탕하게 웃어대는 중이었다.

"앞으로 적들이 많이 생길 것입니다. 그들이 악의적인 소문을 낼지도 모르지요. 저 역시 조심해서 나쁠 건 없다 생각합니다."

엘리자 백작 부인이 말을 마치자 그제야 로라가 "아……" 하고 고개를 끄덕였다.

"하지만 좀 아쉬워요……."

"어쩜 로맨틱해라. 얼굴도 이름도 신분도 모르는 상대와의 편지
라니요."

"그게 정말일까요? 하인리 왕자는 원체 이상한 소문이 많아서
원. 다 믿기가 어렵지 않습니까?"

"하지만 거짓말이라면 굳이 공개적으로 그 '친구'를 찾을 필요가
없지요."

"상대가 친구일지 연인일지는 까봐야 아는 겁니다."

"모르지요. 어쩌면 결혼한 부인일지도."

"여자인 줄 알고 있었는데, 알고 보니 남자였단 것도 재미있지
않을까요?"

라스타의 살롱에 왁자지껄한 웃음소리가 퍼져 나갔다. 라스타는
푹신한 자주색 의자에 앉은 채, 귀족들이 떠들어대는 소리를 귀 기
울여 들었다. 그녀의 곁에는 베르디 자작 부인이 앉아 있었고, 하녀
인 체리니는 라스타에게 적당한 속도로 부채질을 하는 중이었다.

라스타가 말없이 대화를 듣고만 있자, 한창 하인리 왕자와 편
지에 대해 떠들어대던 릴테앙 대공이 껄껄 웃으며 라스타에게 물
었다.

"왜 이렇게 말이 없으시지? 레이디 라스타. 혹시 그 로맨틱한 편
지의 상대가 우리 라스타 양은 아니겠지요?"

"라스타는 아니에요."

"정말인가요? 라스타 양의 사랑스러운 말솜씨라면 편지만으로

도 하인리 왕자를 사로잡기에 충분할 것 같은데요?"

라스타는 웃으면서 고개를 젓고는, 얼른 계속 그 이야기를 들려달라며 귀족들을 재촉했다.

귀족들은 모두 근엄한 이야기만 하고 지내는 줄 알았는데. 노예들이나 귀족들이나 떠들어대는 내용은 이런 비슷비슷한 자극적 가십거리라는 게 무척 재미있었다. 그런데 가만히 차를 마시며 주위를 둘러보고 있자니, 옆에 앉은 베르디 자작 부인이 아까부터 한마디도 하지 않고 있었다.

"베르디 자작 부인? 왜 그래요? 어디 몸이 좋지 않아요?"

라스타가 상냥하게 묻자, 베르디 자작 부인은 잠시 흠칫했지만 웃으면서 고개를 저었다.

"혹시 황후께 돌아가고 싶어서 그러는 건 아닌가요?"

그래도 라스타가 울상을 지으며 묻자, 귀족들이 떠들어대던 걸 멈추고 베르디 자작 부인에게로 시선을 돌렸다.

"그럴 리가요."

베르디 자작 부인은 얼른 활짝 웃으면서 고개를 저었다.

"이제 제가 모시는 분은 라스타 양이잖아요."

귀족들이 다시 하인리 왕자에 관한 이야기를 시작하자, 베르디 자작 부인이 작게 한숨을 내쉬었다.

"……."

라스타는 그런 베르디 자작 부인의 옆모습을 골똘히 바라보며 고개를 갸웃했다.

"베르디 자작 부인. 혹시 황후에게 돌아가고 싶은 거라면 라스타에게 솔직하게 말해도 괜찮아요."

결국, 라스타는 귀족들이 모두 돌아가고 그녀와 하녀 둘만이 남게 되자 다시 한 번 대놓고 말했다.

"정말로 그런 게 아니랍니다, 라스타 양."

베르디 자작 부인이 얼른 아니라 하였지만, 라스타는 그 말을 쉽게 믿을 수 없었다. 랑트 남작을 통해 그녀의 시녀로 들어온 베르디 자작 부인은, 황후가 황후 자리에 오른 이래 늘 곁을 지켰던 시녀라 하였다. 랑트 남작이 굳이 돈에 허덕이는 시녀 중 베르디 자작 부인을 고른 것도 이런 이유 때문이라 들었다. 황후의 시녀 출신이 라스타의 시녀로 이동하면, 그 자체로 라스타에 대한 평가가 올라가게 된다고.

하지만 라스타에게도 베르디 자작 부인은 아직 낯설었다. 돈 때문에 이쪽으로 온 것이다 보니, 체리나나 키스에처럼 완전히 신뢰하기에는 아직 못 미더운 구석이 있었다. 그런 불신을 눈치챈 건지 베르디 자작 부인은 놀란 토끼 눈을 하고서 변명했다.

"정말로 황후 폐하께 돌아가고 싶어서 그런 게 아니랍니다, 라스타 양."

"하지만 그렇게 보였어요……."

"저는 그게…… 그저 황후 폐하 생각이 나기는 했지요. 주제가 하인리 왕자였으니까요."

결국, 베르디 자작 부인이 주저하며 털어놓은 후에야 라스타는 불신에 찬 표정을 지우며 물었다.

"하인리 왕자 이야기가 나오는데 황후는 왜요?"

두 번이나 하인리 왕자에게 거절당한 터라 불퉁한 목소리였다.

베르디 자작 부인은 곤란한 얼굴로 괜히 찻잔을 만지작거렸지만, 이미 말은 꺼내버렸고 라스타는 눈을 빛내며 그녀를 응시하고 있었다.

"그게……."

어쩔 수 없이 그녀는 털어놓았다.

"하인리 왕자가 찾는다는 그 편지 상대. 황후 폐하 같아서……."

라스타의 눈이 동그래졌다. 옆에서 부채질을 해주던 체리니도 깜짝 놀라 물었다.

"정말입니까?"

베르디 자작 부인은 "그래." 하고 대답하고서 라스타에게 얼른 말했다.

"하지만 황후 폐하라면 아마 편지 상대가 하인리 왕자님이라 해도 나서지 않으실 거예요. 자존심이 강한 분이니까요."

체리니가 낄낄 웃으며 물었다.

"황후와 하인리 왕자가 서로를 모르는 상태에서 편지를 주고받는 건 확실한가요?"

"지금은 황후 폐하도 아셨겠지. 하지만 당시엔 전혀 모르셨어."

처음에는 신기해하던 라스타는 곧 입을 다물고 곰곰이 생각에 잠겼다. 베르디 자작 부인은 혹시 자신이 기분 나쁜 말을 한 건가 싶어 라스타의 눈치를 살폈다. 라스타는 한참 만에 베르디 자작 부인에게 물었다.

"그러면 베르디 자작 부인은 황후와 하인리 왕자가 주고받던 편지 내용에 대해 조금 아시겠네요?"

어딘가 은근한 목소리였다.

"그렇……지요?"

이상한 느낌에 베르디 자작 부인이 떨떠름하게 대답하자, 라스타의 입가에 장난기 가득한 미소가 떠올랐다.

"그러면 편지 상대가 체리니인 것처럼 꾸밀 수도 있을까요?"

"예? 하인리 왕자를 속이자고요?"

베르디 자작 부인은 화들짝 놀라 물었다. 라스타는 까르르 웃음을 터트리며 한 손으로 체리니의 치맛자락을 잡아다 옆에 앉혔다.

"속이자니요. 그냥 장난을 좀 치자는 거지요."

"하지만……."

"부인이 그랬잖아요. 황후는 절대로 자신이 편지 상대라 나서지 않을 거라고."

"그렇지만……. 그래도 왕족을 속이는 일인데……."

"편지 내용은 알아요?"

"라스타 양. 난 가장 최근 내용은 모른답니다. 혹시라도 하인리 왕자가 그 일에 관해 물을 수도 있잖아요."

"묻지 않을 수도 있지요."

"하지만……."

"어떤 식으로 편지를 주고받았는데요? 중간에 다른 사람에게로 넘겼다고 해도 되고……. 응? 궁금해요."

"그렇지만 라스타 양……."

"아닌 게 들키면 장난쳤다 말하면 되는 거구. 잘되면 체리니도 왕자님 사랑을 받는 거잖아요. 응?"

"저…… 하인리 왕자님을 뵈러 왔는데요……."

남궁 앞에 쭈뼛거리며 다가온 여자가 조심스레 지나가던 기사를 붙잡았다. 기사는 기사이지만 동대제국의 기사는 아니었다.

"누구 심부름을 온 겁니까?"

"아, 아니요. 제가 드릴 말씀이 있어서……."

기사는 잠시 고개를 갸웃하더니 여자를 쳐다보았다.

"당신이요?"

여자는 단정하고 깔끔한 옷차림이었으나, 귀족으로 보이진 않았다. 그렇다면 성에서 일하는 하녀가 분명한데. 하인리 왕자가 외국인 하녀를 만날 일이 뭔지 쉽게 짐작이 가지 않았기 때문이다.

"저…… 왕자님께서 편지 상대를 찾으신다고……."

하녀가 더듬거리며 입을 열자 기사의 눈이 휘둥그레졌다.

"그쪽이 하인리 전하께서 찾으시는 분이라고요?"

공교롭게도 기사는 하인리 왕자와 함께 서왕국에서 온 기사였다. 기사의 불신 가득한 시선에 하녀, 체리니는 얼굴이 붉어진 채 "네." 하고 기어 들어가는 목소리를 냈다.

일이 잘 풀리지 않아도 자신의 장난으로 할 거고, 일이 잘되면 아름다운 왕자의 사랑을 받을 수 있단 라스타의 설득에 오긴 왔으나 역시 겁이 났다.

"……."

기사는 말없이 체리니를 바라보다가 뒤돌아섰다.

"따라오시지요."

체리니는 두려운 마음 반 설레는 마음 반으로 걸어갔다. 베르디 자작 부인에게 편지를 주고받게 된 경위와 내용에 대해서 듣기는 했다. 하지만 베르디 자작 부인이 자신의 영지로 돌아가는 바람에 뒷부분을 모르는 게 불안했다. 라스타는 뒤 내용까지 확인하진 않는다며 큰소리쳤지만…….

"도착하였습니다."

체르니는 멈춰 서서 마른침을 삼키고 앞을 보았다. 기사는 어느새 문을 두드리고 안에 있는 사람에게 체리니의 방문을 알리고 있었다.

"전하, 전하와 편지를 주고받았다던 사람이 도착하였습니다."

하지만 아무리 기다려도 안에서는 아무 소리도 들려오지 않았다.

"이런. 잠시 나가셨나."

작게 중얼거린 기사는 체리니를 향해 응접실에서 기다리라 말했고, 체리니는 옆의 빈방에 들어가 멀뚱히 앉아 있었다. 그러기를 한 시간 정도 되었을까. 마침내 기사가 다가와서 "이제 오셨습니다. 들어오시랍니다." 하고 알려주었다.

"네? 지금요?"

체리니는 놀라 되물었다. 빈방은 문이 닫혀 있지 않았고, 체리니가 앉아 있던 곳은 복도를 바라볼 수 있는 위치에 놓인 소파였다. 잔뜩 긴장해서 내내 복도를 쳐다보고 있었지만, 방 앞을 지나가는 이는 한 명도 없었다. 그런데 왕자가 돌아왔다고?

'혹시 처음부터 있었는데 없는 척한 건 아닌가······.'

체리니는 불안한 생각이 들었지만, 얼른 자리에서 일어나 기사를 따라갔다.

문이 열렸다. 이 문 안에서 그녀는 망신을 당할 수도 있었고, 미래가 바뀔 수도 있었다. 일이 잘되면 나도 라스타 님처럼 되지 않을까····· 체리니는 조심스레 기대감을 품고 방 안으로 들어갔다.

커다란 방 안에는 창문 두 짝이 활짝 열려 있고, 들어오는 바람에 커튼이 안쪽으로 펄럭거리고 있었다. 키가 몹시 커다란 남자가 그 커튼 사이에 서 있었다. 거의 반나체에 가까운 차림의 남자는 얇은 로브만을 위에 걸친 채 무료한 표정으로 서 있었다.

'저분이 하인리 왕자님······!'

체리니는 눈을 커다랗게 떴다. 바람에 불 때마다 함께 흐트러지는 연한 금발의 남자는, 소문으로 듣던 것보다 훨씬 수려한 외모였다. 천사가 내려오면 이런 얼굴이 아닐까, 싶은 마음에 체리니는 넋을 놓고 남자를 바라보았다.

하지만 그의 날카로운 보라색 눈동자와 마주치는 순간, 이 남자는 천사보다는 악마에 가까울지도 모른다고 생각을 바꿨다.

껍데기는 황홀할 정도였으나, 어딘가 사람을 소름 돋게 만드는 눈동자였다. 체리니는 도망가고 싶다는 본능적인 거부감을 느꼈다. 하지만 눈이 마주치고, 하인리 왕자가 부드럽게 눈웃음을 짓는 순간. 그 거북하던 면이 하얗게 지워지면서, 그녀는 본능적인 감을 무시하고 말았다.

"레이디가, 내 편지 상대라고?"

"네…… . 네."

하인리 왕자의 눈썹이 약간 치켜올라갔다. 체리니는 쿵쿵 뛰는 심장으로 그를 쳐다보았다. 증거를 대보라거나, 그런 식으로 말을 할 줄 알았는데. 의외로 하인리 왕자는 아무 말이 없었다. 무얼 혼자 생각하는지 눈을 가늘게 뜬 채 쳐다보기만 할 뿐.

심장 소리가 더욱 커졌다. 한참을 그러고 있은 후에야 하인리 왕자가 웃으면서 "그래, 레이디란 말이지." 하고 웃었다.

"확실한 거겠지?"

"네?"

"확실한지 묻고 싶어서. 내가 찾는 상대는 나한테 정말 소중한 사람이거든?"

"！"

"만약 레이디가 그 상대라면 아주 기쁘겠지만, 그런 게 아니라면…… 실망해서 내가 무슨 짓을 할지 모르겠어."

위협조의 말과는 달리 상냥하게 웃은 하인리 왕자가 가까이 다가오며 다시 한 번 물었다.

"정말 레이디가 확실한 거지?"

친한 귀족들끼리 함께 모여서 점심을 먹고 있을 때였다. 어제 부쩍 친해져서 오늘의 식사까지 함께하게 된 서즈 공주가 뒤늦게 와인병을 들고 나타났다.

"우리 남왕국의 특산물입니다. 지각비로 치지요."

사람들이 의아해 쳐다보자, 껄껄 웃으면서 와인병을 테이블에 내려놓은 서즈 공주는 빈자리에 앉으며 물었다.

"아직 다들 그 얘긴 못 들었겠지요?"

"얘기라니요?"

서즈 공주의 옆에 앉게 된 로라가 묻자, 서즈 공주가 다시 한 번 호탕하게 웃었다.

"하긴. 저도 방금 들은 거니까, 아직 여기까진 이야기가 안 퍼졌 겠습니다."

사람들이 무슨 일인데 그러냐고 채근하자, 그녀가 눈을 빛내며 목소리를 낮추었다.

"오다 들었는데 말입니다. 하인리 왕자의 편지 상대라며 나선 사 람이 있답니다."

로라의 시선이 내게로 꽂혔다. 나 역시 반사적으로 미간이 찡그려 졌다. 내가 나서지 않는 것과 누군가 날 사칭하는 건 다른 문제였다.

"누구라던가요?"

"예, 황후 폐하. 라스타 양의 하녀라 들었습니다."

의아해졌다.

그녀는 편지의 내용도 모를 텐데? 게다가 내가 아직도 편지를 주고받고 있으니 언제든 들킬 일 아닌가? 왜 이렇게 허술한 거짓말을 한 거지? 라스타는 이 일과 관련이 있는 건가 없는 건가?

'라스타가 관련되어 있다면 베르디 자작 부인이 편지 내용에 대해 알려주었나?'

로라도 같은 생각을 한 건지 나를 쳐다보며 묘한 표정을 지었다. 나는 고개를 젓고서 그냥 웃어 보였다. 거짓말을 하다 들킨다면 자기가 알아서 책임질 일이겠지. 굳이 그녀의 하녀까지 신경 쓸 필요는 없었다.

폴 맥켄나는 하인리 왕자가 개인적으로 이끄는 수룡 기사단의 부기사단장인 동시에 하인리의 개인 비서였다. 서자 출신이라 왕실 족보에 올라가진 못하였으나, 사적으로는 하인리의 사촌이기도 했다.

사람들은 문무 모두에서 뛰어난 두각을 드러내는 이 기사를 하인리 왕자의 최측근이라 생각했고, 하인리 왕자가 왕위를 이을 가능성이 커감에 따라 맥켄나에 대한 주목도도 높아졌다. 다들 입을 모아서, 자유롭고 바람 같은 하인리 왕자를 이 든든한 비서이자 기사가 제대로 받쳐주고 있다 칭찬했다.

하지만 그거야 뭘 모르는 사람들의 이야기일 뿐이었다. 맥켄나는 자신이 하인리 왕자의 기둥이 아니라, 그냥 제일 부리기 좋은 체스 말이 아닐까 종종 생각하곤 했다.

"사람들이 뭐라고 떠들어대고 있는지 아십니까?"

이번에도 마찬가지였다. 맥켄나는 도무지 하인리 왕자의 머릿속을 이해할 수가 없었다.

"왜? 뭐라고 떠드는데?"

빙그레 웃으면서 묻는 하인리 왕자의 말에, 맥켄나의 이마에 힘줄이 올라왔다. 분명 모르고 질문하는 게 아닌데. 저 능글맞은 미소가 아주 얄미웠다.

"대국의 왕자가 찾던 인물이 알고 보니 하녀였더라. 얼마나 로맨틱한 이야기입니까. 사람들이 호기심이 아주 제대로 자극받았습니다. 지나갈 때마다 다들 그 이야기를 물어본다고요."

"흐음."

"웃으실 때가 아닙니다. 한 이틀이면 수도에 소문이 쫙 날걸요?"

"이틀이 되기 전에 그만둘 거니 내버려둬."

하인리 왕자는 태연하기 짝이 없었다. 그 느긋한 말에 맥켄나가 한숨을 내쉬었다.

"도대체 왜 속아주시는 겁니까? 그 하녀가 편지 상대가 아니란 걸 아시지 않습니까."

하인리 왕자의 미간에 살짝 주름이 드리워졌다.

"넌 또 그걸 어떻게 안 거야?"

"제가 전하를 한두 해 봅니까? 이젠 전하 표정만 봐도 척하면 척입니다. 아주 온 얼굴 가득 꿍꿍이가 덕지덕지 붙으셨는데, 당연히 아니겠지요."

"……."

"혹시, 그 하녀한테 반하셔서 일부러 속아주시는 겁니까?"

그런 거라면 자신도 이해하겠다며, 맥켄나가 한 발 뒤로 물러났다. 하지만 하인리 왕자의 표정이 대번에 싸늘해졌으므로, 맥켄나는 하인리 왕자가 그런 낭만적인 이유로 하녀의 거짓말을 모른 척해주는 게 아니란 걸 알아차렸다.

"그러면 도대체 왜 속아주시는 겁니까…… 예? 속내를 말씀해주셔야 저도 앞으로의 일에 대비를 하지요."

맥켄나는 울상을 지었다. 하인리 왕자가 생각 없이 저지른 일이라 한들, 언제나 결과는 어떤 식으로든 나타났다. 그리고 대부분의 경우, 좋은 결과이든 나쁜 결과이든 그 뒤처리를 하느라 바쁜 건 비서들이었다. 적어도 일이 어떤 식으로 흘러갈지 예상 정도는 해두고 싶었다.

"행복한 꿈을 꾸게 해주려고."

"……역시 반하신 거지요?"

"설마. 그런 거 아니야, 맥켄나."

"그런데 왜 하필 행복한 꿈입니까. 악몽도 있잖아요?"

"악몽에서 깨어나면 안심하지. 현실이 더 포근하잖아."

"그렇……죠?"

"하지만 행복한 꿈에서 깨어나면 어떨 거 같아?"

"허망하겠지요."

하인리 왕자가 손가락으로 총 쏘는 시늉을 해 보이며 웃었다.

"바로 그거야. 난 그녀에게 분명 경고했어. 거짓말을 한다면, 화가 나서 내가 어떻게 나갈지 모른다고."

"그래서 선택한 방법이 행복하게 만들었다가 뚝 떨어트려버리겠단 겁니까?"

"응."

활짝 웃은 하인리 왕자의 표정은 반짝거려서, 오히려 더 이질적이었다.

"진짜 성격 안 좋으십니다. 아십니까?"

맥켄나는 혀를 찼다.

"그냥 왕족을 속인 죄로 벌하시는 게 낫지 않을까요?"

그편이 간단할 텐데, 굳이 이렇게 번거로운 일까지 하는 이유를 알 수 없었다.

"싫어. 난 몸의 상처보단 마음의 상처가 깊게 파인다 생각하거든."

"……뭐, 극단적이긴 해도 감옥에 간다거나 태형을 내릴 수도 있습니다."

"그건 안 되지, 맥켄나. 그러면 내 이미지가 나빠지잖아."

왜 그렇게 바보같이 머리를 못 굴리냐면서, 하인리 왕자가 부드러운 목소리로 타박했다. 맥켄나는 억울한 기분에 입을 꾹 다물었다.

"내가 기껏 만들어둔 '사람 좋고 노는 거 좋아하는 바람둥이 왕자' 이미지를 굳이 거짓말쟁이 하나 때문에 깨야겠어?"

맥켄나는 한숨을 내쉬었다.

"예, 전하 뜻대로 하시지요……. 그런데 그 문제야 그렇다 치고. 전하는 왜 '진짜'께 안 찾아가십니까? 누군지 아시잖아요."

"알지. 근데 그냥 찾아가면, 그 사람은 분명 자기가 아니라고 발뺌할 거 같거든. 그렇다고 내가 새란 이야기를 할 수는 없잖아?"

"극비 사항이니까요."

"그러니까 보여주려고."

"변신 과정이요?"

"찾아가는 과정. 내가 당신을 이렇게 해서 찾아냈다는 과정."

신년제 3일째에는 보통 참석자 수가 가장 적다. 첫날도 마지막 날도 아닌 어중간한 시기이기에, 다들 수도 구경을 나간다거나 친해진 귀족들끼리 소소하게 모여서 놀길 원하기 때문이었다.

3년 내내 그런 패턴이었는데, 오늘은 달랐다.

"오늘은 사람이 무척이나 많군요, 황후 폐하."

엘리자 백작 부인이 혀를 찼다.

"하인리 왕자와 하녀에 대한 소문 때문이겠지요."

나는 애매한 심정으로 대답했다. 아직도 이 사태에 대해 내가 어떤 식으로 반응해야 좋을지 알 수 없었다. 어떻게 생각하면 괘씸했지만, 또 어떻게 생각하면 우스웠으니까. 오히려 지금은 자꾸 투아니아 공작 부인을 힐끗거리는 라스타 쪽이 더 신경 쓰였다. 소비에슈를 눈으로 찾다 보니 라스타의 위치까지 덩달아 확인하게 되어 버렸는데, 내가 그녀를 발견한 후부터 계속 저 상태였다. 그녀는 주위 사람들과 말을 하면서도 연신 투아니아 공작 부인을 힐끗거리고 있었다.

'아는 사이인가?'

그때 입구 쪽에서 웅성거리는 소리가 들려왔다. 소비에슈가 들어왔나 싶어 쳐다보니, 하인리 왕자였다. 그의 옆에는 라스타의 하녀인 체리니가 한껏 치장한 채 서 있었다.

"세상에. 여기까지 데리고 왔군요."

엘리자 백작 부인이 혀를 차며 소곤거렸다. 연분홍색 드레스로 곱게 차려입은 체리니는 하녀복을 입고 있을 때보다 훨씬 화사해 보였다.

"저 드레스, 굉장히 고가로 보이는데."

"하인리 왕자님이 사주신 거겠지요?"

"어쩌면…… 보기 좋군요. 편지 상대를 무척 사랑해서 찾고 있단 소문이 확실한가 봅니다."

주위 사람들이 웅성거리는 소리가 들려왔다.

그 순간. 하인리 왕자의 시선이 똑바로 이쪽을 향했다. 고개를 끄덕여 인사해 보이자, 그는 이상한 표정으로 나를 바라보다가 이마를 찌푸리고 고개를 저었다.

'무슨 뜻이지?'

알아듣기 힘든 제스처에 의아했지만, 그사이 어느새 하인리 왕자는 체리니를 데리고 어딘가로 걸어가고 있었다. 뒤이어 소비에슈가 들어왔기에 나는 그들에게서 시선을 떼고 다시 소비에슈를 쳐다보았다. 소비에슈는 주위를 두리번거리더니, 바로 라스타에게로 걸어갔다.

"……."

억지로 몸을 돌려서, 지나가는 하인에게서 아무 잔이나 받아 들었다. 무슨 음료인지도 모르고 털어놓고 보니, 딸기주스였다. 기분과 전혀 다른 달콤한 맛이 입안에서 가득 퍼져 나갔다.

다시 하인리 왕자에게로 주의를 집중하게 된 건, 한 차례의 무곡이 끝난 후 연주가 잔잔해졌을 때였다. 오늘은 춤을 추지 않았기에, 인사하러 온 손님들과 벽에 놓인 소파에 앉아 계속 이야기를 나누고 있었다. 그런데 멀리서 소란이 이는가 싶더니, 그 소란이 이야기를 방해할 만큼 커졌다.

그 소란의 중심이 하인리 왕자였다. 무대의 거의 정중앙, 사람들의 시선이 한 번에 몰리는 그 자리에 하인리 왕자가 몹시 애통한 표정으로 서 있었다. 그 앞에는 라스타의 하녀가 붉어진 얼굴로 울고 있었다. 두어 시간 전의 그 다정하고 달콤하던 분위기는 온데간데없었다. 한 명은 두려워하고 한 명은 화를 꾹 누르는 얼굴이었다.

무슨 일이지?

여기서는 소리가 거의 들리지 않았다. 어차피 소동이 커지면 말려야 하기에, 일어나서 그쪽으로 다가갔다.

"왜 나를 속였지? 내가 분명 말했을 텐데. 정말 중요한 사람을 찾는 거라고."

가자마자 하인리 왕자의 목소리가 들렸고, 바로 상황을 이해할 수 있었다. 거짓말이었다는 게 들킨 모양이었다. 하녀는 얼굴이 빨개진 채 입을 뻐끔거렸지만 제대로 대답하지 못했다.

"정말 너무하는군."

가만히 하녀의 대답을 기다리던 하인리 왕자가 작게 한숨을 내쉬었다.

"동대제국에서는 하녀가 왕족을 속이기도 하는 건가. 아니, 신분을 떠나서 참 몹쓸 일 아닌가?"

혼잣말인지 빈정거리는 건지 알 수 없는 말에, 동대제국 귀족들 몇이 발끈해서 하녀를 노려보았다.

"나라 망신을 시켜도 어찌……."

누군가는 일부러 들으라는 듯 소리 내 중얼거렸다. 하녀의 얼굴이 더욱 붉어졌다.

"어떻게 된 일인가요?"

옆에 선 귀족에게 자세한 사정을 묻자 그녀가 목소리를 낮추어 설명해주었다.

"정확한 경위는 모르겠습니다. 다정하게 대화를 나눈다 싶었는데, 나중에 보니 왕자님께서 저 하녀를 추궁하고 계셨거든요."

그녀는 잠시 생각하는 듯하다가 덧붙였다.

"편지 내용에 관한 얘기가 나오는 걸로 봐선, 아무래도 하녀가 편지 내용을 다르게 알고 있던 모양입니다."

"그렇군요. 알려줘서 고마워요."

귀족은 다시 하인리 왕자와 하녀 쪽으로 정신을 쏟았다.

나는 잠시 고민했다. 하인리 왕자가 저 하녀에게 무례한 행동을 하려 든다면 내가 나서서 만류하는 게 옳다. 그러나 하녀가 하인리 왕자에게 잘못한 경우라면, 그녀의 주인인 라스타가 나서는 게 옳았다. 라스타가 나서서 대신 사과를 하든지 시키든지 해야 했다. 하녀도 같은 생각인지 떨면서 라스타를 힐긋거렸다.

하지만 멀지 않은 곳에 선 라스타는 놀란 표정만 짓고 있을 뿐, 나서서 사태를 진정시킬 마음이 없는 듯했다. 난처해졌다. 결국, 보다 못해 내가 나서려 들 때였다.

하녀가 "실은……" 하고 입을 떼는데, 갑자기 하인리 왕자가 그녀의 말을 무시하며 자신도 말을 꺼냈다.

"내 생각엔, 레이디가 나한테 아주 거짓말을 한 건 아니야. 그렇지?"

"네……?"

"내가 처음엔 깜빡 속았잖아. 내가 멍청해서 속은 건 아닌 것 같거든. 분명 처음엔 그럴듯했어. 내가 실제로 쓴 편지 내용도 알고 있었고."

하인리 왕자의 목소리는 낮은 것 같은데도 귀에 쏙쏙 들어왔다. 비단 나만 그런 건 아닌지 다들 놀란 표정이었다.

어쨌든 저 하녀. 역시 아무것도 모른 채 거짓말을 한 건 아니구나…….

라스타까지 연루되어 있는지는 모르겠지만, 최소한 베르디 자작부인은 저 하녀의 거짓말을 도왔겠네.

"난 이렇게 생각해. 레이디는 나와 편지를 주고받은 건 아니지만, 편지를 주고받은 사람과 알고 지낸 거라고. 혹은…… 한 다리를 더 건너서 안다거나. 그렇지?"

"그게…… 그러니까…….

"네 주인이 누구지?"

하인리 왕자가 빙그레 웃었다.

"혹시 네 주인이 내가 찾던 사람은 아닌가? 나와 편지를 주고받던 상대."

완벽한 오판이네…….

속으로 혀를 차는데, 이상한 기분이 들었다. 자신의 추리를 당당하게 펼치면서도, 막상 하인리 왕자의 눈은 무척 차가워 보였다.

'단순히 화가 나서 저런 표정인가?'

잠시 생각하는 사이. 이번에는 뜻밖에도, 지금까지 가만히 있던 라스타가 한숨을 내쉬며 앞으로 나섰다.

"하인리 왕자님은 편지를 주고받을 땐 그저 장난스러운 분 같더니. 의외로 예리하시네요."

라스타는 앞으로 나서기만 한 게 아니었다. 그녀는 자신이 하인리의 편지 상대인 것 같은 뉘앙스로 말을 했다. 사람들이 서로 시선을 주고받으며 웅성거렸다.

하인리 왕자는 눈썹을 추어올린 채 라스타를 쳐다보다가 웃으며 물었다.

"레이디 라스타, 마치 제가 찾던 편지 친구인 것처럼 말씀하시는군요."

"맞아요. 하인리 전하께서 찾던 사람은 라스타예요."

뭐라고? 혹시 라스타와 하녀가 짜고 치는 건가?

처음부터 이런 계획은…… 아냐. 그건 아닌 모양이다. 라스타의 하녀가 놀란 눈으로 라스타를 쳐다보는 걸 보니.

하인리 왕자는 무슨 생각인지 알 수 없는 얼굴로 라스타를 유심히 쳐다보며 물었다.

"그런데 왜 직접 나서지 않고 하녀를 보낸 겁니까?"

"라스타는 황제 폐하의 여자니까요. 물론 우리 사이는 그저 친구일 뿐이지만, 폐하께서 기분이 상하실까 봐 염려하였답니다."

"……."

"그간의 우정을 생각해서라도 기분이 상하지 않으셨으면 좋겠어요."

라스타가 조심스럽게 말하며 눈을 커다랗게 뜨자, 하인리 왕자는 고개를 기우뚱했다. 시간이 멈춘 것처럼 그가 라스타를 빤히 내려다보았다. 그러다가 돌연 웃음을 터뜨렸다.

라스타가 움찔했다. 그럴 만도 했다. 하인리 왕자의 표정은 라스타의 거짓말을 이미 알고 있다는 듯, 재밌어 죽겠단 얼굴이었으니까. 라스타가 가짜라는 걸 이미 알고 있기에 내 눈에만 이렇게 보이는 걸지도 모르지만…….

"하인리 왕자님이요. 저게 거짓말 중이라는 거 아시는 것 같지 않아요?"

아니구나. 로라가 내 귀에 대고 속삭이는 걸 들으니 내 눈에만 그렇게 보이는 게 아닌 모양이다.

하지만 착각이었을까. 잠시 라스타를 조롱조로 바라보던 하인리 왕자는, 증거를 대라거나 하는 말 없이 생긋 웃으며 말했다.

"그렇군요. 전혀 기분 상하지 않았습니다. 다만 이번에도 가짜라면 어쩌나, 생각한 거지요."

"생각은 끝낸 건가요? 확인하고 싶으면 얼마든지 확인해도 좋아요. 라스타는 자신 있어요."

"아니요. 괜찮습니다. 설마 레이디 라스타가 이런 일로 거짓말하진 않겠지요."

"그럼요."

라스타가 자신만만하게 대답하자, 하인리의 한쪽 입꼬리가 삐뚜름하게 올라갔다.

"이번에는 정말이길 바랍니다, 레이디 라스타. 두 번째 거짓말에는 더욱 화가 날 것 같거든요."

그의 시선이 첫 번째 거짓말을 한 하녀에게로 향했다. 아까의 다정한 표정은 온데간데없었다. 싸늘한 시선에 하녀가 고개를 숙였다.

"감히 레이디 라스타를 사칭한 사람이니, 벌은 알아서 내리시겠지요?"

하인리 왕자는 라스타에게 가까이 다가가 묻고는, 라스타가 고개를 끄덕이자 허리를 펴고서 그 자리를 벗어났다.

"세상에, 뭐 그런 여우가 다 있지?"

서궁으로 오자마자 시녀들은 분노에 차서 목 뒤를 짚고 고함을 질러댔다.

"황후 폐하, 그 천한 게 멋대로 저렇게 구는 걸 내버려두실 겁니까?"

"황제 폐하의 정부가 되고서도 거짓말로 다른 나라 왕자와 친해지려 하다니요!”

“뻔뻔스럽습니다!”

평소에는 고상한 엘리자 백작 부인 역시 지금은 화가 몹시 나는 지, 빠르게 부채질로 얼굴의 열을 식히는 중이었다.

“왕자님은 라스타가 가짜라는 걸 알고 있을 테니, 너무 흥분할 필요 없답니다.”

이대로 두었다가는 단체로 쓰러지기라도 할 모양인지라, 결국 그들을 진정시킬 말을 해주었다. 시녀들은 놀란 표정으로 날 쳐다 보았다. 왜 그렇게 안일하게 생각하는 거냔 생각이 표정에 뚜렷하 게 나타나 있었다.

로라는 흥분해서 콧김까지 뿜으며 외쳤다.

“처음엔 좀 의심하는 기색이셨지만, 이후엔 바로 믿었잖아요! 하도 태연하게 나오니까 속아 넘어가신 게 분명해요!”

다른 시녀 역시도 억울한 목소리로 덧붙였다.

“혹시 모르지요. 라스타가 그래도 얼굴은 예쁘니까, 그냥 속아주 려 하시는 건지도.”

“라스타가 진짜라 생각했다면, 오히려 바로 믿진 않았겠지요.”

내 생각을 풀어서 얘기해주자, 그제야 시녀들은 ‘그런가?’ 하는 표정으로 서로 눈짓을 주고받았다.

“그 말씀은, 황후 폐하께서는 하인리 왕자님이 그 여자의 거짓말 에 일부러 속아주고 있다 생각하신단 건가요?”

“그럴 확률이 높다고 봐요. 한 번 속은 일을, 똑같은 방식으로 두 번 속는 건 이상하니까요. 다만 이상한 건…….”

왜 굳이 그런 행동을? 어쩌면 시녀 중 한 명의 주장처럼, 라스타가 마음에 드니까 가짜라도 상관없다 여긴 건가?

매일같이 찾아오던 퀸이 벌써 이틀째 오지 않고 있다. 생각해보니 라스타의 하녀가 나를 사칭하며 나선 후부터 연락이 끊겨 있었다. 라스타의 하녀에 대한 소식을 듣기 몇 시간 전만 해도, 퀸은 내 방에서 놀고 갔는데……. 귀엽게 안긴 채 구구구구 노래 부르던 모습이 떠올라서 괜히 아쉬워졌다.

엘리자 백작 부인의 말처럼 새를 하나 키워볼까?

'……아니야. 어떤 새도 퀸과는 다를 테니 소용없지.'

"퀸 때문에 그러시나요?"

엘리자 백작 부인은 내가 연신 창가를 바라보자 속내를 눈치챈 듯 물어왔다. 나는 어색하게 웃고서 대답하지 않았다. 지금 퀸이 보고 싶다 말하는 건, 하인리 왕자가 보고 싶다 말하는 것처럼 들릴지도 몰라 조심스러웠다.

엘리자 백작 부인은 대답을 강요하는 대신, 옷장에서 연한 분홍색의 드레스를 꺼내 왔다. 치맛단이 풍성하지 않고 똑 떨어지는 실루엣의 드레스로, 연달아 3일간 입은 드레스보다 덜 화려한 모양이었다.

"오늘 황후 폐하께서는 파티에 참석하지 않으시니까, 좀 더 우아하게 치장해드리겠습니다."

내일은 신년제 마지막 날이었고, 초빙한 귀빈 중에서도 특별히 중요한 이들과만 특별 연회를 즐기게 된다. 하지만 매년 구성원이 달라지는 게 특별 연회이기에 보통은 얼굴을 익히도록 전날에 저녁 식사 역시 함께 들게 되는데, 엘리자 백작 부인이 말하는 게 바로 이것이었다. 몇 명만이 모여서 하는 저녁 식사에 풍성한 치마를 입고 가는 건 우스꽝스럽기만 하니까.

"늘 고마워요."

"제가 영광인걸요."

엘리자 백작 부인 덕에 부스스하던 머리카락은 파도처럼 곱슬거리는 모양으로 변했고, 창백해졌던 안색 역시 장밋빛이 되었다.

나는 그녀의 도움을 받아 드레스를 입고 거울에 모습을 점검한 후, 잠시 시간을 내어 본궁으로 갔다. 큰 명절이라 출근한 관리들은 없었지만, 따로 확인하고 싶은 서류가 있었다. 평소 내가 사용하는 집무실로 간 후, 특별 연회 때 초빙한 이들에 대한 자료를 훑었다. 대화를 매끄럽게 진행해나가야 하는 건 물론, 외국 귀빈의 경우 그 나라 문화에 어긋나는 말실수를 하지 않으려면 확실하게 점검해두어야 했다.

"……."

역시 이번 특별 연회에서 가장 주목받을 건 하인리 왕자와 카프멘 대공인가. 하인리 왕자야 원체 이런저런 소문이 많이 난 인물이라 괜찮은데.

'역시 대하기에는 카프멘 대공 쪽이 조심스러울지도…….'

카프멘 대공은 유일하게 다른 대륙에서 온 손님이었다. '뤼트'라는 사막 나라의 대공인데, 사실 이번에 초대받아 온 것도 사막 나라 대공의 신분으로서가 아니라, 그가 마법 아카데미를 수석 졸업하게 된 유학생이기 때문이었다.

대륙 간에는 교류가 많이 없다 보니, 교류가 있더라도 대부분 무역상이 오갈 뿐. 룁트의 궁중 예법에 대해서는 알려진 바가 없어서 난감했다. 그나마 유일하게 있는 관련 서적이 한 모험가가 사막 나라에 다녀온 후 쓴《탐방기》인데, 듣기로 카프멘 대공이 그 책을 본 후 웃으면서 망상 소설이라 했다니까…… 전혀 실정이 다르단 거겠지.

'몇 년간 유학 생활을 했다니 우리 식대로 대접하는 수밖에……'

한참 동안 조사를 끝내고 말조심할 사항들을 익히고 나니, 어느새 저녁 식사를 할 시간이 다 되어 있었다. 집무실 밖으로 나오자 엘리자 백작 부인과 아르티나 경이 초조하게 서 있다가 "황후 폐하!" 하고 불렀다.

"들어가봐야 하나 고민하고 있었습니다."

"계속 시계를 확인하고 있었는걸요."

한 번 더 외양을 점검하자는 엘리자 백작 부인의 재촉에 따라, 다시 내 방으로 가 급하게 머리와 화장을 수정한 후 동궁으로 갔다.

"언니!"

식당 안으로 들어가자, 먼저 와 있는 라스타가 제일 먼저 눈에 들어왔다. 놀라서 쳐다보고 있자니 라스타는 또 자기 입을 톡톡 두드리고는 "황후 폐하!" 하고 배시시 웃었다.

인상을 구길 뻔했다.

내일 스무 명의 초대 손님 중 라스타가 있었던가?

없었다. 내가 조금 전까지 확인하고 온 게 그 명단인걸. 그러면 소비에슈가 그냥 데리고 들어온 건가 보다. 특별 연회는 초대장 없이 절대 입장할 수 없지만, 그전 저녁 식사 때에는 특별 연회에 오지 않는 이들도 가끔 초대받긴 하니까.

뒤늦게야 하인리 왕자와 소비에슈, 서즈 공주가 눈에 들어왔다. 서즈 공주가 나를 향해 '쟤 왜 저래요?'라는 듯 눈을 부라렸다. 나는 고개를 저어 보이고서 내 자리로 가 앉았다.

하인리 왕자가 내게 눈인사를 해왔고, 나 역시 가볍게 고개만 끄덕여 인사를 받았다. 서즈 공주는 눈치를 살피더니 슬쩍 내 옆자리로 이동했다. 그러고는 하인이 내 앞에 물을 따라주고 갈 때까지 기다렸다가 조용하게 속삭였다.

"좀 전까지 장난 아니었습니다."

나만 들을 수 있을 정도로 작은 목소리였다.

"어땠는데요?"

덩달아 목소리를 낮춰서 묻자, 그녀가 하인리 왕자의 눈치를 슬쩍 본 후 몸을 반쯤 숙여 내 귀에 대고 말했다.

"하인리 왕자, 바람둥이라더니 진짠가 봅니다. 폐하 앞에서 라스타 양에게 다정하게 대해주는데, 전 무슨 인간 슈크림인 줄 알았습니다."

"풉!"

그녀의 표현 때문에 순간 사레가 걸렸다. 콜록거리고 있으려니 서즈 공주는 낄낄 웃으면서 괴상한 표정을 지었다. 하인리 왕자와 라스타, 소비에슈의 시선이 동시에 내 쪽으로 왔기 때문에 나는 얼른 무표정을 지어내고서 손수건으로 입가를 가렸다.

그러고 보니 분위기가 묘했다. 하인리 왕자는 늘 애매모호하니 그렇다 치지만. 소비에슈는 평소보다 날카로운 분위기였다. 가끔 그가 라스타와 하인리 왕자를 번갈아 살피는 게 보였다. 라스타는…… 라스타는 이 상황이 그저 즐거운 듯 보이지만. 평소보다 볼이 발그레해진 그녀는 소비에슈와 하인리 왕자를 번갈아 챙기느라 정신없어 보였다.

'차라리 처음부터 하인리 왕자와 라스타가 맺어졌다면 상황이 나았을까……?'

문득 떠오른 생각에 잠시 심장이 욱신거렸다. 하지만 곧 아니라고 생각했다. 라스타가 아니었더라도, 소비에슈는 언젠가 다른 사람을 정부로 데려왔겠지.

"이상합니다. 아깐 하인리 왕자, 대놓고 라스타 양에게 달콤하게 대하더니. 지금은 안 그러네요."

서즈 공주가 다시 속삭였지만, 이번에는 굳이 그들 쪽을 쳐다보지 않았다.

곧이어 저녁 식사에 초대받은 이들이 하나둘 들어오는가 싶더니 순식간에 자리가 찼다. 대기하고 있던 하인들이 음식을 나르기 시작했다. 크니시, 멀드 와인, 싱싱한 셀러리, 감자를 곁들인 연어 요리, 포도주에 삶은 닭고기 등이 보기 좋게 차려졌다.

그런데 한참 식사를 하는 도중이었다. 쩽 하는 날카로운 소리가 났다. 식당 전체가 조용해졌다. 놀라 쳐다보자, 소비에슈가 하인리 왕자를 노려보고 있고 금으로 만든 잔이 접시 위에 엎어져 있었다.
다들 숨을 죽이고 그들을 주시했다.

"무례하군, 하인리 왕자."

"무례라니요? 뭐가 무례하다는 건지. 저와 편지를 주고받았다는
분이 편지 내용에 대해 이상하게 알고 있기에 이걸 지적한 게 무례
한 겁니까? 라스타 양이 절 속이건 말건 참아주다가 나중에 귀띔이
라도 해야 무례하지 않단 겁니까?"

"하인리 왕자. 말조심하라 하였소."

"말은 폐하의 정부더러 좀 조심하라 하십시오."

"!"

"몹시 불쾌하군요. 하녀도 그렇고, 주인이라는 레이디 라스타도
그렇고. 서왕국을 무시하는 겁니까, 날 무시하는 겁니까, 약속을 무
시하는 겁니까?"

라스타가 편지 내용에 대해 제대로 알지 못하자, 이 일을 두고서
말다툼이 난 모양이었다. 라스타는 눈을 커다랗게 떴고, 하인리 왕
자는 등받이에 몸을 기대며 싸늘하게 소비에슈를 노려보았다.

"아. 혹시…… 황제 폐하께서 라스타 양에게 시키기라도 했습니
까? 절 이용이라도 하라고?"

"하인리 왕자!"

소비에슈의 얼굴에 분노가 감돌았지만, 하인리 왕자는 무심한
표정이었다.

"라스타가 분명 말했을 텐데. 잠시 헷갈렸다고. 편지 내용 따위,
헷갈릴 수도 있는 일 아닌가?"

"하인리도 분명 말했습니다. 편지 내용의 반을 헷갈리는 게 말이 되냐고."

하인리 왕자가 라스타의 말투를 따라 하자 소비에슈의 얼굴이 더욱 붉어졌다. 서즈 공주는 일이 재밌게 돌아간다 싶은지, 포크를 내려놓고서 오득오득 과자를 먹으며 연극을 관람하듯 그들을 주시했다.

"아…… 이런. 레이디 라스타가 혹시 머리가 몹시 나쁜가요? 열 개를 들으면 반을 까먹을 정도로? 그런 거라면 제 실례를 인정하지요."

순식간에 분위기가 험악해졌다. 서즈 공주가 오독오독 과자 까먹는 소리만 들려왔다. 호탕하고 듬직한 성격의 그녀는 눈치 보지 않고 자신의 호기심을 한껏 드러냈다.

"여러분, 제가 이상합니까? 여기 앉은 레이디 라스타께서는 어제 스스로를 제 편지 상대라 칭하였습니다. 저는 레이디 라스타처럼 이름난 분이 거짓말을 하진 않을 거라 여겼기에 순순히 그 말을 믿었지요. 그리고 친애하는 친우에 대한 존경을 하루 내내 보냈습니다. 서즈 공주께서 표현하셨다시피, 인간 슈크림처럼 얼마나 부드럽게 대해드렸는지 모릅니다."

서즈 공주가 처음으로 움찔했다.

'하인리 왕자……. 귀가 밝구나.'

"맞아요."

지목받은 서즈 공주는 하인리 왕자를 슈크림이라 불렀던 데 대한 대가로 그의 편을 들었다. 하인리 왕자는 그것 보라는 듯 주위를 둘러보고서 다시 입을 열었다.

"그런데 대화하던 도중 이상한 점을 발견했습니다. 레이디 라스타가, 저와 주고받은 편지 내용을 반 이상 모른다는 점이죠. 그것도 어느 지점부터 모르더군요. 오래전 한두 이야기도 아니고 내용의 반을 모르다니 이상하지 않습니까? 게다가 그 부분이, 딱 레이디 라스타의 하녀가 모르던 부분과 같은 부분입니다."

사람들이 고개를 끄덕거리자 라스타의 귀가 붉어졌다. 소비에슈는 눈에서 번개라도 쏠 것처럼 하인리 왕자를 노려보다 외쳤다.

"그만하시지, 하인리 왕자."

"조용하게 해결할 문제였는데 사람들을 주목시킨 건 동대제국의 폐하이십니다."

"자신의 레이디가 억울하게 곤경에 처하면 보호해야 하는 게 기사도 아닌가? 시답잖은 꼬투리를 잡고 매달리며 가엾은 사람 한 명을 매도하는 게 서왕국의 기사도라면, 이 부분에 대해 할 말은 없겠지만."

"이런. 제 레이디가 억울하게 사칭을 당했으니 보호하기 위해 나선 겁니다. 저도."

"뭐?"

하인리 왕자의 입가에 장난스러운 미소가 올라왔다.

"물론 사칭 당한 분이 레이디가 아니라 남자일지도 모르지만요."

그의 시선이 잠시 내 쪽을 향하는 바람에 심장이 철렁했다. 힌트라며 '나는 남자'라고 편지에 썼던 게 떠올랐다.

'착각……이겠지?'

그래. 하인리 왕자가 라스타가 가짜라는 걸 알아낸다 한들, 내가 진짜라는 걸 알아낼 수 있을 리가 없잖아.

그때였다. 여태껏 침묵을 지키고 있던 라스타가 "너무하세요"라고 운을 떼었다. 사람들의 시선이 소비에슈와 하인리에서 라스타에게로 옮겨 갔다. 라스타는 연극 속 주인공처럼 가련하고 청순한 모습으로 훌쩍이고 있었다. 하인리 왕자의 한쪽 눈썹이 슬쩍 올라갔다.

"당신이, 내게 너무하다 한 겁니까, 레이디 라스타? 하녀와 짜고서 날 속이려던 사람이?"

라스타가 흐느끼는 목소리로 말했다.

"난 편지 내용에 대해 제대로 말했어요. 그런데 하인리 전하께서는 자꾸 편지가 거짓말이라 우기고 있잖아요."

저건 또 무슨……. 순간 입술이 벌어졌다. 방금 쟤가 뭐라고 말한 거지?

라스타의 눈에서 눈물이 툭툭 흘러내렸다.

"하인리 전하께서 이러는 이유를 알 것 같아요. 라스타가, 전하께서 원하는 신분 높고 교양 높은 여자가 아니니까 일부러 선을 긋는 거죠? 라스타에게 보내주던 우정은 다 거짓이었나요?"

그녀는 말도 안 되는 이유로 버림받은 비극의 주인공처럼 보였다. 소비에슈가 이를 갈며 하인리 왕자를 노려보았다.

"그런 건가?"

하인리 왕자는 어깨를 떨며 웃다가 하, 하는 한숨을 뱉으며 고개를 저었다.

"미치겠군."

"아니면 폐하의 눈치가 보이니까 라스타를 거짓말쟁이로 몰아가는 건가요?"

이따금 라스타가 눈치를 팔아버린 것 같은 구석이 있긴 했지만, 그게 무지와 순수한 마음에서 나오는 거라 여겼는데. 이제 보니 그녀는 놀라울 정도로 머리가 좋았다.

하인리 왕자는 혀를 차며 말했다.

"레이디 라스타. 당신은 제가 본 모든 사람을 통틀어 가장 뻔뻔한 분이로군요."

"우리의 우정을 생각해서라도 라스타에게 자꾸 상처가 될 말을 하지 말아줘요."

라스타가 훌쩍이기 시작하자 근처 귀족 몇몇이 불편해하는 표정을 지었다. 진실을 모르는 사람들로서는 라스타가 저렇게 당당하게 나오니 누가 진실인지 헷갈리는 듯했다. 서즈 공주는 과자를 입에 문 채 눈동자를 굴리느라 정신없었고, 투아니아 공작 부인은 팔을 괴고서 사태를 가만히 지켜보았다.

이 와중에 우아하게 혼자 식사 중인 건 사막 나라에서 온 카프멘 대공뿐이었다. 건강한 캐러멜색의 피부에 길고 날카로운 눈매를 지닌 카프멘 대공은, 그저 지금 상황이 귀찮기만 한 듯 무표정한 얼굴로 열심히 손을 움직였다.

'내가 하인리 왕자의 편지 상대란 걸 나서서 알리는 게 좋으려나……'

나는 그가 움직이는 걸 멍하니 바라보며 고민했다. 여기서 하인리 왕자의 편을 들면 라스타뿐만이 아니라, 그녀를 두둔한 소비에슈까지 우습게 될 것이었다. 하지만 하인리 왕자가 라스타로 인해 곤란해지는 건 보고 싶지 않았다. 라스타가 연달아 주장하는 그 우정이란 건 나와 하인리 왕자가 퀸을 사이에 두고 주고받던 거였으니까.

순간. 기계처럼 식사하던 카프멘 대공이 움찔하더니 내 쪽을 쳐다보았다. 놀란 표정이었다. 멍하니 그의 동작을 보고 있다가 눈이 마주쳐서, 나는 살짝 고개를 끄덕여 보였다. 카프멘 대공은 대응 없이 나를 빤히 보다가 라스타를 쳐다보고, 이어서 하인리 왕자를 보더니 곧 바람 빠지는 소리를 내며 작게 웃었다.

'왜 저러는 거지?'

하지만 지금은 카프멘 대공의 이상행동이 문제가 아니었다.

"가만히 있고 싶었지만…… 오해가 있는 듯하니 제가 바로잡아야 할 것 같군요."

나는 누구를 편들어야 할지 판단을 끝내고서 입을 열었다. 사람들의 시선이 다시 내게로 몰렸다. 그들은 빙빙 돌아가는 상황이 적응되지 않으면서도 재미있는 듯 보였다. 단지 라스타만이 눈을 커다랗게 뜨고 나를 쳐다보고 있었다. 문득 그녀는 내가 편지 상대라는 걸 알 거란 생각이 들었다. 베르디 자작 부인에게 편지 내용에 대해 들었을 텐데, 내가 편지 상대라는 걸 안 들었을 리가 없지. 아 이러니한 기분이다.

그렇다면 라스타는, 내 앞에서 나를 사칭하면서도 내가 계속 가만히 있으리라 여긴 건데. 도대체 무슨 근거로 내가 자신을 위해 침묵을 지켜줄 거라 믿었는지 이해가 가지 않았다. 어쨌거나 나는 최대한 덤덤한 표정을 유지하려 애쓰며 소비에슈에게 말했다.

"폐하. 하인리 왕자님과 편지를 주고받던 상대가 누구인지는 제가 알고 있습니다. ……라스타 양은 아닙니다."

하인리 왕자의 표정이 환해졌다. 반대로 라스타는 배신감에 젖은 얼굴로 나를 쳐다보았고, 소비에슈 역시도 안색이 하얘졌다.

"황후."

그가 낮은 목소리로 나를 불렀다.

"황후가 나설 일이 아니오. 황후가 라스타를 싫어한다고 해서 괜히 하인리 왕자를 편들 필요는 없단 말이오."

"사실을 편들었을 뿐입니다."

내 말이 끝나자마자 하인리 왕자가 빈정거렸다.

"황후 폐하. 여기 황제 폐하의 사실과 진실은 모두 레이디 라스타의 입에서 나오는 말뿐인 모양이니, 참으로 답답하시겠습니다."

그 말이 소비에슈의 마지막 인내심을 자극한 모양이었다.

"더는 참지 못하겠군."

소비에슈가 으르렁거리며 자리에서 일어나 검을 빼 들었다.

실제 전장에서는 쓰지도 못할 검으로, 사실 장식용에 가까웠지만 무방비한 사람 하나 다치게 하는 건 충분히 가능한 무기였다. 순식간에 방 안의 분위기가 날카로워졌다.

"하인리 왕자. 내 여자의 명예를 더럽힌 그대에게 결투를 신청하겠다."

"제가 여기서 폐하를 죽여도 무사히 나갈 수 있습니까? 그렇다면 그 결투, 받아들이겠습니다."

동대제국의 황제가 서왕국의 왕위 계승권자와 생사를 걸고 결투를 한다? 그것도 손님으로 초빙해놓고, 사이에는 황제의 정부를 두고서?

아주 가관이었다. 이 일이 국민에게 알려지면, 안 그래도 여러 군데에서 비판이 나오는 귀족과 황족들의 방종한 사생활이 아주 우스갯거리가 되어버리겠어.

물론 소문이 퍼져 나가지 않는다 해도 싸움은 말려야 했다.

"폐하, 진정하시지요. 하인리 왕자. 그대는 우리의 손님입니다."

목소리를 깔고서 둘에게 하나하나 말하자, 다행히 바보들은 아닌지 입을 다물었다.

"앉으시지요."

엉거주춤하게 둘 다 자리에 앉자 이어서 조용한 식사가 계속되었다. 특별 연회 전날 식사 중 이 정도로 속이 시끄러운 식사는 처음이었다.

배가 따끔거려왔다. 이게 도대체 뭐 하는 거지? 라스타의 문제인가 소비에슈의 문제인가. 아니면 둘 모두의 문제인가.

더 먹었다간 체할 게 틀림없어서 결국 포크를 내려놓고 손수건으로 입을 닦았다. 어중간한 식사가 끝난 후에는 손님들에게 디저트를 권하는 대신 배웅하기 위해 그냥 자리에서 일어났다. 불편한 분위기에서 손님들을 붙들어 두어봤자 오히려 실례겠지. 어차피 내일 만날 테니 무리해서 어색한 분위기를 이어갈 필요는 없었다.

나올 생각이 없는 소비에슈와 하인리 왕자를 두고 복도로 나오
자, 다른 사람들도 얼른 내 뒤를 따라 나왔다. 문이 닫히자마자 서
즈 공주는 내게 다가와 눈을 찡긋해 보이고서 말했다.

"내일은 더 많이 대화할 수 있었으면 좋겠습니다, 황후 폐하. 오
늘은 좀. 대화 나눌 분위기가 아니었잖습니까."

"물론입니다. 나 역시 그러길 바라요."

이번 신년제에서 가장 큰 성과가 있다면 서즈 공주를 만난 게 아
닐까, 하는 생각이 들었다. 거친 듯하면서도 재미있고 화통한 그녀
의 성품은 무척이나 매력적이었다.

"내일 꼭 와줘요."

살짝 포옹하며 속삭이자 서즈 공주는 히죽 웃고서 고개를 끄덕
여 보인 후, 자신의 기사들을 데리고 복도를 건너갔다.

이후 다른 귀족들과는 좀 더 격식을 갖추어 배웅 인사를 나누었
다. 그런데 서너 명을 배웅하자 자연스레 라스타가 옆으로 다가왔
다. 내게 할 말이 있는 거라 여겼으나 그녀는 내게 말을 거는 대신
옆에 서 있기만 했다. 왜 굳이 저기 있나, 싶으면서도 블루 보헤안
의 시림 왕제에게 내일을 기대한다는 인사를 건넸다.

"라스타와도 내일 재미있게 놀아요. 오늘 와주어서 고마웠어요,
왕제 전하."

그런데 내가 인사를 맺자마자, 교묘한 타이밍에 라스타가 덩달
아 인사를 했다. 다른 사람이 보면 나란히 배웅하는 것처럼 보일
만큼 적절한 타이밍이었다.

"어…… 그러지요."

시림 왕제는 떨떠름하게 대답하고서는 나와 라스타를 번갈아 보다가 고개를 갸웃하고서 돌아섰다. 내가 라스타와 함께 인사를 한 거라 여기는 눈치였다. 고개를 돌려 쳐다보자 라스타는 상냥하게 "왜요, 언니?"라고 물었다. 어이가 없었지만, 그녀가 사람들에게 인사하는 걸 막을 관례도 조항도 없었다.

나는 라스타에게서 떨어져 일부러 다른 쪽에 있는 연합국의 사모뉴 후작에게 다가갔다. 그러나 라스타는 이번에도 내 옆을 쫄쫄 따라와서는, 내가 인사를 하자마자 바로 따라 하며 애교스럽게 웃었다. 고의라고밖에는 볼 수 없는 행동에 저절로 헛웃음이 나왔다.

결국, 가장 마지막에 카프멘 대공이 남을 때까지도 라스타는 그 행동을 계속했다. 심지어 카프멘 대공 한 명만이 남자 좀 더 용기가 났는지, 이번에는 나보다 먼저 그에게 다가가며 부드러운 목소리를 냈다.

"대공 저하."

순간 소름이 돋았다. 그녀의 목소리가 갑자기 확 달라졌기 때문이었다. 그 목소리는 아까 내 옆에서 밝고 경쾌한 투가 아니라, 낮고 무거운 내 목소리를 그대로 흉내 내고 있었다. 목소리 자체를 따라 하지는 못했지만, 말투는 나와 거의 흡사했다.

"내일 특별 연회에도 오실 건가요?"

어린아이 같던 혀 짧은 말투도 온데간데없었다. 그러나 카프멘 대공이 아무 말 없이 나와 라스타 사이를 지나쳐 가버렸으므로, 그녀의 공들인 대사 역시 허공으로 흩어졌다. 카프멘 대공이 나까지 무시하고 지나갔다는 것보다, 라스타가 나를 흉내 냈다는 게 아직도 더 당혹스러웠다.

"라스타 양."

내가 그녀를 부르자, 라스타는 "네, 황후 폐하." 하고 평소의 귀여운 말투로 대답하며 활짝 웃어 보였다. 아까 식당 안에서는 나를 배신감 가득한 시선으로 봤던 사람답지 않은 태도였다. 심장이 들끓는 걸 꾹 누르며 나는 최대한 덤덤하게 입을 열었다.

"원래는 신년제가 끝나고 물어볼 생각이었지만, 이렇게 되었으니 지금 물어보겠다."

"네, 뭔가요?"

"왜 사람들에게 내가 라스타 양에게 선물을 보냈단 거짓말을 한 거지?"

라스타는 내가 그걸 물어볼 줄 몰랐던 듯 눈썹을 들어 올렸다.

"거짓말이라니요?"

내가 다른 질문을 할 거로 생각한 모양이었다. 하긴. 찔리는 게 여러 개 있겠지.

"라스타는 거짓말을 하지 않았어요, 황후 폐하. 황후 폐하께서 라스타가 정부가 된 기념으로 여러 선물을 보내주신 건 사실이잖아요……?"

"왜 그런 오해를 했는지 모르겠지만 나는 그런 적이 없다."

"왜 그러세요……. 혹시 라스타가 편지 상대가 라스타라 해서 화나신 거예요……?"

내가 말없이 바라보자 라스타는 두 손을 모으고서 울상을 지었다.

"하지만 베르디 자작 부인이 그랬어요. 황후 폐하는 절대로 나서지 않을 테고, 오히려 이 일로 곤혹스러워하실 거라고요. 그래서 나선 거지 별 뜻은 없었어요. 그냥 장난을 치려고 한 거예요."

"장난?"

"오히려 전 황후 폐하를 도와드린 거잖아요."

"날 도왔다고?"

바람 빠지는 소리를 내며 웃자 라스타가 울먹이기 시작했다.

"그래서 황후 폐하가 편지 상대라는 거, 아무한테도 말하지 않았잖아요……. 알리고 싶지 않아 하셔서요. 그런데 왜 황후 폐하는 라스타한테 늘 이렇게 무섭게 구세요?"

무어라 말하려는데, 문이 열리며 소비에슈와 하인리가 굳은 얼굴로 나왔다. 안쪽에서 자기들끼리 한바탕 말싸움을 계속한 듯했다.

그 순간.

"흐으……."

울먹거리던 라스타가 결국 울음을 터뜨렸다. 뚝뚝 눈물을 흘리며 그녀가 소맷자락으로 제 눈가를 닦아대자, 소비에슈가 놀라 다가갔다.

"라스타? 왜 이러느냐?"

그녀가 대답 대신 더욱 펑펑 울자 소비에슈가 나를 쳐다보았다.

"무슨 일이오, 황후? 라스타가 왜 이러지?"

"제가 질문하였습니다."

"무슨 질문을 하였기에?"

"저는 라스타 양에게 선물을 보낸 적이 없는데, 왜 거짓말을 했나 물었습니다."

소비에슈의 표정이 굳었다.

"그걸 라스타에게 물었다고?"

"라스타 양이 사람들에게 하고 다닌 이야기이니, 당연히 라스타
양에게 물어야지요."

달리 누구에게 물었어야 한단 거야? 의아해서 쳐다보았다.

소비에슈는 입술을 꾹 다문 채 잠시 라스타와 나를 번갈아 쳐다
보다가 한숨을 내쉬며 말했다.

"라스타가 잘못 알고 있으면 좀, 그냥 그러려니 넘어가면 안 되
는 거요?"

"제 이름이 엉뚱한 데에서 팔리는데 그냥 넘어갈 수는 없지요."

"라스타에게 따질 필요 없소. ……내 잘못이오. 선물은 내가 황
후의 이름으로 보낸 거요."

머리가 띵해졌다. 소비에슈가 내 이름을 사칭해서 보낸 선물이
라고?

라스타 역시 몰랐는지 눈을 커다랗게 뜨고 소비에슈를 쳐다보았
다. 아직까지 눈물이 촉촉하게 눈가에 남아 속눈썹에 달라붙어 있
어서, 그녀의 모습은 무척 사랑스럽게 보였다.

"정말인가요, 폐하?"

"네가 나 때문에 괜한 오해를 받았구나."

소비에슈가 고개를 끄덕이며 미안하다는 듯 말하자 라스타는 웃
는지 우는지 알 수 없는 표정을 지으면서 고개를 저었다.

"아니에요. 라스타, 감격했어요. 라스타를 위해 그러신 거잖아요."

손가락이 말려 들어가며 저절로 주먹이 쥐어졌다. 소비에슈의 행동과 라스타의 오해로 인해 사람들에게 우스갯거리가 된 건 나인데. 소비에슈는 라스타에게 사과를 하고, 라스타는 이 일이 감동스럽다고 한다.

이전까지는 라스타가 '신경 쓰고 싶지 않은 존재, 싫으니 모른 척 지내고 싶은 존재'였다면, 지금은 확실하고 뚜렷하게 싫었다. 그리고 그 이상으로 소비에슈가 싫었다.

참지 못하고 나는 입을 열었다.

"이 일이 폐하의 잘못이라면……."

둘만의 핑크빛 분위기에 잠겨 들어가던 소비에슈가 흠칫 고개를 돌렸다. 이대로 사건이 끝난 줄 알았는데 내가 말을 이어나가는 게 의외란 태도였다. 그의 시선을 받으며 나는 최대한 냉담하게 웃었다.

"폐하께 잘못을 따져야겠군요. 스스로 책임도 인정하셨고."

"!"

"아무리 폐하라 한들, 다른 사람의 이름을 함부로 사칭해서는 안 되지요. 안 그렇습니까, 폐하?"

소비에슈는 황당하단 눈으로 날 쳐다보며 물었다.

"그걸 꼭 여기서 따져야겠소?"

"예. 혐의를 인정하셨으니 바로 추궁해야 하지 않나요?"

"……."

소비에슈의 낯빛이 어두워졌다.

그가 고개를 내게로 한 채 슬쩍 라스타와 하인리 왕자의 눈치를 살피는 게 보였다. 사랑하는 여자와 잘난 남자 앞에서 자존심이 상한다는 거겠지. 하지만 그가 챙기고자 하는 자존심은 황제로서의 자존심이 아니라 남자의 자존심이었다. 여자로서의 자존심과 황후로서의 자존심이 모두 구겨진 내가, 그가 남자로서 자존심을 지키도록 도와주어야 할까? 아니.

"그래서, 뭘 원하는 거요. 나도 라스타처럼 울었으면 좋겠소?"

"사과하십시오."

"사과?"

"제 이름을 사칭한 데 대해서 사과하세요."

"미안하오. 됐소?"

"라스타 양이 잘못된 정보를 여기저기 퍼트리고 다녔으니, 폐하께서는 책임을 지고 그 일에 대해 제대로 정정해주셨으면 합니다."

소비에슈가 바람 빠지는 소리를 냈다.

"진짜 이래야겠소?"

"폐하의 체면이 구겨질까 걱정이신가요? 제 체면은 이미 구겨졌습니다."

"라스타에게 선물 좀 보냈다고 구겨질 체면이라면, 처음부터 빈약하고 얄팍한 체면이었단 거겠지."

"그렇다면 그 일을 정정하는 것 역시도 빈약하고 얄팍하게 가능하겠군요. 아무쪼록 빨리 처리해주시길 바랍니다."

"원래라면 황후가 직접 해야 할 일이었소. 아무 일도 하지 않고 이름만 빌려준 게 그렇게 질색할 일이오?"

"네."

"왜 이렇게 속이 좁지? 원래는 안 그랬잖아?"

"내가 하고 싶은 말이야. 그리고 반말하지 마, 소비에슈."

차갑고 서늘한 얼음 같은 태도에 표정은 무심했다. 하인리는 멍하니 선 채 그녀의 옆모습을 바라보았다. 저 입에서 나오는 낮고 부드러운 목소리도 좋았지만, 차가운 목소리도 제법 괜찮게 들렸다. 저런 말투로 내 이름을 불러주면 어떤 기분일까. 하인리는 아찔한 상상에 마른침을 삼켰다.

저 고압적인 황후 아래에 무릎을 꿇고 그녀의 손 위에 키스를 퍼붓고 싶었다. 그녀에게 차가운 명령을 듣고 싶었다. 그녀의 명령에 따르고 복종하고 반항하면 어떤 기분일까.

처음에는 호기심이었다. 먼 이국까지 소문이 난 황후가 궁금해서, 황궁까지 날아온 김에 황후궁을 둘러보았다. 철로 만들었다거나 얼음으로 만들었다는 소문이 도는 바와 달리, 새를 대하는 그녀의 태도는 평범하고 귀여웠다. 하지만 원체 소문이 단단하다 보니 평범한 모습이 오히려 재미있게 여겨졌다. 사람들 앞에서는 강한 모습을 보이지만 뒤에서는 우는 모습이 안쓰럽기도 했다. 그러다가 그녀가 눈물을 참으며 혼잣말하는 걸 들었다.

국민이 원하는 건 황제의 사랑을 받는 황후가 아니라고. 그 모습을 보면서 멋지다고 생각했다. 강한 모습 아래에 여린 모습을 지니고 있다 여겼는데, 그 아래에 다시 강한 모습이 있다니.

호기심과 호감 사이의 그 미묘한 감정은 실제로 만나게 된 후, 황후의 무심한 태도를 겪으며 초조함으로 변해갔다. 스스로를 밝히면서까지 다가가려 하는데 왜 무시하지? 왜 아는 척하지 않지? 왜 날 찾으려 들지 않지?

편지를 통해 주고받던 편한 느낌, 간지럽게 공유하던 일상적인 농담들은 혼자만의 일방적인 감정이었나?

자존심이 상했고 그녀가 한 번 자신을 제대로 보아주었으면 했다. 그리고 그녀에게 다가갈수록 분노했다. 그를 이토록 애달프게 하는 여인을, 웬 이상한 것들이 괴롭게 하는 게 짜증 났다. 몇 년째 계속해오는 이미지 관리조차 쉽지 않을 지경이어서, 아까는 정말로 싸움까지 날 뻔했다.

"혹시, 라스타를 질투하는 건 아니오?"

소비에슈의 모욕에 황후의 턱이 굳자, 하인리는 아까 이상으로 더 난폭한 충동에 휩싸였다. 싸늘해진 황후는 매력적이었지만 그녀를 싸늘하게 하는 것들은 거슬렸다. 절대로 사고를 치면 안 된다고, 거듭 당부하던 맥켄나의 목소리가 귓가를 윙윙거렸다. 자신이 그녀의 명예를 지키기 위해 공식적으로 나설 수 없는 처지라는 게 거슬렸다.

"동대제국의 폐하께서는 안목이 없으시군요."

결국 하인리는 한마디를 내뱉고 말았다. 이 일을 알게 되면 맥켄나는 분노할 것이다. 안 그래도 왕이 병상에 누워 국정이 혼란스러운데, 하필 최강대국인 동대제국의 황제와 대거리를 하고 오냐고. 그러나 아무 말도 하지 않을 수는 없었다.

"하인리 왕자가 참견할 일이 아닌데."

"제가 증인인데, 어떻게 참견을 안 하겠습니까?"

생글 웃은 하인리는 황후의 옆으로 가 서며 덧붙였다.

"황후 폐하, 이 일의 진위는 제가 여기저기 골고루 소문을 내겠으니 걱정하지 마십시오. 황후 폐하의 명성이 황제 폐하의 '잘못'으로 인해 깎여나갈 일은 없을 것입니다."

이후 사태가 더 악화될 뻔했지만 대기하고 있던 맥켄나가 달려오는 바람에 일은 어영부영 거기서 진화가 되었다.

"이미지 관리하신다면서요. 관리 방향을 바꾸신 겁니까?"

맥켄나의 잔소리를 흘려들으며, 하인리는 말없이 남궁으로 걸어갔다.

"왕자님, 평소 하던 대로 하세요. 앞에서 싸우지 말고 뒤에서 싸우시라고요. 왜 잘하는 걸 두고 안 하던 걸 하려 하십니까? 게다가 안 하던 걸 하려는 상대는 왜 하필 동대제국 황제냐고요. 이러면 몰래 정탐하고 다닌 효과가 없잖습니까."

맥켄나의 잔소리는 방문을 닫자마자 더 심해졌다. 하인리는 잔소리를 다 무시하고서 가까이 있는 의자를 끌어왔다.

"의자는 왜요. 절 내려치시려고요?"

"앉아봐."

맥켄나가 쭈뼛거리며 앉자 하인리는 그의 머리에 강제로 마나를 주입했다. 퍅 소리와 함께 맥켄나는 파랑새로 변했고, 걸치고 있던 옷은 툭 의자 아래로 떨어졌다. 눈이 그렁그렁해서 쳐다보는 맥켄나에게, 하인리는 책상으로 간 다음 무언가를 빠르게 끄적여서 건넸다.

— 쩍?

"에르기에게 전달하고 와."

— …….

"사고 안 치고 있을 테니까, 빨리 전하고 와. 네가 좋아하는 대로, 뒤에서 싸우려 그러니까."

"하인리 왕자는 소문과 전혀 다른 분 같아요."

작게 중얼거리는 소리에, 근처에서 체스를 두고 있던 엘리자 백작 부인이 고개를 돌렸다.

"예? 무어라 하셨나요, 황후 폐하?"

나는 어색하게 책을 뒤집어 무릎 위에 올렸다. 이런 이야기를 해도 될까? 이상하게 보이려나?

시녀들은 내가 하인리의 '진짜' 편지 상대라는 걸 알고 있기에, 괜히 말하기가 눈치 보였다. 하지만 내 말 한마디로 그에 대한 안 좋은 소문이 조금이라도 변할 수 있다면 좋은 거니까…….

"하인리 왕자. 생각보다 좋은 사람 같더군요."

나는 태연한 척 웃으며 말한 후 일부러 탁상에 손을 뻗어 식어버린 차를 한 모금 마셨다. 엘리자 백작 부인의 맞은편에서 함께 체스를 두고 있던 로라가, 백작 부인이 못 보는 사이 슬쩍 말의 위치를 바꾸며 동의했다.

"맞아요. 그 하녀랑 그 노예가 편지 상대가 아니란 것도 바로 알아보시고! 아, 바로는 아닌가? 하여튼 빨리 알아보시고! 게다가 바람둥이라더니, 오히려 다른 귀족들보다 더 정숙하시던걸요."

엘리자 백작 부인은 로라의 손등을 찰싹 때리고서, 바뀐 말의 위치를 원래대로 되돌려놓으며 말했다.

"로라의 말이 맞습니다. 유쾌한 분이지만 경박한 이미지는 아니시더군요."

안락의자에 걸터앉아 수를 놓고 있던 시녀는 고소하다는 듯 작게 웃음을 터트렸다.

"난 그것보다, 그 노예가 거짓말한 게 바로 밝혀진 게 좋더라구요."

이어서 동조하는 의견들이 여기저기서 튀어나왔다.

"그러게 말이에요. 얼마나 뻔뻔하게 거짓말하는지, 보는데 혈압이 다 오르더라니깐?"

"이제 그 여자 방을 드나들던 외국 귀족들도 좀 제정신을 차렸겠지요?"

하지만 문 옆에 조용히 기대어 서 있던 아르티나 부단장이 바로 찬물을 끼얹어버렸다.

"그렇진 않을 겁니다."

아르티나 부단장의 단호한 말에 시녀들이 다들 '왜?' 하는 시선으로 그녀를 쳐다보았다. 아르티나 부단장은 귀부인들의 시선이 한 번에 자신에게 몰리자 당황한 듯 볼을 긁적였다.

"랑트 남작이 라스타 양에 대한 일을 전반적으로 책임지고 있는데, 이 일을 두고서 다른 식으로 이야기를 하고 다니지 말입니다."

"다른 식으로라뇨? 어떻게요?"

로라가 눈을 동그랗게 뜨고 물었다. 나도 빈 잔을 다시 탁상 위에 내려놓으며 그녀를 쳐다보았다.

랑트 남작이라면 소비에슈의 비서로, 제법 머리가 비상한 자였다. 게다가 랑트 남작은 라스타가 퍽 마음에 드는 듯 여러모로 그녀에게 최대한의 편의를 맞춰주고 있다 들었다. 랑트 남작이 나서서 이야기의 방향을 돌리고 있다면 분명 라스타에게 좋은 방향일 터였다.

"라스타 양이 사랑스럽고 매력적이라, '황제 폐하와 하인리 왕자가 그녀를 두고 결투할 지경'이란 식으로 퍼트리는 모양이었습니다."

두 가지의 상반된 소문이 퍼지면, 누군가는 그 이야기를 믿기 마련이다.

랑트 남작이 머리를 썼네.

로라는 신경질이 나는지 체스판을 탕 덮으며 짜증 냈다.

"난 진짜 그년 싫어요!"

"로라. 제발 그 입 좀 조심해요. 시녀 일을 하면서 입이 그렇게 거칠면, 결국 황후 폐하께 폐가 된단 걸 모르나요?"

"다른 사람들 앞에선 조심하고 있어요. 엘리자 백작 부인. 하지만…… 하지만 지금은 욕으로밖에 이 감정을 표현할 길이 없는걸요!"

그런데 씩씩거리는 로라의 고함을 뚫고서, 창문 두드리는 소리가 났다.

퀸이었다.

"퀸!"

며칠 만에 온 퀸의 모습에 얼른 일어나 창문을 열어주었다. 오래
간만에 보니 더욱 반가워서 얼른 퀸을 안아다 꼭 끌어안았다.

— !

퀸은 날개를 뻣뻣이 뻗은 자세 그대로 경직되었고, 로라는 그 모
습을 보며 그제야 분노를 조금 가라앉히고 웃음을 터트렸다.

"저 새, 응큼해요. 황후 폐하께서 안아주실 때마다 저렇게 굳더
라? 새가 아닌지도 몰라."

— !

시녀들이 깔깔거리며 퀸을 놀려대다 나간 후, 나는 퀸을 무릎
위에 올려놓고서 부리며 머리를 살살 만져주었다. 퀸은 커다란 보
라색 눈을 끔뻑거리면서 졸다가, 이따금 퍼뜩 놀라서 내 눈치를 살
폈다.

"안 와서 보고 싶었어."

솔직하게 말해주자, 내 말을 알아듣는 것처럼 퀸이 눈을 가늘게
떴다. 마치 눈웃음이라도 치는 것처럼.

"……."

이상하지. 왜 이 모습에 하인리 왕자가 생각나는 걸까. 하긴. 퀸
의 주인이 하인리 왕자라는 걸 알아버렸으니, 당연하지만.

"아."

다리의 쪽지를 확인하는 걸 잊어버렸다. 나는 쪽지를 빼낸 후,

퀸을 품 안에 넣은 채 쪽지를 펼쳐 읽었다.

내기에 지려고 정체도 밝혔는데. 왜 당신은 내기에 참여조차 하지 않을까?

하인리 왕자는 내가 편지 상대라는 걸 알고 있을까, 모르고 있을까?

몇 시간 전, 나는 하인리 왕자의 편지 상대가 누구인지 알고 있다고 스스로 밝혔다. 하지만 하인리 왕자는 이후 그 부분에 대해 물어보지 않았다. 물론 소비에슈와 내가 바로 싸웠기 때문에 물어볼 틈도 없긴 했지만…….

나는 망설이다가 쪽지에 솔직하게 적었다.

편지로만 우정을 간직하고 싶음.

내가 쪽지 쓰는 걸 빤히 지켜보던 퀸은, 글씨를 쓰는 동안에는 얌전히 기다렸다. 하지만 내가 글씨를 다 적고 손을 떼자마자, 내용을 확인한 것처럼 펄쩍 뛰며 괴상한 소리를 냈다.

— 구! 구! 구!

왜 이래야 하느냐고 제 주인을 대신해 비난하는 것 같았다.

"너무 화내지 마, 퀸. 난 이 상태가 좋아."

— 구!

"……네 주인과 내가 실제로 만나면, 농담을 주고받는 편한 친구가 아니라 동대제국의 황후와 서왕국의 왕자가 되어버려. 행동을 조심해야 하고 사람들의 눈치를 살펴야 해."

— …….

"난 라스타와 소비에슈 때문에 사람들에게 불쾌한 흥밋거리가 되어 있어. 이런 상황에서 바람둥이로 유명한 하인리 왕자의 편지 상대라는 게 밝혀지면, 무슨 소문이 날지 몰라. ⋯⋯좋은 소문은 아닐 거고."

퀸이 너무 영리해서인가. 어느새 구구절절 속내를 털어놓고 있었다. 퀸은 좀 벙찐 얼굴로 부리를 벌렸다. 나는 퀸의 부리를 닫아주면서 얼른 변명조로 덧붙였다.

"물론 네 주인이 소문처럼 나쁜 사람이 아닌 건 알아. 아니, 좋은 사람이라고 생각해. 응? 하하. 퀸, 네가 왜 부끄러워해?"

라스타는 쿠션을 끌어안은 채 침대 위에 쪼그리고 앉았다. 연하고 얇은 연보라색 잠옷을 입은 그녀는 화려하게 꾸미지 않았는데도, 오히려 더욱 아름다워 보이는 신기한 면이 있었다. 소비에슈는 라스타의 옆에 앉은 채, 그녀의 부드러운 은발을 쓸어주며 당부했다.

"하인리 왕자는 원래 바람둥이인 데다 잔인하기 짝이 없는 사람으로 유명해. 앞으로는 함부로 사람을 믿지 마라."

"라스타는 몰랐어요⋯⋯."

"괜찮아. 누구나 실수는 할 수 있지. 앞으로 실수하지 않으면 될 일이다."

"하지만 이 일은 라스타만의 실수는 아니잖아요. 그렇죠⋯⋯?"

"당연하지. 그자가 작정하고 발뺌을 한 거니까."

라스타는 소비에슈의 어깨에 작은 머리를 기댔다.

"그래도 폐하께서 라스타를 지켜주셔서 다행이에요."

"나도 다행이다. 네 기분이 좀 풀린 것 같아서."

"내일은 특별 연회잖아요! 얼른 기분을 풀어버리고 사람들하고 놀아야지요! 저는 그…… 서즈 공주님이란 분하고 친해지고 싶어요."

배시시 웃은 라스타가 쿠션을 탕탕 귀엽게 북처럼 내리쳤다. 그러나 평소라면 그 행동을 귀엽게 여기며 웃었을 소비에슈는, 오히려 표정이 굳어졌다.

"왜 그래요, 폐하?"

"이런……."

"폐하?"

"라스타. 너는 내일 특별 연회에 참석하지 못하는데."

라스타는 눈을 동그랗게 뜨고서 소비에슈를 쳐다보았다. 전혀 예상치 못한 이야기를 들었단 얼굴에, 소비에슈는 난처해졌다. 하지만 안 되는 건 안 되는 거였다.

"왜, 왜요? 왜 안 돼요, 폐하?"

"특별 연회 손님은 딱 스무 명이란다."

"스무 명이나 되는데, 그중 하나로 제가 들어갈 수는 없어요?"

"나와 황후가 각각 열 명씩 초대할 수 있는데, 이미 손님들에게 다 초대장을 보낸 상태라……."

"한 명만 더 추가하면 되잖아요. 그건 융통성을 발휘할 수 있는 문제인데……."

"하지만 라스타. 융통성을 발휘하는 순간 특별 연회는 특별하지 않게 되지 않느냐."

소비에슈가 처음으로 내뱉는 거절의 말에 라스타는 제대로 눈
도 깜빡이지 못했다. 그 충격 받은 표정에 소비에슈는 괜히 미안해
졌다.

"내가 말했지 않느냐. 초대받은 사람들만 갈 수 있는 자리라고.
왜 갑자기 그런 생각을 한 건지 모르겠구나."

"라스타는 폐하의 정부잖아요. 폐하의 여자잖아요. 초대하는 입
장이니까, 초대받지 않아도 당연히 갈 수 있다 생각했는데⋯⋯. 라
스타도 초대를 받아야 하는 거였다니."

라스타는 얼굴이 빨개져서 훌쩍거렸다.

"이런. 라스타."

소비에슈는 손수건을 꺼내어 눈가에 고인 눈물을 콕콕 찍어주었
다. 하지만 다시 눈물이 고였으므로, 눈물을 닦아준 효과는 전혀 없
었다.

"그렇게 가고 싶었느냐?"

"파티장에서 만난 사람들에게 다 이야기했는걸요. 라스타도 특
별 연회에 간다고."

"⋯⋯이런."

소비에슈가 살짝 미간을 찌푸렸다.

"내게 한 번이라도 물어봤어야지."

"당연한 건데 묻는 것도 이상하잖아요. 게다가 특별 연회에 초대
손님들이 모이는 저녁 식사에도 라스타를 데려가주셨으니까, 당연
히 라스타는⋯⋯."

"내 실수구나."

한숨을 내쉰 소비에슈는 라스타의 어깨를 토닥거렸다. 라스타는 계속 울면서, 소비에슈가 지금이라도 말을 바꿔주기를 기다렸다. 하지만 아무리 기다려도 소비에슈는 말을 바꿔주지 않았다.

"흐어엉. 끝까지 데려가준단 말씀은 안 하시네요."

라스타가 어린아이처럼 울자 소비에슈는 그 모습이 귀여워 잠시 입술을 악물었다. 조용하게 우는 듯 마는 듯 울던 황궁 귀족들만을 보아온 그는, 라스타가 이렇게 감정을 충실히 드러낼 때마다 신기하게 여겨졌다.

"미안하다, 라스타. 울지 말거라."

"오늘 무슨 일이 있었는지 보셨잖아요. 딱 그 손님들 그대로 연회에 올 건데, 라스타가 가지 않으면 하인리 왕자님이 귀빈들에게 뭐라고 떠들고 다니겠어요. 소문을 다 퍼트릴 거라면서 벼르고 가셨는데."

라스타의 말도 일리는 있었기에 소비에슈는 한숨을 내쉬었다. 그러나 특별 연회에 초대한 손님들은 올 한 해 가장 중요하리라 여겨지는 이들이다. 게다가 황제인 소비에슈가 초대한 이들 중 상당수는 외국의 왕족들이나 실권자들. 정부를 들여보내기 위해 그 귀한 손님들을 내쳤다가, 국제 문제로 번질지도 몰랐다.

"내가 함께 있을 테니 걱정하지 마라. 하인리 왕자가 이상한 말을 꺼내지 못하게 할 테니."

네에, 대답했지만 라스타의 안색은 어두웠다. 잠시 생각하다가 소비에슈는 무거운 한숨을 내쉬며 말했다.

"일단 황후에게 한 자리를 비워줄 수 있나 물어보마. 황후가 초대한 귀빈들도 다 중요하지만, 그래도 국내 사람들이 많으니 국제 문제로 번질 염려는 없을 테니."

아침 햇살이 얇은 커튼을 뚫고 들어오며 방 안에 창틀 모양의 귀여운 그림자를 만들었다. 나는 하품을 하고서 침대에서 몸을 일으켰다. 어제 좋지 못한 일이 있었는데도 생각보다 마음이 무겁진 않았다. 하인리 왕자와 퀸 덕분인지도……

얼굴을 두 손으로 살짝 두드려 정신을 깨운 후, 욕실로 가서 가볍게 세수를 했다. 시녀들이 다가와 욕조에 꽃잎과 입욕제를 풀어주었다. 옷을 벗고 따뜻한 물 안에 들어가자 근육이 풀리는 느낌이 났다. 눈을 감고 욕조에 등을 기대자, 시녀들이 다가와 조심스러운 손길로 머리를 감겨주었다.

목욕을 마친 후 목욕 가운을 걸치고 침실로 들어가니 이미 갈아입을 옷이 준비되어 있었다. 신년제의 마지막 날이자 특별 연회가 이루어지는 날이기 때문에, 드레스는 지나치게 치렁거리지 않으면서도 색상이 무척 화려했다. 차분하면서도 화려한 느낌을 동시에 잡기 위해 디자이너가 얼마나 고심했는지 한눈에 보이는 모양새였다.

드레스를 입은 후 다이아몬드로 된 귀고리를 하고, 평상시에는 무거워서 잘 쓰고 다니지 않는 왕관을 썼다. 그래도 의례용으로 제

작된 왕관이 아니어서 많이 무겁지는 않았다.

나는 시녀들이 머리카락이 왕관과 잘 어울리도록 손질해주는 동안, 특별 연회에 참석할 귀빈들에 대해 메모한 종이를 들고서 다시 한 번 점검했다. 그런데 아직 머리를 다 정돈하기도 전에 소비에슈의 비서가 찾아왔다. 옷은 다 입은 상태이기에 안으로 들어오게 명령하자, 비서는 몹시 송구스러워하며 소비에슈의 말을 전했다.

"황후 폐하. 황제 폐하께서 잠시 황후 폐하께 드릴 말씀이 있다 하셨습니다."

"지금 말인가요?"

"예. 특별 연회에 대한 일이라 급히 말씀드려야 할 것 같다고⋯⋯."

특별 연회에 대한 일이라면 급한 일이 맞지.

나는 알겠다 대답하고서 시녀들에게 일단 머리는 대충 마무리 지어달라 부탁했다.

"그러면 돌아오신 후에 다시 가다듬도록 할게요."

"그래줄래요? 두 번이나 번거롭게 해서 미안해요."

"아니에요."

"먼저 아침 식사하고 있어요."

소비에슈의 비서를 따라 동궁으로 건너가면서, 급하게 발생한 문제가 무엇일지 여러 가지로 떠올려보았다. 나쁜 문제는 아니었으면 좋겠는데. 갑자기 전쟁 선포라도 했나? 외국 귀빈 중 하나가 동대제국에 불만이라도 제기한 걸까? 아니면 외국 귀빈이 우리나라 국민에게 해코지한 건가? 갑작스레 불참을 밝힌 사람이 있나?

"무슨 일인가요?"

나는 방 안에 들어가 소비에슈를 보자마자 황급히 물었다. 침대에 라스타가 쪼그리고 앉은 채 이쪽을 힐긋거렸지만, 굳이 그녀에 대해서는 아는 척하지 않았다. 하지만 라스타는 내가 아는 척하지 않는데도 계속 내 쪽을 빤히 쳐다보았다. 정확히는 내 머리 위의 왕관을.

불편한 마음에 인상을 찡그렸지만, 라스타는 넋 놓은 표정으로 왕관을 쳐다보기만 할 뿐, 시선을 돌리진 않았다. 한소리를 하기 전에 소비에슈가 먼저 입을 열었다.

"황후. 황후가 초대한 사람들 중에 한 명 정도 자리를 만들 수 있겠소?"

"무슨 일이 있나요? 혹시 비미레이 대신관이나 칼렌잘로 마법청장이 참석할 수 있다 하나요?"

대신관이나 마법청의 수장이라면 다른 사람들에게 부탁해 자리를 만들어서라도 데려와야 하는 이들이었다. 원래 소비에슈가 초대했으나, 다른 사유로 이미 거절해서 아예 신년제에 참석하지 않은 이들이기도 했다.

"그건 아니오."

"그러면……?"

도대체 누구를 따로 초대하려고 자리를 만들라는 거지?

의아해 쳐다보자 소비에슈가 좀 머쓱한 투로 말했다.

"라스타를 데려가고 싶은데……."

"……."

"안 되겠소? 황후의 말을 들어보니 안 되는 건 아닌 듯한데."

"……."

"황후? 왜 말이 없소?"

'죄송하지만'으로 말을 꺼내려 했으나 내가 죄송할 문제가 아니란 생각에 나는 얼른 말을 바꿨다.

"안 됩니다, 폐하."

내가 단호하게 거절하자 소비에슈가 미간을 찡그렸다.

"한 자리 정도는 괜찮지 않소. 황후가 초대한 이들 중에는 양해를 구하고 빼도 되는 이들이 하나둘 정도 될 텐데."

"양해를 구한다는 건, 그들이 수긍할 때 가능한 겁니다. 비미레이 대신관이나 칼렌잘로 마법청장이 온다 해도 갑자기 초대가 취소된 입장에서는 기분이 나쁠 텐데, 상대가…… 폐하의 애인이라니요."

소비에슈의 얼굴이 더욱 굳었다.

"어감이 좀 그런데, 황후."

"상대가 라스타가 아닌 폐하의 다른 정부였어도, 아니, 제 애인이었더라도 대답은 마찬가지였을 겁니다."

"투아니아 공작 부인 같은 경우는 빼도 되지 않소?"

"폐하. 폐하의 소중한 사람을 위해, 제가 소중히 하는 사람들에게 상처를 주고 싶진 않군요."

"!"

2

비밀 친구

소비에슈는 내가 참으로 정 없는 인간이라 생각하는 눈치였다. 평소에는 없는 주름이 미간 사이에 세 가닥 잡혀 있는 걸 보면 확실했다. 눈꼬리 역시도 쭉 올라가 있고.

"황후는 참으로 매정하군."

"역시."

"뭐?"

소비에슈가 라스타를 위해 외국 귀빈들을 내치면, 그들은 자신들이 무시 받았다 여길 테고 국제 정세로 이어질지도 모른다. 그리고 이 일에 대한 책임은 오롯이 소비에슈가 지게 되겠지. 하지만 라스타를 위해 내 손님을 내치면, 사람들은 내가 라스타와 소비에슈에게 잘 보이기 위해 그릇된 행동을 하고 있다 비난할 것이다. 안 그래도 소비에슈가 내 이름을 사칭해 라스타에게 선물을 보낸

일 때문에, 한 차례 그런 식의 비슷한 소문이 나기도 했다.

라스타에게 선물을 보낸 일은 개인적으로 수치스러울 뿐 비난받을 행동은 아니었으나, 손님들을 내쳐버리는 건 직격으로 사교계와 국민들 사이에서 내 평가를 내리는 일이 될 터였다. 우스운 게 아니라 잘못된 행동이니까.

소비에슈는 이런 순간에도 참 머리가 좋았다. 자신도 지키고 라스타의 마음을 달래기 위해 내게 인간미니 정이니 하는 걸 강요하다니.

"매정한 건 폐하시지요. 라스타 양의 애인은 제가 아니라 폐하신데, 애인인 폐하께서도 못하는 일을 왜 제게 강요하시는지 모르겠습니다."

네 생각이 눈에 보인다고 구구절절 설명하기도 귀찮아서, 일부러 태연하게 돌려 말했다. 소비에슈의 턱에 힘이 들어갔고 라스타는 겁먹은 시선으로 나를 힐긋거렸지만, 하나도 속 시원하지 않았다.

나는 소비에슈에게 예법에 맞게 인사를 건넨 후, 일부러 느긋한 걸음으로 그 자리를 벗어났다.

서궁에 도착해보니 시녀들은 초조하게 서성이며 날 기다리고 있었다.

"먼저 식사하고들 있으라니깐."

"어떻게 그래요……. 황제 폐하께서 무슨 나쁜 말이라도 하셨을까 봐 조마조마한데."

"요즘은 황제 폐하를 뵙고 올 때마다 안색이 안 좋으시잖아요."

걱정해주는 그녀들을 진정시킨 후, 다 같이 식사를 했지만 도저히 목구멍 안으로 음식물이 넘어가지 않았다. 어쩔 수 없이 스프와 푸딩만으로 가볍게 배를 채웠다.

이후에는 시녀들도 파티에 참석할 준비를 하느라 바빴으므로, 혼자 책상 앞에 앉아 신년제가 끝난 후의 일정을 점검했다. 외국에서 온 귀빈들을 배웅해야 하고, 혹시라도 좀 더 머물길 원하는 귀빈들은 누가 있나 확인해보아야 한다. 신년제 기간에 터진 사고나 중요한 사건에 대한 보고도 하나둘 올라오고 있었으므로, 그 부분에 대해서도 철저하게 처리해야 했다. 혹시라도 외국인 중에 법적으로 문제 될 사고를 친 사람이 있다면, 국경을 넘기 전에 일을 해결해야 하기 때문이다.

이런저런 일을 하다 보니 시간은 빠르게 지나갔고, 어느새 연회에 참석할 시간이 되었다. 마지막으로 전신 거울을 보며 외모를 한 번 더 점검하고 보니, 시녀들도 저마다 화사하고 아름답게 꾸민 후였다.

"나중에 특별 연회가 끝나고 파티장으로 오실 건가요?"

"글쎄요. 시간을 봐야 할 것 같은데……. 왜 그래요. 로라?"

"알리슈테가, 아니, 알리슈테 양이 감기에 걸려서 오늘은 참석하지 못하거든요. 황후 폐하께서도 안 오시면 저도 그냥 얼굴만 비추고 빨리 들어가려고요."

또래 친구들과 노는 걸 더 좋아하는 로라는, 그녀에게 관심을 보이는 여러 귀족 영식들에게는 영 관심이 없는 눈치였다.

"로라가 기다리면 가야지요."

약속하며 웃자, 로라는 신이 나서 기다리겠다 대답하고는 얼른 홀로 갔다. 시녀들 역시 전체 파티가 이루어지는 대연회장으로 갔고, 나는 특별 연회가 이루어지는 '붉은 장미의 방'으로 갔다.

방 안에는 이미 경쾌한 음악 소리가 흘러나왔고 연회에 참석한 손님들은 서너 명씩 모여 담소를 나누고 있었다. 소비에슈는 보이지 않았다.

나는 눈이 마주치는 이들과 가볍게 눈인사를 나누며 우선 서즈 공주에게 가기로 했다. 그런데 몇 걸음을 걸어갔을까. 마침 샴페인 잔을 받아 들고 있던 카프멘 대공과 마주치고 말았다. 꽃바구니와 칼을 든 커다란 조각상과 샴페인 잔을 나르는 하인이 대칭적으로 서 있는 바람에, 달리 지나갈 길이 없던 탓이었다.

"좋은 시간을 보내고 있나요?"

바로 코앞에서 마주친 상대에게까지 눈인사만 하고 갈 수는 없는지라, 나는 웃으면서 그에게 말을 걸었다. 말을 걸고 난 후에야 카프멘 대공이 어제 나와 라스타를 동시에 무시하고 지나갔단 게 떠올랐지만, 인사하기 전에 그 일이 떠올랐다 한들 이번에도 인사는 했을 것이다.

"……동대제국의 황후 폐하."

다행히 카프멘 대공은 이번엔 아예 모른 척하지는 않았다. 그렇다고 질문에 제대로 대답하지도 않았지만.

"음식은 입에 맞나요?"

나는 모른 척 두 번째로 그에게 소소한 인사를 건넸다. 그러나 카프멘 대공은 이번에도 질문에 대답하는 대신 나를 뚫어져라 응시했다. 길고 날카로운 눈매에서 오는 분위기 때문인지, 그는 무척 매서워 보였다.

카프멘 대공이 초대된 건 이번이 처음이므로, 작년까지는 이 남자와 교류한 적이 없다. 게다가 알려진 바도 거의 없는 인물. 아는 거라고는 사막나라 륍트의 대공이며 마법 아카데미를 수석으로 졸업한 인재라는 것뿐이다.

잠시 그의 대답을 기다리며 미소를 짓고 있자니, 카프멘 대공이 뜬금없는 걸 물었다.

"동대제국은 원래 이렇습니까?"

"물어보고 싶은 게 있나요?"

"륍트에서 이모나와 이모트는 하나입니다."

"왕과 왕비가 하나라니. 신기하군요."

"……륍트 말을 아십니까?"

"'안다'고 표현할 정도는 아니에요. 기본적인 단어만 몇 가지 알 뿐이지."

잠시 의외라는 듯 눈을 가늘게 뜬 카프멘 대공은, 내가 눈썹을 들어 올리자 계속 말을 이었다.

"륍트에선 이모트의 애인이 이모나 앞에 띄었다간 당장 살해당할 겁니다."

"!"

"황후 폐하께서는 그렇게 못 하십니까?"

"……유감이지만 동대제국에서는 황후라 해도 사람을 이유 없이 죽일 수는 없답니다. 재판에 회부될 테니까요."

"자기 스프 그릇도 못 찾아먹는 건 미련한 겁니다."

어제 내가 라스타를 제대로 통제하지 못한 걸 두고 말하는 건가. 하지만 뤼프트에는 뤼프트의 법이 있듯 동대제국에는 동대제국의 법이 있었다. 우리나라에서 황제의 정부는 법적으로 승인된 일이었다. 그런데 황후가 무작정 황제의 정부를 살해한다? 폐위되는 건 물론 감옥에 갇힐 가능성이 컸다.

그렇게 해서 결국 내게 남는 게 무엇인데? 잠깐의 통쾌함? 내가 라스타를 죽이기 위해 내 인생을 걸기라도 해야 하나?

하지만 대답을 하기도 전에 카프멘 대공은 잔을 챙겨 다른 곳으로 바로 가버렸다. 저절로 한숨이 나왔다. 저 대공은 날 한심하다 생각하는 모양이지.

'정말 이상한 일이야. 정부를 데려온 건 소비에슈이고 정부가 된 건 라스타인데, 왜 내가 한심한 여자가 되어버리는 걸까?'

게다가 서즈 공주는 그사이에 자리를 옮긴 듯 아까 서 있던 위치에 없었다. 나는 고개를 젓고서 다른 사람을 찾기 위해 주위를 둘러보았다. 그리고서 막 투아니아 공작 부인을 발견하는데,

"퀸."

뒤에서 나지막한 목소리가 들려왔다. 고개를 돌리자 어느새 하인리 왕자가 바로 뒤까지 다가와 있었다.

"파티는……."

어떤지 묻기 전에, 그가 다시 물었다.

"잠시 얘기하고 싶은 게 있습니다."

하인리 왕자의 표정은 진지하고 슬퍼 보였다. 평소처럼 가볍게 웃지도 않았고, 능글맞으면서도 거만한 태도가 없었다. 그가 날 도와주었던 일이 떠올라서 나는 고개를 끄덕였다.

"괜찮아요."

하인리 왕자는 지나가는 하인에게서 샴페인 잔 두 개를 집어 든 뒤, 눈짓으로 음악 소리가 가장 크게 흘러나오는 장소를 가리켰다. 음악 소리 덕에 목소리는 묻히지만 사방이 탁 트인 곳이어서, 괜히 오해를 살 일도 없는 장소였다.

그곳으로 가자, 여러 소문 많은 하인리 왕자의 곁에 있는데도 아무도 이상하게 보지 않는다.

의외로 속이 깊은 남자구나……. 감탄하는 사이, 하인리 왕자는 샴페인 한 잔을 내게 내밀었다. 샴페인을 받아 들고 그를 쳐다보았다. 하인리 왕자는 막상 자신은 샴페인을 마시지도 않은 채, 길쭉한 잔만을 엄지로 만지작거릴 뿐이었다. 가만히 서서 그의 말을 기다렸다. 한참 만에야 하인리 왕자가 조심스럽게 입을 열었다.

"황후 폐하께서 쓰신 편지를 봤습니다. 우정은 편지로만 간직하고 싶으시다고요."

"내가 편지 상대라는 걸 알고 있었나요?"

어제 내가 말한 건 편지 상대가 누구라는 걸 안다는 것뿐이었는데. 어떻게? 놀라 쳐다보자, 하인리 왕자는 황급히 손을 젓고는 어색하게 웃으면서 설명했다.

"놀라지 마세요. 황후 폐하께서 말실수한 게 아닙니다."

"그러면……?"

"레이디 라스타의 하녀와 레이디 라스타 모두 편지의 초반부에 대해서는 알고 있었습니다. 하지만 뒷부분은 전혀 몰랐지요. 그래서 생각했습니다. 편지의 초반부에 대해서는 알 수 있고, 편지의 뒷부분은 모르는 이가 두 사람에게 편지 내용을 알려준 게 아닐까 하고. 알아보니 베르디 자작 부인이란 사람이 황후 폐하의 시녀였다가 레이디 라스타의 시녀로 배속을 옮겼더군요."

저렇게 추리해내서 상대가 나라는 걸 알아낸 건가……. 그렇다 해도 놀랍기는 마찬가지였다. 하인리 왕자에 대한 소문은 바람둥이다, 의외로 잔인한 성격이다, 좋지 못한 이들과 어울린다 등등이었다.

머리가 좋단 이야기는 들어본 적이 없는데. 의외로 무척 영민한 왕자 같았다. 하지만 외국의 왕족에게 너 참 머리 좋다고 칭찬하는 건 너무 아래로 깔아보는 느낌이 들까 봐, 나는 살짝 웃으면서 대단하다고만 말했다.

그러나 하인리 왕자의 표정은 여전히 슬퍼 보였다. 의아했다. 내가 편지 상대여서 기분이 좋지 않은 건 아닐 거다. 그렇다면 차라리 처음부터 이런 말을 안 했겠지. 아예 모른 척 넘어가는 게 그에게도 나에게도 덜 민망한 일일 테니. 한데 왜 이렇게 힘들어하는 얼굴일까?

"괜찮나요? 표정이 좋지 않은데……."

하인리 왕자는 나를 물끄러미 바라보다 가볍게 한숨을 내쉬었다.

"어떻게 좋을 수가 있겠습니까. 제가 정말 편한 친구라 생각한 분이, 현실에서는 모른 척하자는데.”

그렇게까지 냉랭하게 표현하진 않았을 텐데? 너무 과장하는 게 아닌가 싶었지만, 일단 왕자의 표정이 무척 울적해 보였으므로 끼어들지 않았다. 대신 샴페인을 마저 마시라고 손짓해 보였다.

“실은, 저는 속내를 털어놓을 만한 친구가 많지는 않습니다.”

샴페인을 약처럼 한 번에 털어놓은 하인리 왕자는 빈 잔을 옆에 세워진 조각상 받침대에 아무렇게나 내려놓으며 촉촉한 목소리로 털어놓았다.

“압니다. 제 말이 의외로 들리시지요? 제가 인기가 많다고요? 예. 그건 맞습니다. 친구도 많고요. 늘 제 주위에는 사람들이 많으니까, 황후 폐하께서는 당연히 제가 외롭지 않을 거라 생각하시겠지요.”

“?”

“하지만 그건 편견일 뿐, 사실 전 무척 외로운 사람입니다, 황후 폐하. 제 친구들을 싫어한다는 게 아닙니다. 좋은 친구들이 많지요. 그렇지만 서왕국의 왕자로서, 지금은 유력한 왕위 계승권자로서 온전히 속내를 털어놓을 수가 없습니다. 늘 남들의 시선을 의식해야 하니까요.”

“!”

순간 깜짝 놀랐다. 그가 내 생각과 너무나 비슷한 말을 하고 있었다. 이건 마치…… 퀸이 내 말을 듣고서 하인리 왕자에게 전해주기라도 한 것 같았다.

“이건 사람들의 문제가 아니라, 저 자신의 문제이니까 어떻게 개

선할 방도도 없고⋯⋯."

나는 멍하니 하인리 왕자를 쳐다보았다.

내가 하는 생각이 나만 하는 생각이 아니었구나. 하인리 왕자는 사람들의 시선을 의식하지 않고 행동한다 생각했는데. 나름 의식해서 행동한 거였어⋯⋯.

"그래서 '하인리 왕자', '제1 왕위 계승권자'가 아니라, 그저 저 한 사람으로서 다른 누군가와 생각 없이 말을 주고받을 수 있다는 게 아주 좋았습니다. 긴 대화를 나눈 건 아니었지만 시답지 않은 말장난을 주고받는 상대가 있다는 게 기뻤지요."

"⋯⋯."

나도 그랬다. 일찍부터 황태자비로 낙점되어 황궁을 드나들었기에, 이 정도로 속내를 터놓은 건 가족 이후 그가 처음이었다. 옆에 좋은 사람, 착한 사람들이 없어서가 아니었다. '좋은 사람'과 '내 속내를 온전히 다 보여도 괜찮은 사람'이 같은 뜻이 아니기 때문이다.

"그래서 무척 기대했습니다. 솔직히, 저는 상대가 황후 폐하라는 걸 알았을 때 더욱 좋았습니다. 황후 폐하는 제 위치를 꺼려하거나 불편해하며 대하지 않을 수 있는 위치에 계시니까요."

한숨을 내쉰 하인리 왕자가 울 것 같은 보라색 눈동자로 나를 응시해 왔다. 그 눈과 마주하자 진한 죄책감이 들었다. 그가 말한 것들을 모두 공감할 수 있었고, 그래서 더 미안해졌다.

"같은 생각을 했는데. 우리는 서로 다른 결론을 내렸군요."

하인리 왕자는 울 것 같은 얼굴로 나를 바라보다가 또 한숨을 내쉬었다. 안 그래도 신비로운 보라색 눈동자가 샹들리에의 조명을 받아 보석처럼 반짝거렸다. 그가 눈으로 나를 원망하는 것 같았다. 친구가 될 수 있는데 꼭 이렇게 매정하게 끊어야 하냐고.

"무슨 뜻인지는 알겠어요, 하인리 왕자."

"그런데 꼭 편지만 주고받아야 하나요?"

"편지만 주고받아도 충분히 즐거웠잖아요."

"편지를 벗어나면, 더 즐거울 겁니다."

"……."

"전 폐하를 대신해 소비에슈 개새끼라 말해줄 수도 있어요."

"큽!"

깜짝 놀라서 위엄을 바닥에 팽개치는 소리가 나와버렸다.

사레가 들어 콜록거리며 쳐다보자, 하인리 왕자는 다시 한 번 목소리를 작게 해서 "소비에슈 개새끼!" 하고 속삭였다.

뭐 저런 사람이…….

어이가 없으면서도 웃겨서 입술을 악물고 웃음을 참자, 하인리 왕자는 눈썹을 치켜올리며 놀렸다.

"웃긴 거 참는 거만큼 웃긴 것도 없는데. 그냥 웃고 싶으면 웃어요."

"……."

"끝까지 못 웃으시네. 마음 아프게."

마음이 아프다니? 당신이 왜?

그의 중얼거리는 이해 못 할 소리에 웃음이 바로 가라앉았다. 미간을 찡그리고 쳐다보자 하인리 왕자는 잠시 생각에 빠진 얼굴로 바닥을 빤히 쳐다보다가 물었다.

"그러면 이렇게 해줄 수 있겠습니까? 난 퀸께서 내 편지 상대라는 걸 비밀로 붙이겠습니다. 퀸과 속내를 털어놓는 친구 사이란 것도 비밀로 할게요."

"우리가 친구인가요?"

"우리가 친구인 건 퀸이 알고 퀸도 아는 사실 아닙니까?"

잠시 묘한 미소를 지은 하인리 왕자는 입술을 썰룩대다가 다시 말을 이었다.

"대신, 지금처럼. 그러니까, 이렇게 오다가 만났을 때 모른 척 하지 말아주십시오. 따로 둘만 만나자 조르지 않을 테니, 우연히 둘만 있게 되었을 때는 날 피하지 말아줘요."

그의 목소리는 나지막했고 입가에 띤 미소는 가벼워 보였으나, 시선만큼은 진지했다. 장난 삼아 하는 말 같지만 장난이 아니란 걸 확실하게 알 수 있었다. 그 집요한 시선을 받자, 심장이 손톱으로 살짝 눌리는 듯한 이상한 느낌이 들었다.

'내 얘기를 하고 있을 것 같은데…….'

라스타는 자꾸만 치미는 불안감에 연신 커다란 아치문을 힐긋 거렸다. 특별 연회에 참석하는 이는 스무 명뿐인 데다 소비에슈가 함께 갔으니 괜찮을 것 같지만, 그래도 역시 신경 쓰이긴 매한가지 였다.

하인리 왕자가 사람들에게 이상한 말을 하진 않을까?

황후는 주도적으로 이상한 말을 퍼트리진 않을 사람 같진 않지만, 하인리 왕자를 말려줄 것 같지도 않았다. 라스타는 입술을 깨물었다 말기를 반복하며 한숨을 자꾸 내쉬었다.

"오늘은 영 안색이 우울하십니다. 괜찮으십니까?"

그 모습을 눈치챈 랑트 남작이 허허 웃으면서 놀리듯 물었다.

"솔직히 말씀드리자면 괜찮지 않아요."

"정말 솔직하시군요."

라스타는 해맑게 웃으며 고개를 끄덕였다. 랑트 남작은 라스타가 소비에슈 다음으로 좋아하는 사람이었다. 그는 자신을 대하는 데 차별이 없었고, 하인리 왕자와 다투었을 때는 그녀의 명예를 지키기 위해 사람들에게 한발 앞서 소문을 내주었다. 좋아하지 않을 수가 없었다.

"안심하세요. 하인리 왕자가 아무리 제멋대로라 해도 황제 폐하의 눈치를 볼 수밖에 없습니다. 여기는 동대제국이고, 게다가 서왕국이 한참 성장세라 하나 아직 동대제국만큼의 힘은 갖추지 못했거든요."

"네……."

"레이디 라스타의 명예는 제가 무슨 수를 써서라도 지켜드릴 테니 마음 놓고 마지막 파티를 즐기면 됩니다."

라스타는 그제야 배시시 웃으며 고개를 끄덕였다. 그녀가 활짝 웃자 분위기가 대번에 밝아졌다. 기분이 안 좋은가 싶어 다가오지 않던 이들도 하나둘 곁으로 모여들었고, 어느새 라스타의 주위는 신년제 동안 그녀와 가까워진 이들, 가까워지고 싶어 하는 이들로 가득 찼다.

라스타는 기분이 붕 떠올랐다. 배려해주는 건지 아니면 신경 쓰지 않는 건진 몰라도, 라스타에게 왜 특별 연회에 가지 않느냐 묻는 사람도 없었다. 라스타는 자신의 다섯 배는 더 나이가 많다는 와인을 홀짝이며, 귀족들이 쏟아내는 숭배를 흐뭇하게 받아들였다.

"전 라스타 양의 이 신비로운 은발과 새까만 눈동자가 대조적인 게 참으로 부러워요."

"청초한 분위기가 풍기잖아요. 은방울꽃 같지 않나요?"

"투아니아 공작 부인도 지금의 명성을 지키려면 조심해야 하겠습니다."

사교계의 나비라는 투아니아 공작 부인이 특별 연회에 참석하고 없어서 그럴까. 오늘따라 유독 더 많은 이들이 다가오는 듯 보이기도 했다.

'오늘만큼은 내가 사교계의 나비가 된 거구나.'

라스타는 기분 좋게 취해갔다.

황제의 정부가 되기 전에는 아름다움마저 독이었다. 자신의 아름다움을 어떻게 사용해야 하는지 알고 있었으나, 그걸 알기까지 많은 시행착오가 있었고, 아름다움을 무기로 사용하는 데 익숙해진 후에도 늘 아슬아슬한 줄타기를 하듯 위태로웠다.

그러나 이곳에서는 달랐다. 모두가 그녀에게 찬사를 보냈고 그녀를 사랑해주었다. 그녀를 보호해주는 이는 세상에서 가장 높은 사람이었고, 그녀를 위협할 사람도 없었다.

"그런데 라스타 양은 특별 연회에 갈 거라 하지 않았나요? 오늘은 어떻게 여기에 온 겁니까?"

하지만 만족한 기분이 채 30분도 지나기 전에 누군가 거북한 질문을 던졌다. 라스타는 질문을 던진 사람을 보았다. 그리 기억에 남는 귀족은 아니었다. 고위 귀족도 아니었고 영지가 크거나 황궁에서 중요한 일을 맡지도 않은 사람. 첫날에 잠시 어울린 게 전부인 사람이다. 그러나 그 보잘것없는 귀족의 질문에 주위 사람들 모두가 조용해졌다. 다들 말을 꺼내진 않았으나 궁금해하던 눈치였다.

"그게⋯⋯."

라스타는 재빨리 머리를 굴리다가 둘러댔다.

"라스타가 괜찮다고 했어요."

"호오. 라스타 양이요?"

"특별 연회는 외국의 중요한 귀빈들이 주로 참석하잖아요. 라스타가 참석하는 것보다는, 한 사람이라도 우리 동대제국에 득이 될 사람이 참석하는 게 좋다 생각했거든요."

야무진 대답에 주위에서 감탄사가 터져 나왔다.

"라스타 양은 단순히 정부로 그치기에는 참으로 영민하군요."

"그러게요. 선대 폐하의 정부들 중 많은 이들이 그저 돈이나 쓰고 파티나 하며 지냈지, 나라 사정이니 국제 사정에는 관심이 전혀 없었는데, 라스타 양은 그 사람들하고는 확실히 다르군요."

라스타는 쑥스럽다는 듯 웃으며 시선을 내리깔았다. 그들의 탄성과 찬사가 마약처럼 그녀를 중독시키는 느낌이었다.

"라스타가 폐하를 도와드려야지요."

사랑스럽게 중얼거린 라스타는 조금 취기가 오른다 중얼거리면서도 다른 와인을 마시기 위해 손을 뻗었다. 라스타에게 와인잔을 건네주기 위해 수많은 청년 귀족들이 얼른 이런저런 종류의 와인 잔을 내밀었다. 라스타는 그중 연보라색을 띤 길쭉한 잔을 잡았다. 마치 간택이라도 받은 마냥 청년의 얼굴이 환해졌다.

그때, 청년의 어깨너머로 이 자리에 있을 수 없는 이가 보였다. 라스타는 순간 잔을 놓치고 말았다. 쨍그랑 소리와 함께 떨어진 잔은 산산조각으로 부서졌다.

"라스타 양. 괜찮으십니까?"

"괜찮아요?"

라스타는 대답도 하지 못하고서 얼른 고개를 들었다. 하지만 그녀를 놀라게 한 이는 이미 그 자리에 없었다.

'잘못 본 건가……?'

라스타의 심장이 서늘해졌다. 어쩌면 취기 탓인지도 몰랐다.

'너무 많이 마시기는 했어.'

하인들이 다가와 깨진 유리 조각을 쟁반에 담고 바닥에 고인 술을 마른 천으로 닦는 동안, 라스타는 거듭해서 아까 '그 남자'를 본 곳을 힐긋거렸다.

"왜 그럽니까, 라스타 양?"

랑트 남작이 걱정스레 물으며 라스타가 힐긋거리는 쪽으로 시선을 돌렸다. 라스타는 얼른 그의 옷자락을 잡고서, 그가 그쪽을 쳐다보지 못하게 하며 물었다.

"랑, 트 남작님. 물어볼 게 있는데요."

"?"

"신년제에, 첫날 둘째 날 안 오던 귀족이…… 마, 마지막 날에 참석하기도 하나요?"

"그렇지요. 사정이 있어서 바로 오지 못할 수도 있으니까요."

라스타는 이번에는 목소리를 낮추어 물었다.

"그런데 신년제에는 시골 귀족들도 참석하나요……? 영지가 아주 작은 시골의 귀족도? 신년제에는 손님들을 골라서 받는 거 아닌가요?"

"네. 골라서 받지요. 하지만 작은 영지의 귀족이라 하더라도 초대받으면 참석할 수 있습니다."

"몇 년간 참석하지 않은 사람인데도요?"

"일정 기간 참석하지 못했다면, 그 사유로도 초대장이 날아가지요. 완전히 고립된 채 둘 수는 없으니까요."

라스타가 입술을 덜덜 떨기 시작하자 랑트 남작의 표정이 어두워졌다.

"라스타 양. 정말로 무슨 일이 있습니까?"

라스타는 고개를 젓고서 주위를 황급히 둘러본 후 와인잔을 그에게 떠밀듯 건넸다.

"라스타는, 라스타는 그만 들어가볼게요. 취한 것 같아요."

라스타는 허둥지둥 대답하고서 사람들 사이를 빠져나가기 위해 손을 휘저었다. 취기 탓에 잘못 본 거라면 괜찮지만, 잘못 본 게 아니라면 위험했다.

그 남자…… 로테슈 자작. 그녀가 노예로 있던 곳의 영주. 그는 라스타의 얼굴을 알고 있었다.

그때였다. 라스타의 뒤쪽에서 "이런? 잘못 본 게 아니로군?" 하는 굵직한 목소리가 들려왔다. 라스타의 등줄기를 타고 소름이 오소소 돋아났다. 머릿속이 하얗게 질리는데 눈앞은 까매졌다. 비틀거리는 라스타를 랑트 남작이 서둘러 부축했다.

"라스타 양?"

랑트 남작이 그녀를 걱정스레 불렀지만 대답할 수 없었다.

"라스타 '양'이라고?"

굵직한 목소리가 더욱 가까워졌다. 비웃는 목소리에는 조롱이 가득했다.

"어디서 뭘 하나 했더니. 신분 세탁이라도 하고 있었나?"

주위가 조용해졌다.

"세상 참 좋아졌어. 도망 노예도 레이디 대우를 받고? 응?"

"그러면 하인리 전하께서는 편지 상대를 찾는 일은 그만두신 건가요?"

"네. 사태가 이렇게 되도록 나오지 않는 걸 보면 분명 밝히고 싶지 않다는 거겠지요."

"그래도 공개적으로 찾을 정도면 아쉬우실 텐데……."

"나 좋자고 그 사람을 불편하게 하고 싶진 않아요."

하인리 왕자는 약속을 지켰다.

건너 건너편에 앉은 그가 옆자리의 귀부인과 대화를 나누는 동안, 나는 어색하게 케이크 조각을 잘라 먹었다. 이따금 그가 내 쪽을 보았지만 담백하게 웃으며 고개만 끄덕여 보일 뿐, 이상하게 굴지도 않았다.

'좋은 사람이구나……'

소비에슈는 하인리 왕자가 이상한 말을 한다 싶으면 바로 잘라 내기 위해 열심히 대기했으나, 그가 나설 만큼 문제 될 발언도 나오지 않았다. 하인리 왕자는 라스타에 대해서는 아예 한 마디도 꺼내지 않았으니까.

화제는 하인리 왕자의 편지에서 자연스레 카프멘 대공의 화대류, 마법에 관한 이야기, 마법이 전쟁에서 실효성이 있느냐 없느냐에 대한 문제로 넘어갔다. 카프멘 대공은 원래 말수가 적은 편인지, 아카데미를 수석 졸업했는데도 그 주제로 거의 입을 한 마디도 열지 않았다. 다른 주제에도 입을 다물기는 마찬가지였지만.

그런데 한참 이야기에 정신이 팔렸을 때였다. 문가에서 어수선한 소리가 나더니, 근위기사 한 명이 슬쩍 안으로 들어왔다. 기사단장이었다.

'무슨 일이지?'

그는 나와 눈이 마주치자 얼른 꾸벅 인사하고는 조심스럽게 이쪽으로 다가왔다. 소비에슈는 하인리 왕자를 견제하느라 여전히 그를 눈치채지 못했다.

"황제 폐하."

기사단장의 부름에 뒤늦게 고개를 돌린 소비에슈가 무슨 일인지 묻자, 기사단장이 청했다.

"잠시 대연회장으로 가보셔야 할 것 같습니다."

심각한 얼굴이었다. 스무 명의 인원 대다수가 이곳에 모여 있던 지라, 기사단장의 말은 모두가 들을 수 있었다. 사람들의 시선이 기사단장에게로 몰렸다.

"왜 그러느냐?"

소비에슈의 질문에 기사단장은 쉽사리 대답하지 못했다.

말하기 어려운 내용이구나.

소비에슈도 같은 생각을 한 건지, 양해를 구하고는 기사단장을 따라 밖으로 나갔다.

'무슨 일이지?'

따라 나가는 게 나을까 싶었지만, 내가 필요한 일이라면 기사단장이 나도 불렀겠지. 라스타에 대한 일로 불렀다거나, 그런 거라면 내가 나설 필요 없잖아.

'따라 나가지 말자.'

마음을 정하고서 나는 다시 손님들과 어울렸다. 그러다가 적당한 시간이 되었을 때쯤, 특별 연회장을 빠져나가 대연회장으로 갔다. 마지막 날이니 한 번 더 손님들을 점검한 후, 해가 넘어갈 때 칠종이라던가 폭죽에 대해 점검하기 위해서였다.

'로라와 약속하기도 했고.'

그러나 대연회장의 분위기는 내가 생각한 것보다 더…… 시끌벅적했다.

'무슨 일이라도 있었나?'

몇 날 며칠을 계속되는 파티에는 사람들도 지쳐가기 마련이다.

마지막 날이니 다들 한껏 치장하고 오지만, 아무래도 첫날만큼의 열기는 없기 마련인데. 입구에서부터 사람들이 눈을 빛내며 떠들어대고 웃어대는 게 보였다.

내가 들어오자 그런 분위기는 더욱 커졌다. 어리둥절해 있자니 로라가 얼른 달려와서 물었다.

"황후 폐하, 황후 폐하, 들으셨어요?"

"무슨 재밌는 일이라도 있었나요? 나는 계속 붉은 장미의 방에 있다 와서, 무슨 일인지 모르겠는데."

"아주 재밌는 일이 있었어요."

로라는 흥분해서 콧김까지 내뿜었다.

우리는 대화를 나누기에 적당한 곳으로 이동했다. 근처에 바삭하게 튀긴 해산물 요리와 작게 잘라둔 호박푸딩, 우유를 넣은 커피 등이 있어서 먹으며 이야기하기 좋은 위치였다.

"이건 먹으면서 들으셔야 해요. 입맛이 도는 이야기거든요!"

"무슨 일인데요?"

로라가 내게 호박푸딩을 작은 접시에 덜어 포크와 함께 건넸다.

"고마워요, 로라."

"라스타 있잖아요."

사람들이 있는 곳에서 별로 얘기하고 싶은 화제는 아닌데. 살짝 미간을 찡그렸으나, 로라는 내가 그녀에 대해 이야기하길 싫어한다는 걸 알면서도 말을 이었다.

"도망 노예라는 소문 돌았던 거 기억하세요?"

"그랬죠. 하지만 폐하께서 아니라고 하시지 않았던가요?"

소비에슈는 라스타가 도망 노예라는 이야기를 퍼트린 자들에게 벌을 내릴 거라 신신당부하기까지 했지. 그런데 이렇게 사람들이 많은 곳에서 그 이야기를 꺼내도 될까?

이번에는 다른 의미로 걱정스러워졌으나, 말리기도 전에 로라가 외쳤다.

"도망 노예가 맞았어요! 로테슈 자작이 오늘 파티에 처음으로 참석했는데, 라스타를 알아봤지 뭐예요!"

"로테슈 자작?"

"자작가에 속한 노예였는데 도망친 거래요!"

"확실한 건가요?"

"네. 황제 폐하께서 있으셨다면 말리셨겠지만 여기 없으셨잖아요? 게다가 로테슈 자작은 수도로 올라온 지도 몇 시간 되지 않아서, 라스타에 대한 소문을 전혀 몰랐대요. 도망 노예란 이야기를 하지 말란 명령도 몰랐고요. 그러니 대놓고 라스타에게 자기 도망 노예라고 사람들 앞에서 말한 거죠!"

"아……."

"라스타는 자기가 아니라고는 하는데, 다들 로테슈 자작 말이 맞다고 생각할걸요. 얼굴에 곤혹스러워하는 기색이 가득했거든요."

로라는 코웃음을 쳤다.

"라스타에게 잘 보이겠다며 다가갔던 귀족들 모두가 그 꼴을 봤다니까요?"

"그러면 두 사람은 지금 어디에……?"

"라스타가 기절하는 바람에 일단 침실로 랑트 남작이 업고 갔어요. 로테슈 자작은 근위기사단장이 와서 데려갔고요."

그 일 때문에 소비에슈를 불러 간 거구나. 잠시 무어라 이름 내리기 모호한 감정이 솟았다. 찝찝한 통쾌함……? 그래. 아마 그런 감정 같다.

소비에슈는 라스타가 도망 노예라는 소문이 돌았을 때, 라스타에 관해 헛소문을 퍼트리는 게 나라고 의심하며 화를 냈었다. 그때의 억울하고 서글픈 감정이 떠올라서, 솔직히 통쾌했다. 하지만 마냥 잘됐다 여기기에는 찝찝한 구석 역시 있었다.

이 찝찝함은 어디서 나오는 걸까?

"……."

잠시 생각해보았으나 알 수 없었고, 나는 일단 이 일에 대해서 나서지 않기로 했다. 라스타를 구해 온 소비에슈가 그녀가 도망 노예란 사실을 과연 몰랐을까? 설령 몰랐다고 한들, 소비에슈가 그녀를 사랑하지 않게 될 거란 생각은 들지 않는다. 소비에슈는 애초에 라스타의 가엾어 보이는 모습에 보호 본능을 자극 받아 그녀를 이곳에 데려온 거니까. 그때 첫눈에 반한 건지 이후 그녀의 매력에 빠졌는지는 내가 소비에슈가 아니니 알 수 없지만, 적어도 첫 계기는 그랬다.

라스타가 평민 출신이든 도망 노예 출신이든, 여전히 소비에슈는 그녀를 사랑하겠지. 소비에슈는 라스타를 비웃음 속에서 보호하려 들 것이다.

그가 어떻게 나올지 몰랐다.

그녀와 엮이고 싶지 않았다.

하지만 늘 그렇듯, 라스타에 관한 일은 내가 아무리 엮이지 않으려 해도 소용없었다. 매번 라스타 본인이 날 끌어들이거나 소비에슈가 날 끌어들였는데, 이번에는 소비에슈였다.

돌아갈 손님들은 돌아가고, 남궁에 머무는 손님들은 남궁으로 간 후. 술을 마시며 밤새도록 놀려는 이들을 남겨둔 채, 나는 서궁으로 돌아왔다.

따뜻한 물에 목욕하며 하루의 피로를 날려버릴 생각이었다. 시녀들도 오늘은 많이 피곤할 것 같아서 따라오는 대신 저마다 휴식을 취하라고 보냈다. 하지만 목욕물이 다 받아지기도 전에 소비에슈가 근위기사단장을 보내 나를 찾았다.

근위기사단장의 난처한 표정을 보는 순간 좋은 일은 아닐 거란 예감이 들었다. 근 한 달간 소비에슈가 날 뜬금없이 불러서 한 말은 죄다 좋지 않은 이야기였다. 그것도 늘 라스타와 관련된.

도대체 이번엔 어떤 식으로 나오려는 걸까?

긴 복도를 걸어가는 내내 마음이 무거웠으나 애써 표정을 관리했다. 소비에슈 앞에서도 표정이 제대로 관리되어야 할 텐데…….

마침내 동궁에 있는 소비에슈의 침실로 들어갔다. 소비에슈는 침대가에 의자를 가져다 둔 채 앉아 있었다. 그의 뒤쪽으로 라스타가 보였다. 그녀는 소비에슈의 침대에 누운 채 머리만 내밀고 있었는데, 이마에 물수건이 올라와 있었다.

다시 소비에슈를 보았다. 소비에슈는 나를 지그시 노려보고 있었다.

"……저는 나가 있겠습니다."

근위기사단장이 문을 닫고 나가자 안 그래도 무겁던 분위기는 더욱 무거워졌다. 소비에슈가 천천히 입을 열어 물었다.

"내게 할 말 없소?"

무뚝뚝한 목소리였다.

"왜 부르셨나요?"

똑같이 무뚝뚝하게 되묻자 소비에슈가 비난조로 다시 물었다.

"그뿐이요?"

"지금으로서는 그게 가장 궁금하군요."

"사태가 이렇게 되도록 황후는 눈 하나 깜짝하지 않는군."

소비에슈가 싸늘하게 중얼거리는 소리에, 가장 먼저 떠오른 생각은 '내가 표정 관리를 잘하고 있나 보다'였다. 나는 입 끝을 살짝 올렸다. 내 미소에 소비에슈는 더욱 기분이 상한 눈치였지만.

"라스타가 도망 노예라는 게 들통난 게 그리 좋소?"

"제게 화풀이하면 화가 풀리십니까?"

"황후."

"라스타 양에 대한 일은 대연회장에서 들었습니다. 폐하께서 기분이 상했을 줄은 알지만, 제게 화풀이할 일은 아니지요."

"황후가 보기엔, 내가 지금 화풀이를 하러 황후를 부른 것 같소?"

"아닌가요?"

"아니오."

"그러면 왜 부르신 거지요?"

온몸으로 분노를 내뿜고 있으면서 화풀이하러 부른 게 아니라니. 게다가 조금 전 그가 직접 비꼬지 않았던가. 라스타가 도망 노예라는 게 들통나서 그리 좋냐고.

소비에슈는 말없이 잠든 라스타의 얼굴을 바라보았다. 째깍째깍 시계 초침 소리가 들려왔다. 지루할 정도의 시간이 지나가고서야 소비에슈가 물었다.

"라스타가 도망 노예라는 걸 그렇게 증명하고 싶었소?"

"또 그 이야기입니까."

"황후는 날 때부터 대귀족의 영애였지. 사이좋은 가족들, 막대한 부, 높은 권력, 아름다운 저택, 그리고 타고난 재기와 용모까지. 황후는 모든 걸 다 가졌지 않소. 게다가 이젠 만인의 위에 있는 황후 자리까지 올랐어."

이 상황에서 칭찬하는 건 아닐 거야. 눈을 가늘게 뜨고 쳐다보자 소비에슈가 한숨을 내쉬었다.

"라스타는 아무것도 없었소. 그녀의 기억에도 없는 부모로 인해 노예가 되었고, 가족도 없었지. 재산도 없고 권력, 집 아무것도 없었소. 영리한 머리와 아름다운 용모를 지닌 건 황후와 마찬가지이지만, 라스타에게는 자신이 타고난 것들을 발휘할 기회조차 없었단 말이오."

"……."

"그러다가 날 만나서 처음부터 자신의 것을 하나하나 가져보는 중이오. 사랑받고, 따뜻한 식사를 하고, 편안한 이부자리에서 휴식하고, 이것저것 배울 기회가 생겼소."

그리고 내 남편을 가져갔지.

자존심이 상해 이 말은 하지 못했다. 내가 라스타를 동정하길 바라냐고, 그걸 원하는 거냐 묻고 싶었지만 역시 묻지 못했다. 말없이 그를 쳐다보기만 했다. 여전히 그가 왜 저렇게 구구절절한 이야기를 하는지 이해할 수 없었다. 라스타의 입장이 난처하게 되었으니 나더러 챙겨주라는 건가?

"곱게 자란 황후가 라스타를 이해하는 것까진 바라지 않소. 하지만 그래도, 그래도 일말의 동정심이 있다면…… 이러면 안 되는 거 아니었소?"

"동정심이라니요?"

"고아원, 양로원, 의료원, 신전, 장학청, 구휼소 등 황후가 여기저기 발휘하는 그 동정심 말이오! 왜 그 동정심을 라스타에게는 발휘하지 못하는 거냐고!"

폭발하듯 소리 지른 소비에슈는 잠시 씩씩거리다가 다시 의자에 앉았다. 라스타가 끙 소리를 내며 손을 뻗자, 그는 얼른 그녀의 손을 잡아주었다.

소매가 넓은 옷을 입고 올걸. 주먹을 꽉 쥐고 싶었다.

"라스타는 폐하의 정부이니 폐하께서 챙기셔야지요. 그녀에 관한 건 제 관할이 아니기에 챙기지 않았을 뿐입니다."

"누가 챙기라고 했소? 하. 챙기는 건 바라지도 않으니, 제발 그녀를 좀 내버려두기라도 하란 말을 하는 거요!"

"제가 그녀를 건드린 적은 있습니까?"

"어제 하인리 왕자 앞에서도 일부러 라스타를 모욕했지. 생판 남인 하인리 왕자와 라스타 둘 중, 황후는 당연히 라스타 편을 들었어야 했소. 누구의 말이 진실인지 모른다면 황후는 당연히 그대의 국민인 라스타의 편을 들었어야 했소!"

"말씀드렸다시피 저는 누구의 말이 진실인지 알고 있었고, 그에 따라 하인리 왕자를 편들었을 뿐입니다."

"라스타가 거짓말을 했단 거요?"

"라스타 양의 결백한 성품을 믿는 건 폐하이지 제가 아닙니다."

"그래, 어제는 그렇다 치고. 오늘은? 오늘은 왜 그런 거지?"

"오늘 전 라스타 양과 한 마디 말도 나눈 적 없단 걸 아실 텐데요."

"아아…… 그렇지. 황후는 직접 라스타와 얘기한 적이 없지. 황후는 뒤에서 로테슈 자작을 불러오기만 했을 뿐이지."

소비에슈의 빈정거리는 목소리에 머리에서 뿌드득 금이 가는 소리가 났다. 실제로 그럴 리 없다는 걸 알지만 정말로 분명 그런 소리가 났다. 나는 눈에 힘을 주어 소비에슈를 노려보았다.

"무슨 소리십니까."

"라스타가 도망 노예라는 걸 입증하고 싶어서, 로테슈 자작을 불러온 걸 탓하는 거요."

"……제가, 라스타 양 때문에 로테슈 자작을 불러왔다고요?"

뭐 저런 헛소리를……. 어이가 없었다. 하, 바람 빠지는 소리를 내며 쳐다보자 소비에슈가 빈정거렸다.

"내가 라스타가 도망 노예가 아니라고 하니까, 그렇게 도망 노예라는 게 맞다는 걸 알리고 싶었소? 사람들이 라스타를 좋아하고 사랑해주는 게 그렇게 아니꼬웠소?"

"이상한 소리를 하시는군요."

억지로 평온한 목소리를 쥐어짜냈으나 목소리 가득 묻어나는 분기가 스스로도 느껴졌다. 소비에슈는 의자에서 일어나 코앞까지 다가와 섰다. 그의 눈이 어느 때보다 맹렬한 분노로 번뜩였다.

"신년제 손님들을 초대하는 건 황후의 역할이라는 걸, 누구보다 잘 알지 않나? 일을 열심히 하는 황후일 테니. 로테슈 자작, 황후가 일부러 초대한 거잖소."

"예, 잘 아시는군요. 제 역할입니다. 하지만 신년제 손님들에게 초대장을 보낸 건 라스타가 황궁에 오기도 몇 주 전의 일입니다. 이건 모르시나요?"

"로테슈 자작은 중요한 귀빈이 아니니, 황후가 생각이 있었다면 그자가 신년제에 못 오게 할 수도 있었을 텐데?"

"……전에도 말씀드렸지만. 전 라스타 양에 대해서 하나하나 챙길 만큼 관심이 없습니다. 게다가 폐하께서는 라스타 양이 절대로 도망 노예가 아니라 신신당부하셨지요. 이런 상황에서 제가 로테슈 자작에게 '그래도 혹시 모르니' 황궁에 오지 말라 편지를 보냈어야 한다는 건가요?"

게다가 난 그녀가 로테슈 자작의 노예였단 것도 몰랐다. 소비에슈가 라스타를 데려온 날, 시녀들이 라스타가 발견된 사냥터 근처에 로테슈 자작의 영지가 있다는 얘기를 지나가듯 한 게 전부였고, 이후로는 로테슈란 성에 대해서도 들어보지 못했다. 설령 내가 로테슈란 성을 계속해서 기억했다 한들, 라스타가 평민이라면 로테슈 자작이 오더라도 아무 상관 없는 일이었다.

　그런데 딱 한 번 스쳐 지나가듯 들은 이야기에서, 소비에슈가 절대 아니라 부정한 이야기에서, 이런저런 가능성을 계산했어야 한다고? 내가?

　어이가 없었다.

　"배려심이 있다면……."

　"직접 하셨어야지요. 라스타 양을 지극히 아끼는 폐하께서도 생각하지 못한 그 배려를, 그녀가 로테슈 자작의 노예인지도 몰랐던 제가 챙길 거라 기대하는 게 아니라요."

　"……참으로 매정하지. 평생을 가엾게 살아온 여인이 이제 조금 어깨를 펴고 살려는데 그게 그리 보기 싫었소? 자기 손은 더럽히기 싫으니 남의 손을 빌린다? 황후야말로 참 무서운 여인이오."

　로테슈 자작은 초조하게 손을 꼼지락거렸다. 그는 작은 시골 영지의 영주였다. 물론 시골 영지의 영주라 해서 무조건 무시할 수는 없었다. 영웅이나 용사, 고위 귀족 중에는 평온한 삶을 살기 위해 일부러 작은 영지를 선택해 수도에서 최대한 멀리 떨어지는 이들이 많았다.

　영지 자체가 겉으로 보이는 크기나 지리적 요소와 달리 요충지인 경우도 있었다. 예를 들어 국경 지대에 위치한 영지 월월은 수도로부터 가장 멀리 떨어진 데다 깊숙한 산골에 위치하고 있으나,

그 안에 마법청과 마법 아카데미가 모두 설립되어 있어서 황제조차도 함부로 대할 수 없는 영지로 거듭나 있었다.

하지만 로테슈 자작은 이 모든 데에 해당하지 않았다. 그의 영지인 림웰은 현재까지 이렇다 할 개발이 이루어지지도 않았지만, 황제의 사냥터와 영지의 숲이 붙어 있다 보니 함부로 개발을 시도조차 할 수 없는 곳이었다. 당연히 황제와 독대하기는커녕, 먼발치에서 황제를 본 일조차 없었다.

"……."

황제의 매서운 시선을 받으며 로테슈 자작은 시선을 내리깔고 눈을 여기저기 굴렸다. 몹시 불편했다. 작고 보잘것없는 영지의 주인이란 이유로 이따금 친구들에게 비웃음을 당하기도 하지만, 로테슈 자작은 자신의 위치가 그리 싫지는 않았다.

황제의 간섭을 많이 받는 다른 커다란 영지들과 달리, 그의 영지에서는 온전히 영주가 왕 노릇을 할 수 있었고, 영지민들도 그를 왕처럼 떠받들었다. 로테슈 자작은 누군가의 앞에서 납작 엎드릴 일 자체가 없었다. 그런데 지금 황제, 그의 아들뻘인 황제 앞에서 이렇게 쩔쩔매고 있어야 한다니. 어렵기도 하지만 자존심도 상했다.

한참을 그러고 있었을까.

"로테슈 자작. 오늘 일에 대해 설명해보라."

마침내 황제가 입을 열었다.

로테슈 자작은 잠시 그의 말을 이해하지 못하였으나, 곧 기민하게 머리를 굴렸다. 황제의 비서가 라스타를 직접 안아서 운반했고 그녀는 황제의 침실에 누워 있다. 로테슈 자작 자신은 황제의 근위 기사단장에게 붙들려 동궁 빈방으로 끌려왔다. 그 원인은 모두가 알고 있었다.

그런데 굳이 오늘 일을 직접 설명해보라 한다? 이건 황제의 제안이었다. 이 모든 걸 없던 일로 되돌리라는 제안.

"황송하옵니다, 황제 폐하. 신은 이전부터 사람들의 얼굴을 잘 알아보지 못해 여러 가지 실수를 저지르곤 했습니다. 도대체 머리 색과 눈 색만 비슷해도 통 분간이 안 가니 말이지요. 제 영지에 있다 도망친 노예가 라스타 양처럼 아름다운 데다 은발에 검은 눈을 가지고 있는데, 이것만 보고서 라스타 양이 제 노예라고 착각하고 말았습니다."

로테슈 자작은 얼른 둘러대고서 자신의 방정맞은 입을 두드렸다.

"이 일로 황제 폐하의 정부이신 라스타 양에게 큰 피해를 끼쳤으니, 이를 어쩐단 말입니까. 노신의 실수라 여기어 부디 용서하여 주시옵소서."

고개를 숙였으나 로테슈 자작의 눈은 흥미로 반짝거리고 있었다. 저 젊은 황제는 라스타가 도망 노예라는 걸 알면서도 끌어안아 주려 한다.

그는 진심으로 라스타가 대단하게 여겨졌다. 단순히 신분을 세탁해서 어느 귀족의 첩이라도 된 줄 알았더니. 이 정도로 황제의 총애를 얻고 있단 말인가. 영지에 있을 적에도 손 아래 온갖 사내들을 다 휘어잡고 놀던 노예란 건 알았지만, 재주가 생각보다 더욱 대단한 듯했다.

"그래. 계속 그렇게 입을 조심하는 게 좋을 거다, 로테슈 자작."

"물론입니다, 황제 폐하."

로테슈 자작의 입가가 히죽 올라갔다. 어쩌면 그도 작은 시골 영주에서 벗어나 크게 한자리를 차지할 수 있을지도 몰랐다.

뒤를 따르는 근위기사들을 물리고서 나는 혼자서 긴 복도를 걸어갔다. 머리가 아프고 심장이 무거웠다. 발도 무겁고 심지어 드레스조차도 갑갑했다. 한 걸음 한 걸음 걸어갈 때마다 갈비뼈 부근이 뜨끔거렸다. 결국, 서궁 안으로 들어가자마자 나는 기둥을 짚고 허리를 숙였다. 속이 울렁거리며 헛구역질이 나왔다.

자존심이 상했다. 몹시도.

다른 데에는 멀쩡한 소비에슈가, 라스타에 관한 일에는 왜 저렇게 막무가내가 되는 걸까? 역대 황제들의 치세를 기록한 책을 읽으면서 눈을 반짝이던 소비에슈는 이젠 사라져버린 건가?

"퀸."

그때 옆에서 바스락 소리와 함께 나지막한 목소리가 들려왔다.

나를 퀸이라 부르는 사람은 한 명뿐이었다. 나는 얼른 허리를 펴고서 돌아섰다. 하인리 왕자가 인상을 찡그린 채 나를 내려다보고 있었다.

"좋지 못한 모습을 보였군요."

그래도 눈물을 흘리지 않아서 다행이었다. 나는 입가에 미소를 띠고서 물었다.

"산책하는 중인가요?"

하지만 하인리 왕자는 인상을 펴지 않았다. 그는 내 얼굴을 집요할 정도로 살피고 있었다.

눈가가 붉어지기라도 한 건가. 잠시 고개를 돌렸으나 하인리 왕자가 가까이 다가오는 바람에, 도로 그를 보아야 했다. 하인리 왕자는 손을 살며시 들어 올려서, 내 얼굴 근처의 허공 근처에 어색하게 손을 띄웠다. 그의 손이 애달프게 움찔거렸다.

"저는 제 친구들이 가슴 아파할 때, 얼굴도 쓸어주고 안아주기도 합니다."

"⋯⋯."

"퀸께서도 내 친구니까, 그렇게 해도 될까요?"

고개를 젓자 하인리 왕자는 손을 내렸으나 여전히 울 것 같은 얼굴이었다. 그의 귀가 새빨개져 있었다.

"그대의 남편이 또 그대를 모욕하였습니까?"

또?

"⋯⋯왜 그렇게 생각하나요?"

"그냥. 그런 것 같아서."

"사적인 일이라 말씀드리기 어렵군요."

"제가 퀸을 먼저 만났어야 했습니다."

"?"

"제가 5년만 일찍 태어났어도⋯⋯ 젠장."

하인리 왕자는 마치 내가 어떤 말을 듣고 왔는지 아는 것처럼,

씩씩거리며 입술을 악물었다. 지나칠 정도로 마음 아파하는 모습에 오히려 보는 내가 의아할 지경이었다.

난 어떤 일이 있었다는 말도 안 했는데. 하인리 왕자는 지금 무슨 소리를 하는 거지? 의아해서 바라보자 그가 잠시 머뭇거리다 물었다.

"제 위로가 불편하다면, 퀸을 보내드릴까요?"

나는 얼른 고개를 끄덕였다. 하인리 왕자를 끌어안고 마음을 진정시킬 수는 없지만, 퀸이라면 괜찮았다. 그 작은 존재가— 물론 퀸은 커다란 새이지만— 전해주는 온기가 부쩍 그리워졌다.

"네. 퀸은 지금 어디 있나요?"

"제가 방에 가서 날려드리겠습니다."

"함께 봐도 괜찮아요. 퀸에 대해 여러 가지 묻고 싶은 것도 있고……."

"!"

왜 저러지?

하인리 왕자는 지나칠 정도로 놀란 표정이었다. 그의 보라색 눈동자가 사방으로 흔들렸다.

"하인리 왕자?"

"그게……. 지금 퀸이 좀 바빠서. 아니, 퀸이 쑥스러움이 많습니다. 둘이 같이 보면 부끄러워할 텐데요."

"예?"

시녀들 틈에서도 잘 노는 퀸이? 떨떠름한 기분에 그를 빤히 쳐다보자, 하인리 왕자는 얼굴이 붉어졌다. 왜 저러는지는 모르겠지만 나와 함께 퀸을 보고 싶진 않은 모양이었다.

아…… 하긴. 하인리 왕자가 내 방에 오거나 내가 하인리 왕자 방에 가는 것도 좀 그러려나. 그렇다고 퀸을 데려다가 밤의 정원에서 둘이 노는 것도 곤란할 테고.

"내가 무리한 요구를 했군요."

우리는 사람들 앞에서는 친한 척하지 않기로 했으니까. 하인리 왕자는 끙 소리를 내며 이마를 짚었다.

"그런 게 아닌데……. 헌데 퀸에 대해 무엇을 물어보려 하십니까?"

"좋아하는……."

"황후 폐하요."

"네?"

"퀸은 황후 폐하를 좋아합니다."

"……."

왜 저렇게 얼굴이 새빨갈까? 부끄러워하는 것 같은데. 새를 사람처럼 표현하는 게 유치하다 여기는 걸까? 귀여운 모습에 웃음이 나왔지만, 내가 물어보려 한 건 그게 아니었다.

"고맙다고 전해주세요."

"……네. 꼭."

"그리고 퀸이 좋아하는 음식에 대해 알고 싶어요."

"아…… 음식."

"방에 올 때 보통 물을 챙겨주는데, 그래도 먹을 것도 주고 싶어서요."

"퀸은 황후 폐하께서 주는 건 모두 다 좋아할 겁니다."

지나치게 하인리 왕자 입장에서 해석하는 게 아닐까 싶은 대답이었다.

"그래도 좀 더 좋아하는 음식이 있을 것 같은데."

"아닙니다. 퀸은 착한 새여서 무엇이든 잘 먹는답니다."

하인리 왕자는 대답하자마자 갑자기 입술을 악물고서 고개를 옆으로 돌렸다. 턱에 힘이 잔뜩 들어간 걸 보니 웃음을 참는 눈치였다.

……퀸이 편식이 심한가? 장난친다고 일부러 저렇게 대답하는 건가? 의심스러웠지만 하인리 왕자가 퀸을 보내겠다며 사라지는 바람에 더 캐묻지는 못했다.

방으로 돌아오자마자, 퀸이 날아오면 바로 들어올 수 있도록 창문을 활짝 열어두었다. 처음 하인리 왕자가 퀸에 관한 이야기를 꺼냈을 때는 그냥 그 따끈한 새를 꼭 끌어안고 싶었다. 하지만 먹을거리 이야기가 나온 김에, 퀸에게 맛있는 음식도 좀 주고 싶었다. 내 욕심만 채울 수는 없으니까.

나는 황궁 근위기사단 부단장인 아르티나 경에게 상담했다.

"새들은 보통 무얼 좋아하나요, 아르티나 경?"

아무래도 근위기사단에서는 전용 전서구들을 기르니까, 아르티나 경이 나보다는 새에 대한 지식이 많을 것 같았다. 예상대로 아르티나 경은 망설임 없이 대답했다.

"새들은 벌레를 좋아합니다."

"벌레요?"

"애벌레나 모기, 나방 같은……."

"!"

"왜 그러십니까?"

곤란한데…….

"퀸에게 좋아할 만한 음식을 줄까 싶어서요."

근위기사단 부단장이라고는 하지만 아르티나 경은 내 호위를 맡고 있었으므로, 나와 함께 있는 경우가 많았다. 당연히 아르티나 경도 퀸에 대해 알고 있었다.

"아. 그 새라면 덩치가 좋으니까 큰 벌레가 좋겠군요."

벌레 이야기에 내가 쉽게 대답하지 못하자, 아르티나 경은 가볍게 웃고서 제안했다.

"전서구들에게 주기 위해 모아둔 애벌레들이 있습니다. 그걸 좀 가져다 드리겠습니다."

"괜찮겠나요?"

"접시째 줘도 퀸은 알아서 먹을 겁니다. 자기가 구한 먹이가 아니라 의심스러워한다면 핀셋으로 집어서 주어도 좋구요."

핀셋으로 애벌레를 집는 상상조차 하기 싫었지만, 일단 그러겠다고 대답했다. 하인리 왕자에게 퀸을 챙기겠다고 큰소리를 떵떵 친 주제에 벌레가 무섭다고 물러날 수는 없었다.

잠시 기다리자 아르티나 경은 나무로 된 접시를 가져와 탁상 위에 내려놓았다. 그 안에는 보기만 해도 끔찍한 오동통한 애벌레가 가득했다.

"괜찮으시겠습니까?"

억지로 태연한 척 고개를 끄덕였지만, 아르티나 경이 나가자마자 나는 벌레에게서 당장 멀리 떨어졌다. 당장에라도 접시에서 애벌레들이 기어 나올까 봐 겁이 났다.

'저걸 퀸이 먹는다니……'

침대에 쪼그리고 있다가 벌레가 접시에서 나왔나 확인하기를 대여섯 번쯤. 마침내 기다리던 퀸이 들어왔다. 창틀에 앉는 대신, 퀸은 열려 있는 창문으로 한 번에 우아하게 날아 들어와서는 유려하게 방을 한 바퀴 뽐내며 날았다.

'뽐내며 날았다'고 생각한 건 정말로 퀸이 기세등등해 보였기 때문이다. 멋들어지게 날면서도 동그란 눈으로 나를 힐끔거리는 모습이, '나 보고 있어?' 하고 확인하는 것 같았다.

짧은 비행을 끝낸 퀸은 얼른 내 무릎 옆으로 와 착 앉았다. 등과 목덜미를 쓸어주자 구구구 하는 소리를 내며 꼬리까지 흔들었다.

"우리 퀸은 정말 멋지구나."

칭찬해주자 퀸은 어깨를 으쓱하더니 한쪽 날개를 번쩍 들어 올렸다. 그 사랑스러운 모습을 보자, 좀 무섭긴 했지만 벌레를 준비하길 잘했단 생각이 들었다. 다시 한 번 등줄기를 쓸어주고서 나는 퀸을 안아 들었다.

"퀸에게 주고 싶어서 먹을 걸 준비했어."

— 구?

"네 주인은 네가 아무거나 잘 먹는다던데……."

— 구!

"내 생각엔 거짓말 같아."

— …….

"그래서 너처럼 커다랗고 멋진 새들이 보편적으로 좋아하는 음식으로 준비했어."

퀸도 기대가 되는지 연신 춤을 추듯 머리를 까딱거렸다. 움찔거리는 퀸을 다시 고쳐 안고서 나는 탁상 앞으로 다가갔다.

"자. 벌레야, 퀸."

다행히 애벌레들은 여전히 그릇 위에 있었다. 나는 퀸을 그릇 앞에 내려놓았다.

— !

하지만 퀸은 흠칫하며 뒷걸음질 칠 뿐 먹으려 들지 않았다. 커다란 보라색 눈이 빠르게 흔들리는 게, 무척 당황한 것처럼 보이기도 했다.

아르티나 경이, 이렇게 먹이를 주면 자기가 구한 먹이가 아닌지라 의심스러워서 안 먹을 수도 있다고 그랬지.

나는 퀸의 등을 쓸어주고서 준비해두었던 핀셋으로 애벌레를 집었다. 혼자 있을 때는 근처에 오기도 싫었지만, 퀸을 위해서라 생각하니 제법 용기가 났다. 몸의 솜털이 다 솟는 기분은 여전했지만.

“자, 퀸. 맘마 먹자.”

그러나 퀸은 뒤로 폴짝 물러날 뿐 여전히 먹으려 들지 않았다.

“퀸. 먹어봐. 괜찮아.”

결국, 손을 빠르게 움직여 퀸의 바로 앞에 벌레를 가져갔는데, 축 늘어져 있던 애벌레가 갑자기 크게 꿈틀했다.

그 순간. 핀셋에서 빠져나간 애벌레가 퀸의 머리 위에 툭 떨어졌고,

— 구우우우우우!

퀸은 비명 같은 소리를 내지르며 날아올랐다.

“퀸?”

놀라서 새를 잡으려 했지만, 퀸은 미친 듯한 속도로 온몸을 털어대고 있었다. 날 정신도 없는지 두 발로 팔딱거리던 퀸은 결국 애벌레를 붙인 채 창문 밖으로 날아가버렸고, 나는 멍하니 멀어지는 퀸의 꽁지를 쳐다보았다.

혹시 먹으면 안 되는 종류의 벌레였을까? 아르티나 경의 전서구가 먹는 벌레이니 괜찮은 줄 알았는데. 종이 다르면 새 먹이도 다른 거였나?

밤새도록 퀸이 걱정되어 결국 제대로 자지 못했다. 그나마 다행인 건 그 덕에 소비에슈에게 받은 상처를 잠시 덮어둘 수 있단 것이었다. 중간중간 소비에슈의 오해와 그의 눈빛이 떠올라 마음이

아파졌지만, 그럴 때마다 곧 퀸의 비명이 생각나며 소비에슈를 뒤로 밀어냈다.

결국, 다음 날. 나는 아침 식사를 하자마자 방을 나섰다. 남궁으로 가볼 생각이었다. 하인리 왕자의 방으로 직접 찾아갈 수는 없지만, 그와 남궁에 가면 부딪칠 확률이 높겠지.

'퀸이 어제 제대로 들어왔는지 물어봐야겠어.'

그러나 서궁을 나서자마자 바로 하인리 왕자를 발견할 수 있었다. 그는 갈림길의 회랑 기둥에 기대어 선 채 서궁 쪽을 쳐다보고 있었다.

"하인리 왕자."

잘되었다 싶어 얼른 다가가자, 하인리 왕자가 인사를 생략하고 말했다.

"어제 제가 대답을 잘못했습니다. 퀸은 생식은 절대로 하지 않습니다."

"그렇다면 익힌 벌레를……."

"먹지 않아요. 벌레 종류는 아예 안 먹습니다."

라스타는 여러 가지로 복합적인 감정에 잠겨 있었다. 소비에슈가 그녀를 감싸준 일에 대해서는 고마웠다. 물론 소비에슈는 처음부터 그녀가 도망 노예라는 걸 알고 있었지만, 그게 모두에게 공개된 후에도 감싸주는 데에는 감동하지 않을 수 없었다.

달콤하게 사랑을 속삭이다가도 내키지 않을 때면 신분을 방패로 내세우며 떠나버리는 남자들이 얼마나 많았던가. 아이러니하게도 가장 높은 신분의 소비에슈만이 그러지 않았다.

하지만 동시에 두려움이 닥쳤다. 지긋지긋하게 발목을 잡고 매달려 오는 신분의 족쇄를 간신히 떨쳤는데. 이제 드디어 사람들이 '노예'가 아니라 '라스타'로 자신을 봐주기 시작했는데.

로테슈 자작으로 인해 그 꿈같던 시간이 다 피지도 못한 채 사그라질 판이였다. 소비에슈가 그녀를 사랑하니 정부에서 내치지는 않을 것이다. 하지만 그녀의 한 마디 한 마디를 귀담아듣고 웃어주던 사람들은? 그들은 어떻게 될까.

라스타는 무서워졌다. 진실이 밝혀진 후 아직 사람들을 만나보진 못했는데. 이전까지 웃어주던 이들이 갑자기 자신을 배척할까 걱정되었다. 손안에 알알이 끼워진 호박 반지를 어루만지면서도 마음은 쉬이 가라앉지 않았다.

'아니야. 노예 출신이라고 해도 지금은 명실상부한 황제의 정부잖아. 이전과 같지는 않을 거야⋯⋯.'

소비에슈가 직접 솜과 디자인, 천까지 골라 만들어준 폭신한 인형을 끌어안은 채 라스타는 불안해지는 마음을 다잡았다.

그때였다.

베르디 자작 부인이 들어와서는 불안한 목소리로 물었다.

"라스타 양. 로테슈 자작이 찾아왔는데⋯⋯ 어쩔까요?"

"영주님이요?"

라스타는 얼결에 예전과 같은 지칭을 사용했다가, 베르디 자작 부인의 표정이 흠칫하자 화들짝 놀라 입을 다물었다. 베르디 자작 부인은 여전히 상냥하게 웃고 있었지만, 라스타는 그녀가 속으로 자신을 비웃을 게 분명하다고 생각했다.

로테슈 자작과 자신의 관계를 알면 이런 말을 하지조차 말아야지. 눈치껏 들어오지 못하게 하는 게 아랫사람의 역할 아닌가?

여전히 황후의 밑에 있었더라면 그렇게 행동했을 게 분명했다. 라스타는 입술을 잘근잘근 물었다. 이럴 줄 알았더라면 황제의 방에 계속 누워서 아프다고 할걸. 혼자 생각을 정리하고 싶어서 방으로 돌아온 게 실책이었다.

아니, 아니다. 애초에 황제가 자작을 멀쩡히 돌아다니게 한 게 문제였다. 왜 황제는 로테슈 자작을 쫓아내지 못했을까? 왜 황제는 로테슈 자작을 죽여버리거나 감옥에 가두지 않았을까? 황제는 무엇이든 할 수 있는 사람이 아닌가?

"돌아가라고 해요."

울음을 참으며 라스타가 명령했지만, 베르디 자작 부인은 여전히 머뭇거렸다.

"돌아가라고 해요!"

라스타는 단호하게 소리쳤다. 하지만 베르디 자작 부인은 여전히 돌아가지 않았다. 역시 날 무시하는 게 확실하다고, 라스타가 분노에 차 호통치려는 찰나. 베르디 자작 부인이 기어 들어가는 목소리로 말했다.

"그게…… 들여보내주지 않는다면 후회할 일이 생길 건데 괜찮냐고……."

"그 남자가 그렇게 말했어요?"

"예."

분노가 용기를 주었다. 라스타는 이를 갈며 말했다.

"들어와보라고 해요. 어디 그 뻔뻔한 낯짝 좀 봐야겠어요."

시원하게 욕이라도 한 사발 해줄 참이었다. 하지만 히죽히죽 웃
으며 로테슈 자작이 들어오고, 늘 두렵기만 하던 그와 마주하자 라
스타는 쉽게 욕을 뱉지 못했다.

"레이디 라스타. 축하드립니다. 폐하의 정부가 되셨다고."

베르디 자작 부인은 라스타와 로테슈 자작을 번갈아 쳐다보다
가, 라스타가 매섭게 노려보자 얼른 밖으로 나갔다.

라스타는 로테슈 자작을 쏘아보았다. 로테슈 자작은 푸히히 웃
으며 멋대로 빈 의자를 끌어다 앉았다. 마치 제 방에라도 온 것처
럼 주위를 둘러본 로테슈 자작은 "좋네. 아주 좋아." 하고 흡족하게
중얼거리고서 실실 쪼갰다.

"왜 여기에 온 거죠?"

라스타는 황후의 말투를 흉내 내어서 단호하게 물었다. 자신의
사랑스러운 말투는 사람들과 친해지기에는 좋으나 위엄을 주기 부
족하단 걸 알기에 한 행동이었다. 로테슈 자작은 낄낄 웃음을 터트
렸다.

"제법 귀부인 티가 나는구나, 라스타."

"함부로 부르지 마요. 라스타는 이제 당신이 함부로 부를 사람이
아니에요."

"시한부로는 그렇겠지."

"시한부?"

"황제의 정부들 수명이 몇 년인지 모르더냐?"

"!"

로테슈 자작이 빈정거리는 말에 라스타는 입술을 꽉 깨물었다. 로테슈 자작은 손가락으로 탁자를 툭툭 경박스럽게 두드리면서 거기에 맞춰 혼자 목을 까딱거리다가, 라스타의 손목에 찬 팔찌를 발견하고는 물었다.

"키야. 그것 참 대단하군. 진짜 호박으로 만든 건가? 응? 한번 쥐봐라."

라스타는 손을 휙 뒤로 감추었다. 로테슈 자작은 잠시 미간을 찡그렸으나 더 달라 조르는 대신 비실비실 웃으면서 말했다.

"그렇게 적대적으로 굴지 마라, 라스타. 폐하께서는 내게 널 도망 노예라 말했던 걸 정정하라 명령하셨어. 난 이제 사람 얼굴조차 못 알아보는 등신 취급을 받게 생겼다고. 네 비밀이 밝혀질지 아닐지는 내 입에 달렸단 말이다. 고맙다고 금이니 은이니 바쳐도 모자랄 판에…… 응?"

라스타는 차갑게 소리쳤다.

"그러면 처음부터 그따위로 말하지 말았어야지요! 뻔뻔스러워! 내가 도망 노예라는 걸 숨겨주는 것도 폐하께서 명령하니까 할 뿐이지, 날 위해서 하는 게 아니잖아요."

로테슈 자작의 입가에 히죽 음흉한 미소가 드러났다.

"그래도 왜, 네가 버리고 간 아기 이야기는 비밀로 해주었지 않느냐."

라스타의 얼굴이 창백해졌다.

"아기……?"

이윽고 그 얼굴은 분노로 새빨갛게 달아올랐다. 라스타는 주먹을 꽉 쥐었다. 하얗던 눈에 붉게 핏대가 섰다.

"어디서 거짓말이야! 내 아기는 당신이 죽여버렸잖아!"

라스타는 머리카락 한 올 한 올까지 분노로 가득 차 외쳤다. 아기를 가져다 버리라고 하던 목소리가 아직도 귀에 생생한데. 이렇게 태연하게 아기 이야기를 하는 그가 견딜 수 없이 증오스러웠다.

뒤늦게야 라스타는 베르디 자작 부인이 혹시라도 소리를 들을까 봐 입을 다물었다. 로테슈 자작은 눈을 과장될 정도로 둥그렇게 뜨고서 "내가?" 하고 되물었다.

라스타는 씩씩거리며 일어났다.

"아기 존재를 가지고 날 협박할 참인가 본데, 내가 아니라고 부정하면 끝이야. 있지도 않은 아기로 협박할 수는 없단 걸 몰라?"

그러나 로테슈 자작은 태연하게 웃음을 터트렸다.

"죽다니…… 무슨 소리냐, 라스타."

보통의 웃음소리였으나, 라스타는 그 웃음소리에서 불길한 느낌을 받았다. 흠칫한 라스타를 향해 로테슈 자작이 돌연 표정을 싹 굳히며 조롱조로 말했다.

"천한 피를 나눠 받았지만 그래도 내 손자인데, 설마 내 손으로 죽일 리가 있나."

"그……럴 리가 없어! 내 눈으로 분명 아기 시체를 봤는데……!"

"못 믿겠으면 어디, 한번 데려와주랴?"

죽은 아기를 데려오겠다고 말하는 로테슈 자작은 당당했다. 그럴 리 없다고, 죽은 게 확실하다고 생각하면서도 라스타는 마음이 흔들렸다. 저 뻔뻔하고 당당한 태도가 걸렸다.

"그리고 라스타 이것아, 잘 생각해봐라. 널 도망 노예라 했던 내가 이대로 도망치듯 사라지면 사람들이 뭐라고 생각할까? 폐하께서 네 약점을 감추려고 날 쫓아냈다 생각하지 않겠니?"

사람을 깔아뭉개듯 하던 로테슈 자작의 목소리가 돌연 감칠맛 나게 변했다. 라스타는 침을 꿀꺽 삼켰다.

"게다가 황궁 생활을 하려면 깨끗하게만 살 수도 없어. 남몰래 해야 할 이런저런 일들이 있을 텐데, 네 비밀을 모르는 이들에게 어떻게 그런 걸 맡기려고?"

"그게 무슨 말이지?"

"바보 같은 것아, 날 적대적으로만 볼 게 아니라 다른 쪽으로 생각해보란 말이다. 나는 너에 대해 모든 걸 알아. 달리 말하면 완벽하게 네 손과 귀가 되어줄 수 있단 거지."

"당신 같은 측근은 필요 없어!"

로테슈 자작이 쯔쯔쯔쯔 혀를 찼다.

"아무리 잘 치장하고 흉내 내도 네가 갑자기 귀족 아가씨가 되는 건 아니다, 라스타. 물론 먼 시간이 흐른 후에는 과거를 홀홀 털어내고 거리감 없이 귀족들과 어울릴 수도 있게 되겠지. 하지만 과연 그때가 되어도 네가 폐하의 사랑을 한 몸에 받는 정부일까?"

라스타의 시선이 흔들렸다.

"폐하께서는 라스타만 사랑한다고 했어."

"그럴 수도 있지. 하지만 아닐 수도 있어. 뭐, 내 입으로 이런 말 하긴 뭐하다만. 내 아들을 보면 알지 않겠니?"

라스타는 입술을 악물었다. 그건 정말이었다. 그토록 끊임없이 사랑을 속삭이고 맹세하던 자작의 아들은 라스타의 출산일이 다가오면서부터 변해가기 시작했다. 로테슈 자작의 반대가 끈질기고 완강하자 점점 지쳐가는 듯 보였다.

아기가 죽은 후, 라스타가 함께 도망치자고 했을 때. 결국, 자작의 아들은 라스타에게 말했다. 라스타를 사랑하지만, 라스타를 위해 자기 인생을 바꾸고 싶진 않다고.

— 네가 수렁에 들어가 있다 생각했다. 내가 널 구해내고 싶다고 생각했어. 하지만 아니더라. 네가 수렁이야. 나는 널 건져낼 수 없어. 나는 물론, 너와 나 사이에 태어날 아기들까지 너에게 끌려 들어가 진창에 처박힐 거야.

그 비참했던 날. 라스타가 잃어버린 건 아기뿐만이 아니었다. 라스타는 주먹을 꽉 쥐었다. 깊이 파인 살자국에서 피가 스며 나오기 시작했다.

로테슈 자작은 거기서 멈추지 않고 칼 같은 혀로 라스타의 상처를 마구잡이로 헤집었다.

"네가 폐하께 사랑받으면 사랑받을수록 좋은 선례가 되겠지. 아름다운 외모를 타고났지만 가여운 처지에 있는 그 미인들이 너를 보며 희망을 품겠지. 수렁에서 벗어나기 위해 황제 폐하를 잡고 싶어 할 거다."

"그런⋯⋯."

"그뿐이겠니? 탐욕스러운 귀족들, 외국의 거상들, 정치적 결탁을 원하는 이들도 황제가 정부를 들일 수 있다는 걸 알게 되었으니 온갖 매력을 갖춘 여인들을 황제에게 보내려 할 거다. 개중에는 신분과 학식까지 갖춘 사람들도 있겠지."

"⋯⋯."

"넌 황후가 아니다, 라스타. 황제의 사랑을 잃어버리면 넌 다시 노예로 돌아가는 거야."

"그런 거라면⋯⋯ 그런 거라면 당신이 날 돕든 아니든 소용없잖아?"

"아니지. 정부가 되는 것과 총애를 유지하는 건 네 능력이지만, 주위에 다른 정부가 오지 못하게, 오더라도 오래가지 못하게 치워주는 건 내가 해줄 수 있는 일이란다."

"무슨 수로?"

"우선 네가 날 끌어줘야지, 라스타."

로테슈 자작은 허리를 약간 굽히며 목소리를 속삭이듯 낮추었다.

"네가 나와 우리 가문을 중앙으로 올 수 있게 도와준다면 내가 네 친정 부모 역할을 해주마. 어차피 네 아들은 내 손자이니, 내가 잘되는 게 네 아들에게도 좋은 일 아니더냐."

로테슈 자작의 말은 그럴듯하게 들렸지만, 말하는 이가 로테슈 자작이기에 믿을 수 없었다. 천한 노예는 며느리로 받아들일 수 없다던 인간이 친정 부모 노릇을 해? 개가 웃고 지나갈 일이었다. 저

건 그저 눌어붙어 있을 핑계일 뿐. 도와준다는 명목하에 옆에 달라붙어 단물을 빨아먹을 속셈이 분명했다. 라스타의 표정이 영 펴지지 않자 로테슈 자작이 킬킬 웃으며 말했다.

"내 말을 안 믿는 모양이구나. 하지만 뭐. 보면 너도 한눈에 알거다. 네 아들은 도장처럼 널 쏙 빼닮았거든."

라스타는 아무 말도 없이 완전히 고장 난 것처럼 멈춰버렸다. 로테슈 자작은 그녀를 빤히 바라보다가 만족스럽게 웃으며 일어섰다.

"잘 생각해보거라. 나는 폐하께서 명령하신 대로, 사람 하나 못알아보는 멍청이 흉내를 내고 있을 테니."

신년제가 끝난 지도 3일이 되었고 대다수 귀빈이 집으로 돌아갔다. 하지만 모두가 돌아간 건 아니어서, 개중에는 좀 더 머무르기를 청한 손님들이 있었다. 하인리 왕자 역시 남아 있기를 원한 쪽이었다.

나는 손님들의 비서며 시종, 기사들이 전해 온 예상 체류 날짜를 점검하고 기입하다가, 하인리 왕자가 체류 날짜가 '미정'으로 표시된 걸 보고서 반사적으로 웃고 말았다. 퀸은 생식하지 않는다고 바락바락 우기고 간 모습이 떠올랐다. 나중에 조류학자를 찾아가서 생식하지 않는 새가 있는지 물어보니, 학자가 한 말도 기억난다.

"생식을 안 하는 새가 있다고요? 새가 고기라도 익혀 먹는단 말인가요? 그런 새가 있다면 학계가 뒤집힐 겁니다, 황후 폐하."

어쩌면 하인리 왕자는 직접 퀸의 먹이를 챙기는 게 아닐지도 몰랐다.

'하지만 퀸이 벌레를 싫어하는 것 같기는 했어.'

혹시 퀸에게 먹이를 주는 담당이 벌레를 썰어서 주나? 그렇다면 퀸이 생벌레를 보고 놀라는 것도 당연했다. 다음에는 나도 그렇게 주어야지.

때마침 일을 마치고 돌아가는 길에 하인리 왕자와 마주쳤기에, 나는 같이 산책하며 이 사실을 왕자에게 알려주었다. 혹시 내가 퀸에게 이상한 음식을 먹이려 한 거라고 하인리가 오해할까 봐, 이를 정정하고 싶어서였다.

"아아⋯⋯."

그러나 내 설명에도 불구하고 하인리 왕자는 이상한 소리를 내며 끙끙거렸다.

"왕자? 괜찮나요?"

"제발⋯⋯ 그냥 물만 주시면 안 될까요?"

"조류학자가⋯⋯."

"동대제국의 새와 서왕국의 새는 기질이 다릅니다. 서왕국의 새는 음식을 익혀 먹어요."

"⋯⋯."

내가 저 말을 믿을 거라 생각하나? 떨떠름하게 쳐다보자 하인리 왕자가 애원조로 말했다.

"그냥 머리를 쓰다듬어주시면 됩니다. 그거면 충분해요."

혹시 하인리 왕자는 다른 사람이 퀸에게 먹이 주는 걸 싫어하는 걸까? 주인이 주는 음식 외에는 먹지 않도록 훈련시키는 개가 있다고 들었다. 새도 그럴 수 있지. 만약 그런 거라면 내가 실례를 하는지도 모르겠다 싶어서, 나는 웃으면서 고개를 끄덕였다. 하인리 왕자의 표정은 그걸로도 풀어지지 않았지만.

"미안해요."

"괜찮아요. 퀸이 뭘 먹는 모습도 귀엽겠지만, 그 자체로도 귀여우니까요."

"그게 아니라…… 하여튼 미안합니다."

한숨을 내쉰 하인리 왕자가 연한 금발을 뒤로 넘기며 살짝 인상을 찌그렸다.

"그냥. 여러모로 제약이 많습니다."

"?"

"그보다, 얼마 안 있으면 퀸의 생일이시죠?"

"퀸이 생일인가요?"

혼자 빵 터진 하인리 왕자는 배를 잡고 웃다가 말을 정정했다.

"황후 폐하의 생일이시지요?"

"알고 있었나요?"

나는 어색하게 웃으며 물었다.

보통 황제와 황후의 생일은 성대하게 연회를 열지만, 내 경우는 신년제와 너무 날이 가까웠다. 성대한 파티를 연달아 여는 건 국민에게 방탕하다는 이미지를 주어 여론을 나쁘게 할 수 있는 데다, 귀족들에게 부담이 된다. 이 때문에 황태자비 시절부터 내 생일은 가족, 지인들끼리만 모여서 식사하는 게 끝이었다. 외국 귀빈들의 방문도 없었기에 당연히 하인리 왕자도 모를 줄 알았는데.

어색하게 웃자 하인리 왕자는 웃어대던 걸 멈추고 미소하며 말했다.

"날짜는 아는데, 뭘 가지고 싶으신지는 아직 모르겠습니다."

"선물을 주려구요?"

"전 폐하의 가장 절친한 친구니까요. 그날 같이 생일을 보내고 싶어서 남은 건데. 모르셨습니까?"

"!"

그때였다. 어딘가에서 바스락 소리가 들려왔다. 나는 대답 대신 소리가 난 쪽을 쳐다보았다. 나타난 사람은 소비에슈였다. 혼자서 산책하던 중이었는지 웬일로 뒤를 따르는 수행원들이 없었고, 근위기사단장 한 명만을 데리고 있었다. 소비에슈의 시선이 나와 하인리 왕자를 차례로 훑었다.

"……황후."

그가 무거운 목소리로 나를 한 번 부르고서 미간을 찡그렸다.

"저자와 함께 있었소?"

아직 소비에슈에 대한 감정이 풀리지 않은 상태인지라 대답하고 싶지 않았다.

"네."

저절로 대답이 짧아졌다. 소비에슈의 이마에 골이 더욱 깊어졌다.

"하인리 왕자. 언제까지 여기에 머무를 셈이지?"

소비에슈는 이번에는 하인리 왕자에게 질문했다. 하인리 왕자는 며칠 전에 소비에슈와 대거리를 했으면서도 퍽 태연하게 웃으며 대답했다.

"우선은 2주에서 3주가량을 생각하고 있습니다."

"너무 자리를 오래 비워두는 거 아닌가? 서왕의 건강이 그리 좋지 않다 알고 있는데. 왕자가 곁에서 자리를 지켜주는 게 좋지 않을까."

소비에슈는 삐딱하게 지적하고서 하인리 왕자를 탐탁지 않다는 시선으로 쳐다보았다. 라스타의 일로 하인리 왕자에게 불만이 상당히 쌓인 태도였다. 하지만 소비에슈의 말 자체는 틀린 말이 아니었다.

"염려해주셔서 감사합니다."

하인리 왕자는 웃는 걸로 간단하게 대응하고서 거기에 대해 별말을 더하지 않았다. 모두가 침묵하는 바람에 잠시 어색해졌다.

"먼저 가겠습니다, 폐하."

어차피 더 있어봐야 서로서로 기분만 상할 뿐인지라, 나는 소비에슈에게 먼저 작별을 고했다. 그러나 소비에슈는 더욱 기분이 상한 목소리로 나를 불렀다.

"황후."

쳐다보자 그가 미간을 찌푸린 채 나를 쳐다보고 있었다. 저 표정…… 하인리 왕자 앞에서까지 날 모욕하고 싶기라도 한 건가. 그간의 경험 탓에 소비에슈의 표정을 보자마자 그런 생각부터 들었다. 다행인지 불행인지, 소비에슈는 하인리 왕자에게 먼저 부탁했다.

"황후와 둘이서 할 얘기이니, 하인리 왕자는 계속 가던 길을 가는 게 낫겠군."

"저는 황후 폐하와 산책하던 중이었습니다, 황제 폐하."

"황후는 나와 할 얘기가 있다 하였네, 하인리 왕자."

딱 잘라 하인리 왕자를 밀어낸 소비에슈는 내게 잠시 걷자는 신
호를 보내며 팔을 내밀었다. 에스코트하겠다는 것이다.

하인리 왕자를 쳐다보자 그가 입술을 꽉 다문 채 나를 응시하고
있었다. 내가 소비에슈를 따라가지 않았으면, 하는 눈치였다. 커다
란 골든레트리버가 끙끙거리는 모양새에 괜히 미안한 마음이 들
었다.

쉽게 소비에슈에게로 손이 올라가지 않았다. 그러나 소비에슈는
하인리 왕자의 노골적인 표정에 또다시 한소리를 했다.

"왜 황후를 그렇게 처량하게 쳐다보는 거지?"

소비에슈가 보기에도 불쌍해 보이긴 하나 보다.

"황후 폐하께서 절 안내해주고 계셨는데, 황제 폐하께서 제 안내
자를 뺏어 가려 하시니까요."

"황후는 왕자의 안내자가 아니라 내 아내이다."

소비에슈는 딱 잘라 말하고서 자신이 직접 내 어깨를 감싸 앞으
로 떠밀었다. 어차피 그가 부르는 이상 거부할 방법은 없었다. 나
는 한숨을 내쉬고서 소비에슈의 걸음걸이에 맞춰 걸어갔다. 완전
히 하인리 왕자가 보이지 않는 구간까지 와서야 소비에슈는 내 어
깨에서 팔을 내리며 물었다.

"왜 황후가 저 바람둥이의 안내자 노릇을 해주던 거지?"

"일을 마치고 나오던 도중 마주쳤습니다."

"앞으로는 다른 사람에게 시키시오. 황궁 안에 사람이 몇인데 황후가 안내를 해주어야 한단 말이오?"

"하인리 왕자는 강대국의 왕위 계승권자예요. 서왕국이 칭제하진 않았다지만 이미 동대제국과 대등할 만큼의 부와 군사력을 갖추었다는 건 모두가 아는 사실이잖아요? 굳이 사이가 나쁜 길을 갈 필요는 없지요."

소비에슈는 눈짓으로 근위기사단장에게 자리를 물리란 신호를 보냈다. 근위기사단장이 인사를 한 후 멀리 물러나자 분위기는 더욱 어색해졌다.

그는 기둥에 팔을 댄 채 나를 뚫어져라 응시했다. 불만에 가득 찬 시선이었다. 라스타와 사이가 나쁜 하인리 왕자를 내가 챙겨주는 게 싫다는 거겠지.

"솔직히 말하자면, 황후가 하인리 왕자를 챙겨주지 않았으면 싶은데."

역시나. 기막힐 정도로 노골적인 경계였다. 말없이 미소하고만 있자 소비에슈가 다시 한 번 강조해 말했다.

"얼굴도 반반한 데다 앞에서는 살살 꼬리 치는 개처럼 구니 귀엽겠지. 하지만 어울려봐야 추문 외에는 날 게 없는 자요."

"추문이라니요?"

"다른 영애나 귀부인들이야, 바람둥이와 어울린다 한들 '연애하고 있구나'라고 다들 생각하고 말겠지. 하지만 황후는 동대제국을 대표하는 여성이자 이 나라에서 가장 존귀한 사람이잖소. 저런 서왕국 바람둥이에게 휘둘린다면 황실의 체면이 뭐가 되겠소?"

"일반적인 친분을 교류한다고 해서 체면이 상하진 않습니다. 다른 귀족들에게 보이는 만큼의 우정조차 보이지 않는다면, 오히려 서왕국에서는 기분 나빠하겠지요."

"끝까지 내 말은 듣질 않는군."

"라스타 양 때문에 이러시는 거라면……."

"누가 라스타 때문이라오? 여기서 라스타 이름은 왜 나오는 거요?"

그야 당신이 하인리 왕자를 싫어하게 된 계기는 라스타니까.

너도 알고 나도 아는 걸 왜 모르는 척하나 싶어 빤히 쳐다보자, 소비에슈는 불만스러운 표정으로 한숨을 내쉬었다.

"황후는 정말 라스타를 싫어하는군."

"폐하께서 하인리 왕자를 배척하는 게 라스타 양 때문이니까, 그 이름을 말했을 뿐입니다."

"아니지. 황후가 라스타를 싫어하니 온갖 일에 라스타를 방패막이로 삼는 거겠지."

지쳤다. 대꾸하기도 힘들었다.

"계속 말해봐야 도돌이표일 테니 그만 가겠어요."

"라스타에 대한 이야기가 나왔으니 하는 말인데……."

나는 몇 걸음 떨어지다가 멈춰 섰다. 힐긋 돌아보자 소비에슈가 큰 헛기침을 하며 기어 들어가는 목소리를 냈다.

"전에는. 내가 말이 심했소."

"무얼 말하는 건가요?"

"사흘 전에."

"……."

"로테슈 자작이 나타난 건 황후를 탓할 일이 아니었는데. ……그
땐 화가 나서 제대로 생각할 수 없었소. 미안하오."

"그래요……."

소비에슈는 어색하게 나를 쳐다보다 땅을 쳐다보기를 반복했다.
그나마 완전히 정신을 놓은 건 아닌 듯했다.

'라스타에 관한 일에는 이성을 잃지만, 3일 정도 지나면 약간은
제정신으로 돌아온다는 건가?'

앞으로는 라스타에게 무슨 일이 있으면 3일간은 소비에슈 근처
에도 가지 않아야 하나, 자조적인 생각부터 들었다.

나는 그를 향해 살짝 미소 지으며 고개를 끄덕인 후 다시 돌아
섰다.

"황후."

그러나 소비에슈가 다시 한 번 나를 불렀다. 돌아보자, 그가 머
뭇거리면서 다가와 물었다.

"생각해보니 곧 황후의 생일이지 않소. 요즘 우리 사이가 소원하
기도 했고…… 화해도 할 겸 둘이서 별궁으로 놀러 가면 어떨까 싶
은데. 황후는 어떻게 생각하시오?"

솔직한 마음으로는, 거기에 다녀온다고 우리 사이의 어색해진
분위기가 바로 풀릴지 회의적이었다. 하지만 여기서 거절하면 사

이가 더 나빠지리라는 건 분명했다.

"……."

이성적인 대답은 알고 있었다. 그러겠다고 대답해야 한다. 황제와 황후의 사이가 지금처럼 나쁜 건 여러모로 손해였다. 나는 부부 사이에 문제가 없다는 걸 귀족과 국민, 적국에 보여주어야 할 의무가 있었다. 소비에슈가 다른 여자를 사랑하더라도 황후로서 나는 그와 사이가 좋다는 걸 보여주어야 했다.

"황후?"

그러나 쉬이 대답이 나오지 않았다.

자존심이 상했다. 내 남편이 다른 여자를 사랑해서 공식적인 정부로 두었는데, 태연하게 굴어야 한다는 게 힘들었다. 소비에슈와 트러블이 있기 전에는 모른 척 넘어가면 되었지만, 지금은 그것도 아니지 않나. 눈치 좋은 사람들은 이미 나와 소비에슈가 라스타를 사이에 두고 언쟁을 벌인 걸 알 터였다.

"그래요."

나는 억지로 웃으면서 고개를 끄덕였다.

"기대되네요."

소비에슈는 내 대답을 듣고서야 웃으면서 다시 팔을 내밀었다.

"나온 김에 함께 산책하고 들어갈까?"

"그러지요."

우리는 잠시 말없이 걸어갔다. 작은 돌을 밟을 때마다 자박자박 소리가 났고, 바람은 시원했다. 예전에는 소비에슈와 이런 식으로 가끔 산책하는 게 좋았다. 굳이 말을 하지 않아도 편안하다고 생각했고, 소비에슈 역시 말했다. 나와 함께 지내는 게 자기는 가장 편하다고.

이젠 다 옛날 일이겠지…….

한숨이 흘러나오려는 걸 억지로 막느라 입을 다물고 있자니, 소비에슈가 돌연 물었다.

"황후, 혹시 카프멘 대공이 아직 황궁에 머무르는 걸 알고 있소?"

"물론입니다."

내가 관련 서류를 처리했으니 모를 리가. 그런데 카프멘 대공은 갑자기 왜? 의아해서 쳐다보자 소비에슈가 다시 설명했다.

"카프멘 대공이 말하길, 룁트에서 월대륙과 국교를 트고 싶어 한다는군."

아…… 그 일 때문에 여기에 남은 건가.

"관리들은 이게 이득이 될지 아닐지에 대해 여러모로 의견이 분분하오. 룁트가 있는 화대륙은 문화적으로는 이국적이고 매력적인 면이 많지. 하지만 우리 월대륙과 기후와 풍토가 완전히 다르지 않소? 게다가 서로에게 강한 영향력을 줄 수 없을 정도로 거리도 멀지."

"국가적 무역을 주도하는 게 오히려 국고를 낭비하는 일이 되겠군요."

"맞소. 그렇다 보니 여러 가지로 말이 많은데. 황후의 의견은 어떻소?"

"카프멘 대공이 졸업한 아카데미는 월월에 있지요. 자치구나 마찬가지라지만 월월은 명백히 동대제국의 영지입니다. 국교를 하게 될 때, 기후와 풍토가 다른 이유로 손해가 난다면 륍트 역시도 비슷한 정도로 손해를 보겠지요. 그런데도 동대제국에서 몇 년을 지낸 대공이 직접 국교에 대해 언급했다면, 그 점에 대해서 누구보다 실정을 잘 고려했을 거라 생각해요. 동대제국은 상대적으로 먼저 국교를 트기 유리한 입장이니, 이 기회를 놓칠 건 없습니다."

평소에도 소비에슈가 여러 안건에 내 의견을 묻는 일은 빈번했기에 자연스럽게 대답했다. 소비에슈는 동의한다는 듯 고개를 끄덕거렸다. 하지만 달리 답을 하지는 않고 잠시 생각에 잠겨 걸어가다 물었다.

"혹시 카프멘 대공과 따로 대화를 나눈 적이 있소?"

카프멘 대공. 내가 라스타에게 제대로 대응하지 못한다며 조롱했지. 그것도 대화라고 해야 하나?

"아주 잠시……."

일단 대화라고 치고서 대답하자, 소비에슈가 다시 말했다.

"카프멘 대공이, 만약 륍트와의 국교를 추진하게 된다면 황후 역시 그 일에 참여해주길 바란다더군."

"카프멘 대공이요?"

소비에슈는 나와 카프멘 대공이 무슨 대화를 나누었기에 그런 말이 나오나 궁금해하는 눈치였다. 하지만 나 역시 의아했다.

날 조롱해놓고서는 왜 굳이?

"일단 다음 회의에는 황후도 함께 참여하는 걸로 하지."

생일로 시작해 카프멘 대공으로 끝난 대화를 마친 후, 소비에슈는 동궁으로 돌아갔지만 나는 혼자서 좀 더 걸어 다녔다.

카프멘 대공에 대한 일이야 그렇다 쳐도, 생일을 생각하자 벌써부터 아득한 기분이었다. 솔직히…… 회의적이었다. 스무 명이 모이는 특별 연회에도 꼭 참석하고 싶어 하던 라스타가, 나와 소비에슈가 단둘만 별궁으로 떠나는 걸 순순히 지켜본다?

글쎄……. 둘이 아니라 셋이 가게 될 확률이 높았다. 그리고 나는 스트레스에 완전히 허덕거릴 테지.

그런데 한숨을 내쉬며 분수대 근처로 갔을 때였다. 그곳에 하인리 왕자가 있었다. 나는 놀라서 멈춰 섰다. 여기는 아까 하인리 왕자와 내가 헤어진 곳이었다. 산책하든 숙소로 돌아가든, 당연히 다른 곳으로 갔을 줄 알았는데. 아직까지 여기에 있었어?

"퀸."

하인리 왕자 역시 내 기척을 느꼈는지, 고개를 돌리며 웃었다.

"아직 안 간 건가요?"

나는 그의 근처로 다가갔다. 하인리 왕자는 분수대에 걸터앉은 채 한 손으로 물을 튀기며 놀고 있었다.

"음……. 사실대로 말해도 될까요?"

하인리 왕자는 물에서 손을 빼내며 나른하게 웃었다.

"실은, 퀸께서 다시 데리러 올 것 같아서 기다렸습니다."

"!"

"길을 잃어버리면 그 자리에서 기다려야 하잖아요."

"길을…… 모르나요?"

"아니, 그렇게 직관적으로 받아들이지는 마시고."

가볍게 웃는 그에게 손수건을 꺼내 내밀었다. 하인리 왕자는 내가 내민 손수건으로 손의 물기를 닦고는, 손수건을 자신의 품 안으로 자연스럽게 집어넣었다.

"손수건……."

당황해서 손을 내밀자 그는 푸핫 웃음을 터트렸다.

"걱정하지 마세요. 세탁해서 돌려드릴 겁니다."

"괜찮아요."

"하지만 이렇게 해야 다음에도 자연스럽게 만나지잖아요?"

사람이 이렇게 청량하게 웃을 수도 있구나. 사심 한 가닥 없는 듯한 장난스러운 말투에 저절로 고개가 끄덕여졌다. 동시에, 몇 시간 전에 그가 한 말이 떠올랐다.

"하인리 왕자. 저…… 내 생일에요."

그는 내 생일 때문에 여기 남았다고 했지. 정말로 내 생일만을 이유로 남았을 거라 생각하지는 않는다. 하지만 그가 내 생일을 챙기려는 건 사실인 것 같았기에, 미안해져서 미리 양해를 구했다.

"함께 식사하진 못할 것 같아요."

"다 같이 식사하는 건데…… 안 됩니까?"

"폐하께서 둘이서만 별궁에 가자 하여서요."

"아……."

하인리 왕자는 잠시 입을 연 채로 멍하니 눈을 깜빡거리다가, 시

무뚝하게 "그렇군요." 하고 중얼거렸다.

"정말 미안해요."

"아닙니다. 황후 폐하의 생일이신데, 제게 미안해하실 일은 아니지요."

"……."

"정말입니다. 미안해하지 말아요. 난 그대에게 부담을 주고 싶지 않습니다."

"무척 부담스러워하실 것 같습니다만……."

맥켄나 경은 황당해서 중얼거렸다. 그의 눈앞에는 각양각색의 보석 반지들이 늘어서 있었다. 하인리 왕자가 애지중지해서 늘 마법 주머니 안에 넣어 소지하고 다니는 것들로, 하나같이 온갖 전설이 얽힌 귀한 것들이다. 그런데 하인리 왕자가 뜬금없이 이 귀한 반지 중 하나를 남의 나라 황후에게 선물로 주겠다니. 당혹스러울 수밖에 없었다.

"갑자기 반지는 왜 주신다는 겁니까?"

"생일이다."

"나비에 황후 폐하요?"

"어."

"그건 또 언제 아셨답니까……. 그리고 선물이 너무 과하지 않습니까? 동대제국이 큰 나라라지만 서왕국도 큰 나라입니다. 이렇게 굽히고 들어갈 정도로 격차가 나지 않는다구요. 무슨 뇌물을 바치는 것도 아니잖습니까."

하인리 왕자는 말없이 보석을 도로 주머니에 넣었다.

"나중에 네가 없을 때 골라야겠다. 넌 잔소리가 너무 심하구나."

그러더니 이번에는 품 안에서 처음 보는 손수건을 꺼냈다.

"그건 또 뭡니까?"

"보면 모르느냐? 귀한 손수건이다."

딱 잘라 말한 하인리 왕자는 갑자기 새로 변하더니, 손수건을 물고서 맥켄나의 코앞까지 날아왔다. 뭐 하시는 건가 싶어서 보고 있자니, 왕자가 발로 자신의 목을 가리켰다.

"거기에 묶으시려고요?"

그래도 일단 묶으라기에 묶어주자, 하인리 왕자는 꼬리로 그의 이마를 탁 치고는 얼른 창밖으로 날아가버렸다.

맥켄나는 홀로 남겨진 채 멍하게 창문을 쳐다보다가 인상을 찡그렸다. 그 손수건. 끝에 연하게 'N'이라고 수놓아져 있었던 것 같은데…….

"혹시 편지 상대가 나비에 황후이신가?"

하인리 왕자와 헤어진 후, 나는 도서관에 들러 화대륙과 뤼트에 관련된 서적들을 모조리 찾아보았다. 카프멘 대공이 망상 소설이라 평하긴 했지만, 그래도 뤼트를 다룬 책 중 가장 유명한 《탐방기》

역시도 가져왔다. 그가 무슨 이유로 나를 추천한 건지는 모르겠지만, 국교에 참여하게 될지도 모르는 이상 기본적인 지식을 쌓아두어야 했다.

'좀 더 자세히 기록된 책이 있으면 좋을 텐데…….'

긴 의자에 앉은 채《탐방기》와 다른 책들을 비교해보며 허구와 진실을 짜 맞춰보고 있을 때였다. 창밖에서 부리로 콕콕 쪼는 소리가 났다.

퀸이었다. 얼른 창문을 열어주자 퀸은 총총거리면서 창틀에 앉아서는 두 날개를 쫙 과시하듯 펼쳤다. 왜 이러나 싶어 보니 목에 손수건을 매고 있었다.

게다가 이 손수건…….

"하인리 왕자가 매어준 거니?"

내 손수건이었다.

웃으면서 물어보자 퀸은 고개를 기우뚱거렸다.

하긴. 하인리 왕자 외에 누가 이걸 매어주었겠어.

한 손으로 퀸을 받쳐 안고서 부리를 손가락으로 쓸어준 다음, 나는 퀸의 다리를 확인했다. 따로 편지가 붙어 있진 않았다.

"자랑하려고 온 거야?"

아니면 손수건을 돌려주러 온 건가?

궁금해서 물어보았지만, 퀸이 대답해줄 수는 없었다. 퀸은 그저 보라색 눈만 예쁘게 깜빡거리면서 나를 응시했고, 나는 예쁘다고 연달아 퀸의 머리 위에 입을 맞추어주었다.

"우리 퀸은 정말 예쁘다. 목에 손수건을 두르니까 참 예뻐."

— 구!

퀸이 하도 손수건을 마음에 들어 하는 눈치여서, 나는 차마 손수건을 끄르지도 못하고 그저 퀸의 등만 쓸어주었다. 그러고 있자니 퀸에게서 좋은 향기가 났다.

무슨 향이지?

나는 퀸의 어깻죽지 사이에 코를 가져다 대고 냄새를 맡았다.

— !

머스크 향⋯⋯. 하인리 왕자에게서 늘 은은하게 나던 그 향이었다. 손수건을 세탁한 다음 자기 향수를 뿌려둔 건가?

"너한테서 하인리 왕자의 향이 나, 퀸."

하지만 하인리 왕자가 아니라 커다란 새가 이런 향을 풍기니 어쩐지 귀엽기만 해서, 나는 퀸의 귀에 대고서 살짝 속삭여주었다. 퀸은 내가 귀에 대고 말하자 무척 놀랐는지 화들짝 놀라서 날개를 쫙 펼쳤다. 그러고는 날개로 자신의 부리를 가리고는 눈을 휘둥그렇게 떴다.

"퀸?"

누가 봐도 당혹스러워하는 모양새이기에, 재미있어서 불러보자 퀸은 파르르 떨더니 총총거리면서 창틀로 걸어갔다.

"벌써 갈 거야?"

그게 또 귀여워서, 날아가기 전에 다시 번쩍 들어 올리고서 품 안에 넣고 묻자, 퀸은 얼음처럼 굳어 있다가 고개를 도리도리 저었다.

"은근히 야한 말을 자주 한다니까⋯⋯."

방으로 돌아온 하인리는 중얼거리면서 목을 답답하게 조이는 손수건을 슬쩍 풀었다. 아직도 얼굴에서 열이 달아올랐다.

"내 향이라니⋯⋯."

하인리는 손수건에 대고 킁킁 냄새를 맡아보았다. 세탁을 한 후에 가장 좋아하는 향수를 뿌리기는 했는데. 이게 자신이 자주 뿌리는 향이란 걸 바로 알아차려준 걸까? 하인리는 얼굴이 뻘개져서 쪼그리고 앉았다.

그냥 새에게 대고 한 말인 건 알지만 아직까지도 심장이 얻어맞은 기분이었다. 그녀가 속삭인 귓가가 아직도 미풍이 불듯 간지러웠다. 그 부끄럽고 설레는 기분을 망친 건 맥켄나였다.

"벌거벗고 왜 그러고 계십니까? 남사스럽습니다."

하인리가 쏘아보았으나, 측근 비서이자 기사이며 사촌이고 친구이기까지 한 맥켄나는 거침없었다.

"어유 숭해라. 아래라도 가리세요. 부담스럽습니다."

맥켄나는 옷장으로 가서 편안한 의상을 꺼내 왔고, 하인리는 혀를 차며 일어서서 손을 뻗었다. 그런데 맥켄나는 옷을 입으라며 가져놓고서는, 옷을 주는 대신 질문부터 했다.

"왕자님. 목에 손수건 예쁘게 매고 가서 뵙고 오신 분이 혹시⋯⋯ 나비에 황후 폐하입니까?"

"옷이나 내놓아라."

하인리는 옷을 건네받아 걸치며 '그걸 니가 왜 묻냐'는 시선으로 맥켄나를 쳐다보았다. 하지만 맥켄나가 계속해서 빤히 쳐다보았으므로 애매하게 건성으로 대답해주었다.

"글쎄."

그러고는 곧장 밖으로 나갔다. 자꾸 얼굴에 올라오는 열기를 저녁 바람을 쐬며 가라앉히고 싶었다. 그러나 맥켄나는 계속 그 뒤를 쫓으며 물어댔다.

"왕자님. 솔직하게 말씀해주셔야 합니다. 편지 상대가 나비에 황후 폐하이십니까?"

하인리는 처음에는 무시하고 산책하였으나, 맥켄나가 계속 졸라대자 미간을 찌푸리며 말했다.

"그렇든 아니든, 네가 무슨 상관이 있다고 그러느냐. 좀 그 입 좀 다물어라. 좋은 추억을 되짚고 있는데 자꾸 방해된다."

"지금 현실이 코앞인데 추억이 중요합니까? 제가 어떻게 상관을 안 한단 말입니까, 왕자님. 왕자님은 편지 상대 분을 무척 좋아하지 않으십니까."

"!"

"저는 왕자님이 진지하게 연애를 하는 데에는 찬성합니다. 하지만 상대가 강대국의 황후라면 이야기는 달라진단 말입니다……"

"……"

"강대국이 아니라도, 남의 나라 황후는 절대 안 됩니다. 왕자님은 동대제국과 치정 사건으로 엮이고 싶으십니까?"

맥켄나는 진심으로 염려된다는 듯 울상을 지었다.

하인리 왕자와 나비에 황후. 끝이 훤히 보이는 관계였다. 소비에슈 황제가 라스타에게 푹 빠져 그녀를 정부로 두었다 한들, 다른 나라까지 칭송이 자자한 황후를 내치고 도망 노예 출신의 정부를 황후로 올리는 미친 짓을 할 리는 없었다. 나비에 황후 쪽은 아예 소비에슈 황제에게 먼저 이혼을 청구할 수 없다. 설령 소비에슈 황제가 나비에 황후를 폐위시킨다 한들, 그녀가 다른 나라 왕자와 재혼할 리도 없지 않은가.

"그런 게 아니라는 데도 괜히 또 과장하는구나."

"정말이지요? 믿어도 되는 거지요?"

"……."

"왜 말이 없으십니까, 예?"

하인리를 쫓아다니며 쪼아대던 맥켄나는 멈칫하다가 조심스레 물었다.

"그러고 보니 제가 제일 중요한 걸 안 물어보았는데요, 왕자님. ……그 감정이 쌍방 통행이긴 하신가요?"

하인리는 신경질이 나서 대답하려다 말고 멈칫하더니 손을 저었다. 귀찮아 하는 표정은 마찬가지였으나 아까와 분위기가 달랐다. 게다가 손은 맥켄나를 향하고 있었으나, 시선은 다른 곳을 보고 있었다. 맥켄나도 잔소리를 멈추고 하인리 왕자와 같은 방향을 쳐다보았다.

하얀 돌길로 이어지는 산책로를, 연한 보라색 양산을 쓴 여자가 걸어오고 있었다. 소비에슈 황제의 정부인 라스타였다.

맥켄나는 입을 꾹 다물었다. 동대제국 황제의 사랑을 한 몸에 받으며 사교계의 별로 떠오른 그녀는, 단 며칠 만에 완전히 가라앉아 버렸다. 다른 궁은 모르겠지만, 손님들이 모여 지내는 남궁에 있다 보면 내내 라스타에 관한 이야기가 들려왔다.

대부분은 도망 노예이면서도 그 사실을 싹 감추고 지냈던 라스타에 대한 조롱이었다. 로테슈 자작이 여기저기 찾아다니며 라스타는 도망 노예가 아니고, 자신이 사람을 잘못 보았던 거라 뒤늦게 정정하기 시작했으나 그 말을 믿는 사람은 아무도 없었다.

그 때문일까. 사랑스럽게 빛나던 라스타는 완전히 울적한 분위기였다. 맥켄나는 힐긋 하인리의 눈치를 살폈다. 도망 노예 출신 건을 떠나서, 하인리 왕자는 이미 라스타와 트러블이 난 상태였다. 하인리가 한 번 막말을 시작하면 얼마나 거침없는지 아는지라, 맥켄나는 왕자가 어떻게 반응할지 염려스러웠다.

다행이라 해야 할지 불행이라 해야 할지, 하인리는 아예 라스타가 보이지도 않는다는 듯 그녀를 말없이 지나가버렸다.

다행이라 생각하자.

맥켄나는 얼른 그 뒤를 쫓았다. 그러나 지나가려는 하인리를 붙잡은 건 라스타였다.

"왕자님."

한숨을 내쉰 맥켄나는, 안 들리는 것처럼 지나가려는 하인리의 허리춤을 슬쩍 잡아당겼다. 하인리가 미간을 찡그리고 돌아보자, 그사이 라스타가 가까이로 다가왔다.

3

사교계의 뼈다귀

"왜 불렀습니까."

하인리가 딱딱한 목소리로 묻자 라스타가 눈썹 양 끝을 늘어뜨렸다. 처량해 보이는 얼굴이었다.

"저한테 할 말 없으세요?"

목소리마저도 가냘팠다. 맥켄나는 소비에슈 황제가 왜 라스타에게 푹 빠졌는지 알 것 같다고 생각했다. 라스타에게는 보는 사람으로 하여금 심금을 울리게 하는 애처로운 무언가가 있었다.

"없습니다."

하지만 하인리는 별 감흥 없는 목소리였다.

맥켄나는 속으로 혀를 찼다. 아무리 사교계에서 평판이 나빠졌다지만 그래도 소비에슈 황제가 총애하는 사람인데. 뒤에서야 무슨 말을 하든 상관없지만, 앞에선 좀 표정 관리 좀 하시지…….

그러나 맥켄나의 생각과 달리 하인리는 더 무뚝뚝하게 물었다.

"레이디야말로 나한테 할 말 없습니까? 있을 텐데?"

갑자기 라스타의 커다란 눈이 일렁이더니 그 안에 눈물이 고였다.

맥켄나는 올 게 왔다고 생각했다. 하인리는 표정에 따라 가볍고 유한 인상이 되기도 했지만, 차갑고 무서운 인상으로 변하기도 했다. 지금은 후자였다. 거기에다가 목소리마저도 차갑고 냉랭하니, 심약해 보이는 라스타가 울음을 터트릴 만도 했다.

"왕자님은 참으로 멋진 분이세요."

그러나 라스타의 입에서 나온 말은 맥켄나가 생각한 유형의 대사가 아니었다. 맥케나는 엉? 하는 표정으로 라스타를 쳐다보았다. 라스타는 까만 눈이 그렁그렁해져서 하인리를 올려다보고 있었다. 그 표정 어디에서도 겁먹은 기색은 없었다. 아니, 오히려 감동한 얼굴이었다.

도대체 저 냉랭한 태도 어디를 보고 저런 반응을……?

맥켄나는 황당해서 눈썹을 일그러뜨렸다. 하인리 역시 의외였는지 미간을 찡그리고 있었다. 라스타는 한 손으로 눈가를 거칠게 닦아내며 머쓱하다는 듯 웃었다.

"미안해요. 라스타가 갑자기 울어서 당황했지요?"

"……."

"라스타가 도망 노예 출신이라는 헛소문이 퍼지고 나서, 사람들이 다들 라스타를 무섭게 대하기 시작했거든요. 예전에는 상냥했는데 지금은 다들 웃으면서 조롱해요."

소맷자락으로 꾹꾹 눈물을 다 닦은 라스타는, 그러나 팔을 내리자마자 다시 울었다.

"그래도 예전하고 똑같이 대해주시는 건 하인리 왕자님뿐이라서……. 물론 우리가 좋은 사이는 아니지만, 그래도 그게 막 감동이구……."

안 그래도 보호 본능을 자극하는 외모가 눈물을 흘리자 더욱 빛을 발했다.

맥켄나는 속으로 혀를 찼다. 앞에 대고서 뭘 얼마나 꼬아놨기에 우리 냉정한 왕자님 앞에서 감동이라고 울고 있을까.

귀족들끼리 있을 때는 상냥하고 친절하지만, 다른 신분 앞에서는 영 다른 사람처럼 변하는 이들이 있다. 어쩌면 그런 작자들이 라스타를 잔인하게 모욕했을지도 몰랐다.

"그렇군요."

하지만 이런 애처로운 모습을 앞에 두고서도 하인리의 목소리는 무덤덤했다. 정확히는, 아무 생각도 없어 보였다.

힐긋 손목에 찬 시계를 확인한 하인리는 "그럼 이만." 한마디를 남기고 앞으로 걸어갔고, 맥켄나는 괜히 자기가 미안해져서 라스타에게 어색하게 웃어 보인 후 하인리를 따라갔다.

맥켄나는 라스타가 완전히 보이지 않게 되자 작은 목소리로 타박했다.

"왕자님. 가엾은 처지에 놓인 사람인데, 그래도 좀 너무 차갑게 구신 거 아닙니까?"

"날 속이려던 사람한테 따뜻하게 대해주라고? 날 거짓말쟁이로 몰아간 사람인데?"

"그거야…… 그렇네요. 생각해보니 그런 일이 있었네요."

이것도 재능이라면 재능인 건가? 분명 하인리에게 듣고서 분노했는데, 앞에서 서럽게 우는 걸 보니 잠시 잊고 있었다. 맥켄나가 갸우뚱하는 사이 하인리가 남궁으로 방향을 틀며 투덜거렸다.

"그보다. 에르기는 대체 언제 오는 거지? 편지는 제대로 전달했나?"

"제대로 전달했습니다. 헌데 에르기 공은 갑자기 왜 부르신 겁니까?"

신년제의 분위기는 날이 갈수록 서서히 가라앉았고, 궁 안의 관리들도 나른한 분위기에서 깨어나 다시 활기 넘치게 돌아다니기 시작했다. 며칠 후에는 완전히 일상을 되찾을 것 같았다.

나는 본궁으로 가서 업무를 살핀 후, 외교부 장관을 찾아가 립트에 관한 이야기에 자문을 구했다.

그런데 한참 대화를 나누던 중이었다. 뜻밖에도 블루 보헤안의 왕족인 에르기 클로디아 공작이 궁전을 방문했단 소식이 전해졌다.

"에르기 클로디아 공작이?"

나는 어리둥절해서 외교부 장관을 쳐다보았다. 외교부 장관은 자기도 모르는 일인지 고개를 저었다.

"사절단으로 온 건가요?"

"아니요. 관광차 들렀다고 하였습니다."

신년제가 끝나고 한 달에서 두 달가량은 외국 귀빈들이 거의 방문하지 않는 시기였다. 신년제 직후인지라 이렇다 할 축제도 없었고, 신년제 때 이곳에서 머물다 갔는데 굳이 다시 방문할 필요도 없기 때문이었다. 그런데 바쁘단 이유로 신년제 참석을 거절했던 에르기 클로디아 공작이 뜬금없이 이 시기에 왜?

'아. 혹시 하인리 왕자를 보러 온 건가?'

에르기 클로디아 공작은 하인리 왕자와 절친한 친구로도 유명했다. 그러니까…… 바람둥이 친구.

의아했지만 일단 방문과 체류를 허가하는 서류에 사인해준 후, 나는 다시 하던 일을 계속했다.

에르기 공작에 대한 이름을 다시 들은 건 시녀들과 저녁 식사를 하면서였다.

"황후 폐하. 들으셨어요? 오늘 에르기 클로디아 공작이 궁전으로 들어왔는데……."

"황후 폐하께서는 당연히 아는 일이겠지요, 로라."

"아. 그렇구나. 그럼 이것도 아세요? 에르기 공작이 오늘 온종일 누구랑 같이 있었는지?"

나는 작은 칼로 커다란 샐러드를 자르며 물었다.

"하인리 왕자?"

로라는 "아니요." 하고 콧김을 훅 내뿜었다.

"그 노예요. 라스타."

아…… 라스타.

"의외네요."

하인리 왕자의 단짝으로 유명하니 당연히 하인리 왕자와 어울릴 줄 알았는데. 로라는 신경질이 난다는 듯 퉁명스럽게 말했다.

"그냥 만난 것도 아니라, 둘이 완전히 온종일 붙어 다녔대요. 꽁장히 사이가 좋아 보였다던데요?"

옆에서 차례를 노리고 있던 다른 시녀 역시도 얼른 로라의 말을 이었다.

"그뿐만 아니랍니다. 하루 사이에 어찌나 친해진 건지, 아주 난리였어요."

그게 난리까지 날 일인가? 의아해서 쳐다보자 그녀는 고개를 설레설레 저으며 혀를 찼다.

"에르기 공작과 라스타가 나란히 산책하다가 어떤 귀족을 마주쳤는데, 그 귀족이 라스타 양이 도망 노예 출신인 건 알고 같이 다니냐면서 조롱했나 보더군요. 그랬더니 에르기 공작이 말이 끝나자마자 바로 그 주먹을 날리더랍니다."

라스타의 방에 딸린 응접실 위 테이블에는 각양각색의 부드러운 빛깔 케이크가 차려져 있었다. 연한 분홍색의 딸기케이크, 노란 바나나크림을 두른 케이크, 멜론 맛을 낸 케이크 등등……. 라스타의 취향에 맞추어진 이 간식들은 황제 전담 요리사가 만든 음식들로, 시각과 맛이 모두 완벽했다. 하지만 이 요리는 평소와 달리 라스타를 위한 게 아니었다.

"오늘은 고마웠어요, 공작님."

라스타는 배시시 웃으며 맞은편에 앉은 에르기 공작에게 감사 인사를 전했다. 그녀로서는 에르기 공작이 고마울 수밖에 없었다. 로테슈 자작이 라스타가 도망 노예란 사실을 터트린 후. 하루 만에 자작은 자신의 발언을 수습하였지만, 사람들은 쉬이 믿으려 하지 않았다. 우려했던 대로 라스타는 귀족들 틈에서 빠르게 고립되기 시작하였다. 그녀에게 뻔질나게 찾아오던 귀족들이 발길을 딱 끊었고, 매일같이 들어오던 선물 역시도 사라졌다.

그러나 가장 속상한 건 가끔 마주치는 귀족들이 은근히 보내오는 시선들이었다. 어떤 귀족들은 경멸을, 어떤 이는 호기심을, 어떤 이는 동정을, 그리고 어떤 이는 질 낮은 관심을 드러냈다.

이런 와중에 나타난 에르기 공작은 전혀 달랐다. 그는 신년제 때 귀족들처럼 그녀에게 다정하게 대해주었다. 처음에는 자신에 대한 소문을 모르기 때문이라 여겼다. 그러나 에르기 공작은 소문을 들은 후에도 개의치 않았다. 오히려 그녀를 조롱한 귀족에게 거침없이 주먹을 휘두르기까지 했다.

왕족인 데다 공작이고, 여인들의 사랑을 한 몸에 독차지한다는 미남자가 그녀를 위해 앞뒤 가리지 않고 주먹을 내지르는 모습은 라스타에게 벅찬 감동을 주었다. 이에 직접 초대해서 평소 좋아하는 음식들을 차려놓고 대접하기에 이른 것이다.

"고맙기는. 무례한 자들에게 대응하였을 뿐인데."

"그래도요. 아까 들으셨겠지만, 라스타에 대한 안 좋은 이야기가 퍼져 나가서…… 그 일 때문에 내내 곤혹스러웠거든요. 물론 소문은 거짓이에요."

"항상 이런 일이 생기나?"

"그게……."

"그쪽이 부끄러워할 일은 아니야. 부끄러워해야 할 사람들은 무례한 작자들이지."

"……."

"이런 일이 자주 있나 보군."

기도 안 차다는 듯 혀를 찬 에르기 공작은 한쪽 팔을 의자 손잡이에 기대면서 낮게 욕설을 뱉었다.

"빌어먹을 새끼들. 눈앞에 대고 노예 노예. 설령 진짜 노예 출신이면 뭐 어떻단 거야? 하여튼 그 주둥이들을 몇 대 더 뭉개놔야 했는데."

"공작님. 말이 무서우세요……."

"원래는 친구를 만나러 온 건데. 그쪽을 먼저 만나서 다행이야. 내가 그 자리에 없었다면 그쪽은 무뢰배에게 제대로 대응조차 못 했겠지."

친구 녀석은 지금쯤 내가 안 온다고 난리가 났겠지만. 덧붙인 에르기 공작은 뒤늦게 친구가 신경 쓰이는지 어색하게 눈가를 문질렀다.

"걔가 성질이 아주 더럽거든."

낮게 중얼거리는 에르기 공작은 라스타가 본 귀족들하고는 확연히 다른 분위기였다. 그는 오히려 길거리의 술집에서 가끔 마주치는 용병처럼 거칠었다. 하지만 그러면서도 고상하고 귀족적인 느낌이 동시에 풍기는 게 묘했다. 게다가 이 근육질에 입이 거친 귀족이 달달한 케이크를 야무지게 먹으니 아이러니해서 귀엽기도 했다.

설령 진짜 노예 출신이면 뭐가 어떠냐…….

라스타는 특히 이 말이 마음에 들었다.

"어쨌든 아가씨. 뭐, 앞으로 그런 일이 없다면 가장 좋겠지만 말이야. 그런 일은 또 벌어질 수 있잖아? 무뢰배들이 갑자기 싹 사라질 리는 없으니까."

"그렇지요……."

"최대한 빨리 해결하는 게 좋을걸."

"해결하려고 해도 방도가 없는걸요. 소문을 이상하게 낸 당사자가 로테슈 자작인데, 사람들은 자작이 아니라고 해명해도 믿지 않아요."

"떠넘겨. 해명보단 그게 빨라."

에르기는 시원스럽게 대답하고서 노란 케이크를 한입에 꿀꺽 넣었다.

"떠넘기다니요?"

"사교계의 뼈다귀 역할. 물고 뜯고 씹히는 역할을 다른 사람한테 넘기라고."

"!"

아침에 일어나니 궁 밖으로 안개가 자욱했다. 나는 얼른 창문을 열고 머리를 내밀었다. 서늘한 아침 공기를 맡자 온몸이 정화되는 느낌이 들었다.

오늘은 카프멘 대공의 추천으로 뤼트와의 국교 문제를 토론하는 회의에 참석하는 날이었다.

'잘해야지.'

마음을 다잡고서 창밖으로 들이밀었던 머리를 도로 안으로 넣었다. 그런데 커튼을 한곳으로 모아 묶으며 보니, 창틀에 무언가 놓여 있었다. 바람에 날아가지 않도록 돌로 고정까지 한 편지였다.

'하인리 왕자인가?'

편지를 펼쳐보자 역시. 하인리 왕자의 필체였다.

날 믿어요.

"?"

뭘 믿으란 거지? 뜬금없는 말이었지만 오래간만에 편지를 받으니 기분은 좋았다. 퀸이 없으니 답장을 바로 보내지는 못하겠지만. 나는 편지를 서랍 안에 넣고서 욕실로 가 찬물에 세수했다.

종을 울리자 대기하고 있던 시녀들이 다가와 옷과 머리를 가다듬어주었다.

"원탁을 둘러싸고 회의를 하는 거지요? 사람들이 모여 있을 터이니 폭이 넓지 않은 드레스를 입는 게 나을 겁니다."

엘리자 백작 부인은 거의 일자로 뚝 떨어지는 검은색 드레스를 골라주고, 머리는 하나로 틀어 올려주었다.

"혹시 내가 자리를 비웠을 때 퀸이 오더라도 물은 챙겨줘요."

"물론입니다, 황후 폐하."

"소나기가 오면 방 안을 들여다봐주면 좋겠어요. 퀸이 창밖에서 비를 맞을 때도 있거든요."

나는 엘리자 백작 부인에게 몇 가지를 부탁한 후, 심호흡을 하고 방을 나섰다. 잘할 수 있을 것 같았다.

회의는 오전 10시부터 시작되었다. 참석자는 재무부 장관과 외교부 장관, 각 부서의 중요 실무자들, 카프멘 대공, 소비에슈, 그리고 나까지. 소수였다. 주제는 뤼트와의 국교 가능성과 국교로 인해 발생할 여러 방면의 이득과 손해, 국교의 실현 가능성이었다.

세상에는 총 여덟 개의 대륙이 존재하는데, 대륙 간에는 거의 교류가 없었고, 심지어 그중 두 개의 대륙에는 사람이 사는지조차 불명이다. 동대제국이 위치한 월대륙과 뤼트가 위치한 화대륙은 다른 대륙들에 비하면 상대적으로 거리가 가까웠지만, 그렇다고 해도 무척이나 먼 거리였다.

대륙 사이를 오가는 데만 해도 최소 반년은 걸렸다. 사적인 무역이야 시간이 좀 많이 걸리더라도 희귀성에 초점을 두어 이득을 창출할 수 있지만, 국가가 주도하는 거래에서는 빠른 피드백 역시 중요하니까. 이런 상황이다 보니 쉬이 결론이 나지 않았다.

게다가…….

'소비에슈는 왜 저렇게 표정이 안 좋지?'

평소와 달리 소비에슈가 좀 날이 서 있다고 해야 하나? 유독 표정이 날카로웠다. 회의를 주도해나가야 할 소비에슈가 칼같이 구니, 당연히 자유로운 의견이 나오기 힘들었고 관리들은 연신 그의 눈치를 살펴댔다.

'에르기 공작과 라스타 사이에 있었던 일 때문에 저러나? 그래도 일할 때는 제대로 해줬으면 좋겠는데…….'

저절로 나오려는 한숨을 삼키며 지도에서 고개를 드는 순간. 언제부터인지 이쪽을 보고 있던 카프멘 대공과 시선이 마주쳤다. 그는 적의도 호의도 아닌 애매모호한 표정이었다. 눈이 마주치자 내내 함께 있었으면서도 그가 고개를 까딱하는 바람에, 나도 덩달아 고개를 끄덕였다.

지지부진한 회의가 끝났을 때. 결국, 확실시된 건 이 일의 책임자가 나로 결정된 것뿐이었다. 카프멘 대공의 강력한 추천 덕이었는데, 신년제 때 그가 나를 대했던 태도를 생각한다면 절대로 이해할 수 없는 일이었다.

"카프멘 대공."

이 때문에 나는 회의가 끝나서 사람들이 흩어진 후. 좀 느릿하게 복도로 나간 카프멘 대공을 따라나서서 물었다.

"잠시 시간 괜찮나요? 물어보고 싶은 게 있는데."

"예. 물어보시지요."

"왜 굳이 날 책임자로 추천했습니까?"

카프멘 대공은 눈썹을 치켜올리며 되물었다.

"싫으십니까?"

"궁금할 뿐입니다. 그대는 며칠 전에는……."

나한테 제 수프 그릇도 못 찾아 먹는다며 미련하다고 했지.

뒷말을 생략했지만 알아들었는지, 카프멘 대공은 입꼬리를 슬쩍 올렸다.

웃어? 나는 되게 기분 나쁜 말이었는데?

"지금도 그 생각엔 변함이 없습니다."

"……."

"하지만 이 일의 책임자로는, 적어도 이곳 황실에서는 황후 폐하만 한 분이 없었습니다."

"어째서지요?"

"제가 이모나 이모트 이야기를 했을 때 알아들은 분이, 황후 폐하뿐이었으니까요."

겨우 그런 이유로 날 추천한 거였다고?

나는 당혹스러워서 얼른 설명했다.

"그때도 말했지만, 단어 몇 개를 알 뿐입니다. 겸양의 말이 아니라 정말이에요."

"예. 하지만 그 몇 개 단어조차 모르는 이가 대다수였습니다."

그야 뤼트에 대한 건 아카데미 내에서도 필수 과목은커녕 교양

과목도 아니니까……. 하지만 정말 이런 이유만으로 내게 중대한 일을 맡겨도 괜찮은 걸까, 저 사람은?

그러나 황후로서 자신 없는 모습을 보일 수는 없기에, 나는 결국 고개를 끄덕였다. 이렇게 된 이상 자신 없는 부분은 노력으로 메꾸는 수밖에.

"그럼…… 실례합니다."

카프멘 대공은 더 할 말이 없다는 듯 가볍게 인사하고서 몸을 돌려 회랑을 걸어갔다. 탕 탕 탕 그가 걸을 때마다 발소리가 울렸다. 멀어지는 뒷모습을 보다가 나는 고개를 젓고서 반대 방향으로 몸을 돌렸다.

그런데 몇 걸음을 걸어가다 보니, 열린 회의실 문 안쪽으로 소비에슈가 탁자에 삐딱하게 기대 서 있었다. 회의 내내 표정이 좋지 않더니. 지금은 안색이 더욱 어두웠다.

"폐하?"

걱정되어서 가까이 다가갔다. 다가간 후에야 후회가 몰려왔다. 내가 다가와서 어쩌려고. 라스타와 무슨 일이 있었나요? 이렇게 물을 수는 없는 일 아닌가. 하지만 저렇게 뚫어져라 나를 쳐다보고 있는 소비에슈를 모른 척 지나갈 수도 없었다.

"얼굴빛이 어두운데. 괜찮나요?"

결국, 원인은 생략하고 현재 상태만 물었다.

그러나 소비에슈가 꺼낸 말은 엉뚱했다.

"혹시 황후. 취향이 외국인이오?"

취향이 외국인이냐니. 이건 또 무슨 소리지? 떨떠름하게 그를 쳐다보았다. 무슨 의도로 한 말인지 이해하기 힘들었다. 내가 방금 카프멘 대공과 대화한 것 때문에 이러는 건가?

"황후가 다른 남자에게 관심을 두는 건 막지 않겠지만, 웬만하면 상대가 외국인은 아니었으면 좋겠군."

맞나 보네.

카프멘 대공과는 그런 사이가 아니란 말을 하려다가, 나는 말을 바꿨다.

"폐하께서 신경 쓸 부분이 아닙니다."

하인리 왕자 때에도 그렇고 지금도 그렇고. 자꾸 이상한 오해와 관여를 해대는데, 확실히 짚어두어야 했다.

먼저 정부를 들인 건 소비에슈였다. 내가 거기에 대응해서 원하지도 않는 남자를 정부로 들이는 일은 없겠지만, 별개로 소비에슈는 내가 무슨 행동을 하건 관여해서는 안 됐다. 그가 어떤 의도로 자꾸 이런 식으로 잔소리를 하는지는 상관없었다. 어떤 의도이든 그는 내게 정부 문제로는 관여해서는 안 된다. 적어도 나는 그렇게 생각한다. 그게 공평하니까.

하지만 소비에슈는 다른 생각인 모양이었다.

"내가 어떻게 신경을 안 쓸 수 있단 거지? 그대는 나의 부인인데?"

"……."

여기서 "폐하께서는 제게 의논하고 라스타 양을 데려왔나요?"라고 되묻는다면, 보나 마나 내가 라스타를 경계하고 질투해서 또 그 이름을 끄집어낸다고 하겠지. 소비에슈의 당당한 태도에 저절로 한숨이 나왔다.

"카프멘 대공이 마음에 드는 거요? 한숨을 내쉴 정도로?"

"이상한 오해 하지 마세요. 이번 립트 건으로 이야기한 것뿐이에요."

"그래. 그러면 다행이지만. ……신경은 좀 써주었으면 좋겠군."

립트 건에 관한 회의를 끝낸 후에는 재무부 장관을 비롯해 재무부의 실무자들과 함께 올 한 해 황실과 궁정인들, 황실 근위대, 각종 행사 등에 쓰일 금액을 측정하고 계산했다.

"세수는 작년과 비슷한 정도입니다."

"조세제도에도 변화가 없을 예정이라 하고, 물가도 모르지 않았습니다."

"작년도 예산 측정안을 그대로 사용하면 되겠군요."

"예. 예상되는 국가 분쟁도 없으니, 전반적으로 작년과 비슷하게 책정하면 될 듯합니다."

여기까지는 다들 술술 일을 진행해나갔다. 일이 복잡해진 건 라스타에 관련된 사안부터였다. 황제의 정부에게는 매년 상당한 양의 돈을 주는데, 이 '상당한'이라는 게 너무 추상적인 수치였던 것이다. 기준이 없다 보니 황제마다 제각기 다른 금액을 책정했고, 당연히 이전의 사례를 참고하기도 어려웠다.

"라스타 양에게 사용된 금액을 적은 장부가 따로 있나요? 그걸 보면 계산하기 쉬울 것 같은데."

"그 장부라면 재무부로 오지 않았습니다. 아직 배정된 금액이 없다 보니, 아마 폐하 쪽 장부에 함께 기재되어 있을 겁니다. 지금은 모든 물품을 폐하께서 지급하고 계시니까요."

"그런가요."

어쩐다……. 소비에슈가 관련 장부를 주려 하진 않을 텐데.

"여기에 나온 마르티 백작 부인의 사례를 맞추면 어떻겠습니까, 황후 폐하? 평민 출신인 데다 집권 초에 정부 생활을 시작한 게 비슷합니다."

"이때보다는 물가가 올랐으니까, 그대로 적용하긴 어렵다고 봅니다."

"하지만 이제 막 정부가 되었으니 좀 적게 계산해야 합니다. 한번 금액이 책정되고 나면 더 줄이기는 힘들 텐데, 혹시라도 새로운 정부가 또 들어온다면 금액이…… 죄송합니다."

"괜찮아요. 확실하게 해두는 게 좋지요. 맞는 말입니다."

결국 이야기는 생각 이상으로 길어져서, 재무부 장관을 놔두고 방 밖으로 나왔을 때는 이미 공기가 서늘해져 있었다. 하늘에 해가 떠 있긴 했지만, 전체적으로 빛이 어두침침했다.

'그러고 보니 점심을 못 먹었네.'

아침부터 오후까지 카프멘 대공과 회의했고, 오후부터는 재무부 장관과 회의를 하느라 한 끼를 건너뛰고 말았다. 나는 서둘러 걸음을 옮겼다. 굶었다는 걸 인식하고 나자 갑자기 배가 고팠다. 퀸이 다녀갔는지도 궁금했다.

그런데 빠르게 걸어가고 있자니, 본궁에서 동궁과 서궁으로 나누어지는 길에 푸른색의 치맛자락이 보였다. 치맛자락은 커다란 수풀 사이로 튀어나와 있었다.

"누굴까요?"

뒤따라오던 아르티나 경이 미간을 찡그리며 물었다.

"글세……."

나는 고개를 저으며 대답했다.

그 소리를 들은 건가. 삐죽 나와 있던 치맛자락의 주인이 휙 수풀에서 몸을 빼냈다. 황급히 돌아선 이는 놀랍게도 베르디 자작 부인이었다.

"황후 폐하."

눈이 마주치자 그녀가 나를 작게 부르더니 주위를 둘러보았다. 그러곤 아무도 없단 걸 확인하자 잠시만 이쪽으로 와달라며 손짓했다. 무례하다면 무례한 행동이었으나 다급해 보였다.

"무슨 염치로."

그러나 나는 다가가지 않고 아르티나 경만 냉랭하게 소리치자, 베르디 자작 부인의 표정이 크게 흔들렸다. 잠시 울 것 같은 표정을 하다가, 베르디 자작 부인은 다시 한 번 주위를 둘러보고는 내 쪽으로 다가와 말했다.

"급하게 드릴 말씀이 있어 왔습니다. 전 지금은 황후 폐하의 시녀가 아니지만, 그래도 이걸 말씀드리지 않으면 마음이 계속 불편할 것 같아서요."

그녀의 입술은 초조하게 떨리고 있었다. 나는 이번에도 무어라 호통 치려는 아르티나 경을 막고서, 계속 얘기해보란 신호를 보냈다. 베르디 자작 부인은 자신의 두 손을 꼭 모아 쥐었다.

"얼핏 들었는데, 로테슈 자작이 라스타 양의 약점을 쥐고 있는 것 같았어요."

"약점이라니?"

"자세한 내용은 들리지 않았지만, 그걸로 자작이……."

그러나 베르디 자작 부인이 말을 다 잇기도 전. 또각또각 소리가 들려오기 시작했다. 나는 소리가 난 쪽을 쳐다보았다. 그사이, 베르디 자작 부인은 황급히 수풀 쪽으로 달려가고 있었다.

'갑자기 왜?'

나는 베르디 자작 부인이 서 있던 곳을 보다가, 다시 다가오는 이를 보았다. 다가온 사람은 라스타였다.

"황후 폐하."

그간 마음고생이 심했는지, 라스타는 전에 보았을 때보다 훨씬 마른 상태였다. 거무스름한 눈가는 그녀를 아픈 사람처럼 보이게 했다. 라스타는 내게 꾸벅 인사를 하고서 힘없이 물었다.

"방금 누가 있었던가요?"

고개를 젓자, 그녀는 입을 꾹 다물고 베르디 자작 부인이 사라진 수풀을 정확히 쳐다보았다. 베르디 자작 부인을 직접 보았는지 아닌지는 모르겠지만, 누군가 저쪽으로 사라지는 건 확실하게 본 것 같았다.

하지만 '베르디 자작 부인이 네게 약점이 있단 이야기를 하러 왔다'고 알려줄 수는 없는 노릇 아닌가. 말을 정정하는 대신 말없이 지켜보고만 있자니, 라스타는 한숨을 내쉬었다. 그러고는 사라진 이에 대해 더 묻는 대신, 다시 내 쪽을 바라보며 침울하게 물었다.

"저기…… 황후 폐하. 라스타가 무얼 하나 여쭈어도 괜찮을까요?"

"말해보아라."

"저…… 투아니아 공작 부인에 대해서인데요……."

나는 그녀가 질문하려는 게, 분명 소비에슈에 대해서일 거라 여겼다. 혹은 하인리 왕자나, 베르디 자작 부인에 관해서일 거라고. 그런데 라스타가 묻겠다고 한 대상은 전혀 뜻밖의 인물이었다.

"투아니아 공작 부인?"

뜬금없이 그녀는 왜? 영문을 몰라 쳐다보자, 라스타가 목소리를 아주 작게 만들어 물었다.

"혹시 투아니아 공작 부인이 좀 헤픈 편인가요?"

내가 뭘 잘못 들은 줄 알았다. 누가 헤퍼?

"무슨 뜻으로 그런 걸 묻는 거지?"

미간을 찡그리며 묻자 라스타는 조심스럽게 내 눈치를 살폈다.

"화나셨어요?"

"투아니아 공작 부인은 좋은 사람이고, 좋은 친구니까."

"저……."

라스타는 머뭇거리면서 손을 마주 잡고 꼼지락거렸다.

"투아니아 공작 부인 곁엔 늘 남자들이 수북하잖아요."

"?"

"공작 부인도 남자들과 어울리는 걸 즐거워하시는 눈치이고. 이미 결혼하신 분인데, 그래도 되는지 모르겠어요."

황당해서 쳐다보자 라스타는 두 손을 황급히 저었다.

"라스타는 절대 나쁜 뜻으로 물어보는 게 아니에요. 정말로 잘 몰라서 물어보는 거예요."

"투아니아 공작 부인은 남자 여자 가릴 것 없이 모두에게 인기가 좋아."

라스타는 내 말을 믿는 기색이 아니었다.

"하지만 파티 때 보니까 늘 남자들하고만 있던데……."

저절로 한숨이 나왔다. 몰라서 물어본다고? 내가 볼 땐 그게 더 나빴다. 알고서 물어보는 거라면 최소한 상황은 가릴 텐데. 몰라서 물어본 말이라면 악의 없이 다른 사람을 상처 줄 수 있는 게 아니던가. 지금이야 둘뿐인 곳에서 물으니 그나마 다행이지만.

"파티 때에는 남자 여자가 짝을 맞추어 무도곡을 추는 일이 많으니 그렇게 보인 거겠지."

"아……."

"투아니아 공작 부인에게는 문제 될 여지가 없으니 앞으론 그런 말은 하지도 말거라."

라스타는 작게 "네." 하고 대답했다. 그 외에는 달리 할 말이 없는 눈치이기에, 나는 몸을 돌려 서궁으로 돌아왔다. 하지만 방으로 돌아와서도, 시녀들과 이야기를 나누면서도 라스타의 묘한 질문은 계속 신경 쓰였다.

'왜 투아니아 공작 부인에 관해 물어봤던 거지?'

지금 라스타는 사교계 내에서 입지가 몹시 나빴다. 인기가 많은 에르기 공작이 그녀를 편들었으니 상황이 나아지긴 할 테지만, 신년제 때의 이미지를 당장 완전히 회복하긴 어려울 터였다. 그런데 남의 소문에 관심을 가지고 돌아다닌다니…….

'혹시?'

"엘리자 백작 부인."

"예, 황후 폐하."

"투아니아 공작 부인에 대해 최근에 나쁜 이야기가 도나요?"

"제가 알기로는 없답니다."

"그런가요……."

"아. 랑드레 자작이 신년제 때 공작 부인과 춤을 춘 후로 완전히 상사병에 걸렸다더군요."

엘리자 백작 부인이 귀엽다는 웃음을 터트렸다.

"아주 흠뻑 빠진 모양이었지요."

남자 귀족들이 투아니아 공작 부인에게 빠져서 가슴앓이하는 건 그리 특별한 이야기는 아니었다. 혹시라도 라스타가 곤란한 처지를 벗어나기 위해 가십거리 대상을 다른 사람에게 옮기려 하는 건 아닌가, 했는데.

내가 괜한 걱정을 한 건가?

하긴. 지금 상황에서 라스타가 그런 식으로 사람들을 자극하긴 어렵겠지. 그렇다고 만난 지 하루밖에 안 된 에르기 공작이 그녀를 위해 멀쩡한 사람에게 이상한 소문을 낼 리도 없으니.

"……."

하지만 라스타가 신년제 파티 때 계속 투아니아 공작 부인을 쳐 다보던 시선이 떠올라서 괜히 불안해졌다.

"황후 폐하? 헌데 그건 왜 물어보신 건가요? 혹시 이상한 소문을 들으셨나요?"

"라스타가 물어보더군요."

엘리자 백작 부인이 인상을 구겼다.

"그 여자가 왜 그랬을까요?"

"모르겠지만…… 혹시 모르니 이상하게 소문이 돈다 싶으면 바 로 이야기해줘요."

뤼트에 대한 사전 조사로 내내 바빴으므로 나는 그 일에 대해 거 의 잊고 지냈다. 최근 화대륙에 다녀온 여행객들이나 모험가, 상인 들을 수소문해서 불러들이고, 그들에게 들은 정보를 종합해 정리 하는 일만으로도 무척 바빴는데, 원래 하던 업무를 팽개칠 수 없으 니 시간은 모자라기만 했다.

당연히 내 생일이 다 되어간다는 것도 잊고 지냈다. 의외로 생일 을 되새겨준 건 소비에슈였다.

"별궁은 마차를 타고도 몇 시간은 가야 하니까, 일을 빨리 마무 리 짓고 전날에 출발하는 게 좋겠지?"

황실에서 올 한 해 사용할 예정 금액에 대해 알리고 소비에슈에게 이를 승인받는 형식적 절차를 막 끝마친 후였다. 소비에슈가 돌연 꺼낸 말에, 나는 깃털로 만든 펜을 습지 위에 내려놓았다. 몇 초 후에야 그가 무슨 이야기를 하는지 알아차렸다.

"아. 생일……."

"이런."

소비에슈는 내가 멍하게 대답하는 게 우스운지 피식 웃었다.

"황후는 정말 일에 빠지면 아무 데도 신경을 못 쓰는군."

놀리는 말투였다.

"내가 누구 생일을 얘기한 건지는 알아듣겠소?"

"이제 생각났습니다."

"자기 생일은 기억해야지."

"……."

"하루 전날에 출발해도 괜찮겠소?"

"일정을 맞추지요."

머릿속으로 더욱 바빠질 스케줄을 빠르게 점검하고 있자니, 소비에슈가 다시 물었다.

"황후. 혹시 별궁에 심은 나무, 기억나시오?"

고개를 끄덕이자 소비에슈는 가볍게 기지개를 켜고서 그립다는 듯 중얼거렸다.

"황태자비 시절에는 황후도 참 쪼끄마했는데. 귀여웠지."

"……."

소비에슈가 말하는 나무는 '소원을 이루어주는 나무'를 말하는 거다. 이번에는 나도 미소가 올라왔다. 동대제국에는 소원나무란 이름의 나무가 있는데, 소원을 빌면서 그 나무를 심으면 소원이 이루어진다는 소문이 있었다.

황태자비 시절. 나는 또래에 비해 키가 아주 작은 편이었다. 더구나 늘 어른들 틈에 둘러싸여 지내다 보니, 키가 작다는 건 상당히 스트레스 받는 일이었다. 무엇을 하든 어른들과 함께하는데 시야가 너무 낮았으니까. 차마 이 심정을 드러내지도 못한 채 끙끙 혼자 앓다가, 결국 나는 그 나무를 심겠다 나섰다.

꼭 소원을 비는 당사자가 나서서 나무를 심어야 한다는 규칙이 있기에 혼자 삽과 묘목을 챙겨 나섰다. 하지만 어린 나이였고, 그 어린 나이 아이 중에서도 조그만 내가 제대로 삽질을 할 수 있을 리가 없었다.

결국, 몇 시간 동안 어설프게 땅을 파다가 묘목을 끌어안고 잠들었는데. 일어나보니 소비에슈가 내가 파던 구덩이에 마저 흙을 파고 있었다.

― 전하! 전하가 파면 내가 한 게 아닌데요! 도로 메꿔!

― 괜찮아. 우리는 부부잖아. 부부는 한 몸이나 마찬가지여서, 네가 한 거나 내가 한 거나 마찬가지야.

― ……진짜?

― 응. 아바마마가 그랬어.

흙을 도로 메꾸었다 파는 건 힘든 일이 될 터였으므로, 나는 소비에슈의 말을 넘어가주었다.

흙을 적당히 판 후. 나는 안고 자던 묘목을 가져다가 구덩이에 넣었고 둘이서 같이 흙을 덮었다. 두 손을 모으고 소원을 빌고 나자 소비에슈는 '무슨 소원을 빌었냐'고 물었다.

— ……키 크게 해달라고 빌었어요.

— 왜? 작아도 좋은데.

— 황후 폐하를 따라다니다 보면 칸막이가 있는 곳 안에 들어가 있는 일이 많단 말이야. 근데 칸막이가 나보다 커서 앞이 안 보여…….

이후 나는 감기몸살에 걸려 앓아누웠고, 소비에슈는 손바닥이 찢어져서 많이 혼났다. 당시에는 마냥 나보다 키도 크고 힘도 세 보이던 소비에슈였지만, 어쨌든 그도 아직 어릴 때니까.

저절로 입술 끝이 올라갔다. 쳐다보니, 소비에슈 역시 그립다는 듯 웃고 있었다.

"그래도 그 나무, 정말 효과 있지 않았소? 지금은 황후, 키가 아주 큰 편이잖소."

나는 말없이 웃으면서 다시 깃털 펜을 잡고 시선을 내렸다. 그립던 기분에 쓸쓸한 맛이 더해졌다.

결국, 내가 마지막에 빈 소원은 키가 아니었다. 소비에슈와 내가 평생 이렇게 사이가 좋게 해달라 빌었지.

……이루어지지 않았지만.

생일 닷새 전부터 일가친지들로부터 선물이 오기 시작했다. 원래 우리 가문 자체가 손꼽히게 부유하기도 했지만, 나는 황후가 된 후로 그보다 더 부유한 생활을 하고 있었다. 물론 내 소유로 주어진 돈이라 한들 상당 부분은 각종 복지사업과 국가 지원금으로 사용하지만, 최소한 가지고 싶은 걸 못 살 정도는 아니었다.

이런 상황을 알기 때문인가. 사람들이 내게 생일 선물로 보내오는 물건들은 값비싸기보다는 뜻이 있는 것들이 대부분이었다. 그중에서도 특히 어머니가 보낸 물건은…….

"공작 부인께서 황후 폐하가 많이 걱정되셨나 봅니다."

엘리자 백작 부인이 웃음을 참으며 하는 말에 나는 어색하게 웃으면서 책을 훑었다.

어머니가 보낸 물건은 '라 트앙'이라는 잡지사에서 반년에 한 번씩 나오는 종이책이었다. 당대 가장 잘나가는 연극배우들의 초상화를 실어둔 책. 어머니가 이 중에서도 굳이 남자 배우들만 실린 책을 보내셨다는 건 의미가 뻔했다. 소비에슈에게 상처받지 말고, 다른 남자를 정부로 두어서 마음을 가라앉히라는 의미겠지. 귀족 중에는 배우를 정부로 둔 이들도 많으니까.

"어머, 이 사람 멋지다. 이 사람 좀 보세요, 황후 폐하. 어머, 어깨 넓은 것 좀 봐."

"그쪽보단 여기가 더 멋지지 않나요? 그 사람은 소문이 안 좋던데."

"소문이라니요?"

"성벽이 아주 희한한가 봐요. 그…… 알레…… 흠. 익명으로 하지요. 무슨 남작 부인이 그 배우하고 불장난을 하려다가 진짜 불붙을 뻔했다며 치를 떨더군요.”

“네?”

……선물은 시녀들이 더 마음에 들어 하는 눈치지만. 아버지는 최신 유행에 맞춰 제작한 드레스를 보냈고, 그 외에도 외국에서 가져온 희귀 서적이라거나 옷감, 보석 등이 많았다.

익명으로 보내온 ‘사랑의 묘약’은…… 찝찝하니 쓰지 말자.

마침내 생일을 이틀 앞두게 되었다. 웬만한 선물은 거의 다 도착했고, 내일 아침에는 일찍 별궁으로 출발할 예정이었다. 나는 이틀 동안 별궁에서 읽을 짐을 꾸리다가, 잠시 여러 종류의 책을 침대에 펼쳐놓았다.

이 중 두 권 정도만 들고 가서 읽어야지.

그런데 별궁에 가져가 읽을 책을 고르고 있자니 날개가 푸드덕거리는 소리가 났다.

퀸이겠지?

나는 얼른 책을 덮어 두고서, 원래도 반쯤 열려 있던 창문을 더 크게 열었다. 예상대로 날갯소리를 낸 건 퀸이 맞았다. 그러나 퀸은 평소와 달리 손쉽게 방 안으로 들어오지 못했다. 작은 머리통이 창틀 끄트머리로 나타났다 사라지기만 계속. 왜 이러나 싶어 고개를 내밀어 보니, 퀸이 커다란 상자 같은 걸 발로 움켜잡고 있었다.

“퀸!”

놀라서 손을 뻗자 퀸은 상자에 매달린 끈을 내게 맡기고는 얼른 창문 안으로 들어왔다. 많이 힘들었던지 퀸은 평소와 달리 바로 침대에 늘어져서 숨을 헐떡거렸다.

"혼자서 이걸 들고 온 거야?"

나는 퀸이 가져온 상자를 들어보았다. 내 손으로 들어도 제법 묵직했는데, 퀸이 이걸 들고 왔다고 생각하니 믿을 수가 없었다. 커다란 새라고는 하지만 그래도 새인데.

퀸은 작은 대가리만 삐죽 들어 올리고는 힘없이 고개를 끄덕이고서 다시 늘어졌다.

"하인리 왕자, 안 그렇게 봤는데 의외로 너무하네. 직접 오거나 다른 사람을 시켜도 좋을 텐데, 굳이 너한테 이런 무거운 걸 들고 가게 하고."

— !

"뭘 고개를 절레절레 저어? 하인리 왕자가 시킨 거 아니야?"

— …….

"내가 하인리 왕자에 대해 안 좋게 말하는 게 싫어?"

고개를 끄덕이네.

"착해라……. 순하고."

일어날 힘은 없는지 퀸은 누운 채 날개만 퍼드덕거린다. 궁둥이를 두드려주자 화들짝 놀라서 날개를 더 크게 퍼드덕거렸지만, 역시 기운이 없는 듯 그게 몸짓의 전부였다.

나는 퀸의 옆에 앉은 다음 무릎에 상자를 내려놓았다.

도대체 무엇이기에 퀸에게 보낸 거지?

"아."

커다란 케이크였다. 상자 뚜껑 안쪽으로 편지가 있어서 펼쳐보니, 하인리 본인이 직접 만든 케이크임을 암시하는 내용이었다.

난 요리까지 잘하나 봅니다. 누가 칭찬해줬으면 좋겠는데.

슬쩍 일어난 퀸이 엉금엉금 옆으로 와 나란히 앉더니 슬쩍 내 눈치를 살폈다. 한 손으로는 퀸의 어깨를 감싸고, 다른 한 손으로는 케이크 위쪽에 얹어둔 크림을 살짝 찍어서 입술 사이로 넣었다.

담백한 단맛이 났다. 느끼함 없이 신선하고 산뜻한 크림이었다.

"크림까지도 다 직접 만든 건가?"

— ?

"맛있어."

웃으면서 중얼거리자 퀸이 꽁지를 흔들면서 내 팔에 머리를 비볐다.

"무거웠을 텐데. 가지고 와줘서 고마워, 퀸."

— 구!

"하인리 왕자한테는 내가 따로 고맙다고 인사할게."

— 구!

"네 주인은 정말 좋은 사람이야."

— !

"하하. 왜 네가 부끄러워해?"

케이크를 옆으로 내려둔 후, 무릎에 퀸을 얹고서 이마에 쪽쪽 입을 맞춰주자 퀸이 완전히 돌처럼 굳어버린다. 그 반응이 귀여워서 여기저기 더 입을 맞춰댄 후에야 나는 케이크를 다시 탁자로 가져간 다음, 직접 접시 위에 한 조각을 덜어냈다.

그러나 선물은 하나가, 아니, 몇 개가 더 있었다.

"아……."

저절로 탄성이 나왔다. 케이크 안쪽의 푹신한 빵 사이사이에 보석이 박혀 있었다. 하나를 쏙 빼서 확인해보니 푸른빛을 띠는 다이아몬드였다.

퀸이 내 다리를 새발로 쿡 찔렀다. 쳐다보자 내 반응이 걱정되는 듯 심각한 눈빛으로 보라색 눈을 깜빡거리고 있었다. 그 눈빛이 하도 진지해서 나도 모르게 솔직한 대답이 나왔다.

"좀…… 부담스러운데."

─!

다른 나라 사절단이 보내는 선물이라면 이보다 더 귀한 게 들어오기도 하니 괜찮지만. 하인리 왕자는 친구로서 주는 선물이니까. 물론 하인리 왕자가 보석 몇 개 보낸다고 무리가 갈 재산은 아니겠지만……. 그래도 좀 애매하지 않나 싶어서 보석을 탁자에 내려두고 옆을 보다가, 나는 깜짝 놀라서 퀸을 끌어안았다.

"퀸, 왜 울어?"

퀸이 새똥 같은 눈물을 펑펑 흘리다 날아갔으므로, 나는 결국 남궁에 직접 찾아가기로 했다.

'가서 오래 있지만 않으면 괜찮겠지.'

어차피 하인리 왕자에게 케이크와 선물에 대한 감사 인사도 하고 싶고…… 무엇보다 퀸이 왜 울었는지를 알 수 없으니 염려스러웠다.

"세상에. 나비에 황후 폐하."

하인리 왕자가 머무는 숙소 앞에는 그가 따로 데려온 서왕국의 기사들이 경비를 서고 있었는데, 개중 파란 머리카락의 기사는 나를 보자 필요 이상으로 깜짝 놀라 달려왔다.

이미 내가 누구인지는 아는 눈치였고, 그 이상으로도 무언가를 아는 눈치였다. 내 시녀들도 하인리 왕자와 내가 편지를 주고받는 걸 알듯이, 하인리 왕자 쪽에도 나에 대해 아는 사람이 있겠지. 그래도 왕자의 측근이라면 알아서 입을 조심할 거라 생각하고서 나는 미약하게 웃으며 물었다.

"하인리 왕자에게 전할 말이 있어 왔는데. 안에 계시는가?"

"예. 잘 오셨습니다. 안 그래도 울면서 오셔서 걱정이 되었거든요."

"……왕자가 울면서 왔는가?"

"예? 아, 아니, 왕자님이 아니라, 새요. 새입니다. 왕자님이 기르는 그 성질 나쁜 새가 울면서 왔다고요."

파란 머리 기사는 절대로 왕자님이 운 게 아니라 덧붙이고는, 서둘러 굳게 닫힌 방문을 두드린 후 안쪽으로 소리쳤다.

"왕자님. 황후 폐하께서 오셨습니다!"

약 3초 정도 지났을까. 안쪽에서 시끄러운 소리가 들리는가 싶더니, 갑자기 정적이 찾아왔다. 가구들이 넘어지는 소리…… 비슷

한 소리였는데? 괜찮은가 싶어서 파란 머리 기사를 보았지만, 기사
는 제 주군의 방에서 난 엄청난 소리에도 태연해 보였다.

잠시 후, 안쪽에서 들어와도 괜찮다는 신호가 나자 기사가 문을
열어주었다.

"고맙네."

무슨 소리였을까, 궁금해하며 나는 천천히 방 안으로 들어갔다.
하인리 왕자의 방은 분명 같은 궁전인데도 묘하게 낯선 분위기가
났다. 하인리 왕자가 자주 뿌리고 다니던 향이 났고, 여기저기 쉽게
볼 수 없는 물건들이 있었다. 방 중앙에 선 하인리 왕자는 그 낯선
공간에서 가장 낯익은 사람이었다.

"미안합니다. 잠깐 다른 볼일이 있어서⋯⋯."

내가 빠르게 방 안을 둘러본 후 그를 응시하자, 왕자는 웃으면서
다가와서는 내 손등 위에 자연스럽게 입을 맞추고 물러났다.

'다른 볼일'이라는 게 씻고 있었단 뜻일까?

급하게 옷을 입은 흔적이 보였다. 늘 구김 없이 단정하게 입고
다니던 왕자가, 오늘따라 여기저기 옷이 구겨져 있는 건 물론 단추
도 덜 잠겨 있었다. 풀린 단추 사이로 그의 피부가 보였다. 차라리
중간이 풀렸더라면 민망해도 바로 지적해주겠는데. 위쪽이 풀려
있는지라, 지적하기도 애매했다.

일부러 저렇게 덜 잠그고 다니는 사람들이 없는 것도 아니어서.
모른 척해주어야 할지 지적해주어야 할지 곤혹스러워, 나는 왕자
의 얼굴 쪽으로 시선을 고정했다.

하지만 얼굴 역시도 마주하기 민망한 건 마찬가지였다. 눈가가

불그스름하고 속눈썹이 다 젖어 있었던 것이다. 조금 전까지 울고 있던 게 분명했다.

'괜히 왔구나. 타이밍을 이상하게 맞췄어.'

어색해져서 시선을 피했다.

목욕하면서 운 건가……. 그 와중에 내가 갑자기 찾아왔다면 본인은 얼마나 황당했을지. 몹시 미안해졌다.

"케이크는 받았습니까?"

그러나 눈을 피한 채 대화를 나누는 것도 이상했으므로, 결국 다시 시선을 들었다. 하인리 왕자는 촉촉해진 보라색 눈으로 나를 유심히 바라보고 있었으므로, 시선을 들자마자 우리는 다시 눈이 마주쳤다.

기르는 동물은 주인을 닮아간다던데. 이 때문인가? 문득 하인리 왕자의 눈이 퀸과 아주 비슷하게 느껴졌다.

"이런. 못 받았나요?"

왕자가 거듭 질문한 후에야 나는 그의 젖은 눈동자에서 벗어나 황급히 대답했다.

"받았어요. 고마워서, 인사하러 왔어요."

"다행입니다. 퀸이 제대로 못 들고 갈까 봐 걱정했거든요."

"맞아요. 퀸이 들고 오기엔 좀 무거워 보였어요."

"제가 직접 들고 가고 싶었지만, 퀸이 자기가 들고 가고 싶다 해서……. 의외로 힘이 센 녀석이니 걱정하지 말아요."

하인리 왕자는 나른하게 웃었지만, 눈가가 젖어 있다 보니 평소와 달리 퇴폐적이면서도 거만한 분위기가 나오지 못했다.

"차를 한잔 드릴까요? 아, 케이크는 맛있었습니까?"

"맛있었어요. 정말 직접 요리한 건가요?"

"취미입니다. 서왕국에는 제 개인 조리실이 있을 정도죠. 퀸께서는 요리, 잘합니까?"

"해본 적이 없어서…… 못하지 않을까요?"

"요리 잘하는 사람과 요리 못하는 사람이 천생연분이라던데. 퀸과 전 천생연분인 모양입니다."

들도 보도 못한 말이었다. 눈썹을 찡그리고 쳐다보자 하인리 왕자는 얼굴이 붉어져서 콧등을 문질렀다.

"동대제국에는 없는 말인가 봅니다."

"네."

"단호하시네요."

"저…… 왕자. 퀸을 보고 싶은데……."

"퀸이요? 퀸은 왜 갑자기……?"

"아까 울면서 나가는 걸 보았거든요. 너무 서럽게 우는 것 같아 걱정되어서요."

말을 하면서도 나는 방 어딘가에서 들려올 구구구 소리를 향해 귀를 기울였다. 하지만 하인리 왕자의 방 안에서는 새를 기를 때 나는 그 특유의 냄새가 나지도 않았고, 새 소리 역시 들리지 않았다.

하인리 왕자는 "아……" 하는 소리를 내며 난처하다는 듯 웃었다.

"어쩌지요? 퀸은 사냥하러 갔는데."

"사냥이요?"

"정확히 사냥을 하는지 뭘 하는지는 모르겠지만, 가끔 수도를 날아다니면서 혼자 노는 건 확실합니다."

"울면서 들어오진 않던가요?"

"약간? 하지만 바로 괜찮아졌어요."

파란 머리 기사는 새가 울면서 왔다고 걱정하던데. 그 정도면 평
펑 울면서 온 게 아닌가? 의아했지만 하인리 왕자는 정말로 태연한
표정이었다. 새 주인이 괜찮다는데 그럴 리 없다고 우길 수도 없는
지라, 나는 마지못해 끄덕였다.

"그렇군요. 그러면 다행입니다."

손가락 끝에 치맛자락의 레이스 부분이 닿으면서 묘한 감촉이
느껴졌다. 여기서 딱히 더 할 말은 없었다. 그러면 이제 가야겠지.

나는 가보겠다는 표시로 먼저 문을 바라본 후, "그럼." 하고 중얼
거리고서 문으로 걸어갔다. 하인리 왕자는 얼른 따라와서 문을 열
어주었다. 하지만 거기서 그치는 게 아니라, 아예 함께 나왔다. 왜
따라 나오나 싶어 쳐다보자, 그는 웃음빛을 띠고서 내가 걸어가야
할 방향을 가리키며 물었다.

"선물은 어땠습니까?"

얼결에 나는 그 방향으로 걸어갔고 하인리 왕자는 자연스럽게
옆으로 붙어서, 우리는 나란히 산책하는 모양이 되어버렸다. 잠시
뒤를 돌아보니 파란 머리 기사가 초조하게 이쪽을 쳐다보다가 황
급히 머리를 숙였다.

나는 다시 고개를 돌렸다.

"퀸? 선물이 별로였습니까?"

"아. 마음에 들었어요. 고마워요, 하인리 왕자."

"부담스럽진 않았습니까?"

"!"

어떻게 알았지? 흠칫해서 쳐다보자, 하인리 왕자가 싱겁게 웃으면서 설명했다.

"조금 걱정했거든요. 물론 전 황후 폐하와 친구이지만, 그래도 우리가 오랫동안 알아온 사이는 아니니까. 부담스러워하실 수도 있다 생각했습니다."

"그렇군요."

"부담스러워하지 않았으면 좋겠습니다. 서왕국은 보석 산출국인데다 대부분 광산이 황실 소유거든요."

다행이라 여기며 고개를 끄덕이고 웃자, 하인리 왕자는 입꼬리를 부드럽게 올리며 한 손을 자기 가슴에 얹었다.

"다행입니다. 계속 걱정하고 있었는데."

"하인리 왕자가 왜 바람둥이란 오해를 샀는지 알 것 같아요."

"예?"

"이렇게 다정하고 배려심이 깊으니 그렇겠지요."

"……전 바람둥이가 아닙니다, 황후 폐하."

"물론 믿어요."

"전혀 믿는 얼굴이 아니신데."

그야…… 신년제 때, '그대가 바람둥이란 소문을 믿지 않겠다'란 내 말에 그가 폭소를 터뜨렸으니까.

어색하게 웃자 하인리 왕자는 침울한 목소리로 중얼거렸다.

"이게 다 제 친구 때문입니다. 그 녀석은 정말 바람둥이거든요."

"에르기 공작 말인가요?"

"아시는군요?"

사교계 내에서 두 사람 소문을 못 들어본 귀족이 있을까? 하지만 솔직하게 말하는 대신, 나는 에르기 공작에 대해 더 질문했다.

"에르기 공작도 최근에 남궁으로 왔지요. 그분은 이곳이 마음에 든다고 하나요?"

에르기 공작이 이곳에 온 후, 내가 그에 대해 들은 이야기는 대부분 라스타와 얽혀 있었다. 그는 자주 라스타와 함께 다닌다고 했고, 오히려 절친한 친구라는 하인리 왕자가 에르기 공작과 어울렸단 이야기는 없었다.

그래서 일부러 그에 대해 물어본 거였다. 혹시 싸우기라도 한 건가 싶어서. 무슨 일이 있기는 있었는지 하인리 왕자의 표정이 미묘해졌다.

역시 싸운 건가?

하인리 왕자는 라스타와 싸웠는데, 에르기 공작은 라스타와 친하게 지내니까. 충분히 싸울 만한 이유는 많다. 걱정되어서 잠시 멈추어 서자, 하인리 왕자 역시도 덩달아 멈추어 섰다.

"실은 황후 폐하. 부탁드릴 게 있습니다."

하지만 하인리 왕자가 꺼낸 대답은 전혀 엉뚱했다.

"무슨 부탁인가요?"

"안 그래도 어떻게 말씀드려야 할지 계속 걱정했는데. 말이 나온 김에 부탁드리는 게 나을 것 같아서요."

"?"

"에르기 공작 앞에서는 최대한…… 눈에 띄지 않는 모습으로 있어주십시오."

"……."

이게 무슨 말이야.

황당해서 쳐다보았다. 그러나 이상한 부탁을 한 하인리 왕자는 어느 때보다 진지해 보였다.

"꼭 그렇게 해주실 수 있겠습니까?"

"왜 그렇게 해야 하나요?"

"에르기 공작과 얽히는 여자들은 모조리 다 불행해집니다."

"?"

"가끔은 살아 있는 저주 인형이나 인간 괴담처럼 보일 정도이니 절대로 얽히지 않는 게 좋지요. 하지만 황후 폐하는 가만히 있어도 매력적이시니까……."

농담인가? 둘러말하는 아부?

픽 웃음이 났다. 그러나 하인리 왕자는 심각한 표정으로 살짝 무릎을 굽히더니, 내게 보라색 눈을 맞추며 거듭 부탁했다.

"정말입니다. 그렇게 해주세요. 절대, 절대로 그 녀석 앞에서는 이렇게 아름답지 말아줘요."

생일을 하루 앞둔 날이었다. 이틀만 다녀올 예정인지라 별궁에 가져갈 짐은 많지 않았다. 나는 구두 대신 편안하게 발을 감싸주는 낮은 신발을 신고서, 비가 올 경우를 대비해 방수 기능을 갖춘 망토를 걸쳤다.

"푹 쉬다 오세요, 황후 폐하."

이번 별궁 여행에 따라가지 않는 엘리자 백작 부인은 내 단추를 꼼꼼하게 여며주며 당부했다. 그녀는 이틀 사이에 잠시 본가로 다녀올 생각이라 했다.

"걱정 마세요, 엘리자 백작 부인. 황후 폐하는 제가 잘 모실 테니까요."

별궁에 나와 함께 가기로 한 주베르 백작 부인은 깔깔 웃으면서 엘리자 백작 부인의 등을 툭 두드리다가, 엘리자 백작 부인이 눈을 가늘게 뜨고 쳐다보자 머쓱해서 손을 내렸다. 성격이 정반대인 두 사람이 말없이 눈빛을 주고받는 걸 보고 있자니 웃음이 나왔다.

"가지요."

그런데 본궁 앞으로 나갔을 때였다. 정원 마차 앞에 소비에슈가 평소와 같은 차림으로 서 있었다. 소비에슈의 짐도, 소비에슈를 따라갈 시종도 보이지 않았다. 의아해서 쳐다보자 소비에슈가 미안하단 얼굴로 설명했다.

"급한 안건이 생겼는데, 먼저 가 있을 수 있겠소?"

"많이 급한가요? 급하다면 무리할 필요 없어요. 별궁에는 안 가도 상관없으니까요."

"급한 일이긴 한데, 그 정도는 아니오. 황후 생일에 별궁 잠시 다녀온다고 눈치 보일 만한 사안도 아니고."

그래도 괜찮은가, 싶어서 쉽게 대답하지 못하는 사이. 소비에슈는 부드럽게 웃고서 내 어깨를 살짝 감싸다 떼며 말했다.

"최근 일이 많아서 힘들 테니 먼저 가서 쉬고 있으시오. 일을 처리한 후, 나도 오늘 저녁때까지는 출발할 테니."

별궁은 수도에서 마차로 꼬박 열두 시간 거리였다. 저녁때 출발하더라도 도착하면 아침일 텐데.

괜찮을까? 조금 염려되었지만…… 괜찮겠지.

생각해보니 소비에슈와 마주 보고 앉아 열두 시간을 가는 것도 요즘 같은 분위기에서는 민망할 것 같은지라, 나는 더 권유하는 대신 마차에 올랐다.

주베르 백작 부인이 마차에 타자마자 곯아떨어졌기 때문에 나는 혼자서 책을 읽으며 무료한 시간을 보냈다. 그러나 그것도 두 시간이 최대였다. 마차가 흔들리는데 책을 읽고 있자 점차 멀미가 나기 시작했다.

나는 책을 덮고서 창밖을 쳐다보았다. 마차는 수도를 벗어나 잘 정비된 길을 달리고 있었고, 길 너머로 노란 농지가 보였다. 불쑥불쑥 솟아난 허수아비들 사이로 진짜 농부들이 바쁘게 돌아다녔고, 어딘가에서 아이들이 웃는 소리가 들려왔다.

"이번 여행으로 황후 폐하와 황제 폐하의 사이가 다시 좋아진다면 좋겠어요."

나는 멍하니 밖을 보고 있다 고개를 돌렸다. 어느새 깨어난 건지 주베르 백작 부인이 하품하고 있었다. 눈이 마주치자 주베르 백작 부인이 손을 내리며 어깨를 으쓱했다.

"엘리자 백작 부인 앞에서야 이런 말 못 하지만요."

"······."

"귀족들도 이혼이 어렵긴 마찬가지입니다, 황후 폐하. 정략적으로 얽힌 게 많다 보니, 합친 걸 도로 나누기 모호한 구석이 많거든요. 결혼으로 생긴 이득이나 부산물을 누가 더 가져갈지로도 싸움이 나고······. 가주의 영향력 밑에 있으면 눈치도 봐야 하고. 그래도 진짜로 이건 아니다 싶으면 어떻게든 손해를 감수하고 이혼을 할 수는 있어요."

"하지만 난 아니니까?"

"안타깝지만 네. 황후 폐하는 아니시니까요. 아무리 황제 폐하가 밉다 해도 먼저 이혼을 요구하실 수 없죠. 그러니 다시 사이가 좋아지는 게 그나마 낫다, 이렇게 생각하거든요. 전."

주베르 백작 부인은 다시 꾸벅꾸벅 졸기 시작했다.

나는 두 손을 무릎 위에 올린 채 등받이에 머리를 기댔다. 황제와 사이가 좋은 편이 낫다는 데에는 나 역시 동감이었다. 하지만 주베르 백작 부인의 표현 중 동의할 수 없는 부분이 있었다.

이혼이라······.

'이혼 할 수 없기 때문에' 사이가 좋아지는 게 낫다? 내가 동의하지 않는 건 이 부분이었다. 다른 사람들은 내가 '소비에슈와 이혼도 못 하는 처지'라는 게 가여운 모양인데······.

배우자에게 냉대 받는 게 가여울 수는 있겠지. 그는 라스타에 관한 일에는 완전히 맹목적으로 라스타 편을 들면서 이따금 억울하게 날 몰아붙이니.

하지만 그들이 '이혼도 못 할 처지'라는 걸로 날 동정할 필요는 없었다. 설령 이혼할 수 있다고 해도 난 소비에슈와 이혼할 마음이 없으니까. 어릴 때부터 내 인생의 목적지는 황후 자리였고, 유년기와 성장기 내내 고된 훈련을 받으며 맞춤형 교육을 받았다. 그게 내 적성에 맞는지 아닌지조차 구분할 수 없을 만큼 옛날부터.

내 남편이 다른 사람을 정부로 들이고서 내게 차갑게 구는 게 멀쩡하다면 거짓말이다. 하지만 애초에 정략결혼이었고 각오를 한 일이니만큼, 이건…… 그래. 이건 힘들어도 참을 수 있다.

그러나 평생 동안 내가 일구어온 노력이자 결실을 소비에슈의 사랑 때문에 빼앗기는 거. 내가 정말로 참을 수 없는 상황이 온다면, 아마 그 순간이 아닐까?

"폐하, 이거 보세요!"

라스타는 에르기 공작이 블루 보헤안의 문장이 새겨져 있다며 준 작은 펜던트를 들고서 소비에슈에게 달려갔다.

"폐하!"

라스타는 활짝 웃으면서 통 튀듯이 방 안에 들어가다 놀라 멈춰섰다.

"우와……."

라스타는 두 손을 모으고 입을 가리며 소비에슈를 쳐다보았다.

"폐하, 멋있다……."

소비에슈가 흑색과 하얀색이 어우러진 예복을 차려입고 있었다. 신년제 때에도 화려한 의상을 입고는 있었으나, 딱 떨어지는 예복에는 무도복과는 다른 나름의 멋이 있었다.

소비에슈는 거울을 보다 말고 미약하게 웃었다. 라스타는 얼른 소비에슈의 근처까지 다가가 요리조리 살피며 감탄했다.

"여기서 봐도 멋지고 저기서 봐도 멋지고. 폐하는 정말 멋있어요. 폐하가 이렇게 멋지기까지 하면 너무 치사한 거 아닌가요?"

"말은 잘하는구나."

소비에슈의 어이없어 하는 말에 라스타는 히히 웃으면서 한 손을 짠 앞으로 내밀었다.

"이거 보세요."

"블루 보헤안의 문장이군."

"와. 폐하 천재. 바로 알아보시네요?"

라스타가 눈을 동그랗게 뜨고 다시 감탄하자, 소비에슈는 입꼬리를 가볍게 올리고서 한 손으로 라스타의 등을 툭툭 두드렸다.

귀족들은 다른 가문의 문양을 거의 의무적으로 외우기에, 이럴 때마다 라스타가 얼마나 다른 세상에서 살아왔는지 확실하게 알 수 있어서 기분이 묘했다.

라스타는 그런 소비에슈를 보다가 머쓱하게 물었다.

"그런데 갑자기 옷은 왜 이렇게 멋지게 입으세요?"

그녀는 질문과 함께 자연스럽게 펜던트를 도로 주머니에 넣었다. 사실은 소비에슈가 에르기 공작이 준 펜던트를 보고서 조금 질투해주길 바랐는데. 생각보다 담백한 반응을 보이자 괜히 머쓱해진 상태였다.

이런 마음을 모르는지 소비에슈는 여전히 산뜻하게 대답했다.

"며칠 전에 말해지 않았느냐. 별궁에 갈 일이 있다고."

"아…… 아침에 가신다더니 계속 안 가셔서. 라스타는 그 일정이 취소된 줄 알았어요. 내일모레 돌아오신다고 하셨지요?"

고개를 끄덕인 소비에슈가 힐긋 시계를 확인했다.

"편하게 있어라, 라스타."

소비에슈는 라스타의 뺨에 가볍게 입을 맞춘 후 돌아섰다.

"배웅해드릴게요."

라스타는 그 뒤를 쫄래쫄래 쫓아가며, 오늘 하루 동안 있던 일을 열심히 떠들었다. 로테슈 자작의 일로 사교계 평가가 완전히 엉망이 되었지만, 에르기 공작이 나타난 덕에 요즘 다시 상대해주는 귀족들이 나타나고 있었다. 라스타는 그 사실이 기쁘기도 하고 안심되기도 해서 소비에슈에게 모조리 다 털어놓고 싶었다.

그러나 열심히 움직이던 라스타의 입술은 소비에슈의 마차 안쪽에 놓인 은색 보석 상자를 보고 멈추었다. 라스타는 눈을 동그랗게 뜨고 물었다.

"저건 뭐예요?"

"황후에게 줄 선물이란다."

"……황후요?"

라스타의 눈이 더욱 커다래졌다.

"별궁에 황후도 가세요?"

"황후의 생일로 가는 거니까."

소비에슈의 대답에 라스타는 당황스러워하며 다시 물었다.

"누구누구 가나요?"

"황후나 나나 시종, 시녀, 기사들을 데려가긴 하지만 궁정인들을 제외하면 따로 초대한 손님은 없는데. 왜 그러지?"

라스타는 두 손으로 입가를 막았다. 믿을 수 없다는 듯 화들짝 놀란 표정에 소비에슈가 미간을 찌푸렸다.

"괜찮으냐?"

"라스타는 황후가 생일이신 걸 몰랐어요."

"아. 그러하냐."

"다들 아무 얘기도 해주지 않았는데……."

"최대한 조용하게 치르고 싶어 하니까. 따로 파티를 여는 것도 아니니, 친하게 지낸 사람이나 친척들이 아니면 알기 힘들지."

"베르디 자작 부인이 이야기해줘도 됐잖아요. 그 사람은 알았겠지요."

라스타가 뾰로통하게 하는 말에 소비에슈는 나지막하게 웃었다.

"황후의 생일을 늦게 알아 불만인 모양이구나."

"이러니저러니 해도 가족이니까요. 라스타도 뭘 챙겨드렸으면 좋았을 텐데……."

소비에슈는 너털웃음을 터트렸다.

"착하기는."

라스타는 손가락을 꼼지락거리다가 조심스럽게 입을 열었다.

"저…… 그래서 말인데요, 폐하."

슬슬 출발해야 할 시간이기에 마부가 힐끗 소비에슈와 라스타의 눈치를 살폈다.

"나중에 얘기하자, 라스타. 너무 늦게 출발하면 마부가 마차를 몰기 어려워지거든."

소비에슈가 마차의 한쪽 문을 잡았다. 그 위로 타려는 걸 라스타가 얼른 손을 뻗어 옷자락 끝을 잡았다.

"라스타?"

무슨 일인가 싶어 소비에슈가 돌아보자, 라스타가 얼른 물었다.

"라스타도 데려가주시면 안 될까요?"

"너를?"

의외인지라 소비에슈가 떨떠름해서 물었다. 라스타는 급히 고개를 끄덕였다.

"네. 선물을 준비하지도 못했는데, 생일에 축하도 못 해드리면 황후께서 섭섭해하실 거예요."

나비에가 라스타를 싫어한다고 생각하는지라 소비에슈는 떫은 표정을 풀지 못했다. 섭섭해하진 않을 것 같았다. 하지만 라스타 본인 앞에 대놓고서 '황후가 널 데려가면 안 좋아할 것 같은데'라고 말하기는 곤란했다.

"라스타도 데려가주세요, 폐하. 라스타가 분위기를 확실하게 띄울 수 있어요."

"분위기를 띄운다고?"

라스타가 술을 원샷 하는 시늉을 하자 소비에슈는 애매한 표정으로 웃었다.

"그렇게까지 띄울 필요는 없는데."

"그래도…… 라스타도 함께 가요. 가족 파티인데, 라스타도 가족이잖아요."

"미안하구나. 이번 생일은 황후와 둘이서만 보내기로 했단다."

라스타의 볼이 더욱 빵빵하게 부어올랐다. 마음에 안 든다는 기색을 감추지 않고서, 팔짱을 끼고 팩 토라졌다.

"이런. 그새 삐진 게냐."

소비에슈가 픽 가볍게 웃고서 라스타의 탱탱한 볼을 꼬집었다.

"그렇게 따라가고 싶어?"

"자기 연인이 다른 여자와 단둘이서 밤을 새고 온다는데 좋아하는 여자는 없어요."

"며칠 전에 별궁 얘기를 꺼냈을 땐 가만히 있더니."

"폐하 혼자 가거나, 아니면 일 때문에 단체로 가는 줄 알았단 말이에요."

라스타가 귀엽게 씩씩거리자, 언제 출발하나 싶어 뒤를 힐긋거리던 마부가 저도 모르게 웃음을 터트렸다.

라스타는 새초롬하게 발끝을 내려다보았다.

소비에슈는 시계를 확인하고서 달래듯 라스타의 어깨를 토닥거렸다.

"나중에는 우리 둘이서만 놀러 가자. 그러면 됐느냐?"

"나중에 언제요? 라스타 생일에?"

"그래."

"라스타는 여럿이서 노는 게 더 좋아요."

"그러면 그렇게 하고."

"하지만 폐하랑 둘이서만 노는 것도 좋아요."

"욕심쟁이구나."

소비에슈가 부드럽게 웃자, 라스타는 얼른 그의 팔짱을 끼고서 속삭였다.

"생일 파티는 사람들을 다 모아서 여럿이 하고, 나중에 따로 라스타랑도 둘이서만 놀아요."

"정말 욕심쟁이인데? 두 번이나 축하받고 싶은 건가?"

"한 번도 생일 축하를 받아본 적이 없거든요."

보드라운 향기가 코끝을 간지럽게 했다. 소비에슈는 라스타의 뺨에 가볍게 입을 맞추며 그래그래 대답한 후 마차 위에 올라탔다.

라스타는 마차가 출발할 때까지 열심히 손을 흔들었다. 하지만 마차가 완전히 멀어지자 힘이 쭉 빠져서 다시 손을 내렸다.

나중에 놀러 가는 거야 그렇다고 쳐도, 오늘 내일은 황후와만 보낼 텐데. 괜히 신경쓰였다. 그렇지만 미리 알았다면 모를까, 지금 당장 어떻게 못 가게 할 수도 없었다. 스스로 마음을 다잡을 수밖에.

'괜찮을 거야. 황후랑 폐하는 전형적인 정략결혼 관계잖아.'

라스타는 자신의 뺨을 톡톡 두드리고서 동궁에 있는 방으로 돌아왔다.

샴페인 한 잔 마시고 푹 자야지.

그러나 기껏 다잡은 마음은 복도 앞에 선 불쾌한 사람을 보자마자 바스락 무너져버렸다. 라스타는 우뚝 멈춰서서 로테슈 자작을 쳐다보았다. 주머니에 손을 찔러 넣은 채 문 앞에서 하품하고 있던 로테슈 자작이, 라스타를 보고 히죽 웃어 보였다.

❦

별궁 침실의 창문은 커튼이 얇았다. 사용하는 사람이 없다 보니 실용성보다는 미관을 중시해 꾸며두는 탓이었다. 얇고 반투명한 커튼은 겉으로 보기엔 그림 같았지만, 강렬한 햇빛에 눈을 뜨고 나니 '당장 저것부터 바꿔야겠다'는 생각이 든다.

나는 멍하니 침대에서 상체를 일으킨 후에야 오늘이 내 생일이고, 여기가 별궁이라는 걸 깨달았다.

소비에슈는……. 시계를 보니 지금 시각이 아침 7시. 수도에서 여기까지 오는 데 약 열두 시간가량이 걸리는 걸 생각한다면, 아직 도착하지 않았겠네. 어쩌면 아침 식사를 할 때쯤에야 도착해서, 도착하자마자 잠들지도 몰랐다.

다시 하품하고서 침대에서 내려갔다. 잠시 매일의 일과가 떠올랐지만, 일거리는 하나도 가지고 내려오지 않았다. 오늘은 정말로 하루 종일 책이나 읽으며 쉬다가 돌아가면 되는 것이다.

간만에 하루를 온전히 내게 쓰겠구나.

그렇게 생각하니 별궁에 오기도 잘했다 싶어서, 나는 욕실로 들어가 이를 닦은 후 간단하게 씻었다.

"황후 폐하. 절 부르셔야지요!"

주베르 백작 부인은 내가 머리카락을 하나로 묶고서 침실에서 나가자 깜짝 놀라 외쳤다.

"언제 부르시나 기다리고 있었는데!"

"그냥, 오늘은 힘을 빼고 지낼 생각이어서요."

"하긴. 그것도 그렇지요. 아침 식사는 뭐로 가져다드릴까요?"

"간단하게 빵과 주스만 부탁해요."

주베르 백작 부인이 나간 사이 나는 응접실로 나가 가방에서 책을 빼냈다. 어제 읽다가 멈춘 책을 집어다가, 안락의자에 기대듯 누운 후 무릎 위에 책을 올려두었다.

그러기를 얼마나 되었을까. 문 열리는 소리가 났다. 당연히 주베르 백작 부인이겠거니 생각하였는데, 다가오는 발소리가 무거웠다. 고개를 들자 제복 차림의 소비에슈가 웃고 있었다.

"황후는 쉬러 와서도 책을 읽으시오?"

"폐하."

책을 덮고 일어났다. 밤새 마차를 타고 오느라 소비에슈는 웃고는 있어도 피로한 기색이었다.

"방금 오셨나요?"

"아아."

소비에슈가 눈으로 창가를 가리켰다. 저 멀리 마차를 정리 중인 이들이 보였다.

"피곤하군."

소비에슈는 중얼거리더니 내 옆으로 다가와 앉았다. 옆으로 약간 옮겨 앉으며 자리를 내주자 그는 곧장 등받이에 뒤통수를 대고서 눈을 감았다.

"……."

잠이 들 듯 말 듯한 모습에 이마에 손을 대자 미열이 있는 것 같기도 했다.

"폐하."

"……."

"폐하?"

선잠이 들었던가 보다. 소비에슈가 눈을 반짝 뜨더니 놀란 듯 날 쳐다보았다. 그는 눈을 커다랗게 뜨고 내 손을 쳐다보고 있었다.

"열이 좀 있는데. 일단 한숨 자도록 해요."

나는 조심스레 이마에서 손을 치우고서 의자에서 일어났다.

'별궁에 대기 중인 의원이 있던가?'

그런데 일어나려는 내 손목을 소비에슈가 살짝 붙들었다. 쳐다 보자, 그가 잠시 여기에 있어보라 말하고는 다시 밖으로 나갔다. 돌아오는 그의 손에는 은색의 상자가 들려 있었다.

"선물?"

"바로 알아보는군."

가볍게 웃은 소비에슈는 안 가져갈 거냐며 상자를 내 쪽으로 더 밀었다.

상자는 오르골이었다. 뚜껑을 열자 한 음 한 음 튕기는 듯한 음악이 천천히 흘러나오며 중앙에서 반짝거리는 반지가 돌아갔다. 상자의 양옆으로는 은색의 목걸이와 귀고리가 보였다.

"고마워요."

웃으면서 인사하자 소비에슈는 상자에서 목걸이만 들어 올렸다.

"해주겠소."

머뭇거리다가 상자는 한 손으로만 들고, 다른 손으로는 머리카락을 들어 올리고서 돌아섰다. 열이 오른 탓에 유독 뜨끈하게 느껴지는 손이 목 주위에 가볍게 닿았다. 차가운 목걸이의 무게감이 목에 느껴졌다.

이어서 목덜미에 뜨겁고 보드라운 무언가가 와 닿았다.

"!"

상자 안에 담긴 귀고리를 보고 있다가 놀라서 고개를 들었다. 다시 한 번 부드럽게 귓가에 입술이 와 닿았다.

나는 머리카락을 놓고서 상자 뚜껑을 덮었다.

돌아서자마자 소비에슈가 내 입술 위로 가볍게 자신의 입술을 포갰다. 하지만 그에 응하는 대신 입을 꾹 다물고서, 상자를 두 손으로 쥔 채 뒤로 물러섰다. 소비에슈는 좀 놀란 표정으로 있다가 눈이 마주치자 머쓱하게 웃으며 조심스럽게 내게 손을 내밀었다.

"……."

나는 소비에슈의 길쭉한 손가락을 빤히 내려다보다가 고개를 저었다.

"황후?"

소비에슈가 나를 가만히 바라보며 불렀지만 나는 다시 고개를 저었다. 그가 왜 갑자기 키스하려 드는 건지는 모르겠지만, 지금은 하고 싶지 않았다.

한 달이 넘게 라스타와 붙어 지냈을 텐데. 다른 사람과 키스한 입술로 내게 키스하려 드는 게 기분 나빴다.

"……그래."

소비에슈는 어색하게 팔을 내렸다. 잠시 방 안을 어색한 침묵이 채워나갔다. 소비에슈는 가만히 선 채로 아까까지 내가 앉아 있던 안락의자만 쳐다보았고, 나는 은색 상자를 든 채로 굳어 있었다.

한참 만에야 반쯤 벌어진 상자에서 아직도 뚝뚝 끊어지는 음악이 흘러나오고 있단 걸 알아차렸다. 슬쩍 상자 뚜껑을 누르자 그제야 음악 소리가 멈췄다.

소비에슈는 안락의자에서 시선을 돌려 상자를 쳐다보고, 다시 나를 보았다.

"황후는…… 이따금 배우자가 아니라 그냥 동료 같소."

"배우자는 인생을 함께 걸어갈 동료이기도 하니까요."

"배우자와 동료가 같은 거라면 굳이 결혼할 필요가 없지 않나?"

소비에슈는 한숨을 내쉬고서 피곤하다며 밖으로 나갔다. 탁, 문이 닫히는 소리가 들려왔다. 나는 눈을 감고 숨을 골랐다.

잠시 후 다시 문이 열리는 소리가 났다. 눈을 뜨고 보자 주베르 백작 부인이 뒤를 돌아보며 들어오고 있었다. 쟁반에 잼을 발라 구운 빵과 주스를 가져온 백작 부인은, 의아한 얼굴로 연신 뒤를 돌아보다가 내 앞에 와서야 질문했다.

"황후 폐하. 혹시 황제 폐하와 싸우셨습니까?"

오던 길에 소비에슈와 마주친 모양이었다.

"폐하께서 열이 있는 듯하니 의원을 보내도록 해요."

나는 대답 대신 다른 걸 지시하고서 그녀에게서 그릇을 받아 들었다.

"식사는 혼자 하고 싶은데. 괜찮을까요, 주베르 백작 부인?"

완전히 홀로 남겨진 방 안. 탁자 위에 접시들을 내려놓은 채, 나는 기계적으로 손과 입을 움직였다. 빵은 겉은 바삭하면서도 속이 부드럽고, 잼은 딸기향이 좋았으며 설탕 덩어리처럼 달콤했다. 청포도로 만든 주스 역시도 시원하고 상쾌했지만, 그 자체의 맛을 즐길 수가 없었다.

속이 텁텁한 데다 마음이 공허하게 붕 떠 있어서인가. 내가 식사를 하는 건지 아닌지도 순간순간 헷갈렸다.

결국, 빵을 반 정도 먹고 나니 더는 안 되겠다 싶었다. 이대로 먹었다가는 체하기만 할 것 같아서 그냥 포크를 내려놓았다.

그런데 입가심으로 주스를 한 모금 마시고 있자니 창가에 낯익은 새가 보였다. 금색 깃털에 보라색 눈동자, 커다란 덩치, 잘생긴 부리…….

"퀸?"

퀸처럼 생겼는데? 하지만 여기에 퀸이 있을 리가 없지 않나?

설마 하면서도 저절로 발길은 창문 쪽으로 향했다. 창문을 열자 커다란 새는 뒤뚱거리면서 안으로 들어왔다.

"퀸!"

정말로 퀸이었다. 게다가 또 무슨 일이 있었던지, 눈가가 촉촉했다.

"퀸, 여기까지 왔어? 혹시…… 날 찾으러?"

고개를 끄덕인 퀸은 두 날개를 쭉 펼쳐서 나를 감싸주었다.

"퀸?"

마치 위로해주려는 모양새였다. 아무리 큰 새라고 한들 사람보다 클 수는 없는지라, 퀸의 날개가 나를 완전히 감싸지는 못했다. 하지만 최대한 날개를 쭉 뻗어서 나를 폭 감싸려고 하는 행동이나, 턱 끝에 닿는 간질간질한 털에 마음 한구석이 찡해졌다.

이마에 입을 맞추자 평소처럼 얼어버리긴 했지만 그래도 팔은 내리지 않는다.

정말로 위로해주려는 건가? 동물은 사람 마음을 본능적으로 눈치챈다던데. 어쩌면 퀸도 지금의 내 속을 알고서 이러는지도 몰랐다. 나는 퀸의 품에서 빠져나온 후, 퀸을 무릎 위에 얹고서 감싸 안았다.

"난 우리 퀸 없으면 이제 못 살지도 모르겠다."

— !

"퀸이 서왕국으로 돌아가면 어쩌지?"

— …….

"따라갈까?"

퀸이 미친 듯한 속도로 고개를 끄덕이는 바람에 웃음이 터져 나왔다.

"도대체 하인리 왕자는 너처럼 예쁜 애를 어디서 데려온 거지?"

더 예뻐 보이려는 건지, 말이 끝나자마자 퀸이 발가락을 쭈욱 펴더니 눈을 초롱초롱하게 뜨고서 나를 올려다보았다.

"나도 퀸이랑 같은 종류의 새를 하나 데려올까?"

― !

"퀸, 동생 생기면 퀸이 예뻐해줄 거야?"

퀸이 이번에는 미친 듯한 속도로 고개를 저어대서, 결국 배를 잡고 웃음을 터트렸다.

그때였다.

"황후 폐하!"

주베르 백작 부인이 헐레벌떡 응접실 안으로 들어왔다. 주베르 백작 부인은 내 품에 안긴 퀸을 보고는 깜짝 놀라서 주춤했지만, 곧 이럴 때가 아니라는 듯 머리를 젓고서 말했다.

"황후 폐하. 황제 폐하께서 쓰러지셨습니다!"

뭐?

"폐하께선 지금 어디에 있나요?"

"근처의 빈방으로 옮겼고 의원을 불렀습니다. 또…….'"

"수도로 사람을 보내 궁의도 불러오세요. 혹시 모르니까요."

나는 다급히 일어나서 퀸을 창틀에 내려놓았다. 퀸이 가기 싫다는 듯 바라보았지만, 지금은 퀸과 놀아줄 수 없었다.

"착하지? 네 주인에게 가 있어, 퀸. 아, 아니다. 주베르 백작 부인."

"예, 폐하."

"퀸에게 물이라도 좀 챙겨주세요. 먼 거리를 날아왔으니까요."

"예."

"퀸. 물 마시고 쉬다가 돌아가. 알았지?"

퀸의 이마 위에 입을 맞춰주고서 나는 서둘러 밖으로 나갔다.

"어떻게. 생각은 해보았느냐?"

라스타는 의자에 웅크린 채, 로테슈 자작을 노려보았다. 어제저 녁에는 늦은 시간이란 이유로 로테슈 자작을 돌려보내는 데 성공 했다. 하지만 순순히 돌아가는가 싶었던 로테슈 자작은 아침이 되 자마자 다시 찾아와 라스타를 기함하게 했다.

"무슨 생각?"

"나와 한배를 탈 생각."

어떻게 해서든 이대로는 돌아갈 마음이 없는지, 로테슈 자작은 느긋하고 여유롭게 물었다.

그가 커피를 마시는 사이, 라스타는 커피잔을 확 쳐버리고 싶은 충동을 누르느라 손가락을 뿌득 움직여댔다.

"요즘은 귀족들이 다시 네게 붙으려 든다던데. 이게 다 내 덕 아 니겠니?"

"그게 왜 당신 덕이야? 에르기 공작 덕이지."

"에르기 공작이 네게 붙은 게 다 내 덕 아니겠느냐."

뻔뻔스러운 대답에 라스타는 헛웃음을 지었다.

그러거나 말거나 로테슈 자작은 "흠." 소리를 내며 두 손을 모으더니, 그 위에 턱을 올리고서 웃었다.

"일단 지금 돈이 좀 필요한데."

돈을 달라고? 당당한 요구에 라스타는 헛웃었다. 그럴 거라 어렴풋이 예상하긴 했지만. 설마 정말로 이 이른 아침부터 찾아와 돈부터 달라 할 줄이야.

'어떻게 정말 이런 인간이 다 있는 거지?'

그녀는 이미 옛날부터 로테슈 자작을 싫어했지만, 지금의 그는 더욱 최악이었다. 예전의 그도 물론 싫기는 했다. 하지만 로테슈 자작은 힘과 권력이 있는 사람이었고, 그녀는 가진 게 아무것도 없었다. 싫은 감정을 두려움 아래에 묻고 외면할 수 있었다.

그러나 이제 로테슈 자작을 두려워하는 마음이 가시게 되자, 두려움 아래에 흐려져 있던 싫은 감정이 조금씩 조금씩 존재감을 드러냈다. 지금처럼.

"당신, 라스타한테 도움이 되겠다면서."

라스타는 고함치고 싶은 걸 누르며 차갑게 말했다.

"그런데 도움도 안 되고 돈부터 달라고?"

"온갖 파티에 불청객으로 끼어 다니면서 네 면을 살려주었는데. 도움이 안 되었다?"

"에르기 공작이 나타나기 전까지는 도움이 안 됐어."

라스타는 차갑게 말한 후 얼른 덧붙였다.

"혹시나 해서 하는 말인데. 에르기 공작은 내가 노예 출신인지 아닌지 신경도 안 쓰니까 이걸 걸로 협박할 생각은 하지 마."

"그자가 그러더냐? 자기는 그런 거 신경 쓰지 않는다고?"

"그래."

쯔쯔쯔 혀를 찬 로테슈 자작이 등받이 깊숙하게 몸을 파묻었다.

"아직도 그런 말이나 믿다니. 때가 덜 탔구나, 라스타."

더는 대꾸할 가치도 없다 여겨져서 라스타가 종을 울리려 할 때였다. 로테슈 자작이 툭, 하고 종을 옆으로 밀어내며 말했다.

"입을 다무는 대가도 대가지만, 라스타. 내가 네 아기를 키워주고 있는데 적어도 거기에 대한 양육비는 주는 게 맞지 않니?"

"양육비?"

"아기 하나를 입히고 기르고 먹이는 데 돈이 얼마나 많이 드는지 아느냐? 당연히 네 아기니 네가 돈을 내야지. 지금은 내가 길러주고 있지 않니."

라스타는 입을 다물지 못했다. 로테슈 자작의 언죽번죽한 태도에 화가 머리끝까지 올랐다.

그러나 아기에 대한 문제는 흥분한다고 해결될 일이 아니었다. 그 아기가 자신의 아기가 아니란 걸 확인하기 전까지는.

"……얼마면 되는데?"

"우선은 숙박비도 떨어졌고, 음식 값도 떨어졌으니……. 보자. 100크랑 정도면 되려나."

"……."

"현금이 없으면 보석으로 주어도 좋고."

라스타는 보석함에서 가장 작고 볼품없는 반지 세 개를 꺼내 그에게 내밀었다. 로테슈 자작 따위에게 줄 생각을 하면 아까웠지만, 아기에 대한 소문이 퍼져 나가는 것보다는 나았다.

"오오. 예쁘구나."

로테슈 자작은 히죽 웃으면서 반지를 요리조리 살피고는 만족스러워하며 품 안에 집어넣었다.

그 꼴을 보며 라스타는 생각했다.

'이럴 때가 아니야. 더 큰 요구를 해오기 전에 그 아기에 대해 알아봐야겠어.'

로테슈 자작이 아기를 데려오기 전에 먼저 이쪽이 로테슈 자작의 영지로 가서 아기를 확인해야 했다. 그리고 아기가 가짜라는 게 밝혀진다면…….

라스타는 치맛자락을 꽉 움켜쥐었다. 그때는 저 인간이 무슨 말을 지껄이든 다 미친 취급 해버리면 그만이었다.

"아, 라스타. 내가 충고 하나 해줄까?"

자리에서 일어난 로테슈 자작은, 그런 라스타를 내려다보며 속이 훤히 보인다는 듯 조롱조로 말했다.

"어제 황제와 황후가 둘이서 별궁에 놀러 갔다지?"

"!"

"둘이서만 내려갔으니 아주 좋은 시간을 보내겠구나. 이참에 황후가 황제의 마음을 돌리려 들지도 모르겠어."

"무슨 소리야?"

"그건 네가 가장 잘 알 테고."

낄낄 경박하게 웃은 로테슈 자작이 탁자에 기대놓았던 지팡이를 짚으며 윙크했다.

"뒷배 하나 없는 가엾은 라스타. 이대로 황제가 잠시 네게 갔던 마음을 접기라도 하면 곧 쫓겨나겠구나. 그러니 내 도움을 받는 일에 대해 잘 생각해보아라. 다음에는 좀 더 유한 태도를 기대하마."

툭툭 라스타의 어깨를 두드린 로테슈 자작이 휘파람을 불며 나가자마자, 라스타는 그가 마시던 찻잔을 집어 던져버렸다.

로테슈 자작이 지피고 간 불안은 몇 시간 후 더욱 커졌다. 랑트 남작이 함께 저녁 식사를 하자며 찾아왔는데, 그가 들려준 이야기 때문이었다.

"라스타 양, 아무래도 폐하께서 내일 못 오실지도 모른답니다."

"네?"

라스타는 억지로 스테이크 고기를 씹어 넘기다가 놀라서 랑트 남작을 쳐다보았다.

"왜요? 오늘이 황후 생일 아닌가요? 내일 올라오시는 거 아니었나요?"

"원래는 그런 일정이었는데……."

랑트 남작은 한숨을 내쉬었다.

"폐하께서 편찮으시다는군요. 별궁에서 사람이 올라와서 급히 궁의를 데려갔답니다."

그는 황제의 상태가 걱정되는지 영 표정이 좋지 못했다.

라스타는 피가 빠져나가는 기분을 느꼈다.

"폐하께서 편찮으시다고……."

라스타의 얼굴이 창백해지자, 랑트 남작은 라스타가 황제를 몹시 걱정하는 거라 여겨 얼른 덧붙였다.

"이런. 라스타 양, 그리 큰 부상은 아닙니다. 걱정하지 말아요."

그러나 이미 라스타는 남작의 말이 귀에 들어오지 않고 있었다. 로테슈 자작이 비웃듯 하고 간 말만 떠올랐다.

정말 몸이 아픈 게 맞나? 둘이서 있다 보니 사이가 좋아져서 그냥 더 놀다 오려는 건 아닌가?

정말로 몸이 아파도 큰일이었다. 아플 때 옆에 있어주면 저절로 마음이 풀어지기 마련 아닌가. 황후가 황제를 살뜰히 보살펴주면, 황제는 거기에 넘어갈지도 몰랐다.

"라스타 양은 정말 폐하를 많이 사랑하시는군요."

"네……."

라스타는 머뭇거리다가 랑트 남작에게 물었다.

"남작님. 라스타도 별궁으로 가도 될까요? 폐하를 간호해드리고 싶어요."

"음. 죄송합니다. 그 허락은 제 권한 밖이라서요."

"아……."

"하지만 황제 폐하나 황후 폐하께서 라스타 양을 원하신다면 사람을 보내올 겁니다."

라스타는 초조하게 고개를 끄덕였다.

그러나 다음 날 전해진 소식은 더욱 좋지 못했다. 소비에슈 황제가 큰 병이 난 건 아니지만 열이 쉽게 떨어지지 않아서, 길게는 일주일 정도 별궁에 더 머무른다는 것이다.

별일 없을 거야.

'내가 정부로 들어오기 전부터도 폐하와 황후는 로맨틱한 관계가 아니었잖아.'

내내 몇 년을 무덤덤하게 지냈다는데, 갑자기 가까워질 리가 있나. 라스타는 애써 침착하려 했지만 잘 되지 않았다. 안 그래도 로테슈 자작의 협박과 아기에 대한 일이 다닥다닥 겹쳐지면서 혼란스러웠는데. 여기에 황후에 대한 불안이 툭 던져지고 나니 자꾸만 온 마음이 출렁거렸다.

결국, 로테슈 자작이 다녀간 지 3일째 되던 날. 이를 눈치챈 에르기 공작이 먼저 물어왔다.

"아가씨. 요 며칠 내내 표정이 좋지 않은데. 괜찮아?"

"괜찮지 않아요."

"왜 그래? 소비에슈 폐하가 아파서?"

"그것도 그렇고……."

라스타는 머뭇거리다가 조심스레 이야기했다.

"황후가 좀 가여운 마음이 들기도 해서요."

"뜬금없이 황후 폐하는 왜?"

"편찮으신 건 폐하신데, 황후는 폐하를 간호하려고 별궁에 계속 남아 있는 거잖아요. 올라와도 될 텐데."

"?"

"하지만 그렇게 하신다 한들, 폐하는 아파하면서도 내내 라스타만 생각하실 테고……. 이런 생각을 하니 좀 마음이 편치 않아요."

라스타의 풀 죽은 목소리에 에르기 공작은 풋 바람 빠지는 소리를 냈다. 라스타는 눈을 동그랗게 뜨고 그를 쳐다보았다. 웃음을 참는 듯 에르기 공작이 턱에 힘을 주고 있었다.

"왜 웃으세요?"

"아아. 미안. 하지만 아가씨, 너무 눈에 보이는 거짓말이어서."

"아닌데. 치이. 라스타는 진심인데……."

"유감이지만 아가씨. 남녀 문제라면 나도 상당히 빠삭한 편이거든?"

"!"

"괜찮아. 방금 그거, 나름 귀여웠으니까."

빙그레 웃은 에르기 공작은 잠시 생각에 잠긴 얼굴로 라스타를 바라보다가, 얼굴을 살짝 들이밀며 장난스레 물었다.

"아가씨, 황후 폐하가 다시 황제 폐하와 가까워질까 봐 염려되는 모양인데."

"그게……."

"이렇게 하는 건 어때?"

정곡을 찔린 라스타는 얼굴이 붉어진 채 에르기 공작을 밉다는 듯 흘겨보았다. 하지만 곧 호기심을 참지 못하고 "뭐요?" 하고 묻고 말았다.

이어진 에르기 공작의 말은 의외로웠다.

"내가 황후 폐하를 유혹해볼까? 황후 폐하가 날 사랑한다면 황제 폐하와 갑자기 가까워질 일도 없을 테고. 그러면 아가씨 마음도 편해질 거 같지 않아?"

"아!"

"어때?"

"……."

얼굴을 다시 멀리한 에르기 공작이 초록색 눈동자를 반짝이며 라스타를 응시했다. 라스타는 잠시 눈을 깜빡거리고 멈춰 있었으나, 곧 고개를 저었다.

"그건 안 돼요."

"왜? 자신 있는데, 나."

"황후는 평생 좋은 것만 보고 살아왔으니까, 오히려 아주 평범한 남자한테 끌릴 거예요."

"음?"

"하지만 공작은 너무 잘난 사람이잖아요. 저…… 황후에게 애인을 붙여준다면 좀 더 평범한 사람이 좋지 않을까요?"

궁의는 심각한 얼굴로 한참 청진기를 움직이다가, 15분 만에야 소비에슈에게서 차가운 쇳덩어리를 떼어냈다.

"어떠신가?"

나는 얼른 물었다.

"어제보다는 열이 조금 내려갔습니다."

궁의의 말이 끝나자마자 주위 사람들이 동시에 안도하는 소리를 냈다. 나 역시 다행이라 생각했다. 소비에슈가 쓰러진 타이밍은 하필 나와 싸운 이후였다. 내 탓이라 생각하진 않았지만, 그래도 나가자마자 쓰러져버린 탓에 내내 신경 쓰였는데. 이제야 좀 안심할 수 있겠다.

"바로 와주어 고맙네."

"아닙니다, 황후 폐하. 당연한 일인걸요."

궁의와 사람들이 나간 후 나는 침대 머리맡에 의자를 가져다 두고 앉았다.

소비에슈는 깨어 있었던지 가늘게 눈을 떴다. 의식도 제대로 있는 모양으로, 대번에 눈동자가 나를 향했다. 옆에 놓인 차가운 그릇에서 손수건을 건져내어 물기를 짠 후 소비에슈의 이마에 얹어주자, 그가 잠시 움찔했다.

"차가워."

"과로라고 합니다."

"들었소. 궁의가 그 말을 할 땐 깨어 있었거든."

"역시 별궁에는 괜히 온 모양입니다."

소비에슈의 뜬금없는 키스로 인해 분위기는 더욱 어색해지기만 했고. 생각하니 답답해서 짧게 한숨을 내쉬었다.

"괜찮지 않소? 이참에 쉬고 가는 것도 좋지."

소비에슈는 피곤한 목소리였지만 밝게 말했다. 그래도 본인이 긍정적이니 다행이었다.

나는 소비에슈의 이마에서 손수건을 떼어 다시 찬물에 적신 다음 뒤집어 올려주었다.

"차가워……."

소비에슈는 다시 끙 소리를 내며 중얼거리다가 뜸 들이며 사과했다.

"나 때문에 생일을 망쳤군. 미안하오."

"매년 돌아오는 날입니다. 신경 쓰지 마세요."

"신경을 안 쓸 수가 없지 않소."

"내년 생일도 있으니까요."

"하지만 올해의 생일은 올해 한 번이고…… 후우. 황후와 대화하고 있으면 정말……."

"동료 같다고요?"

그가 한 말을 똑같이 돌려주자 소비에슈는 미간을 찡그린 채 이상야릇한 표정을 지었다.

"은근히 잘 비꼬는 거 아시오?"

은근히 비꼬기는. 대놓고 비꼰 건데.

나는 속으로 생각하면서 다시 물었다.

"궁의 말로는 며칠 더 머물러야 한다는데. 라스타를 불러올까요?"

소비에슈가 진심이냐는 듯 나를 쳐다보았다. 진심이었다. 이번에는 비꼬려고 한 말이 아니었다. 소비에슈가 내 간호보다는 라스타의 간호를 원할 거라 생각해서 한 말일 뿐.

물론 셋이서 함께 있을 마음은 없으니, 그녀가 내려온다면 나는 궁전으로 돌아갈 거지만. 게다가 정부가 하는 일이 어차피 이런 거 잖아? 소비에슈 한 사람만을 위한 일들.

"황후. ……이번에도 비꼰 거, 맞소?"

"그렇게 들리나요?"

"아니오?"

"아닙니다."

단답으로 대답하고서 가만히 내려다보고 있자니, 소비에슈가 힐 긋 나를 곁눈질하다 대답했다.

"라스타를 불러올 필요는 없소."

"섭섭해할 텐데요."

"황후에겐 좋은 일 아닌가?"

라스타가 섭섭해한다면 심리적으로 고소하긴 하겠지. 하지만 그 뿐이다. 반대로 라스타가 여기에 내려오고 내가 황궁으로 올라간 다면, 실질적으로 도움이 될 것이다. 밀린 일이 한가득이니까.

대답 대신 찬물을 받은 대야에 얼음을 더 집어넣은 다음, 소비에슈의 이마에서 손수건을 들어 올려 그 안에 넣고 저었다. 완전히 차갑게 만든 다음 찬 수건을 다시 소비에슈의 목덜미에 올려주자 그가 펄쩍 뛰면서 내 손목을 잡았다.

"화풀이오?"

"아닙니다."

"……."

"정말이에요."

"알았소. 알았으니 그만 노려보시오."

끙 소리를 낸 소비에슈는 직접 목덜미의 수건을 치워 이불 아무 데에나 놓고서 한숨을 내쉰 다음 대답했다.

"라스타는 부르지 마시오."

괜찮을까? 쳐다보자, 소비에슈가 힘없이 눈을 감으며 중얼거렸다.

"말하는 게 신기하고 귀엽긴 하지만 옆에 두어서 편안하진 않지. 지금은 머리가 아파서…… 좀 조용하게 있고 싶소."

라스타가 기분 상해할 텐데. 정부가 된 이후 한 번도 소비에슈와 떨어져 있던 적이 없을 테니. 하지만 굳이 이런 걸 이야기해줄 필요는 없겠지.

나는 고개만 끄덕이고서 다시 소비에슈의 이마에 찬 수건을 올려주었다.

라스타가 기분 상해할 거란 예상은 그대로 맞아떨어졌다.

일주일간의 정양이 끝난 후. 황궁으로 돌아가자, 미리 정원에서 기다리고 있던 라스타가 마차에서 내리기도 전에 얼른 뛰어왔는데, 날 대하는 그녀의 반응을 보면 알 수 있었다. 라스타는 허겁지겁 소비에슈를 끌어안고서 엉엉 울었지만 나를 향해서는 그저 어색하게 인사를 올리는 게 전부였다.

정부가 황후에게 보이기에 이상한 행동은 아니었다. 다만, 이전에 지나칠 정도로 친한 척 붙어 오던 걸 생각하면 확연히 달라진 태도다. 아무래도 라스타는 소비에슈와 떨어진 것도 떨어진 거지만, 소비에슈가 나와 단둘만 있을 거라는 게 더욱 신경 쓰인 모양이었다.

나는 꼭 달라붙어 떨어질 생각을 않는 두 사람을 내버려두고서 홀로 본궁으로 들어가 밀린 업무를 모두 가져오라 지시했다.

이후로는 평소와 같은 일상이 계속되었다. 나는 일주일 동안 손을 떼고 있었던 업무를 따라잡느라 본궁에 머무르는 시간을 조금 늘렸고, 소비에슈는 궁의의 충고를 따라 야근을 줄였다. 라스타는 여전히 낮에는 에르기 공작과 붙어 다녔지만, 밤에는 소비에슈를 살뜰히 간호하는 모양이었고, 하인리 왕자는 가끔 산책 도중 나와 마주쳤으며, 퀸은 한두 줄로 된 편지를 다시 나르기 시작했다.

아. 변한 점이 하나 있기는 했다. 소비에슈가 굳이 나를 불러다가 라스타에 관한 터무니없는 요구를 하는 일이 줄어들었단 점. 이제 그녀에 대한 일도 궤도를 잡아가다 보니 딱히 요구할 만한 사안이 없는 모양이었다. 덕택에 라스타와 마주치는 일이 없어지면서, 일은 더 많이 하는데도 피로도는 자연스럽게 줄어들어갔다.

여전히 소비에슈 생각을 하면 섭섭하고 가슴은 답답하지만, 이런 식으로 몇 년 지내다 보면…… 우리도 '평범한 국왕 부부'처럼 될 수 있겠지. 포기와 단념이 이루어진 평화 속에서 적당히 무뎌진 마음으로 살 수 있게 될 것이다.

라스타를 다시 만난 건 투아니아 공작 부인이 주최한 티파티 날이었다.

궁의 본채에서 떨어진 위치에는 '크리스털 하우스'라고 불리는 작은 저택이 있었다. 진짜 크리스털은 아니지만 벽의 외관 전부에 여러 각도로 세공한 유리를 붙여두어서, 빛을 받을 때마다 저택 전체가 반짝거리며 빛이 나는 형태였다.

예전에는 황제의 사랑을 받는 정부가 실제로 들어가 살았다던데. 지금은 주로 귀족들에게 하루나 며칠씩 대여해주는 용도로 쓰인다.

오늘 투아니아 공작 부인이 티파티를 주최하며 빌린 곳도 크리스털 하우스였기에, 나 역시 일찍 일정을 끝내고 티파티에 참여할수 있었다.

"바쁘다고 안 오실까 봐 걱정하였습니다, 황후 폐하."

"그럴 리가요."

나는 투아니아 공작 부인과 인사를 나눈 후 정원에 놓인 테이블에 앉았다. 테이블 위에는 이미 차와 커피가 세팅되어 있었고, 간식으로 먹을 쿠키와 케이크들은 투명한 뚜껑으로 덮여 있었다.

그런데 다른 귀부인이나 신사들과도 인사를 나누며 적당히 분위기가 무르익어갈 즈음.

"이런. 제가 늦은 모양입니다."

처음 듣는 호탕한 목소리가 정원으로 나오는 입구에서 들려왔다. 작은 접시에 케이크를 덜다 말고 쳐다보자 처음 보는 곱슬머리 남자가 서 있었다. 그리고 그 옆에 남자의 에스코트를 받고 선 라스타가 보였다.

'아. 저 남자가 혹시 에르기 공작인가?'

힐긋 남자의 시선이 내 쪽을 향했다. 남자는 관찰하듯 나를 뚫어지게 쳐다보았고 나도 시선을 피하지 않았다. 하인리 왕자가 말한

'살아있는 저주 인형'이라거나 '인간 괴담' 같은 이야기가 떠올랐지만, 이런 상황에서 갑자기 그를 피하는 것도 우스우니까.

짧은 찰나인데도 시간이 아주 느리게 흘러가는 느낌이 들었다.

그 순간. 갑자기 남자가 활짝 웃더니 나를 향해 다가와 물었다.

"황후 폐하시군요. 드디어 만나 뵙게 되었습니다."

"에르기 클로디아 공작인가요?"

"바로 알아보시는군요?"

한 번 보면 잊어먹을 수 없는 아름다운 얼굴이지만 처음 보는 얼굴이고. 라스타의 옆에 꼭 붙어 왔고. 그러면 에르기 공작이겠지.

에르기 공작이 한 손을 내밀며 반대쪽 무릎을 굽혔다. 그가 내민 손 위에 내 손을 올리자, 그는 내 손등 위에 가볍게 입을 맞추고는 웃으면서 놓아주었다.

나는 의례적으로 같이 웃어주며 투아니아 공작 부인 쪽을 보았다. 에르기 공작이야 사교계의 유명인사이니 초대되었다 해도 이상하지 않지만, 그녀가 라스타를 초대한 건 의외였다.

그러나 투아니아 공작 부인의 표정을 보자마자, 라스타를 초대한 게 그녀의 의지가 아니었단 걸 알 수 있었다. 투아니아 공작 부인이 당혹스러운 듯 미간을 찡그리고 있는 걸 보니, 라스타를 파트너 삼아 데려온 건 에르기 공작의 독단적인 행동인 모양이었다. 그 사실은 이어진 투아니아 공작 부인과 에르기 공작의 대화에서 확실하게 드러났다.

"에르기 공작께서 라스타 양을 데려올 줄은 몰랐는데요."

"투아니아 공작 부인 같은 사교계 명사의 파티에 방문하는 건 라스타 양에게도 도움이 될 것 같아서요. 괜찮으시겠지요, 부인?"

"진짜 명사인 에르기 공작이 절 추켜세워주시니 괜히 부끄럽군요."

두 사람이 인사를 가장한 질책을 나누는 사이 라스타는 나를 향해 슬쩍 조용히 인사했고, 나 역시 말없이 인사를 받으며 천천히 차를 마셨다. 그러나 차의 맛이 전혀 느껴지지 않았다.

라스타 때문이다. 라스타가 나타난 것만으로도 이 자리가 불편했다. 당장이라도 자리를 뜨고 싶었다. 하지만 여기서 라스타를 피하는 모습을 보여주었다가는, 최소 일주일은 사교계 가십거리로 굴려지겠지. 사람들의 입에 라스타와 함께 오르내리고 싶진 않으니, 적당히 다른 사람들이 나갈 때까지는 여기에 머물러야 했다.

투아니아 공작 부인과 뼈 있는 대화를 나눈 에르기 공작이 라스타를 데리고 내 맞은편에 앉는 바람에 잠시 걱정하긴 했지만, 다행히 이후로도 라스타와 내가 굳이 말을 섞을 일은 없었다.

"리벤 남작에 대해 들었나요?"

"들었어요. 서자를 후계자로 인정해달라 요청하다가 결국 남작 부인과 이혼한다지요?"

"남작 부인은 크롬공국 사람이잖아요? 지금 친정으로 가 있겠다며 아이들을 데리고 떠났다던데."

"리벤 남작 부인이 알레이시아 양의 동생 아니던가요?"

"요즘 알레이시아 양은 뭐 하고 지냅니까?"

"신년제 전에 들은 얘기인데요……."

그런데 한참 투아니아 공작 부인이 알레이시아 양의 근황에 관

해 이야기할 때였다. 라스타가 작게 "알레이시아 양이 누구인가
요?"하고 물었다.

투아니아 공작 부인에게 물은 건 아니었지만, 그 목소리를 공작
부인도 들은 모양이었다. 투아니아 공작 부인이 잠시 말을 멈추자,
라스타의 옆에 앉아 있던 사람이 짓궂은 목소리로 대답했다.

"라스타 양의 선배 격인 사람입니다."

"선배?"

"선황제 폐하의 정부였거든요."

"아……."

라스타는 눈을 동그랗게 뜨고 깜빡이다가 다시 그 사람에게 물
었다.

"알레이시아 양의 동생이 남작 부인이라면, 알레이시아 양은 원
래 귀족인 건가요?"

"네. 선황제 폐하와 눈이 맞은 것도 무도회 때 일이었죠."

"그러면 알레이시아 양은 지금은 어떻게 지내나요?"

각자의 대화 소리로 시끄럽던 주위가 찬물이라도 끼얹은 것처럼
조용해졌다. 다들 말하던 걸 멈추고 라스타에게로 주의를 집중했
다. 어떤 이는 호기심을, 어떤 이는 동정을, 어떤 이는 짓궂은 심정
을 드러내며 라스타를 주시했다.

라스타에게 내내 대답해주던 사람은 괜히 머쓱해져서 "글쎄요."
하고 말을 돌렸다.

그럴 만도 했다. 알레이시아 양은…….

"쫓겨났다고 들었어, 아가씨. 아주 불쌍하게."

라스타가 놀란 시선으로 옆을 쳐다보았다. 대답을 한 이는 에르기 공작이었다. 에르기 공작은 라스타가 멍하니 쳐다보자, 눈썹을 구기면서 가엾어 죽겠다는 듯 웃었다.

"선황제께서 알레이시아 양에게 빠르게 질렸거든. 다른 정부들보다도 유독 정부 생활을 한 기간이 짧았지. 게다가 끝이 영 그래서……."

에르기 공작이 그걸 어떻게 아는지야 둘째치고라도. 라스타와 늘 붙어 다니던 인간이 할 이야기는 아니었다. 하지만 에르기 공작은 태연하기 짝이 없었다. 그가 빙그레 웃으면서 차를 홀짝이자 라스타는 잠시 커다래진 눈을 멍하니 깜빡거렸다.

라스타는 예전에도 내가 그녀 이후의 정부에 대해 언급하자 당황한 적이 있지.

자신 외의 다른 정부의 가능성은 생각도 하지 않고 있었는데, 먼저 같은 길을 간 사람의 끝이 좋지 않았다는 걸 듣자 이래저래 복잡한 눈치였다. 그녀가 완전히 굳어버렸다는 건 주위에도 보일 정도여서, 몇몇 사람들은 가엾어 보이는지 아예 시선을 돌려버렸다.

나는 라스타가 입을 다물 거라고 생각했다. 그러나 라스타는 침묵하는 대신 얼른 놀란 표정을 지우고는 얼굴이 빨개진 채로 말했다.

"귀족들은 정부를 많이 둔다던데. 정말인 모양이네요."

그 모습이 안쓰러운지, 몇몇이 얼른 그녀의 말에 동조해주었다.

"사실 정부가 없는 부부보다 있는 부부가 많기는 해요."

"엘리자 백작 부인 정도로 금슬이 좋다면 모를까."

"정략결혼을 하다 보니 발생한 일이지요."

라스타는 그들의 말에 하나하나 고개를 끄덕이다가 다시 웃으면서 말했다.

"그렇군요. 당연한 일이구나……. 사실 라스타는 처음에 투아니아 공작 부인의 정부가 다섯 명이란 이야기를 들었을 때는 굉장히 놀랐거든요. 그런데 이게 당연한 일이라고들 하니까 뭔가, 신세계를 겪는 느낌이에요."

이번에는 다른 의미로 정적이 쏟아졌다. 사람들이 입을 벌린 채 눈동자만 움직였다.

투아니아 공작 부인은 쨍 소리를 내며 포크를 내려놓았다.

"아."

라스타는 얼굴이 더욱 빨개져서 두 손으로 입가를 가렸다.

"말하면 안 되는 거였나요? 죄송해요."

"말하면 안 되는 게 아니라 터무니없는 헛소리군요, 라스타 양."

투아니아 공작 부인은 살얼음 같은 목소리로 차갑게 라스타에게 말했다. 라스타는 완전히 겁먹은 얼굴로 거듭 죄송하다고 반복해서 허둥거렸지만, 투아니아 공작 부인의 표정은 풀리지 않았다.

"죄송합니다, 부인. 라스타 양은 아직 귀족들의 살짝 가식적인 예법에 익숙하지 않아서요. 들은 걸 그대로 전하고 만답니다."

그 와중에 에르기 공작이 라스타를 편든답시고 한차례 더 퍼부은 말에, 투아니아 공작 부인은 결국 참지 못하고 일어섰다.

"가식적인 예법조차 차리지 못할 만큼 무례한 사람이 둘이나 있으니 견디기 힘들군요. 특히 에르기 공작님. 예법 모르는 사람을 파트너로 데려오려면, 최소한의 가식은 가르치고 오셨어야죠. 가식보다 나쁜 게 무례인데."

"이런. 화나셨습니까?"

"네. 오늘 모임은 여기서 끝내겠어요. 이상한 자리에 참석하시게 해 죄송합니다, 황후 폐하."

빛이 강하면 그림자도 뚜렷한 법이었다. 투아니아 공작 부인은 사교계의 나비로 20년이 넘게 군림해온 만큼 적들도 많았다. 그녀의 추총자들이 하도 많은 데다 평판과 인기가 좋으니, 적들조차도 차마 나쁜 소리를 하지 못하였을 뿐.

그러나 조용히 지내면서도, 그들은 투아니아 공작 부인의 단점에 대해 떠들고 싶어 늘 안달이 나 있었다. 그런 사람들에겐 어제 오후 라스타가 투아니아 공작 부인 앞에서 한 발언은 아주 통쾌하고 시원했다. 투아니아 공작 부인을 은근히 싫어하던 적들은 라스타의 응접실을 찾아가 웃고 떠들었다.

"사실 라스타 양이 투아니아 공작 부인에게 한 말을 듣고서 조금 고소했답니다."

"솔직히, 정부가 다섯 명뿐이겠습니까? 공작 부인을 좋아서 쫓아다니는 사람이 몇 명입니까? 그들 모두가 짝사랑이라고요?"

"애초에 공작 부인이 여기저기 여지를 흘리고 다닌 거지요."

"진짜 여왕인 황후 폐하께서는 가만히 계시는데, 자기야말로 사교계의 여왕이란 것처럼 늘 머리를 빳빳이 들고 다닐 때부터 찜찜했다니까요?"

그들에게 있어 라스타는 방패와도 같았다. 투아니아 공작 부인에 대해 대놓고 안 좋게 말할 수 있지만, 그렇게 해도 사교계에서 무시당하지 않을 권력이 있는 방패. 그들은 라스타라는 방패 뒤에 숨어 감춰놓았던 불만들을 털어놓기만 하면 될 뿐이었다.

"라스타는 그냥 전해 들은 말을 했던 건데……."

"솔직히 소문이야 계속 돌았지요. 괜히 말을 잘못 꺼냈다가 공작 부인 패거리들에게 찍힐까 봐 말하지 못한 거지."

"그 추종자들이 유독 별납니까?"

남녀 귀족들은 라스타를 중간에 두고 소곤거리다가, 서너 시간이 지나서야 시원하단 얼굴로 일어섰다.

"어땠나요?"

라스타는 그들이 나가자마자, 내내 대화에 참여하는 대신 거리를 둔 채 상황을 지켜보던 에르기 공작에게 다가가 물었다.

에르기 공작은 눈꼬리를 휘며 웃었다.

"잘했어, 아가씨."

에르기 공작의 칭찬에 라스타는 몸을 꼬았다.

"이렇게 하면 되는 건가요?"

"어. 시작이 좋아."

"하지만…… 이 정도로 사람들이 투아니아 공작 부인에게서 돌아설까요?"

"아니, 당장 이 정도만으로 그렇진 않겠지."

"?"

"지금 이건, 그냥 그거야. 불만이 있는지 없는지를 확인한 거. 한 번 휘저어준 거지."

"아…… 그러면 이제 어떻게 해야 할까요?"

순진하게 묻는 라스타를 보며 에르기 공작은 웃음을 터트리고는 의자에서 일어섰다.

"이제부터는 아가씨 혼자서도 잘할 수 있잖아?"

"라스타는 이런 거 별로……."

"말했잖아, 아가씨."

라스타의 가까이로 온 에르기 공작이, 허리를 숙여 라스타의 귓가에 대고 작게 속삭였다.

"귀엽기는 한데, 난 이런 데 잘 안 속는다니까?"

"치이."

라스타가 밉다는 듯 흘겨보자 에르기 공작은 웃음을 터트리면서 허리를 폈다.

"흉본 거 아니니 너무 기분 상해하지 마, 아가씨."

라스타는 입을 삐죽거리다가 눈썹을 치켜올렸다. 에르기 공작이 곧장 응접실 문을 열고 복도로 나가고 있었다.

"어디 가요?"

라스타가 따라가려고 덩달아 일어서자, 에르기 공작은 돌아서서 고개를 저었다.

"잠깐 나갔다 오려고. 아가씨는 안 와도 돼. 산책하러 가는 거 아니니까."

"어디 가는데요?"

"그냥…… 잠깐 밖에?"

평민들까지도 모두 참가할 수 있는 커다란 규모의 대중 무도회
는 1년에 적으면 네 번, 많으면 여섯 번까지도 열린다.

그 날짜를 정하기 위해 문화기관의 관장을 불러 한참 대화를 나
누던 도중이었다. 관장이 화장실이 급하다며 양해를 구하고 사라
진 후, 나도 뻐근한 눈의 피로를 풀기 위해 잠시 업무실 밖으로 나
왔다.

'잠깐 좀 걸을까.'

긴 회랑을 보고 있자니 굳은 몸을 풀고 싶어져서, 천천히 걸어가
기 시작했다. 그런데 몇 걸음 걷지 않아서 보니, 멀지 않은 기둥에
에르기 공작이 기대어 서 있었다.

왜 저기 서 있는 거지?

멈춰 서서 쳐다보자, 그는 싱긋 웃으면서 똑바로 서더니 내게 다
가와 인사했다.

"여기서 세 시간은 기다렸습니다. 정말 바쁘신 모양이군요."

금갈색의 곱슬머리가 그가 인사하는 방향을 따라 흔들렸다.

더욱 의아해졌다.

세 시간을 기다렸다고? 날 기다렸다는 것 같은데?

하지만 에르기 공작이 날 기다릴 일이 무언지 생각나지 않았다.

급한 일이라면 사람을 시켜서 보고 싶다 했을 테고…….

"무슨 일이지요?"

의아해서 묻자, 에르기 공작은 "아. 바로 본론." 하고 중얼거리더니 가볍게 웃으며 물었다.

"좋네요. 빠르고. 혹시 제가 하인리의 친구인 건 아십니까?"

"들었어요."

"들으셨군요."

"……."

"들으셨구나."

무슨 말을 하러 온 걸까.

에르기 공작은 "들으셨어." 하고 혼자 중얼거리면서 갑자기 미간을 찡그리고 바닥을 내려다보았다. 잠시 어색한 침묵이 지나갔다. 에르기 공작은 약 3분 정도를 그러고 있다가 다시 물었다.

"하인리에게 황후 폐하 이야기를 몇 번 들었습니다. 하인리가 혹시 황후 폐하께도 제 얘기를 하던가요?"

자주는 아니지만 한 번 했다. 안 좋은 쪽으로.

"자주 듣진 않았어요."

솔직하게 대답해주자 에르기 공작은 두 걸음 정도 가까이 다가오면서 내 눈치를 살폈다.

"혹시 이상한 말을 하진 않았습니까?"

"이상한 말이라면……?"

"저에 대해 안 좋은 쪽으로요."

정답이었다. 동시에 대답할 수 없는 질문이기도 했다. 하지만 일단 고개를 저어서 아니라고 하자, 에르기 공작은 한숨을 내쉬며 자기 이마에 손을 올렸다.

"늘 그런 식이지. 꼭 자기가 마음에 드는 사람한테는 나에 대해 나쁘게 말해둔다니까요?"

하인리 왕자가?

"사람을 무슨 저주 인형이니 괴담이니 하는 말을 하고 다녀서……."

"!"

"전혀 거짓말이니 들으실 필요 없습니다."

"……왜 내게 이런 말을 하는 건지, 난 에르기 공작의 의도를 알 수가 없는데요."

"어제 뵈니까 황후 폐하께서는 하인리와 어울리는 그런 부류는 아닌 것 같아서요."

"그런 부류가 어떤 부류인가요?"

"하인리나 저와 같은 부류이지요. 가벼운 부류."

어제 나는 웃으면서 고개를 끄덕이거나 인사를 주고받는 말 외에는 거의 입을 열지 않았다. 그러다가 티파티가 어중간하게 끝나자 적당히 돌아갔을 뿐. 별말을 하지도 않았는데, 어제 날 보고 무슨 부류인지 판단이 갔다고?

"하지만 차이점이 있다면, 하인리는 양심 없이 반대되는 사람을 원하고, 저는 가벼운 사람끼리 가볍게 어울리는 주제 아는 놈이란 정도?"

"내가 하인리 왕자의 친구가 되기에 어울리지 않는다는 뜻인가요?"

"아니요. 조언을 드리러 온 겁니다."

조언?

"하인리는 이중적인 인간입니다, 황후 폐하. 앞에서 하는 말과 뒤에서 하는 행동이 달라요. 웃으면서 사람을 해칠 수 있는 놈이죠."

"!"

"녀석의 사탕발림을 너무 믿지 않는 게 좋을 겁니다."

"그대는 하인리 왕자와 가장 절친한 친구가 아니던가요?"

그런데 왜 하인리 왕자는 에르기 공작의 흉을 보고, 에르기 공작은 하인리 왕자의 흉을 보는 거지? 어이가 없어서 묻자, 에르기 공작은 태연하게 웃으며 입을 열었다.

"애초에 저를 여기 부른 게 하인리였습니다. 녀석이 그건 말하던가요?"

고개를 젓자 에르기 공작은 그럴 줄 알았다는 듯 다시 말을 이었다.

"하인리 녀석이 몇 년 전부터 세우던⋯⋯."

그러나 에르기 공작이 말을 다 마치기도 전이었다. 누군가 뚝뚝 벽을 두드렸다. 돌아보자 소비에슈가 빼딱하게 선 채 에르기 공작을 쏘아보고 있었다.

"또 외국인이군. 또 외국인이야."

에르기 공작은 소비에슈에게 인사를 올리고는 무해하게 웃어 보인 후 가버렸다. 에르기 공작이 멀리 가자마자 소비에슈는 똑바로 몸을 세운 채 내게 물었다.

"이쯤 되면 확실한 거 같은데. 한 명은 서왕국, 한 명은 뢰트, 한 명은 블루 보헤안. 황후는 분명 외국인 취향이 확실해. 안 그렇소?"

전의 그 터무니없던 추측이 또 부풀어 있었다. 요즘 좀 조용하다 싶더니. 미간을 찡그리고 쳐다보자 소비에슈가 손가락으로 에르기 공작의 뒤를 가리키며 말했다.

"황후가 남자라고는 나 외엔 만나본 적이 없어 모르는 모양인데. 단순히 입바른 말을 잘한다고 해서 좋은 남자는 아니오."

에르기 공작은 입바른 말을 하고 가지도 않았지만, 이걸 정정하는 대신 어이가 없어서 질문했다.

"그러면 어떤 남자가 좋은 남자인가요?"

"……."

양심이 있으면 자기란 말은 안 하겠지.

그러나 소비에슈는 양심이 없었다.

"나?"

진심이야? 미간을 찡그리고 쳐다보자, 소비에슈는 불만스러운 표정으로 시선을 돌리고서 한숨을 내쉬었다.

"어쨌든 행동을 좀 조심해주었으면 좋겠소."

"그러면 저도……."

"?"

"아름다운 내국인 청년으로 알아보도록 하지요."

소비에슈는 가만히 나를 응시하다가 "그러든가." 하고 작게 중얼거리고는 돌아서서 가버렸다.

이번에는 내가 한숨이 나왔다.

도대체 소비에슈의 머릿속은 짐작할 수가 없어. 자기가 라스타를 데려오는 건 상관없지만, 황제 부부가 쌍으로 바람났단 이야기를 듣긴 싫다는 건가?

"이런. 황후 폐하, 절 찾으러 나오셨습니까?"

관자놀이를 누르고 있자니, 화장실을 간다며 나갔던 관장이 허둥지둥 달려왔다.

"죄송합니다. 요즘 들어 소화기관이 좋지 않아서요."

"괜찮아요."

그를 데리고 다시 업무실 안으로 들어왔지만, 쉬이 집중하기 어려웠다. 결국 이번에는 내가 업무를 중단시키고 말았다.

"내일 다시 이야기하도록 하지요. 오늘은 들어가서 쉬도록 해요."

"어휴, 괜찮은데요."

"나도 마침 집중이 잘 안 되어서 그러니, 걱정 말고 들어가요."

관장이 나간 후, 텅 빈 방 안에 홀로 남은 채 나는 팔을 꼬고 앉아 멍하니 종이 뭉치만 쳐다보았다.

소비에슈도 소비에슈지만……. 에르기 공작은 무슨 뜻으로 한 말이었을까? 하인리 왕자가 몇 년 전부터 뭘 세웠다는 거지?

건물을 세웠을 리는 없고.

계획? 이 경우 '계획'이 뒤에 오는 게 맞을 것 같은데…….

"……."

하인리 왕자에게 물어봐야겠다.

에르기 공작을 부른 게 하인리라면서, 둘 다 서로를 홍보하는 것도 그렇고……. 이상해.

"폐하, 시원하세요?"

"……."

"폐하아. 시원하세요?"

"……."

"폐하?"

라스타는 소비에슈의 어깨를 주무르던 걸 멈추었다. 몇 번이나 거듭 물어도 소비에슈가 대답을 하지 않는 게, 영 딴생각에 빠진 모양이었다.

라스타는 왹 소비에슈의 어깨너머로 고개를 들이밀었다. 소비에슈는 그제야 놀라서 흠칫 고개를 옆으로 돌렸고, 두 사람의 입술이 닿을 듯 말 듯 스쳐 지나갔다.

라스타는 웃으면서 소비에슈의 볼에 가볍게 입을 맞추고는 그를 끌어안으며 물었다.

"무슨 생각을 하기에 라스타 말을 하나도 안 들으세요?"

애교스러운 목소리였지만 뾰로통하기도 했다.

"아…… 미안하구나."

"나랏일 때문에 그러시는 거라면 뭐. 어쩔 수 없지요."

소비에슈가 사과하자, 라스타는 귀엽게 어깨를 으쓱하고서 탁자 맞은편으로 가 앉았다.

그러나 소비에슈는 고개를 저었다.

"나랏일은 아니란다."

"그럼요?"

라스타는 반은 건성으로 물었다. 평소 소비에슈는 낮의 일과를 라스타에게 전부 이야기해주지 않았다. 내킬 때는 이야기해주었지만 아닐 때가 많았으므로, 이번에도 별생각 없이 질문한 것이었다.

그러나 '네가 신경 쓸 일이 아니다'는 대답이 나오리란 예상을 뒤집고, 소비에슈가 잘됐다는 듯 질문을 던졌다.

"그러고 보니 라스타. 에르기 공작이 너와 친하게 지냈던가?"

에르기 공작? 갑자기 왜 그 사람 이야기가 나온 거지?

라스타는 어리둥절해서 "네." 하고 대답했다.

"라스타랑 친해요. 왜 그러세요?"

"에르기 공작이 황후와도 친하더냐?"

그러나 뒤이은 소비에슈의 질문은 더욱 의외였다.

라스타는 살짝 움찔해서 물었다,

"……왜 그런 질문을 하세요?"

"오늘 낮에 보니 두 사람이 퍽 다정하게 대화하고 있어서."

소비에슈가 작게 한숨을 내쉬었다.

"낮에……."

라스타는 오늘 낮, 에르기 공작이 잠시 나가겠다며 자리를 비우더니 몇 시간이나 안 들어오던 걸 떠올렸다.

'이후에도 어디를 다녀온 건지 말하지 않더니. 황후에게 갔다 왔구나.'

뒤이어 라스타는 에르기 공작의 자신만만하고 장난스럽던 제안을 떠올렸다. 황후를 유혹해볼까, 하던 그 제안.

'날 위해서 정말 황후를 유혹하려 한 건가?'

라스타는 말없이 입술을 뾰족하게 내밀었다.

'그러지 말라니까……'

자신을 위해 한 행동 같기는 한데. 그래도 조금 기분이 상했다. 소비에슈는 이를 눈치채고서 라스타를 의아한 목소리로 불렀다.

"라스타?"

라스타는 황급히 웃었다.

"아니요. 황후는 에르기 공작님하고 친하게 지내지 않아요."

"……그래?"

"그럼요. 에르기 공작님은 라스타의 친구인걸요."

그 재빠른 말에 소비에슈는 귀엽다는 듯 픽 웃었다.

"왜요?"

"넌 정말 순하구나. 착하고."

"?"

"내가 혹시 황후를 오해라도 할까 봐 두둔해주는 게냐."

"아…… 티가 났나요?"

라스타가 두 손으로 얼굴을 감싸고 배시시 웃자, 소비에슈는 빙그레 미소하며 고개를 끄덕였다. 그러다가 문득 "음?" 하고 눈썹을 치켜올리며 물었다.

"헌데 요즘은 내가 선물한 반지를 안 끼고 다니는구나?"

"반지……요?"

라스타는 뺨을 감쌌던 자신의 손을 내렸다. 청초한 외모와 달리 그녀의 손가락은 어린 시절의 고생으로 인해 그리 곱지 못했다.

거친 손을 본 소비에슈의 눈동자가 흔들렸다. 그는 두 팔을 뻗어 라스타의 거친 손가락을 감싸며 말했다.

"안에 붉은 보석이 박힌 은색 반지. 기억나느냐?"

"네? 네."

"그 빨간 보석이 '홍염의 별'이란다."

"?!"

라스타는 얼마 전 로테슈 자작에게 주었던 반지 세 개를 떠올렸다. 그중 하나가 분명 안에 빨간 보석이 박힌 은색 반지였다. 그냥 알맹이가 제일 작기에 가장 싼 거라 생각해 주었는데. 보석에 이름까지 붙어 있는 걸 보니 상당히 비싼 반지인 모양이었다.

"그게 마음에 안 드느냐?"

소비에슈의 질문에 라스타의 표정이 일그러졌다. 귀한 반지를 하필 제일 싫어하는 인간에게 주었단 생각을 하자 속이 뒤집히는 것 같았다.

"부담스러울까 봐 말해주지 않았는데. 그 보석에 마법이 걸려 있단다. 단시간에 효과가 나타나지 않지만, 꾸준히 끼고 있으면 조금씩 흉터가 사라지는 효능이 있으니, 마음에 안 들어도 끼고 있거라."

게다가 마법까지 걸려 있다니! 그 소리에, 라스타는 결국 앓는 소리를 내며 탁자에 이마를 박았다.

"라스타?"

"으으…… 아까워."

소비에슈가 어리둥절해서 쳐다보자, 라스타는 끙끙거리며 설명했다.

"가엾은 하녀를 발견해서 그 사람한테 주었어요. 그런 반지인 줄 몰라서……."

소비에슈는 잠시 놀란 얼굴을 하고 있다가 웃음을 터트렸다.

"뭐? 하하!"

라스타는 울상을 지었다. 이번에는 정말로 울고 싶었다.

"폐하. 그런 효능을 가진 반지, 또 없나요?"

"있기는 한데……."

"라스타가 그거 또 달라고 그러면…… 염치없겠지요?"

"음. 나중에 비슷한 걸 구한다면 다시 주마."

지금 있는 건 못 주는 건가? 라스타가 아쉬운 눈길로 바라보자, 소비에슈가 난처하게 웃었다.

"하나는 황후에게 있어서."

다음 날, 로테슈 자작이 찾아오자마자 라스타는 반지에 관해 물었다.

"며칠 전에 라스타가 준 반지. 어떻게 했어?"

로테슈 자작은 아직 의자에 앉기도 전에 퍼부어진 질문에 어리둥절해서 멈춰 섰다.

라스타는 초조하게 물었다.

"반지 어떻게 했냐고."

"팔았지."

"팔았어?"

"왜 그러느냐? 설마 나한테 끼라고 준 건 아닐 테지 않느냐."

만약 아직 가지고 있다면 생색을 내며 다른 것으로 바꾸어줄 생각이었던 라스타는, 화가 머리끝까지 치솟아서 후! 입으로 바람을 뱉었다. 정말 하나부터 열까지 마음에 드는 게 없는 자였다.

"생각보다 돈이 꽤 되더군. 일부러 싸구려 반지만 챙겨준 줄 알았는데, 웬일로 기특한 일을 했어."

로테슈 자작이 끌끌 웃으며 하는 소리에 라스타는 더욱 혈압이 올랐다. 하지만 이미 반지는 손을 떠나간 일이고, 어쩔 수 없었다. 소비에슈가 말한 대로 새로운 반지를 구할 때까지는. 라스타는 속으로 10부터 1까지를 세며 가까스로 진정한 다음 손가락으로 탁자를 가리켰다.

"앉아봐."

"건방지기는."

로테슈 자작이 도끼눈을 떴지만, 라스타는 평소와 달리 반지 때문에 몹시 분노한 상태였다. 덕분에 그의 무서운 표정에도 겁이 나지 않았다.

"당신 말대로 한배를 탄다면, 이제부터는 당신이 우위에 있지 않아. 라스타에게 건방지니 어쩌니 하지 마."

라스타의 단호한 말에 로테슈 자작이 '어쭈?' 하는 표정으로 그녀를 쏘아보았다. 그러나 라스타가 부채를 꺼내 빠르게 자기 얼굴을 부치기 시작하자, 로테슈 자작은 언짢은 마음이 빠르게 가라앉았다. 부채에 달려 찰랑거리는 보석이 그의 기분을 좋게 만들어주었다. 이제 얼마 있지 않으면 내가 저런 것들을 가지게 되겠지.

그대로 기분이 좋아진 로테슈 자작은, 홈 소리를 내고서 탁자 앞으로 가 앉았다.

"그래. 네 말이 맞지. 그래, 우리는 이제 동료나 마찬가지란다."

라스타가 경멸 가득한 시선을 보냈으나, 로테슈 자작은 모른 척물었다.

"이제 마음은 정했니? 내 인내심도 슬슬 바닥나고 있단 걸 알아 줬으면 좋겠구나."

"마음을 정하기 전에 보여주어야 할 게 있어."

"보여주어야 할 것?"

"라스타에게 도움이 될 거라 그랬잖아. 정말로 도움이 될지 아닐지, 능력을 보여줘."

"능력이라니?"

로테슈 자작은 생각해보지도 않은 일인 듯 어처구니없어 하며물었다.

라스타는 부채를 탁 접어 한 손에 가져다 대었다.

"당신은 내가 한배를 타지 않으면 아기에 대해 까발린다고 했지만, 당신과 한배를 탔다가 당신이 일을 망치기라도 한다면 손을 잡든 잡지 않든 어차피 손해잖아? 그러니 최소한의 능력은 나한테 보여줘야지."

"흐음…… 그래서. 어떤 능력을 보여달라는 거지?"

"투아니아 공작 부인의 약점에 대해 알아 와. 나쁜 소문이라거나."

매주 두 번 소비에슈와 저녁 식사를 함께하는데, 그날이 오늘이었다. 어제 그리 유쾌하지 못한 대화를 했던 걸 생각하면 마음이 불편해졌지만, 어쨌든 가야 했다.

나는 의전 내내 걸치고 있던 복잡한 의복을 벗은 후 편한 하늘색 가운 드레스로 갈아입고서 동궁으로 갔다. 어색하게 식사하지 않으려면 소비에슈에게 어떤 화제로 말을 꺼내야 할지, 걸어가면서도 그 걱정부터 들었다.

그런데 소비에슈와 함께 식사하는 방 근처에 도착했을 때였다. 복도를 걸어가다가 라스타와 정면에서 마주치고 말았다. 별궁 사건의 여파가 아직 그대로인 듯, 라스타는 꾸벅 인사하고서 조심스레 옆으로 비켜섰다.

'언니라 부르겠다며 친한 척하지 않으니 그나마 다행이네.'

이 정도로 거리감이 있는 게 훨씬 낫다. 그런데 그녀를 지나 몇 걸음 걸어가는 도중이었다.

"저…… 황후 폐하."

뒤에서 라스타가 조용하게 나를 불렀다. 멈춰 서서 돌아보자, 라스타가 주저하는 기색으로 나를 바라보고 있었다.

"왜 그러지?"

물어보자, 그녀는 쉽게 말을 꺼내지 못하고 우물거렸다.

무슨 말을 하려고? 미간을 찡그리고 쳐다보자, 라스타는 "저……" 하고 천천히 말문을 열었다.

"황후 폐하. 황후 폐하께는 하인리 왕자님이 계시잖아요. 친한 친구요."

갑자기 하인리 왕자 얘기는 왜 하는 거지?

내가 하인리 왕자와 편지 나누는 걸 자기가 눈감아주었다던 말. 이번에도 하려는 건가?

"그러니까 에르기 공작님은 건드리지 않으셨으면 좋겠어요."

그러나 라스타가 꺼낸 말은 전혀 예상하지 못한 방향이었다.

"뭐?"

누가 누굴 건드려?

'내가 에르기 공작을 건드린다고?'

순간 나도 모르게 입에서 바람이 빠져나왔다.

"무슨 헛소리인지 모르겠구나."

"에르기 공작님은 제가 궁지에 몰려 있을 때, 다른 사람 말을 안 듣고 저만을 믿어준 제 편이세요."

"그래서?"

"말 그대로예요……. 기, 기분 나쁘게 듣진 마세요. 그냥, 굳이 많은 친구를 가진 황후 폐하께서, 하나뿐인 제 친구까지 가져가실 필요가……."

"없지."

왜 저런 오해를 한 건지 모르겠지만, 전혀 터무니없는 내용인지라 바로 말을 끊어버렸다.

"왜 그런 이상한 걱정을 하는지 모르겠지만, 염려 말거라. 에르기 공작은 내 친구가 아니니."

라스타는 내 말에 마음이 편해졌는지 반색하며 웃었다.

"그리고 네 말대로란다."

"네?"

"너는 내 것을 탐하였지만 나는 네 것을 탐하지 않아. 나는 남의 것을 뺏어야 할 정도로 궁핍하지 않으니까."

"!"

소비에슈가 있는 방 안으로 들어가자, 황제의 비서인 피르누 백작이 와 있었다. 긴 대화를 나눌 건 아닌지, 소비에슈는 테이블 앞에 앉아 있고 피르누 백작은 근처에 서 있었다. 이미 모자까지 챙겨 든 걸로 보아 곧 나갈 것 같았기에 나는 소비에슈의 맞은편 자리에 조용히 앉았다. 애초에 내가 들을 수 없는 대화라면 소비에슈가 들어오란 말도 하지 않았겠지.

"치유 마법이 걸린 반지요?"

"그래."

"목걸이라거나 팔찌, 검 같은 것도 괜찮습니까?"

"아니. 반지여야 한다. 아니, 아니다. 팔찌도 괜찮긴 하겠군."

"예. 극히 드물게 풀리니 최대한 범위가 넓은 게 좋습니다."

"어쨌든 알아보고, 나오면 바로 구입해 가져오도록 해라."

"예, 폐하."

소비에슈가 나가라 손짓하자, 피르누 백작은 소비에슈와 나에게 연이어 인사를 올린 후 밖으로 나갔다.

문이 닫히자 소비에슈는 내 쪽을 보며 웃고는 종을 울려 시종들에게 음식을 들이게 했다. 미리 대기하고 있었던지 시종들은 바로 푸짐한 저녁 식사를 차려 왔다. 거위 꼬치구이와 포타주, 치즈를 뿌린 크림빵 등이었다.

시종들이 나간 후. 안 그래도 소비에슈와의 대화거리에 대해 고민하고 있던 지라, 나는 바로 아까 들은 그 문제에 대해 물어보았다.

"치유 마법이 걸린 반지라면 이미 폐하께 하나 있지 않나요?"

"아…… 그렇긴 한데. 지금은 없어서 말이오."

"그래요."

왜 없어졌는지 말하지 않는 걸 보면, 구체적인 이유는 알려주고 싶지 않은가 보네. 굳이 캐묻는 대신 고개를 끄덕이고서 앞의 포타주를 한 스푼 떠먹었다.

화젯거리를 찾아서 다행이라 여겼는데. 한 번 말이 오가고 나니 그 화제는 말짱 꽝이었다. 그릇과 포크, 스푼 등이 부딪치는 소리를 내는 건 격식에 어긋나기에 어린 시절부터 철저하게 소리를 내지 않도록 교육받는다. 그 탓에 대화 소리가 사라진 방 안에서는 완전히 침묵이 내려앉았다.

소비에슈는 포타주 한 그릇을 거의 비운 뒤에야 말을 꺼냈다.

"황후. 혹시 괜찮다면, 반지를 새로 찾을 때까지 '사막의 꽃'을 빌려줄 수 있소?"

'사막의 꽃'은 내게 있는 반지로, 립트를 다녀온 무역상이 바친 것이었다. 사막 부족의 가장 뛰어난 전사들이 대대로 물려받았다던 그 반지에는 강력한 치료 마법이 걸려 있기도 했다.

잘 사용하지 않는지라 빌려주는 건 상관없지만…….

저절로 시선이 소비에슈의 매끈한 손으로 향했다. 상처나 흉터 자국 하나 없이 매끈했다.

"꼭 필요한가요?"

의아해서 묻자, 그가 무뚝뚝하게 대답했다.

"손을 다친 사람에게 잠시 빌려주고 싶어서."

"누구인가요?"

"꼭 돌려줄 테니 잠시만 빌려주시오."

"라스타 양의 손이 거친가 보군요."

내 말에 소비에슈가 흠칫했다. 나는 포크를 내려놓고서 냅킨으로 입가를 닦으며 그를 향해 웃었다.

"폐하께서 쓰시진 않을 테고. 뜬금없이 다른 귀족들에게 빌려줄 리는 없고. 그렇다고 빌려 간 물품을 상으로 하사할 리도 없고. 꼭 돌려줄 수 있다고 확신하실 정도면 돌려받을 가능성이 높은 사람일 테고. 그런 이라면 폐하의 손 위에 있는 사람일 테니 당연히 라스타 양이겠지요."

소비에슈는 말없이 나를 바라보다가 이마를 짚었다. 무표정하게 있지만 민망한 기색이었다.

한참 만에야 그는 한숨을 내쉬며 말했다.

"안 빌려주겠지?"

"빌려줄 수 있어요."

"정말이오?"

"단, 조건이 있습니다."

"조건······?"

"폐하께서 가진 마법 물품 중 하나를 제게 담보로 빌려주세요."

소비에슈가 하 어이없다는 듯 웃었다.

"내가 안 돌려줄까 봐 그러시오?"

"아니요. 저도 빌려주고 싶은 사람이 생길지도 모르니까요."

"빌려주고 싶은 사람······이라니?"

"어제 말씀드리지 않았나요? 제가 외국인과 어울리는 걸 싫어하시니, 내국인 청년과 어울리겠다고."

소비에슈의 얼굴이 굳어졌다.

"그래서. 내국인 청년에게 황제의 물품을 빌려주겠다?"

고개를 끄덕인 다음 물을 마시고서 태연한 척 그를 바라보았다.

내국인 청년에게 주겠단 말은 거짓말이다. 하지만 그가 내 반지를 가져가겠다면, 나도 그에 상응하는 물품을 받아 가겠단 마음은 진심이었다.

소비에슈는 못마땅한 얼굴로 나를 쳐다보다가 확 자리에서 일어났다.

"빌려주기 싫으면 싫다 하시오. 이 일은 없던 걸로 하지."

결국, 포타주 한 그릇 외에는 아무것도 먹지 못했다. 하지만 이 와중에도 배는 또 고팠다.

'엘리자 백작 부인에게 아이스크림을 가져다 달라 해야겠어.'

먹고 나면 들끓는 마음이 좀 가라앉겠지.

그래도 소비에슈가 단단히 삐진 얼굴을 보아서인가. 이전에 로테슈 자작을 불러왔단 오해를 받았을 때나, 라스타가 도망 노예란 소문을 퍼뜨렸단 오해를 받았을 때보다는 속이 좀 덜 답답했다.

그런데 서궁 안으로 들어가 산책길을 걸어가는 도중이었다.

"하인리 왕자? 퀸?"

하인리 왕자가 퀸을 안고 서 있었다. 반가워서 다가가보니, 하인리 왕자가 안은 새는 퀸이 아니었다.

"퀸이 아니군요?"

덩치도 퀸보다 조금 작았고 깃털도 금색이 아니라 파란색이었다. 아니, 얼굴 생김새가 완전히 달랐다.

"퀸의 부하입니다."

"부하요? 친구가 아니라?"

"친구이기도 하지만 공식적으로는 부하지요."

하인리 왕자는 웃으면서 말하고는 새의 머리를 톡톡 두드렸다. 나는 새의 표정을 보고 웃음을 터트리고 말았다. 새는 몹시도 고깝단 표정이었다.

"하인리 왕자가 기르는 새들은 모두 표정이 다채롭군요."

"그런가요?"

"퀸은 놀란 표정이나 서운해하는 표정, 부끄러워하는 표정을 자주 짓던데."

살며시 손을 뻗어 하인리 왕자가 안고 있는 새의 머리를 만져보

왔다. 이 새 역시 아주 순한 성격인지, 낯선 사람이 만지는데도 가만히 있었다.

"얘는 골이 난 표정을 짓고 있네요."

"항상 이렇습니다. 맨날 뚱한 얼굴이에요, 얘는."

하인리 왕자의 말에 표정이 더 뚱해졌는데……. 하지만 그건 그것대로 귀여워서, 나는 새를 만지작거리다가 물어보았다.

"안아봐도 되나요?"

당연히 된다고 할 줄 알았는데. 하인리 왕자는 의외로 단호하게 대답했다.

"안 됩니다."

"안 되나요?"

"네."

이유를 말하진 않았지만 내키지 않는 얼굴인지라, 나는 그냥 고개를 끄덕였다.

'역시 나도 내 새를 하나 기르는 게 좋을까…….'

그래도 영 아쉬워서 새의 목덜미를 만지고 있자니, 하인리 왕자는 갑자기 뒤로 물러났다. 의아해 쳐다보자, 그가 얼른 부드럽게 웃으며 말했다.

"새가 자기 방에 돌아가고 싶은가 봅니다."

"……가만히 있던 것 같은데."

"심장 소리가 커졌어요. 사실 낯가림이 심한 새거든요. 용감한 퀸과 달리 겁쟁이라서."

겁쟁이인 건 모르겠지만, 새가 하인리 왕자를 노려보고 있단 건 알겠다. 그러나 새는 하인리 왕자에게 불만을 표시하는 대신, 귀찮다는 듯 일어서더니 힘없이 풀풀거리며 어딘가로 날아갔다.

"저렇게 기운 없이 나는 새는 처음 봐요."

"항상 저럽니다."

"혹시 어디 아픈 건?"

"멀쩡해요. 그냥 항의하는 겁니다."

"항의하다니요? 뭐에요?"

"그러게요. 뭐에 항의하는 걸까요? 황후 폐하께서 안아주려 하는 걸 내가 막아서 골이 났나?"

혼잣말하는 건지 나한테 물어보는 건지는 모르겠는데. 하인리 왕자 역시도 영 표정이 심상치 않다는 건 알겠다.

그는 팔짱을 낀 채 새의 꽁지를 노려보고 있었다. 그러다가 내 시선을 느낀 건지, 곧 해맑게 웃으면서 말했다.

"왜 골을 내고 간 건지 나중에 물어봐야겠네요."

"새와 말을 나눌 수 있어요?"

"네. 만약 정말로 황후 폐하께서 안아주려는 걸 내가 말려서 골이 난 거라면, 궁둥이를 열 대는 팡팡 때려줄 생각입니다."

궁둥이를 때린다는 말에 나도 모르게 웃음이 터져 나왔다.

"왜 그러나요?"

"아. 퀸이 생각나서요."

"예?"

"나도 가끔 퀸의 엉덩이를 두드리거든요."

"!"

"너무 사랑스러운 엉덩이잖아요."

"아…… 그게…… 감사합니다."

"네?"

하인리 왕자는 왜 저렇게 얼굴이 빨개진 거지?

의아해서 쳐다보았지만, 그는 귀까지 붉어진 얼굴로 엉뚱한 곳을 쳐다보고만 있었다. 아. 새 엉덩이라지만 너무 노골적으로 엉덩이 이야기를 해서 그런가?

역시 본인의 말처럼 바람둥이는 아닌 건가……. 그래도 그렇지, 새 엉덩이 이야기에 저렇게 얼굴이 빨개지다니.

'의외로 순진하구나.'

뜻밖의 면에 웃음이 나올 것 같았지만, 저렇게 부끄러워하는데 계속 이 이야기를 할 수는 없었다. 마침 그에게 물어보고 싶었던 것도 있었기 때문에 나는 얼른 화제를 돌렸다.

"그러고 보니 하인리 왕자. 그대에게 물어보고 싶던 게 있습니다."

하인리 왕자는 한 손으로 자신의 뺨을 감싼 채 가까스로 나를 응시했다.

"네. 물어보세요, 퀸."

"어제 에르기 공작을 만났는데……."

"아. 이런."

하인리 왕자는 내가 그를 만난 게 마뜩잖은지 확 눈썹을 찌푸리며 물었다.

"그 녀석이 퀸께 들이대진 않던가요?"

"그렇진 않았어요."

"다행입니다."

"대신 이상한 말을 하던데……."

"어떤 말이었습니까?"

하인리 왕자는 조금 긴장한 얼굴로 나를 응시했다.

'아무리 그래도 욕은 전해주면 안 되겠지? 가벼운 놈이라든가 그런 말.'

지금 와서는 정말로 절친한 친구가 맞는지 의심스럽긴 하지만. 그래도 명목상으로 두 사람은 절친한 친구니까. 대신 에르기 공작이 하려다가 하지 못한 이야기에 관해 물어보았다.

"그는 자기를 여기에 부른 게 하인리 왕자라고 하던데."

"……예."

"또, 하인리 왕자가 몇 년 전부터 무언가를 세우고 있었다더군요."

"!"

"네?"

"난 그대가 몇 년간 세우던 게 '계획'이라고 생각하는데. 무슨 계획인가요?"

하인리 왕자는 놀란 표정이었다. 그는 쉽게 대답하지 못하고서 입을 다물고 시선을 내리깔았다. 그의 고요해진 표정을 보고서야,

나는 하인리 왕자를 보았을 때의 첫인상을 다시 떠올렸다.

'맞아. 친해진 후 내 앞에서 잘 웃어서 그렇지, 처음엔 아주 차가운 인상이었어.'

지금도 그랬다. 그저 생각에 잠긴 얼굴인데도 가만히 있으니 굉장히 차가운 분위기였다.

"제가……."

한참 만에야 하인리 왕자는 나를 올려다보며 말문을 열었다. 표정은 어느새 다시 유순하게 바뀌어 있었다.

"퀸, 당신께는 거짓말을 하고 싶지 않습니다."

이어 그가 한 대답에는 많은 의미가 담겨 있었다. 좋은 쪽으로도 나쁜 쪽으로도.

"……그래요."

좋은 쪽으로 해석하자면, 그는 정말로 내게 진지한 우정을 보여주고 있었다. 적당히 둘러댈 수 있는데도 그러지 않았다는 건, 나름의 위험을 무릅쓴 행동이니까.

나쁜 쪽으로 해석하자면…… 내게 말하기 어려운 무언가를 꾸미고 있단 게 맞다는 거. 물론 지나치게 사적인 이야기나 자기 나라의 기밀이라 이야기하지 못하는 걸지도 모르지만. 확률적으로, 에르기 공작을 동대제국에 불러올 정도의 계획이라면…….

"곤란하다면 굳이 대답하지 않아도 괜찮아요."

웃으면서 아무렇지 않게 말하자, 하인리 왕자는 초조한 시선으로 나를 가만히 바라보다가 한숨을 내쉬었다.

응접실 벽에 기대어 선 채 왕자가 돌아오길 기다리던 맥켄나는, 원래 하인리가 외국의 황후 앞에서 자신을 아주 멍청한 새로 표현한 데 대해 항의할 생각이었다. 그는 멍청한 새가 아니었다. 갑자기 애완 새 노릇을 해달라는 하인리 왕자의 요구가 기분 나빠서 뚱해 있었을 뿐. 그러나 방 안으로 들어온 하인리 왕자가 비틀거리며 소파로 가더니 푹 고꾸라지는 바람에, 항의는커녕 소파로 다가가 물어야 했다.

"왕자님? 괜찮으십니까?"

걱정하는 목소리는 아니었다. 하인리 왕자가 어떤 사람인지, 얼마큼 강한지 누구보다 잘 아는 사람이 맥켄나 자신인데. 웬만해서는 걱정하려고 해도 될 리가 없었다. 그러나 하인리 왕자는 뜻밖에도 힘없이 손을 휘휘 저으며 '꺼져'란 신호만 보냈다.

"왕자님?"

맥켄나는 좀 더 조심스럽게 묻고는 허리를 숙였다. 황후에게 잘 보이고 싶다면서 억지로 애완 새 역할까지 시켜놓고서는. 영 침울해 보였다.

'생각보다 효과가 없었나?'

"왕자님. 황후 폐하께서 뭐 나쁜 얘기라도 하셨습니까?"

맥켄나가 슬쩍 하인리 왕자의 어깨를 두드리며 묻자, 그제야 하인리는 힘없이 고개만 돌렸다. 정말로 뭔 일이 있기는 했는지 영 표정이 맥아리가 없었다. 슬슬 맥켄나도 조금 걱정되기 시작했다.

"정말로 나쁜 얘기를 들으셨습니까?"

"내가 말이다, 맥켄나."

"?"

"내가 말이다."

"예, 듣고 있습니다. 말씀하세요."

"내가 생각보다 그분을 많이 좋아하나 보다."

그런데 하인리 왕자가 한 말은 전혀 엉뚱한 대답이었다.

이건 무슨 뜬금없는 소리인가. 맥켄나가 미간을 찡그리고 되물었다.

"네?"

하인리 왕자는 팔에 얼굴을 묻고서 어깨가 들썩일 정도로 숨을 내쉬었다.

"내가 말실수를 한 것 같아."

"말실수라니요? 황후 폐하께 말실수를 하고 오셨단 겁니까?"

"그래."

맥켄나는 대답을 듣고 나자 더욱 어리둥절해져서 물었다.

"무슨 말실수를 하셨기에 이렇게 침통해지신 건데요?

"날 경계하면 어쩌지?"

"경계하다니요?"

"날카로운 눈빛으로 날 바라보면서 탐색하면…… 아아."

탄식이라고 하기엔 약간 뉘앙스가 이상한 신음을 흘리며, 하인리 왕자는 소파에서 일어나더니 다시 침대로 가 엎어졌다. 이번에도 제대로 된 설명은 없었다. 맥켄나는 의문을 풀지 못한 채 하인리 왕자를 쳐다보다가 놀라 물었다.

"혹시, 전하께서 새라는 걸 들키셨습니까?"

"그건 아니다."

"그러면요?"

"다른 거."

하인리 왕자가 좋은 사람이고 좋은 친구라 생각하지만. 좋은 사람이라 하더라도 입장이 다르면 적이 되고 라이벌이 되기도 하는 법이다. 적이 되는 건 나쁜 사람이 아니다. 나와 손실이 반대되는 사람이 되는 것이지.

나는 방 안으로 돌아오자마자 근위기사대 부단장인 아르티나 경을 불러 은밀한 밀명을 내렸다.

"아르티나 경. 다른 사람들에게 알리지 않고 조용히 알아봐주었으면 하는 게 있어요."

"예, 황후 폐하. 무엇입니까?"

"하인리 왕자와 에르기 공작의 행보입니다."

"예?"

하인리 왕자가 퀸의 주인이라는 걸 아는 아르티나 경은 놀라서 나를 쳐다보았다. 퀸을 통해 편지를 주고받는 내가 그에 대해 알아내라고 하는 걸 영 이상하게 여기는 눈치였다.

"에르기 공작이야 그렇다 쳐도…… 하인리 왕자까지 말입니까?"

"네. 신년제 전, 그러니까 동대제국 황궁에 들어오기 전의 행보를 중심으로 알아봐줘요."

아르티나 경은 의아한 눈치였지만 전형적인 기사였다. 굳이 이유를 묻는 대신 그러겠다 대답했고, 그녀가 나가자마자 나는 창가로 가서 괜히 창틀에 머리를 기대고 섰다.

서왕국은 동대제국의 가장 강력한 라이벌이지만 그리 멀지도 가깝지도 않은 사이인데. 이런 사이에 하인리 왕자가 에르기 공작을 끌어들여서 할 수 있는 일이 무엇일까……

그로부터 닷새 동안은 별다른 일 없이 바쁘게 지나갔다.

대중 무도회는 릴테앙 대공이 금액의 상당량을 지불하는 대신 날짜가 작년보다 당겨져서 한 달 후 열기로 정해졌고, 그와 관련된 문서들이 작성되어 배포되었다.

카프멘 대공은 뢰트에 대해 알려달라는 내 부탁을 시간 문제로 거절했지만, 그가 월대륙 언어를 공부할 때 사용했던 언어와 뢰트어만으로 된 서적을 보내왔다.

좋은 소식도 있었다. 나라에서 후원하는 고아원 출신 아이가 처음으로 마법 아카데미에 발탁된 일이었다. 마법사를 배출한다는 건 매우 뜻깊은 일이었다. 돈을 퍼다 붓는다고 한들 마법은 소질이 없으면 불가능한 영역이었고 아주 귀한 재능이었다. 관리들은 상징성을 생각해서라도 그 아이에게 황족 중 누군가가 직접 장학금을 전달해야 한다 했고, 나는 기꺼이 그 역할을 맡기로 했다.

고아원에서 양육하는 아이들 모두를 기억하는 건 아니지만 상당 수는 외고 있는데, 특히 이번에 선발된 아이는 얼굴을 아는 아이였다. 기꺼이 축하해주고 싶었다.

하지만 마법 아카데미가 있는 월월까지는 하루 안에 다녀올 수 있는 거리가 아니었기에, 이에 관련해 소비에슈와 의견을 맞추기 위해 집무실로 갔을 때였다. 소비에슈가 책상 앞에 앉은 채, 작은 반지 하나를 신기하다는 듯이 쳐다보고 있었다.

"잃어버렸다고 하지 않았던가요?"

소비에슈가 '지금은 없다'고 말했던 그 반지, 홍염의 보석이 박힌 반지였다. 의아해서 묻자, 소비에슈는 반지를 내리며 너털웃음을 지었다.

"그러게 말이오. 굉장히 신기하군."

"찾은 건가요?"

"이걸 찾았다고 해야 하는지 모르겠소."

"?"

무슨 말인가 싶어 쳐다보자, 소비에슈는 반지를 내려놓고서 설명했다.

"실은 이 반지를 라스타에게 주었었는데, 라스타는 가엾은 하녀를 보고 불쌍해서 주어버렸다더군."

"……홍염의 반지를요?"

"효능을 몰랐나 봐. 반지의 효능에 대해 알려주자 퍽 아쉬워하더군."

소비에슈는 귀엽다는 듯 중얼거리고는 다시 말을 이었다.

"어쨌든, 나는 피르누 백작에게 비슷한 효능을 가진 반지를 다시 찾아보라 했소. 황후도 며칠 전에 들었지 않소?"

"기억납니다."

"그랬더니 피르누 백작이 오늘 이걸 가져온 거요. 어젯밤에 경매에 올라온 걸 샀다더군. 백작은 이게 내 것이란 걸 모르고 가져온 눈치인데……."

소비에슈는 다시 한 번 가볍게 웃었다.

"참으로 신기하지 않소?"

"그렇군요."

전혀 신기하지 않았지만 그래도 의무적으로 대답하고 있자니, 소비에슈가 반지를 품 안에 넣었다. 그래도 너무 건성으로 대답했나 싶어서 나는 적당히 한 마디를 덧붙였다.

"집안 형편이 어렵다면 보석 반지보다는 현금이 필요할 테니 판 모양입니다."

"나도 그렇게 생각하오. 하지만 보석류, 특히 이런 마법 걸린 보석류는 무척 귀하고 관련 정보를 얻기 어렵지 않소. 평범한 사람이 온전히 제값을 받고 팔았을까 싶어서, 피르누 백작에게 반지를 판 여자가 얼마를 받아 갔는지 알아보라 하였소."

소비에슈의 입꼬리가 뿌듯하게 올라갔다.

"라스타가 큰마음 먹고 베푼 선의인데, 제대로 챙겨주고 싶군."

로테슈 자작이 라스타를 찾아온 건, 투아니아 공작 부인의 약점을 조사해달라 부탁한 지 8일째 되던 날이었다.

"생각보다 빨리 왔네?"

라스타는 뾰족하게 그를 맞이하고는, 차를 내오려는 베르디 자작 부인에게 나가 있으라 지시했다.

"이런. 내게는 차조차 안 주려는 거냐?"

"당신한테 차를 안 주고 싶기도 하지만. 당신 때문에 내보낸 건 아니야."

"그러면?"

라스타는 대꾸하지 않았다. 베르디 자작 부인을 데리고 있긴 하지만 그녀를 믿을 수 없다든가 하는 말을, 굳이 로테슈 자작에게 하고 싶진 않았다.

"흐흠. 말하기 싫은가 보구나."

로테슈 자작은 캐묻는 대신 의자에 깊숙이 기대앉으며 웃었다.

"빨리 말해봐. 쓸 만한 정보는 찾았어?"

"아주 괜찮은 정보를 찾았지. 그리 쉬쉬하는 일도 아니어서, 알아내기 어렵지도 않았고."

"무슨 정보인데?"

라스타는 신중하게 대답을 기다렸다. 로테슈 자작은 히죽 웃더니, 들고 온 가방에서 가십지를 꺼내 내밀었다.

"이게 뭐야?"

라스타는 가십지를 펼쳤다. 20년도 전에 나온 가십지였다.

"읽어봐라."

가십지에는 요즘 유행하는 디자이너, 잘나가는 모자 가게, 화제의 중심인 배우들, 이번 달의 결혼식, 요리 가게 등이 실려 있었다. 20년 전의 유행이라지만, 당시에는 이런 데 신경 쓸 여력이 없던 라스타가 보기에는 여전히 휘황찬란한 것들이었다.

이걸 왜 보라 하는 거지? 라스타는 미간을 찡그린 채 건성으로 가십지를 계속 넘겼다. 그녀는 글을 읽지 못했다. 그림이나 간단한 단어를 통해 뭘 얘기하는지는 알 수 있었지만, 내용까지는 알아볼 수 없었다. 라스타는 짜증스럽게 종이를 넘기다가 결국 로테슈 자작을 노려보았다. 로테슈 자작은 그 시선을 받고서야 "아." 하고는 가십지를 도로 가져갔다.

"난 폐하께서 네게 글을 다 가르치신 줄 알았지."

그는 일부러 놀린 게 아니라는 듯 머쓱하게 웃고는 손가락으로 어딘가를 가리켰다.

"아름다운 영애 니안, 신전에 귀의한 청년 투아니아 후작, 니안의 약혼자인 르네 경. 여기에 가장 많이 등장하는 이야기다."

라스타는 미간을 찌푸렸다.

"난 공작 부인에 대해 알아보라 했잖아?"

"여기 니안 영애가 지금의 투아니아 공작 부인이다, 라스타."

로테슈 자작은 혀를 차며 설명했다.

"그녀가 날 때부터 공작 부인이었겠니?"

"그러면 투아니아 후작이 지금의 투아니아 공작이야?"

"여기서 '투아니아 후작'이라고 부르는 사람은 당시 투아니아 공작의 장남이지. 지금은 모두 '마리안 경'이라고 부르고."

"?"

"당시 후계자는 이 사람이었거든. 그리고 니안의 약혼자인 르네 경이 지금의 투아니아 공작이다."

"……무슨 소리야?"

"호칭이 헷갈릴 테니 현재 기준으로 말해주마. 투아니아 공작의 형, 그러니까 마리안 경이 자기 동생의 약혼녀인 투아니아 공작 부인에게 반해버렸단 이야기다."

"정말이야?"

"가십지에 실리긴 했지만 사실이지. 대놓고 쫓아다닐 정도였다니까. 실제로 사이도 좋았어. 하지만 투아니아 공작 부인이 결국 공작과 결혼하자, 완전히 충격을 받아 후계자 자리와 상속까지 포기하고 신전에 들어가버렸어."

라스타는 눈을 커다랗게 떴다.

"충격을 받았는데 그걸 왜 다 포기해?"

"모르지. 문제는, 마리안 경이 신전에 들어간 지 일주일도 못 되어 자살했다는 거다. 공작 부인은 그 일로 팜므파탈 같은 이미지가 생겨버린 거고. 완전히 화제였어."

라스타는 떨떠름한 표정으로 눈동자를 굴리다가 말했다.

"화젯거리긴 한데. 이건 공작 부인 약점이 아니잖아? 공작 부인이 죽인 거라면 몰라."

"이후 소문 때문이지. 그 이야기를 실은 가십지가 망하는 바람에 더 구할 수 없었지만."

"이후 소문……?"

"공작 부인이 결혼한 후 일곱 달 만에 아기를 낳았거든. 공작가에서는 그냥 칠삭둥이라고 했지만, 사람들은 그 아이가 마리안 경의 아기 같다고 떠들어댔지."

"!"

"공작의 시아버지인 당시 투아니아 공작은 너무 화가 나서, 아예 그 의혹을 가십지에 실은 기자는 물론 발간한 회사까지 망하게 했다더라."

라스타는 침을 꿀꺽 삼켰다.

이거다. 이 소문을 다시 불붙게 하면 '사교계의 뼈다귀' 역할을 투아니아 공작 부인에게 넘길 수 있을 것 같았다.

"어때? 마음에 드느냐?"

로테슈 자작이 낄낄 경박하게 웃으며 쳐다보았다. 라스타는 고개를 끄덕이고서, 보석함에서 보석 몇 개를 집어다가 로테슈 자작에게 건네주었다. 로테슈 자작은 뿌듯하게 보석을 받아 들었다.

"그래, 진작에 이러면 얼마나 좋아?"

"해줬으면 하는 일이 더 있어."

"또?"

"한배를 탔으면 계속 일을 해줘야 하잖아."

라스타는 귀찮아 하는 로테슈 자작에게 보석 하나를 더 쥐여주고서 물었다.

"그 마리안 경이란 사람이 신전에서 자살했다고 했잖아?"

"그래."

"신전 주위의 사람들을 산 다음 이야기를 퍼트려줘."

"이야기?"

"마리안 경이 죽기 전에, 무척 아름다운 귀부인이 몇 번 신전을 방문했다고."

"흠. 투아니아 공작 부인을 공격하려는 모양인데. 그런 소문 가지고 되겠느냐?"

라스타는 눈썹을 치켜올리더니, 웃음을 터트렸다.

"충분해."

라스타는 무도회 때, 며칠 내내 투아니아 공작 부인을 지켜보았기에 기억하고 있었다. 그녀의 주위에는 불만스러운 얼굴을 한 채 늘 공작 부인을 쳐다보던 또 다른 남자가 있었다.

'그 사람이 공작일 거야.'

다른 사람들이 다 공작 부인을 믿더라도, 가장 가까운 위치의 사람이 불신을 드러내면 결국 의견은 갈리게 마련이다.

로테슈 자작이 나간 후. 라스타는 설레는 마음에 초조하게 방 안을 맴돌았다. 사교계의 뼈다귀 역할을 이제 다른 사람에게 돌릴 수 있게 되었다. 투아니아 공작 부인은 유명 인사이니만큼, 그녀에 대한 화젯거리가 풀리면 다들 그 이야기만을 해댈 것이었다.

'그때가 되면 내가 도망 노예 출신이란 소문도 사라지겠지.'

라스타는 아랫입술을 질근질근 깨물다 소파에 풀썩 주저앉았다. 이 건이 해결되면 빨리 아기에 대한 일도 알아봐야 하는데……. 그건 로테슈 자작에게 시킬 수 없는 일이었다.

'그렇다고 사람을 잘못 썼다가는 더 곤란해질 텐데. 누구 믿고 맡길 사람이 없나……?'

'이상한 일이지……?'

피르누 백작은 깊은 생각에 잠긴 채 회랑을 걸어갔다. 그는 걸어가면서도 연신 고개를 갸웃했다. 생각하면 생각할수록 이해가 되지 않는 일이었다. 그러다가 본궁과 서궁의 회랑이 마주치는 지점에서, 그는 조금 전까지 자신이 내내 생각하고 있던 사람과 부딪칠 뻔했다. 로테슈 자작이었다.

"아이쿠, 이런. 죄송합니다, 백작님."

로테슈 자작은 피르누 백작의 얼굴을 아는 듯, 헤헤 웃으면서 사과하고는 빠르게 그 자리를 벗어났다. 피르누 백작은 힐긋 뒤를 돌아보았다. 로테슈 자작의 걸음걸이는 아주 경쾌했다.

"흠……."

피르누 백작은 잠시 그 뒷모습을 바라본 후, 그 길로 곧장 황제의 집무실을 찾아갔다. 황제는 여느 때와 마찬가지로 산더미 같은 서류를 앞에 둔 채 골머리를 앓고 있었다. 하지만 그가 들어오자 바로 반색하며 물었다.

"아, 백작. 찾아보았나? 하녀가 얼마를 받고 팔았다 하지?"

이틀 전, 피르누 백작이 경매장에서 사 온 '홍염의 반지'에 대한 이야기였다. 원래는 바로 경매장으로 가서 물어보면 되었지만, 물건을 내놓은 사람이 경매가 끝난 후 다른 지방으로 가버리는 바람에 알아보는 데 이틀이 더 걸린 것이었다. 피르누 백작은 심각한 얼굴로 황제의 앞으로 다가갔다.

"폐하. 값은 제대로 받았다 합니다."

"다행이군."

"하지만 이상한 게 있습니다."

"이상하다니?"

"그게…… 상인의 말로는, 자신에게 반지를 판 사람은 하녀가 아니라 하였습니다."

"그러면?"

"로테슈 자작이랍니다."

라스타는 풀 죽은 채 보석 상자를 살폈다. 황제가 하나둘 가져다 채워주었던 상자가 어느새 바닥을 보이고 있었다. 라스타는 두 손으로 얼굴을 감싸고 한숨을 내쉬었다.

'이게 다 로테슈 자작 때문이야.'

정부가 된 지 한 달 좀 넘었나? 아직 그녀가 가진 건 소비에슈와 외국 귀족들이 준 선물 몇 개가 다였다. 나중에는 품위 유지비 명목으로 매년 황실에서 돈이 나온다고는 하는데. 아직 손에 들어온 건 없었다.

그런데 몇 개뿐이던 보석까지 로테슈 자작에게 빼앗기다니…….

그렇다고 황제에게 새로운 보석을 또 달라 직접 청할 수는 없었다. 스스로 개인 재산을 만들 수 없는 노예들은, 주인이나 연인들로부터 선물을 받는 게 재산을 불릴 수 있는 유일한 방법이다.

그러나 라스타가 겪어온 '귀족 연인'들은 아무리 돈이 많더라도 대놓고 선물을 요구하는 걸 싫어했다. 그들은 권력을 이용해 라스타에게 접근하면서도, 라스타는 자기들의 권력이나 부에 무심하길 원했다. 이중적인 일이었다. 라스타는 황제라고 해서 다르진 않을 거라 생각했다.

'로테슈 자작이 데리고 있는 아기가 내 아기가 아니란 것만 밝혀내면 이렇게 끌려다닐 필요 없는데…….'

라스타는 한숨을 내쉬고서 보석 상자의 뚜껑을 덮었다.

그때, 응접실 문이 열리는 소리가 났다. 라스타는 서둘러 보석 상자를 원래의 위치에 넣고 서랍을 닫았다. 일어나자마자 누군가 침실 문을 노크했다.

"네."

라스타는 얼른 침실 문을 열었다.

"폐하!"

소비에슈였다. 라스타는 얼른 소비에슈를 꼭 끌어안고서 얼굴에 뺨을 비볐다. 그러나 소비에슈는 평소처럼 그녀를 같이 안아주는 대신 살짝 밀어냈다.

"폐하?"

평소보다 표정이 어두웠다. 혹시 로테슈 자작이 엉뚱한 말이라도 한 건가. 라스타는 심장이 덜컥 내려앉았다.

"라스타. 물어볼 게 있는데."

"무, 뭔가요?"

라스타는 불안한 마음을 애써 누르고는, 귀엽게 웃으면서 되물 었다.

"반지에 대한 거다."

"반지……요?"

"홍염의 보석이 박힌 반지."

"!"

"하녀에게 주었다고 하지 않았더냐?"

"갑자기 그건 왜 물어보세요……?"

"궁금한 게 생겨서."

심장이 쿵쿵 거세게 뛰었다. 라스타는 소비에슈의 표정을 쳐다 보았다. 화가 난 얼굴은 아니지만 웃고 있지도 않다. 게다가 이미 하녀에게 준 걸로 끝난 일인데, 갑자기 왜 반지에 대해 물어보는 걸까? 혹시 무언가에 대해 알아낸 건가? 자작에게 반지를 준 걸 알 아차렸나? 어쩌면 그 하녀에게 반지를 되돌려 받기 위해 질문하는 것인지도 몰랐다.

어느 쪽이든 좋지 않았다. 뭔가를 알아내고서 물어보는 거라면, 이건 마지막 기회였다. 거짓말을 밝힐 마지막 기회. 하녀를 찾기 위 해 물어보는 거라 해도 결국 거짓말은 들통나게 되어 있었다.

라스타는 무리해서 거짓말을 하는 것보다는 차라리 어느 정도 진실을 밝히는 편이 낫다고 판단을 내렸다.

"저…… 실은 보석 반지를 준 게 하녀뿐만이 아니에요, 폐하."

소비에슈가 눈을 거들떴다.

"여러 사람에게 주었다고?"

"두 사람이요. 한 명은 하녀고…… 저, 다른 한 명은 로테슈 자작이에요."

소비에슈가 미간을 찡그렸다. 그 표정을 본 라스타는 자신이 옳은 선택을 했단 걸 알아차렸다. 어찌 된 영문인지는 모르겠지만, 소비에슈는 로테슈 자작이 반지를 가지고 있단 걸 알고서 온 게 확실했다.

라스타는 폭 한숨을 내쉬고서 두 손을 모은 채 꼼지락거렸다.

"제 눈엔 다 비슷비슷한 반지로 보여서…… 사실 그 반지를 가져간 게 로테슈 자작인지 하녀인지 모르겠어요."

"그런데 왜 하녀에게 준 거라 했지?"

"저…… 로테슈 자작에게 주었다고 하면 폐하께서 언짢으실까 봐……"

"그래. 언짢군."

소비에슈의 표정이 좋지 않자, 라스타는 얼른 그의 팔을 잡고 끌어안았다.

"죄송해요 폐하. 하지만 절 위해서 거짓말을 해준 게 고마워서 꼭 보답하고 싶었어요."

"널 위해 거짓말을 한 게 아니라, 자기가 놀린 입에 책임을 졌을 뿐이지."

"그런가요?"

"그래. 네가 고마워할 필요 없어."

딱 잘라 말한 소비에슈는 잠시 미심쩍다는 눈으로 라스타를 보다 물었다.

"혹시 고마워서 준 게 아니라 협박을 당해 준 건 아니더냐?"

"아, 아니요. 라스타가 협박당할 게 뭐가 있어요?"

"……."

"노예 출신인 건 이미 그 사람이 터트려버렸잖아요. 정말 그런 거 아니에요, 폐하."

협박당한 게 맞다고 말할 수 있다면 좋을 텐데.

라스타는 답답해하면서도 거짓말을 할 수밖에 없었다. 협박을 당했다고 하면 소비에슈가 로테슈 자작을 꾸짖거나 벌할 텐데. 그렇게 되면 로테슈 그 인간은 분명 아기 이야기를 해서 라스타를 같이 끌어내리려 할 터였다.

"네가 그렇게 말하니 믿어주겠지만……."

소비에슈는 눈을 가느스름하게 뜨더니, 라스타의 뺨 위에 살며시 손을 올리며 충고했다.

"혹시 그자가 널 협박하고 있는 거라면, 라스타. 절대로 물질적인 걸 주지 말고 내게 알리도록 해라. 알았느냐?"

라스타는 얼른 고개를 끄덕였다.

"그럴게요."

하지만 그로도 불안한지 소비에슈는 다시 당부했다.

"이건 명령이다, 라스타. 아니, 당분간은 내가 매일 확인하는 게 낫겠군."

"네에?"

"그리고 이후에 품위 유지비가 들어오면 재무관리에 대해서는 랑트 남작에게 맡기도록 하지. 혼자 할 수 있게 되기까지, 그리고 로테슈 자작이 네게서 떨어질 때까지는 관리를 받도록 하여라."

라스타의 얼굴이 파랗게 질렸다. 소비에슈가 감시한다면 로테슈 자작에게 돈이든 보석이든 줄 수 없었다. 그렇게 되면 로테슈 자작은…….

'안 돼! 분명 아기 이야기를 퍼트릴 거야!'

월월은 마법 도시라는 위명을 가지고 있지만, 명성과 달리 아주 깊숙한 산골에 위치해 있었다. 사방은 산으로 둘러싸여 있고, 그 가운데에 커다란 도시가 있는 모양새였다.

특히 그 커다란 도시의 동서 양쪽 끝에 세워진 두 개의 거대한 건물은 감탄사가 나올 정도인데, 그중 동쪽에 있는 마법 아카데미가 오늘 내 방문지였다. 내가 후원하던 고아원에서 나온 첫 번째 마법 아카데미 입학생을 축하하러 온 것이다.

"축하해."

학장실에서 만난 소녀를 꼭 끌어안고 인사하자, 아이는 얼굴이 빨개져서 기어 들어가는 목소리로 대답했다.

"감사합니다…….

고아원에 시찰을 나갔을 때마다 친구들과 어울리지 못하고 있어서 걱정하던 아이였는데. 이렇게 잘 커준 게 대견해서 다시 끌어안고 토닥거리자, 소녀는 완전히 얼음이 되어버렸다. 소녀가 꾸벅 인사하고 나가자 아카데미의 학장은 웃음을 터트리며 말했다.

"착하고 재능도 많은 아이입니다."

"네. 잘 부탁드립니다."

아이의 후원 내용에 대해 좀 더 구체적인 의논을 한 후에는 학장의 제안으로 학교를 한 바퀴 둘러보게 되었다. 월월이 자치구에 가깝다지만 명백히 동대제국 안의 영토이기에, 학장 나름대로는 날 배려해준 것 같았다.

"요즘 마법사들의 수가 자꾸 감소해서 걱정입니다."

"관련 보고는 받았어요. 원인에 대해서는 아직 알 수 없나요?"

"예. 사방으로 알아보고는 있지만 발현 비율 자체가 줄어들고 있어서요."

"마법사들이 귀해질수록 마법사들의 수가 국방력에 큰 변수가 되겠군요."

그런데 돌로 된 긴 회랑을 따라 걷고 있자니, 덩그러니 뚝 떨어진 회색 석벽이 보였다. 다른 벽들과 이어지는 대신 혼자만 툭 떨어진 벽이었다. 벽 위에는 똑같은 크기의 초상화들이 줄지어 걸려 있었다.

"이건……?"

가까이에 멈추어 서서 둘러보자 학장이 설명해주었다.

"아카데미 수석 졸업자들의 초상화입니다."

아…… 그래. 그러고 보니 가장 마지막에 걸린 사람이 카프멘 대공이구나. 자세히 살피니, 현재 학장이 젊었을 적으로 추정되는 초상화 역시도 걸려 있었다. 그런데 이상한 부분이 있었다.

"여기는 왜 빈 액자인가요?"

딱 한 군데만 초상화가 빈 곳이 있었다. 의아해서 물어보자, 학장은 좀 민망해하며 대답했다.

"잠시 교류로 왔던 사람이 수석을 차지하는 바람에 비워뒀답니다. 정식 학생이 아니었거든요."

"아카데미 출신이 아닌데 수석을요? 대단하군요. 누구인가요?"

꽤 획기적인 소식인데도 들어본 적이 없었다. 학장은 머쓱한 목소리로 대답했다.

"서왕국의 하인리 왕자입니다."

나는 놀라서 그를 돌아보았다. 사교계에서 이미 얼굴과 바람기로 유명한 그 하인리 왕자가, 아카데미 출신 예비 수석자를 이겼다고? 그런 이야기라면 소문이 이미 퍼졌을 텐데······.

"그런 이야기는 처음 듣는데요."

"아카데미 측에선 자랑할 일이 아니니까요."

"아."

하긴. 체면 상하는 일이겠지.

"게다가 하인리 왕자께서 따로 부탁하기도 해서 말입니다."

"부탁이라니요?"

"다른 사람들에게는 이야기하지 말아달라 하시더군요."

"······."

그런데 나한테는 말해준다고? 괜찮나?

앞뒤 다른 말에 의아해서 쳐다보자, 학장이 얼른 덧붙였다.

"괜찮습니다. 그렇지 않아도 하인리 왕자께서 어제 잠시 방문하셨거든요."

"하인리 왕자가요?"

어제 내가 출발할 때까지는 황궁 안에 있었던 것 같은데⋯⋯. 언제 나온 건지 모르겠다.

"예. 뜬금없이 찾아오셨지요. 그러고서는 실컷 노시다가, 혹시 손님이 찾아와서 빈 액자에 대해 물어본다면 대답을 해주어도 괜찮다 하셨습니다."

"그렇군요."

기막힌 타이밍이 신기했지만, 그러려니 넘어갔다. 그보다는 하인리 왕자가 마법을 사용할 수 있다는 게 더 신경 쓰였다. 하인리 왕자⋯⋯. 에르기 공작의 말에 따르면 몇 년간 무슨 계획을 세웠다던데.

그가 정말 마법을 사용할 수 있는 사람이라면, 그게 어떤 계획인지 아무리 조사하더라도 알아내기 어려울 가능성이 컸다. 마법사 자체가 워낙 귀한 데다가 그 분야는 제대로 연구조차 이루어지지 못한 영역이니까.

그런데 아카데미를 다 둘러본 후, 학장의 배웅을 받으며 막 정문 부근에 도착했을 때였다. 계속 내 머릿속을 차지하고 있던 하인리 왕자가 그의 파란 머리 근위기사와 함께 이쪽으로 걸어오는 게 보였다. 놀라 멈춰 서자, 하인리 왕자도 덩달아 놀란 표정을 짓더니 얼른 이쪽으로 다가왔다.

"퀸? 세상에. 여기서 뵙는군요."

하인리 왕자는 바로 앞까지 다가와서는 화사하게 웃으면서 나를 유심히 바라보았다. 하지만 왕자의 기사는 정반대로 아주 불만스러운 얼굴이었다. 나에 대한 불만이라기보다는…… 하인리 왕자를 쳐다보는 시선이 불만에 가득 차 있었다. 마치 기가 막힌 말을 들었다는 것처럼?

근위기사는 하인리 왕자를 쳐다보며 고개를 젓다가, 나와 시선이 마주치자 그제야 근엄한 보통 기사들의 표정을 꾸며냈다. 하인리 왕자는 기사가 그러거나 말거나 연신 방글방글 웃기만 했지만.

"참으로 우연이지 않습니까, 퀸?"

"그러네요. 이런 곳에서 만날 줄은 몰랐습니다, 하인리 왕자."

"이쪽에 꼭 와야 할 볼일이 생겼거든요."

"그런가요?"

"예. 전혀 약속을 잡고 온 게 아닌데, 이렇게 '우연히' 황후 폐하를 만날 수 있는 걸 보니 우리가 운명은 운명인 모양입니다."

이걸로 운명까지 운운하는 건 좀 과장된 반응이 아닌가 싶었지만, 예상외의 장소에서 그를 만나 즐거운 건 나 역시 마찬가지였기에 그냥 웃어버렸다.

"어떤 일로 온 건지 물어보면 실례일까요?"

"학장님이 제가 보고 싶다 하셔서요."

"……."

학장은 하인리 왕자가 뜬금없이 찾아왔다고 했는데. 하지만 생글생글 웃고 있는 하인리 왕자에게 차마 그 이야기를 할 수는 없었다. 말하는 즉시 아주 민망해할 테니.

아…… 혹시 여기에 온 것도 하인리 왕자가 세웠다던 그 '계획'의 일부일까?

고민하는 사이, 하인리 왕자가 조심스레 물었다.

"이렇게 만난 것도 인연인데. 함께 식사라도 하시겠습니까, 퀸?"

어차피 오늘 일정은 끝이었기에 나는 흔쾌히 허락했다.

"그래요."

"사과와 꿀로 만든 음료수입니다. 단 거 좋아하십니까?"

"적당히?"

"그러면 입에 맞으실 겁니다."

자기의 단골 가게라며 근처의 커다란 식당으로 안내한 하인리 왕자는, 제법 익숙하게 메뉴판에서 요리와 음료수를 추천해주었다.

"맥주로 끓인 수프, 드셔본 적 있으십니까?"

"한 번?"

"여기 명물입니다. 최고로 맛있습니다. 추천합니다."

"내 입에 안 맞으면 어쩌죠?"

"절 때리셔도 좋습니다."

그는 장난스레 웃으면서 자기 이마에 꿀밤 때리는 시늉을 하고는, 점원을 불러다가 음식을 이것저것 주문했다.

나와 하인리 왕자가 각자 데려온 기사는 몇 칸 떨어진 탁자에 각기 따로 앉은 상태였다.

점원이 빠르게 튀긴 빵을 가져다주고 갔다. 나는 빵을 손가락으로 뜯으며 하인리 왕자를 쳐다보았다. 그는 음식을 먹는 대신 나를 보며 웃고 있었다. 하지만 시선이 부담스럽진 않았다. 혹시라도 그가 동대제국에 해로운 계획을 세우는 건 아닐까, 의심스러운 와중인데도.

"항상 생각한 건데……."

"말씀하세요, 퀸."

"하인리 왕자는 '퀸'과 많이 닮았어요."

"그런가요?"

"네. 금발이라든가 보라색 눈동자 같은 거."

말하진 않겠지만, 몹시 잘생겼다는 점도. 솔직한 감상이었지만 하인리 왕자는 내 말이 재미있는지, 입 끝을 살짝 말아 올린 채 상체를 내 쪽으로 기울이며 물었다.

"자세히 봐요. 정말입니까? 정말 제가 새랑 닮았나요?"

바로 코앞까지 다가온 보라색 눈동자는 어딘가 아련한 제비꽃처럼 보였다. 아아. 난 뒤늦게 그의 시선이 왜 부담스럽게 여겨지지 않는지 알았다. 눈동자가 너무 예뻐서 그래. 그의 눈동자를 보고 있으면, '시선을 받는다'는 느낌보다는 '아름답다'는 생각을 먼저 하게 된다. 이 탓이었다.

"폐하의 눈동자는 색이 정말 예쁩니다. 아십니까?"

그러고 있자니, 하인리 왕자 역시 방금 내가 하던 생각과 비슷한 말을 했다. 신기해서 피식 웃자, 그는 "정말인데." 하고 중얼거리면서 상체를 물렸다.

"늘 여자들을 칭찬하나요? 이렇게?"

"그러는 퀸께서는 늘 이렇게 사람들을 홀립니까? 눈으로?"

"억지인데."

"알아요. 대답이 궁해서 둘러댄 겁니다."

그러는 동안, 점원이 작은 손수레에 음식 접시를 올려놓고 다가왔다. 나는 점원이 음식을 세팅하는 동안 치맛단을 만지작거리다가, 점원이 물러나자마자 하인리 왕자에게 물었다.

"학장님에게 듣기론 마법을 잘한다던데."

내내 묻고 싶었지만, 보자마자 물어보면 너무 노골적일까 봐 묻지 못하던 이야기였다. 하인리 왕자는 노란 음료수 잔을 내 앞으로 밀어주며 쑥스럽다는 듯 웃었다.

"학장님에게 들으셨나 보네요. 네. 조금."

"수석을 차지했다고요."

"어후. 그것까지 말씀해주시던가요?"

"제가 마법에 대해 잘 알진 못하지만. 마법사들은 저마다 마법 특기가 다 다르다고 알고 있는데. 맞나요?"

"맞습니다. 제가 하는 마법을 상대는 전혀 못할 수도, 상대가 하는 마법을 저는 전혀 못할 수도 있죠."

나는 최대한 아무렇지 않은 척 질문했다.

"하인리 왕자의 특기는 어떤 건가요?"

지나칠 정도로 자기 마법에 대해 다 공개하는 사람도 있지만, 철저하게 숨기는 사람도 많았다.

하인리 왕자가 꼭 대답할 거라 예상하고 한 질문은 아니었다. 하지만 만약 그가 대답을 해준다면, 그의 계획에 마법 능력이 이용되었는지 짐작하기 한층 쉬워질 터였다. 게다가 그의 마법 특기가 무엇이냐에 따라서, 아르티나 경에게 그를 조사하는 일을 그만두라 해야 할지도 몰랐다. 성과는 없이 뒷조사하고 있단 것만 들통날지도 모르니까.

하인리 왕자는 "음……" 하고 애매한 소리를 내며 웃었다.

"하늘을 날아다니는 특기? 라고 해두겠습니다."

"비행? 멋진데요! 혹시 다른 사람도 데리고 날아줄 수 있나요?"

"누구냐에 따라 다르지요."

"난 어떤가요? 나도 데리고 날아줄 수 있나요?"

나는 반은 장난으로 반은 진담으로 질문하고서 그를 응시했다. 좀 더 그의 능력을 자세히 알아내고 싶었다. 하지만 질문을 하면서도, 당연히 가능할 거라고 여겼다. '그가 날 데리고 날아줄 거다'고 기대를 해서가 아니라, 정말 능력만을 따질 때. 가능할 것 같았다.

"어……."

그러나 예상외로 하인리 왕자는 난처한 표정으로 시선을 피하며 중얼거렸다.

"퀸은 좀, 음. 제가 운반하기에는 무겁습니다."

"!"

"아, 오해하지 말아요. 퀸의 무게가 무겁다는 게 아니라, 제가 하늘에서 운반하기에는 무겁단 뜻입니다."

"그래요."

"화났나요……?"

"아니요."

"단답이신데. 화나신 것 같은데……."

"아닙니다."

윌윌에서의 일정을 끝낸 후. 하루를 그곳에서 묵고 아침 일찍 출발해 황궁으로 돌아왔지만, 도착해보니 이미 저녁때였다.

"피로 해소에 좋으시도록 장미향의 목욕 소금을 넣어두었습니다, 폐하."

"고마워요."

엘리자 백작 부인이 미리 오는 시간을 계산해두고서 목욕 준비를 해준 덕에, 도착하자마자 씻을 수 있었다. 뜨거운 물 안에 발을 담그자 계속 걸어 다니느라 욱신거렸던 발바닥이 따끔거렸다.

"윌윌에서의 일정은 어떠셨나요, 황후 폐하?"

"꽤 재미있었어요."

"다행입니다. 일정을 촉박하게 잡고 가셔서 걱정하였어요."

"여기에서는 별일 없었나요?"

따뜻한 물에 근육이 풀리면서 차츰 잠이 쏟아졌다. 나는 눈두덩이를 꾹꾹 눌러 잠을 쫓으며, 내 어깨 위로 물을 가볍게 올려주는 엘리자 백작 부인에게 질문했다. 그러나 질문하면서도 자꾸만 눈꺼풀이 내려왔다.

"어휴…… 말도 마세요. 아주 시끄러웠답니다."

"시끄럽다니요?"

"투아니아 공작 부인이 다른 영애와 머리채를 잡고 싸웠거든요."

나는 반쯤 비몽사몽 하다가 깜짝 놀라 돌아보았다. 잠이 확 달아났다. 누가 누구와 머리채를 잡고 싸워?

"투아니아 공작 부인이?"

"에르기 공작이 오페라 하우스를 통째로 빌려 깜짝 파티를 열었답니다. 워낙 사교계 명사다 보니 깜짝 파티인데도 갈 만한 사람들은 거의 다 갔지요."

"투아니아 공작 부인도 초대받은 건가요?"

"예. 그런데, 한참 파티 도중에 보니 투아니아 공작 부인과 에르기 공작이 함께 발코니에 나가 있었어요."

전에 투아니아 공작 부인이 주최한 티파티 때, 두 사람이 날카로운 대화를 나누던 게 기억난다. 에르기 공작이 사과라도 한 건가?

"사교계에서 가장 인기 많은 남자와 여자가 둘이서만 있으니, 다들 무슨 얘기를 나누나 궁금해하고 있었지요. 발코니에서 먼저 나온 건 에르기 공작이었습니다."

"라스타 양은 주위에 없었나요?"

로라가 얼른 끼어들며 대답했다.

"라스타 양도 초대받아 오긴 했는데, 그땐 릴테앙 대공과 대화 중이었어요."

내 시녀들도 제법 많이 그곳에 참석한 모양이었다. 엘리자 백작 부인은 무겁게 한숨을 내쉬고서 다시 말을 이었다.

"이후 짓궂은 누군가가 에르기 공작에게 물었지요. 그가 볼 땐 투아니아 공작 부인이 얼마큼 매력적이냐고."

"나쁘게 대답했군요?"

"왜 그리 많은 남자들이 공작 부인에게 빠지는지 알겠다. 이렇게 대답했지요. 그 대답은 저도 들었답니다."

"?"

"중간부터는 어떤 일이 벌어진 건지는 모르겠어요. 나중에 소란이 일어났을 땐, 이미 투아니아 공작 부인이 에르기 공작의 뺨을 때린 후였습니다. 그것도 사람들이 몰린 곳에서요."

말하고 싶어 못 견디겠다는 듯 옆에서 움찔거리던 로라가, 결국 참지 못하고 또다시 끼어들었다.

"거기서부터 난리였어요! 투아니아 공작 부인이 에르기 공작 뺨을 이렇게 짝! 때리고. 에르기 공작 얼굴이 이렇게 팍! 돌아갔는데. 갑자기 어떤 여자가 달려와 투아니아 공작 부인 머리를 뒤에서 잡아당겼거든요!"

이건 또 무슨……? 황당해서 쳐다보자 로라가 얼른 덧붙였다.

"에르기 공작 옛날 애인 중 하나인데, 헤어진 후로도 내내 공작을 쫓아다니나 봐요."

"어제 일로 지금은 수도에서 추방 명령을 받아 나갔습니다."

"투아니아 공작 부인이 왜 에르기 공작의 뺨을 때린 건지는 아무도 모르나요?"

"네."

이유는 모른다지만…… 아니, 이유를 모르기에 오히려 더 사람들은 이 이야기를 하느라 바쁘겠네.

"너무 염려 마세요, 폐하. 매년 비슷한 사건이 서른 개도 넘게 터지잖아요?"

"다들 수군거리다가 다른 사건이 터지면 거기로 넘어가겠지요."

"그래요……."

물 안에서 손을 휘저었다. 약간 뜨거운 듯하던 물은 어느새 적당한 정도로 식어 있었다. 시간을 확인하자 20분가량이 지났기에 자리에서 일어났다. 나는 투아니아 공작 부인 일에 대해 더 묻는 대신, 목욕 가운을 두르고 나갔다. 엘리자 백작 부인의 말이 옳았다. 이런 일은 주인공만 다를 뿐 항상 발생했다.

'황후'가 공권력으로 나설 수도 없는 일이니, 그냥 흘려 넘기는 수밖에 없었다. 공작 부인은 이 일에 대해 다른 사람들이 언급하는 것조차 자존심 상해할 테니. 목욕 가운을 두르고 나가자, 밖에서 대기하던 시녀가 차가운 차를 가져다주었다.

"고마워요."

그런데 인사를 하고서 차를 받아 들 때였다. 나는 무의식적으로 창문을 쳐다보다가 깜짝 놀랐다. 까만 어둠 너머로 시꺼먼 형체가 보였다. 익숙한 실루엣이었다. 다가가보자 역시. 창틀에 납작하게 붙은 퀸이었다.

"퀸?"

찻잔을 바닥에 내려놓고서 얼른 달려가 문을 열어주자, 퀸은 완전히 기진맥진해서 엉금엉금 안으로 들어왔다.

"퀸, 괜찮아?"

평소보다 어딘가…… 많이 지친 기색이었다.

혹시 하인리 왕자가 월월까지 퀸을 데려갔나?

하지만 왕자가 데려갔다면 퀸을 새장에 넣어서 가든, 마차에 함께 태우고 가든 했을 것 같은데……. 일단 애부터 챙기자 싶어서, 나는 퀸을 품에 안고서 침대로 가 앉았다.

"퀸, 이거 마셔."

눈치 좋게도 로라가 얼른 찬물을 떠 와 내밀었다. 퀸은 허겁지겁 부리를 박고서 찹찹 물을 마셨다. 다행히 얼마 있지 않아 기운이 나는 듯, 퀸은 얼른 방 안을 재빠르게 세 바퀴 돌았다.

"이제 괜찮아?"

— 구!

다행이라 생각하면서도, 나는 오랜만에 퀸을 안아보고 싶어서 얼른 다가갔다. 꼭 끌어안고서 귀여운 이마에 입을 맞추고 싶었다. 그러나 평소라면 인형처럼 굳은 채 얌전히 있을 퀸이 웬일로 나를 피했다.

"퀸?"

놀라 쳐다보자, 퀸은 테이블 위로 가 앉더니 묘한 표정으로 나를 유심히 쳐다보았다. 꼭 뭔가를 고민하는 것처럼 보였다.

"퀸? 괜찮니?"

걱정되어 묻자, 퀸은 고개를 좌우로 기웃거리더니 작게 한숨을 내쉬고는 내 바로 근처로 다가왔다. 그리고는 내 팔 소맷자락을 부리로 물더니 위로 날아올랐다.

"퀸?"

왜 이러나 싶으면서도 손을 따라서 올려주었다. 그러나 이상 행동은 이게 끝이 아니었다. 퀸은 내가 손을 천장을 향해 들도록 한 후에도 연신 날갯짓을 하며 천장으로 날아가려 시도했다. 당황스러워서 팔을 빼려 했지만, 얼마나 고집이 센지 놓지 않고 계속 날개를 퍼드덕거리던 퀸은 결국 제풀에 지쳐 바닥으로 툭 떨어졌다.

난 새가 이렇게 크게 헉헉거리는 소리를 처음 들었다. 엉덩이를 깔고 다리를 쭉 편 채 앉는 것도 처음 봤다. 원래 새들은 다 이러나? 꼭 기운 빠진 사람 같았다. 조심스레 손을 뻗어 머리를 쓰다듬자, 퀸은 눈을 감고는 기운 없이 내 손바닥에 자신의 얼굴을 비볐다.

"퀸. 무슨 일 있어?"

— 구······.

"아! 퀸. 혹시 너······."

— !

"날 데려가고 싶은 곳이 있어서 이래?"

— ······구.

그런가 보다.

"어디 가고 싶어서 그래? 앞서서 날아가면 따라갈게."

쓰러진 퀸을 주워 안으면서 얼른 이마에 입을 맞추고 물었지만, 퀸은 축 내 팔에 늘어져 누운 채 대답하지 않았다. 대신 자기 날개를, 꼭 사람이 자기 손을 살피듯 앞뒤로 확인하더니 후 한숨을 내쉬고는 일어나서 창밖으로 날아가버렸다.

'뭘 하고 간 거지? 정말로 하인리 왕자한테 날 데려가려고 한 건가?'

본궁으로 가 업무를 본 지 두 시간여가 지났을 때였다. 눈이 피곤하고 눈두덩이가 욱신거려 잠시 밖으로 나갔는데, 뜻밖에도 라스타가 멀지 않은 곳에 쪼그리고 앉아 들풀을 내려다보고 있었다.

문 열리는 소리를 들은 건지, 라스타는 내 쪽을 쳐다보고는 "아." 하고 탄성을 뱉었다. 그러고는 바로 코앞까지 다가와 꾸벅 인사하며 물었다.

"저…… 황후 폐하. 괜찮으시다면 잠시 시간을 내주실 수 있으신가요?"

"말해보거라."

"그게……."

라스타는 주위를 두리번거렸다. 내가 나온 방 앞으로만 해도 성안을 지키는 경비병들이 있고, 내 바로 뒤에는 근위기사인 아르티나 경이 서 있었다.

라스타는 그들이 없는 곳에서 이야기하고 싶어 하는 것 같았다. 하지만 아르티나 경은 굳이 라스타를 위해 자리를 비켜주지 않았다. 아르티나 경에게 눈짓을 보내자, 그녀는 그제야 몇 걸음 뒤로 물러났다. 라스타는 그래도 불안한지 아주 작은 목소리로 속삭이듯 입을 열었다.

"황후 폐하. 정부가 되면 받는 돈이 있다고 들었는데요……."

"그래."

"어느 정도인가요?"

"매년 3만 크랑 정도."

라스타는 생각보다 많은 금액인지 눈을 커다랗게 떴다.

"저, 정말인가요?"

고개를 끄덕이자 그녀는 두 손으로 입가를 가리고는 좋아했다. 하지만 무슨 생각을 한 건지 다시 우울한 낯빛이 되어 물었다.

"정확히 언제부터 받을 수 있나요?"

"다음 달 초인데. 왜 그러지? 급히 금전이 필요한 게냐?"

현재 필요한 물품이라면 소비에슈가 다 내어주고 있는 걸로 아는데. 그래도 혹시 몰라 묻자, 라스타는 고개를 젓고는 두 손을 모으고서 우물거렸다. 한참을 그러다가 그녀는 간신히 목소리를 쥐어짜내듯 물었다.

"저…… 황후 폐하. 라스타에게 주시는 돈이 혹시 다 기록으로 남나요?"

"장부를 적어야 하니까."

기록으로 남을 뿐 아니라 역사에까지 남고, 미래 사람들 역시도 읽어보겠지. 하지만 이런 부분은 굳이 이야기하지 않았다.

라스타는 다시 주저하며 물었다.

"저기…… 황후 폐하. 어제 황제 폐하께서 라스타의 돈 관리는 랑트 남작에게 맡길 거라 하셨는데요……."

"그래?"

"예. 저기…… 음. 그 돈 중 일부를 그러니까…… 라스타에게 따로 주실 수 있나요?"

"따로 주다니?"

혹시 랑트 남작이 지출을 다 감시할까 봐 그러나?

"랑트 남작이 돈 관리를 한다 해도 돈은 전부 네가 사용하는 거니, 혹시 그가 네 소비생활에 참여할까 걱정되는 거라면 염려 놓거라."

"아니요, 그게 아니라…… 3만 크랑 중에 1만 5,000, 아니, 1만 크랑만 떼어서 제게 주시고, 장부에 안 적으셨으면……. 가능할까요? 이중장부 같은 것도 다 적고 그런다던데요……."

혹시 비자금을 만들려는 건가? 안 좋은 일이지만 못할 일은 아니었다. 따로 더 챙겨주는 게 아니라, 있는 금액을 쪼개서 주는 정도라면. 하지만 내가 나설 일은 아니었다.

"먼저 폐하께 허락을 받는 게 우선 같구나."

"돈 관리를 황후 폐하께서 하신다고 들었는데요……."

"하지만 너에 관한 건 모두 다 폐하께서 관리하시지. 이 일은 폐하께 여쭈어보거라."

라스타는 당혹스러운 듯 눈을 여기저기 굴리다가 작게 그러겠다 중얼거리고는 돌아서서 가버렸다.

"왜 이렇게 골이 난 얼굴이지?"

에르기 공작은 방 안으로 들어오다 라스타를 보고는 풋 웃음을 터트리며 물었다.

라스타가 팅팅 부은 얼굴로 베개를 끌어안은 채 씩씩거리고 있었다. 평소와 달리 에르기 공작을 힐긋 보고서도 표정을 풀지 않았다. 단단히 무슨 일이 있긴 있구나 싶어, 에르기 공작은 가까이 있는 의자에 앉으며 라스타를 뚫어져라 쳐다보았다.

신비로운 은색 머리카락을 그대로 늘어뜨린 채 베개에 매달린 그녀는 과연 소비에슈 황제가 어여삐 여길 만큼 아름다운 모습이었다. 심지어 뾰로통해 있는데도.

"황후는 너무 냉랭해요."

"냉랭하다고? 싸운 거냐?"

"제 처지에 싸울 수나 있나요."

"먼저 나서서 시비를 걸 성품은 아니시던데."

"황후랑 잘 아시나 봐요?"

"내가 사람들 성격은 잘 구분하는 편이거든. 세세하게는 아니라도 대충은."

"그래서. 공작님이 보시기엔 황후는 시비를 걸지 않는 착한 성품 같다고요?"

"착한 성품이라기보다는…… 네 말대로 냉랭하시지. 고지식하다고 해야 하나? 철저하게 황후처럼 행동하고 황후처럼 생각하고 황후처럼 말하는."

에르기 공작은 단 두 번 만났을 뿐인 황후를 떠올려보고는 고개를 끄덕였다. 신기할 정도로 정형화된 황후의 모습이었다. 여기저기서 주워듣기로는 어린 나이부터 황후를 따라다니며 황후 수업을 들었다고 했다. 아마 그때 만들어둔 틀이겠지.

"착해서 시비를 안 건다기보다는, 철저하게 남들과 선을 긋고 계신 것 같았거든."

"그걸 잠깐 보고 아신다고요?"

"잠깐 본 건 아니지. 티파티 때 계속 관찰했으니까. 그런데 정말 무슨 일인데, 아가씨?"

"……."

라스타는 잠시 말을 해도 좋을지 아닐지 망설이는 듯 에르기 공작의 눈치를 살폈다. 에르기 공작은 등받이에 한쪽 팔을 괴고서는 가볍게 웃음을 터트렸다.

"말하기 싫으면 안 해도 돼."

라스타는 머뭇거렸지만, 그는 현재 라스타가 가장 믿고 신뢰하는 사람이었다. 가장 어려울 때 도움을 주었고 이후로도 그 많은 소문과 수군거림으로부터도 보호해주었다.

결국 라스타는 솔직하게 털어놓았다.

"정부들이 받는 품위 유지비 중 일부를 장부에 안 적고 줄 수 있는지 청했다가 까였어요."

에르기 공작은 웃음을 터트렸다.

"뭐? 그걸 왜?"

"돈이 필요하니까요……."

"가지고 싶은 게 있어서 그래? 황제 폐하께 말해봐. 뭐든 해주실 텐데."

"물건이 문제가 아니에요."

"그러면?"

"몰라요. 하여튼 속상해요. 폐하께서는 품위 유지비가 나와도 랑트 남작에게 관리를 시킨다 하셨는데, 그러면 라스타가 마음대로 사용할 수 있는 돈은 없는 거나 마찬가지잖아요."

돈 관리를 다른 사람이 하는 것과 사용하는 게 무슨 상관이라고? 에르기 공작은 라스타가 무언가를 말하지 않고 있다는 걸 알아차렸다. 하지만 굳이 캐묻는 대신 흔쾌히 제안했다.

"꼭 필요한 거라면 내가 빌려줄까?"

"공작님이요?"

"나 돈 많아."

에르기 공작은 건달처럼 말하면서 "어때?" 하고 가볍게 물었다.

"하지만……."

"차용증도 쓸 거고, 정확히 금액도 적을 거야. 그러면 되잖아?"

"돈을 지금 빌리더라도 나중에 갚을 때 랑트 남작에게 말해야 하는데. 그러면 결국 똑같잖아요. 오히려 돈을 굳이 빌려서 쓴 걸 알면 더 수상하게 여길 텐데!"

"평생 랑트 남작에게 맡기진 않을 거 아냐. 몇 년 지나면 아가씨가 직접 관리할 수 있겠지."

"그거야 그렇지만……."

소비에슈 황제는 라스타가 '재무관리에 대해 배울 때까지'라고 단서를 달았다. 열심히 잘 배우고 로테슈 자작에게 돈을 주지 않는단 걸 보여준다면, 1년이나 2년 내로 감시의 손을 거둬 갈지도 몰랐다.

"차용증에 적어두면 되잖아? 5년은 돈을 돌려달란 요구를 하지 않을 거라고."

"음…… 그러면…….'

"대신."

"?"

"조건이 있어."

"이자요?"

에르기 공작은 푸하 웃음을 터트리며 손을 저었다.

"친구 사이에 이자는 무슨. 시세에 맞춰서만 계산해주면 돼."

노예 중에는 빚을 갚지 못하고 파산한 사람이나 그런 사람의 가족들도 있었다. 라스타는 그들에게 높은 이자로 돈을 빌리는 게 얼마나 위험한지 여러 번 들어왔기에, 에르기 공작이 이자를 받지 않는단 말을 하자 안심이 되었다.

"그러면 조건이 뭔데요?"

"왜 큰돈이 필요한지 알려줄 수 있어?"

"……왜요?"

"사기당할 것 같으면 말리려고."

"사기요?"

"황제 폐하께 알리지 않고 돈을 쓰려 할 땐 좋은 이유가 아닐 것 같거든. 이상한 데 투자, 사기, 이런 거면 말려야지."

장난 같지만 제법 걱정이 묻어난 말투였다. 라스타는 에르기 공작을 잠시 먹먹히 바라보았다. 문득 그는 모든 진실을 알고서도 자신을 도와줄까, 하는 기대가 들었다.

안정적인 상황이라면 군이 위험을 무릅쓰고 털어놓을 필요는 없었다. 좀 더 여유를 가지고서 그를 지켜볼 수도 있었다. 하지만 라스타에게는 그녀를 도와줄 수 있는 사람이 '꼭' '지금 당장' 필요했다. 그녀의 상황을 알면서도 비웃거나 손가락질하는 게 아니라, 동정심을 가지고서 나서줄 수 있는 사람이.

현재로서 그럴 만한 사람은 에르기 공작뿐이었다. 황제 역시 도망 노예란 걸 알고서 자신을 받아주었지만, 에르기 공작과는 처지가 달랐다. 황제는 사랑이었고 에르기 공작은 우정이었다. 사랑이 감싸줄 수 있는 것과 우정이 감싸줄 수 있는 건 달랐다. 사랑은 라스타의 비밀을 알면 실망하고 멀어질 수 있지만, 우정은 안타깝게 여기고 보듬어주고 힘이 되어줄 수 있었다.

라스타는 마른침을 꿀꺽 삼켰다.

"실은……."

요즘 들어 누군가 나를 뒤쫓는단 느낌이 든다. 상대로 추정되는 이는 명확했다. 라스타. 내 남편의 여자.

"알겠어요. 그럼 이번 대중 무도회의 콘셉트는 가면으로 가지요."

"선대 황제 폐하 때 굉장히 반응이 좋았으니, 다들 재미있어 할 겁니다."

"하지만 얼굴을 가리는 만큼 더 보안에 신경 써야……."

"황후 폐하? 왜 그러십니까?"

"……합니다."

문화기관 관장이 의아한 표정을 지었다.

나는 그에게 실례했던 손짓을 한 후 고개를 돌렸다. 역시나. 이번에도 라스타가 보였다. 내 쪽을 보고 있지 않았지만, 내 시선이 닿는 거리에서 그녀는 자기 하녀들과 대화를 나누는 중이었다.

"……"

이런 일이 벌써 며칠째 반복되고 있었다. 딱히 해를 끼치는 건 아니지만 미묘하게 신경에 거슬렸다. 부담스럽고. 내가 라스타 쪽을 쳐다보자 관장이 내 눈치를 살피며 조심스레 물었다.

"황후 폐하. 라스타 양에게 할 말이 있으십니까?"

"어제도 저기 있지 않았나요?"

"예. 그랬지요."

내 질문에 문화기관 관장은 그게 뭐 어떠냐는 듯 대답했다. 그가 라스타와 내 쪽을 번갈아 살폈다.

나는 입술을 다물었다. 어제 다른 업무를 볼 때도 라스타는 근처에 있었다. 이틀 전에 다른 장관과 있을 때에도. 각기 다른 장관들이 보기에는 잠시 부딪치는 우연처럼 여겨지는 모양인데. 매번 부딪치는 내 입장에선 우연이 아닌 것 같았다. 내가 계속 라스타 쪽을 쳐다보자 문화기관 관장이 너털웃음을 터트리며 말했다.

"여기저기 잘 돌아다닌다 그러더군요. 너무 신경 쓰지 마시지요, 황후 폐하. 그냥 낮은 출신의 정부가 아닙니까. 아직 궁중 예법에 익숙하지 않다 보니 눈에 거슬리는 점이 많으시겠지만, 점차 나아질 겁니다."

누군가 나를 쫓아다녀서 내가 그 사람을 신경 쓰면, 내가 예민하고 이상한 사람이 되는 건가? 달래는 듯한 그의 말에 기분이 상했지만, 내색하지 않으며 말했다.

"이만 가보세요."

문화기관 관장은 나와 라스타 쪽을 번갈아 살피며 긴 복도를 걸어갔다. 나는 잠시 그가 멀어질 때까지 기다렸다가 아르티나 경에게 부탁해 라스타를 데려오게 했다. 라스타는 하녀와 노는 척을 하고 있다가 아르티나 경이 가까이로 오자 놀란 눈으로 나를 살폈다. 그녀는 머뭇거리며 아르티나 경을 따라왔다.

"저…… 왜, 왜 라스타를 부르신 건가요?"

곁으로 온 라스타는 겁먹은 얼굴로 내게 물었다. 라스타가 데리고 다니는 하녀 둘이 서로 시선을 맞추며 라스타의 양옆으로 버티고 섰다. 굳이 대화를 길게 엮을 필요도 없었다. 이런저런 말을 늘어놓는 대신 나는 대놓고 물었다.

"왜 따라다니지?"

"예?"

"따라다닌 게 아니란 말은 안 했으면 좋겠는데. 요즘 들어 내내 시선이 마주친 거, 너도 알지 않느냐."

"아……."

라스타는 얼굴이 빨개져서 손가락을 꼼지락거렸다. 보이지 않으나 발가락도 꼼지락거리고 있을 것 같았다. 그녀가 당황스러운 기색을 보이자 라스타의 하녀는 덩달아 더 겁먹은 표정으로 주위를 둘러보았다. 마치 내가 어떤 짓이라도 하면 당장 비명이라도 지를 것처럼. 그게 불쾌해서 하녀에게 다른 곳으로 가 있으란 지시를 내렸다. 하녀는 놀란 눈을 했지만 머뭇거리며 먼발치로 가 섰다.

"실은……."

라스타는 하녀가 멀어지자 어쩔 수 없는지 머뭇거리며 입을 열었다.

"에르기 공작님이 황후 폐하가 '전형적인 황후'의 모습이라고 하셔서요."

"?"

"라스타는 귀족 출신이 아니라 잘 모르는 것도 많고, 그렇잖아요. 랑트 남작이 알려준다고는 하지만 설명으로만 들어서는 이해 안 가는 것도 많고……."

"그래서?"

"황후 폐하를 보고 배우고 싶어서요."

"……."

라스타는 간청하듯 나를 올려다보았다.

"전 황후 폐하를 닮고 싶어요. 그래서 저…… 하지만 제게 황후 폐하께서 예법 같은 걸 가르쳐주시지 않을 거고……. 멀리서라도 보면서 배우고 싶었어요."

진심인지 아닌지는 모르겠지만 그녀의 말 중 옳은 부분은 있었다. 내가 그녀에게 예법을 가르쳐줄 리가 없다는 것.

"예법을 배우고 싶다면 폐하께 말씀드리도록 하거라. 베르디 자작 부인에게 알려달라 하든가."

라스타는 베르디 자작 부인의 이름이 나오자 잠시 미간을 찡그렸다. 베르디 자작 부인을 데리고 있긴 하지만 그리 사이가 좋은 건 아닌 모양이었다.

"제가 닮고 싶은 건 황후 폐하인걸요. 에르기 공작님이, 황후 폐하는 완벽한 황후의 모습이라고 하셨어요."

"날 따라 하란 의미로 한 말은 아니겠지."

"귀찮게 안 해드릴 테니까, 그냥 못 본 척해주시면 안 될까요? 있는 듯 없는 듯 티도 안 내고 먼발치서만 볼게요. 네?"

"있는 티를 안 내고 본다면 내가 알아차리지 못했겠지. 하지만 그러지 못하니 내가 널 알아차린 게 아닐까?"

"더 조심할게요."

카프멘 대공 앞에서 라스타가 내 말투를 따라 하던 게 떠올랐다. 신년제 특별 연회 귀빈들과 인사를 나눌 때 내 옆을 따라다니던 것도. 그 일을 떠올리자 저절로 오싹해졌다.

라스타가 날 보고 배우려는 게 도덕적으로 결함 있는 일은 아닐지도 몰랐다. 도망 노예 출신인 그녀로서는 서둘러 상류 사회로 섞여들고 싶을 테니, 가장 가까운 거리에서 사는 나를 고른 건지도 몰랐다. 하지만 내 남편을 가져간 여자가 내 행동까지 가져가려 한다는 건 무척이나 싫게 여겨졌다.

"네가 왜 그런 생각을 가지게 되었는진 모르겠지만, 라스타."

"?"

"소비에슈가 사랑하는 네 모습은, 나와 전혀 다른 지금의 네 모습일 거다."

"!"

"에르기 공작이 우정을 준 모습도 지금의 너일 테고. 그런데 굳이 날 따라 할 필요는 없지 않을까?"

억지로 좋은 말로 포장해서 달랜 후, 이번에는 엄하게 덧붙였다.

"내 눈에 보이지 않고 따라다닌다면 그것까지 내가 막을 수는 없겠지. 하지만 내 눈에 보인다면 기사들을 시켜 널 멀리 보내라 할 테니, 날 따라다니지 말거라."

그로부터 며칠간 라스타는 정말로 보이지 않았다. 완전히 보이지 않은 건 아니지만, 확연히 그 횟수가 줄어들었다. 사정을 모르는 사람에게 '라스타 양이 날 따라다녀요'라고 말하면 내가 과민 반응하는 거라 여길 정도의 횟수로.

하지만 눈치가 없는 건 아닌 듯 내가 자기 존재를 눈치챘단 생각이 들 때마다 먼저 자리를 피해서, 기사를 보내 쫓아낼 필요는 없었다. 그렇다 해도 기분이 나아진 것 아니지만.

그러는 사이 시간은 계속해서 지나갔고, 마침내 대중 무도회가 열리는 날이 되었다. 대중 무도회는 평민들이 주축이 되는, 신분에 상관없이 모든 사람이 다 참석할 수 있는 무도회였다.

평민과 귀족들이 한자리에서 어울리는 몇 안 되는 행사기에 인기가 좋았고, 이 때문에 국민의 지지도가 낮아지면 황실에서는 일부러 이 점을 이용해 대중 무도회를 최대한 화려하게 열기도 했다.

소비에슈 치하에서는 그렇게 눈 가리고 아웅 할 만큼 국민 지지도가 낮지는 않았지만, 여러모로 신경 써야 할 행사인 건 맞았다.

사람들의 반응을 끌어올리기 위해 내가 선택한 건 가면무도회였다. 나는 머리부터 발끝까지 온통 새빨간 색으로 맞추어 드레스를 차려입은 다음, 일부러 가면만 백조 털로 치장한 하얀 가면을 착용했다. 어차피 나는 호위들 틈에 있을 테니 굳이 황후가 아닌 척할 필요도 없었지만, 그래도 구색을 맞추기 위해서였다.

"다들 놀랄 겁니다."

"평소에도 이런 색상을 입고 다니시면 좋을 텐데. 황후 폐하의 피부 색조가 붉은색과 참 잘 어울리셔요."

"놀라진 않을 거예요. 가면무도회 땐 기막힌 의상들이 다 등장하잖아요."

"하지만 황후 폐하처럼 강렬한 색상을 입긴 힘들지요."

"칭찬인가요?"

"으음……."

나는 시녀들과 가벼운 농담을 주고받으며 무도회장 안으로 들어섰다. 그리고 시녀들의 농담은 정말 말 그대로 이루어졌다. 무도회장 안에 들어간 지 얼마 안 가, 사람들은 다들 내 옷을 보며 놀랐으니까.

"황후 폐하……."

단지, 시녀들이 예상한 그런 놀라움이 아니었을 뿐.

사람들이 웅성거리는 소리를 들으며 나는 최대한 무표정을 유지하려 애썼다. 먼저 무도회장에 들어와 놀고 있던 한 사람이 나와 놀라울 정도로 흡사한 의상을 입고 있었다. 흔하지 않은 깨끗한 은발과 섬세한 입매를 통해 그 사람이 누군지는 바로 알아차릴 수 있었다.

"세상에 어쩌면 저런……."

엘리자 백작 부인이 옆에서 넋 나간 목소리로 중얼거렸다.

나 역시도 머리가 순간 아찔했다. 조금 과하다 싶을 정도로 새빨간 드레스와 구두, 붉은 목걸이와 귀고리, 그리고 이에 반대되는 새하얀 가면까지. 심지어 가면에 새 깃털을 꽂은 것까지도 같았다. 드레스가 완전히 똑같은 디자인은 아니었지만, 의상의 콘셉트며 배치가 흡사했다.

라스타는 사람들이 내 쪽을 쳐다보자 뒤늦게 고개를 돌렸다. 그리고 놀란 표정을 지으며 "어?" 하고 어리둥절한 목소리를 냈다.

일순간 주위가 다 조용해졌다. 아무도 목소리를 내진 않았으나 생각은 얼굴에 그대로 엿보였다. 나와 라스타의 표정을 보면 서로 일부러 맞춰 입고 온 게 아니란 걸 알 수 있을 터. 야릇하고 짓궂은 호기심, 불안감, 흥미를 띠운 채 다들 숨을 죽였다.

나는 가만히 선 채 라스타를 쳐다보았다. 그녀에게 하고 싶은 말이 많았지만, 먼저 다가가진 않았다. 변명하든 사과를 하든 역으로 뻔뻔하게 나오든 다가오는 사람은 그녀여야 한다. 황후는 변명하기 위해 아랫사람을 찾지 않는다고, 나는 그렇게 배웠다.

라스타는 하고 싶은 말이 많단 얼굴로 내게 다가왔다. 그녀의 표정은 진심으로 놀란 것처럼 보였다. 감쪽같을 정도로.

"황후 폐하. 의상이…… 라스타랑 좀……."

다가온 라스타는 머뭇거리며 입을 열었다.

"혹시 일부러 라스타랑 같은 걸 입으신 건가요?"

옆에 있던 엘리자 백작 부인이 발끈했다.

"무례하군요, 라스타 양."

기분 나쁜 불쾌함이 턱 끝가지 올라왔으나, 나는 일부러 반응하는 대신 가볍게 웃으면서 물었다.

"날 닮고 싶다더니. 모든 걸 흉내 내고 싶단 뜻이었느냐?"

웃고는 있지만 최대한 차가운 어조를 유지하려 했다.

라스타는 황당하단 표정으로 날 쳐다보았다.

"그 얘기가 왜 지금 나오나요? 이번엔 황후 폐하께서 절 따라 입으신 거잖아요?"

"내가 왜?"

"!"

"이렇게 해봐야 둘 다 웃음거리만 될 텐데, 굳이 그럴 필요는 없지. 앞으론 참고하는 게 좋겠구나, 너도."

일부러 '같은 의상을 입으면 둘 다 손해이고, 난 그걸 알고 있다'는 말을 해버렸다. 머리를 쓸 줄 아는 사람이라면 이 말을 듣고서내가 스스로를 웃음거리로 만들진 않을 거란 예상을 할 수 있겠지.믿기 싫은 사람은 내가 무슨 말을 하든 안 믿을 테지만.

나조차 깜빡 넘어갈 정도로 라스타는 기가 막히고 어이없단 표정으로 하 무거운 숨을 토해냈다. 내가 계산적인 대사로 스스로를방어했지만, 그녀는 표정으로 스스로를 방어했다.

천천히 그녀를 스쳐 지나가며 쓰고 있던 가면을 벗어 툭 바닥에던져버렸다. 뒤를 쳐다보지 않고 곧장 미리 준비된 내 자리로 걸어갔다. 의자에 앉자 엘리자 백작 부인을 비롯해 함께 온 시녀들이근처에 자리를 만들어 모여 섰다.

힐긋 곁눈질해보니 라스타는 그 자리에 선 채 입술을 꾹 깨물고 있었다. 그녀의 주위로 남자들이 모여들어 위로하는 소리가 났다. 울지 말란 이야기가 들려오는 걸 보니 울고 있는 모양이었다.

평민들이 섞여 있는 자리였다. 그들은 지금 상황이 그저 신기하고 재미있는 듯 나와 라스타를 번갈아 살폈다. 누가 따라 한 것 같으냐는 소리가 여기저기서 들려왔다. 목소리를 낮춘다고 낮춘 모양이지만, 단발적으로 툭 툭 터져 나오는 소리까지 모두 다 통제할 수는 없었다.

"무례한 소리를 지껄이는 자들을 잡아들일까요?"

아르티나 경이 작게 물었다.

"되었습니다."

나는 태연한 척 대답하고서 의자 등받이에 등을 기댔다.

권력을 공개적으로 휘두르는 건 쉽고 간편한 일이지만 후유증이 크다. 사람들은 권위 있는 사람을 좋아하지만, 권위적인 사람은 싫어한다. 단순히 기분 상한단 이유만으로 입을 틀어막으려 들면 반드시 부작용이 오기 마련이었다.

"아무래도 먼저 옷을 입고 나타난 쪽이 먼저겠지."

"저기 은발 귀족 말이야?"

"딱 보기에도 순진하게 생겼잖아."

"근데 황후 폐하께서 왜 굳이 남의 옷을 따라 입으시는데?"

"아, 나 그거 들었어. 저기 은발 여자가 황제 폐하 애인이래. 그리고 귀족이 아니라 우리 같은 평민 출신이래!"

"진짜? 와, 그러면 엿 먹어보라고 일부러?"

유난히 거슬리는 킬킬거리는 대화 소리를 무시하며 애써 차갑고 냉정한 표정을 유지했다. 귀족은 아닌 것 같고. 아무래도 평민 남자들인 모양인데. 라스타의 신비로우면서도 청초한 모습에 완전히 홀린 듯했다.

그들이 라스타를 지상에 내려온 요정인 양 넋 놓고 보는 동안, 나는 발에 힘을 꽉 주었다. 발끝이 덜덜 떨리고 있었지만 내색하지 않아야 했다. 라스타가 날 따라 입었을 거라고 소곤거리는 소리 역시도 사방에서 들려왔지만, 이상하게도 이럴 때 더 신경 쓰이는 건 나쁜 소리 쪽이다.

라스타도 마찬가지인 듯, 자신을 편드는 사람들이 있는데도 표정이 좋지 않았다. 나는 그녀에게서 시선을 떼고 억지로 다른 생각을 했다. 예를 들어 라스타에게 내 의상에 대해 전달한 범인이 누구인지에 대해서.

사실 당장 화나는 상대는 라스타이지만, 따지고 이 일에서 제일 중요한 건 라스타가 아니었다.

'도대체 누가 내 의상에 대해 라스타에게 전달한 거지?'

중요한 건 정보를 유출한 사람이었다. 하지만 하루 이틀 사이에 정한 의상이 아니다 보니 쉽게 감을 잡긴 어려웠다. 말을 전달할 수 있던 시간도 방법도 사람도 많았다.

나를 대신해 대놓고 화를 내주는 건 이번에도 로라였다.

"엘리자 백작 부인, 다른 정부들도 다 저런 식으로 구나요? 너무 화나요!"

"정부 제도가 합법이다 보니 총애를 받는 동안에는 쉽게 건드리기 어려우니까요. 이걸 이용해 더 심한 짓을 하는 정부들도 많았답니다, 로라 양."

"여기서 어떻게 더 심한데요?"

"선대 황후 폐하만 보아도……."

그때였다. 로라에게 이런저런 이야기를 해주던 엘리자 백작 부인이 갑자기 부채로 입을 가리며 눈으로 내 어깨너머를 보았다. 고개를 돌리자 무도회의 드레스 코드는 아예 내팽개친 소비에슈가, 대놓고 예복 차림으로 걸어오고 있었다. 걸어오는 소비에슈에게 라스타는 냉큼 달려가며 외쳤다.

"폐하아아!"

라스타가 귀엽게 내는 목소리가 여기까지 들려왔다. 눈가가 불그스름해진 그녀가 소비에슈의 팔에 매달리는 게 보였다. 이어서 그녀가 무어라 무어라 말을 했지만, 소리가 잘 들리지 않았다. 하지만 내 이야기가 나온 듯 힐긋, 소비에슈가 내 쪽을 쳐다보았다. 시선이 마주쳤다. 나는 일부러 태연하게 미소 지으며 그에게 눈인사를 했다. 라스타는 소비에슈의 팔에 매달린 채 내 쪽을 보았다. 이번에도 태연하게 웃어주자 그녀가 주춤하더니 휙 고개를 돌렸다.

나 역시 일부러 엘리자 백작 부인 쪽만 쳐다보았다. 라스타의 주위에 있던 청년들이 황제를 가까이에서 본다는 게 기쁜 듯 떠들어대는 소리가 귀를 헤집으며 거슬리게 파고들었다.

"황후 폐하."

엘리자 백작 부인이 걱정스럽게 나를 불렀다. 나는 괜찮다는 뜻으로 말없이 웃어 보이고서, 손을 뻗어 붉은색의 음료수를 잡았다. 잡고 나니 하필 또 붉은 음료수를 잡았나 싶어서 후회되었지만 이미 늦은 후였다. 자연스럽게 잔을 들어 한 모금을 마시고 내렸다.

그러나 엘리자 백작 부인은 계속해서 내게 눈으로 무언가를 알려주려 시도했다. 옆을 보니, 아까는 저만치 떨어져 있던 소비에슈가 가까이 다가와 있었다. 아아…… 내 옆자리에 앉아야 하니 당연히 와야겠구나. 게다가 라스타까지 옆에 달고 왔다.

"하하하, 그래서 처음엔 얼마나 놀랐는지 모릅니다. 황후 폐하와 라스타 양이 이리 똑같은 드레스를 입고 나타나다니요!"

릴테앙 대공까지도.

"사실 정확히 말하자면 라스타 양이 '먼저' 입고 온 후 황후 폐하께서 나타나신 거지만요."

"그래도 두 분이 분위기가 전혀 다르다 보니 각기 다르게 어울리십니다."

나는 가볍게 웃고서 다시 음료수를 한 모금 마셨다. 라스타를 따라온 사람들은 돌려서 나를 비난하고 있었다. 내가 라스타를 따라 입었다고.

싫은 사람은 다 왔구나 싶어서 이번에는 정말로 미소가 흘러나왔다. 그러나 소비에슈의 다음 말에 오히려 웃을 수 없게 되었다.

"그래, 참으로 신기한 일이군. 황후에게 붉은 드레스를 입고 와달라 한 건 짐이거든."

"?!"

아니었다. 그는 그런 말을 하지 않았다. 나도 모르게 소비에슈 쪽으로 고개가 돌아갔다.

왜 거짓말을……? 소비에슈는 능청스럽게 허리를 숙여 내 뺨에 입을 맞추며 웃었다.

"상상 이상으로 아름답소, 황후. 내 부탁을 들어주어 고맙고."

왜 거짓말을 하는 거지? 이유는 알 수 없었으나, 재빠르게 소비에슈의 말이 사실인 것처럼 웃으며 대답했다.

"무슨 색이든 말만 해요."

"아아…… 폐하께서 청한 일이었습니까."

나를 몰아가던 릴테앙 대공은 난처한 목소리를 질질 끌다가, 이내 히죽 웃으며 얼른 말을 바꿨다.

"아직도 이리 사이가 좋으시니 참으로 보기 좋습니다."

라스타에게 홀딱 반해 쫓아다니던 패거리들이 민망한 듯 서로 눈짓을 교환했다. 반대로 라스타는 표정이 어두워져 있었다. 소비에슈가 내 편을 들었단 이유만으로 기뻐하기에는, 나 역시도 꺼림칙했다. 다시 음료수 한 잔을 마시면서 소비에슈를 보았으나, 그는 내 쪽을 보고 있지 않아서 '왜 날 도왔냐'고 물어볼 수도 없었다.

혼란스러워지자 수다를 떨고 싶은 마음까지도 싹 사라졌다. 나는 음료수를 동아줄처럼 붙잡은 채 커다란 홀을 둘러보기만 했다.

시녀들은 처음에는 내 곁에 머물렀지만, 점차 지루해진 듯 하나

둘 사방으로 나가기 시작했다. 황제의 옆에 붙어 있으려던 이들 역시도 음악이 시작되자 곧 무대로 나가버렸다. 의외로 라스타 역시도 오래 머무는 대신 바로 어딘가로 가버렸다.

'에르기 공작에게 가는 건가?'

아니지. 에르기 공작은 며칠 전에 궁 밖을 나간 후 아직 돌아오지 않았다고 들었다. 그러면 그냥 사람들과 어울려 놀고 싶어 간 건가? 의아해하고 있자니, 옆에서 목소리가 들려왔다.

"누가 따라 입은 거요?"

고개를 돌려 그를 보았다.

소비에슈가 나를 지그시 바라보고 있었다.

"누가 따라 입었다고 생각하십니까?"

"솔직히 말하자면……."

소비에슈는 내 귀에 대고 작게 속삭였다.

"누가 따라 입었는지는 상관없소."

"그런데 절 편드셨나요?"

"싫소?"

"안 싫습니다. 하지만 라스타 양이 나중에 섭섭해할 텐데요."

"그렇더라도 어쩔 수 없지 않소."

"어쩔 수 없다니요?"

"황후는 동대제국의 얼굴이지. 황후의 체면은 황실의 체면이고. 누구의 위신을 세워주어야 할지는 답이 뻔하지 않소?"

"그렇군요."

그의 대답에 혼란스러운 마음이 가라앉았다. 이런 이유라면 마음이 차라리 편했다. 수긍하고서, 나도 다시 정면을 쳐다보았다. 밝고 경쾌하고 가벼운 음악이 흘러나왔다. 가면을 쓴 남녀가 서로 손을 잡고서 깔깔 웃으면서 신나게 다리를 움직이는 게 보였다. 춤을 못 추면 못 추는 대로, 잘 추면 잘 추는 대로 다들 신이 난 얼굴이었다. 평민들은 낯선 무도회 그 자체를 즐거워하고, 귀족들은 격식을 덜 따지는 분위기에 흥분한 듯 보였다.

내 눈에만 눈이 맞은 평민 귀족 커플이 벌써 열 쌍 정도 될 즈음. 어디선가 환호 소리가 들려왔다. 소리가 난 쪽을 보니, 높은 무대 가운데에서 라스타가 혼자 춤을 추고 있었다. 그녀는 상대를 정해 정해진 춤을 추는 대신 홀로 빛을 내며 이리저리 뛰어다녔다. 가볍게 움직이는 다리와 그때마다 흩날리는 은발이 빛을 받아 눈부셨다. 그야말로 별처럼 움직이는 모습에 근처의 사람들이 불나방처럼 빨려 들어가는 게 보였다.

특히 평민들은 귀족처럼 보이는 여자가 자기들보다 더욱 잘 노는 게 무척이나 신기하면서도 기쁜 듯했다. 그들은 라스타가 발을 구를 때마다 박수를 치며 워워 하는 소리를 냈다. 옆을 보니 소비에슈 역시 라스타를 흐뭇하게 바라보고 있었다.

"함께 가서 추지 그래요?"

저절로 말이 툭 튀어나갔다. 소비에슈가 내 쪽으로 시선을 돌렸다.

"저기에?"

그러고는 어이없다는 듯 웃으며 되물었다.

"가고 싶어 하는 눈치신데."

고개를 끄덕이며 대답하자 그는 잠시 묘한 눈길로 나를 바라보더니 알겠다는 듯 물었다.

"혹시 질투하시오?"

"질투? 하. 누가요? 내가?"

"아니면 왜 빈정거리지?"

"누가 빈정거렸단 거지?"

"화나면 반말하는 버릇은 언제 고칠 거요?"

"마찬가지 아닙니까?"

"항상 생각하는 건데……."

잠시 생각에 잠겨 있던 소비에슈가 고개를 내 쪽으로 숙였다. 심각한 표정이었다.

무슨 말을 하려고? 덩달아 진지해져서 바라보자, 그가 무거운 목소리로 물었다.

"혹시 모후께서 데리고 다니실 적 말싸움을 가르쳐주셨소? 왜 항상 한 마디도 안 지지?"

"궁금한가요?"

"솔직히, 좀."

"30분만 황관을 내려놓고 격의 없는 소통을 해볼까요? 무법 지대에서? 그러면 알려드리지요."

소비에슈가 눈을 휘며 웃었다.

"내가 황태자이고 그대가 황태자비일 때, 이런 제안 한 거 기억나시오? 이후에 어떻게 했는지는 기억나시오?"

"!"

"또 넘어가진 않아. 속이 훤히 보이는군. 싫소."

'무슨 이야기를 하는 거지?'

춤을 마친 후, 땀을 닦으며 무대에서 내려온 라스타는 황제를 쳐다보다가 시무룩해졌다. 황제는 황후와 둘이서 머리를 맞대고 무언가를 얘기하는 중이었다. 심각한 표정인 걸 보니 또 무언가 일이야기를 하는 모양인데…….

라스타는 괜히 마음 한구석이 텁텁해졌다. 황제는 그녀에게는 절대로 나랏일에 대해 의논하지 않았다. 그가 무슨 일을 하는지, 무엇 때문에 고민하는지, 무슨 일을 하고 왔는지 등등. 그가 보내주는 따뜻한 눈길과 배려가 좋았지만 이따금 불안한 마음이 들기는 했다. 특히 저렇게 황후와 황제가 둘이서 무언가를 진지하게 이야기할 때.

'요즘은 에르기 공작도 림웰에 내려가 없고…….'

아기에 대해 알아보기 위해 로테슈 자작의 영지로 내려간 그는, 아직 연락 한 통 없었다. 제대로 알아보고 있는 건 맞을까? 라스타는 치솟는 불안감에 춤을 추고 싶은 마음조차 사라져 몸을 돌리다가 멈칫했다.

저 멀리에 투아니아 공작이 보였다. 사교계의 우상인 공작 부인과 달리 그는 사람들과 잘 어울리지 못하는 듯 혼자 우두커니 술만 홀짝거렸다. 라스타는 그를 가만히 지켜보다가 회심의 미소를 짓고서 그쪽으로 다가갔다.

소비에슈와 서로 헛소리를 날려대다가 피곤해져서 손을 저었다.
말해 뭐 해.

마찬가지인지 소비에슈는 뚱한 얼굴로, 지나가던 하인을 불러 와인을 가져오게 하며 물었다.

"황후도 마시겠소?"

"됐어요. 케이크를 먹을 겁니다."

"살찔걸."

"국민들 앞에서 취해서 해롱거리는 것보단 나을걸요?"

"취할 때까진 마시지 않지. 하지만 이 시간에 먹으면 황후는 무조건 찔걸."

"전 체중이 조금 늘더라도 수선사가 대기 중이라서."

소비에슈는 코웃음을 치고서 와인을 마셨고, 나는 케이크를 입에 넣었다. 때마침 다시 음악이 흘러나오기 시작했다. 아까와 파트너를 바꾼 사람들이 무대로 나와 다시 어울리기 시작했다. 대중 무도회에서 가장 재미없는 사람은 나와 소비에슈일 거다. 격식을 갖추기 위해 우리는 계속 여기 있어야 하니까.

케이크 조각에서 딸기를 조각내어 입에 넣으며 보니, 소비에슈 역시 혼자 구경만 하는 게 지루한 듯 권태롭단 표정으로 여기저기를 살피고 있었다. 그러다가 문득 그의 시선이 한곳에 머물렀다. 어디를 처다보나 싶어 보니, 라스타가 구석진 곳에서 누군가와 웃으며 대화 중이었다. 상대는 사람들 틈에 가려져 잘 보이지 않았는데…… 아, 이제 보인다. 투아니아 공작이었다. 투아니아 공작은 라스타가 자신에게 말을 거는 게 퍽 좋은 듯, 연신 웃어대고 있었다.

'소비에슈가 질투하려나?'

고개는 앞으로 둔 채 힐긋 눈만 옆으로 굴려 보았으나, 소비에슈는 태연히 하인에게 빈 와인잔을 건네고 있었다.

'질투하지 않는 건가?'

계속 힐긋거렸지만, 소비에슈는 태연한 얼굴이었다. 사랑하는 애인이 다른 남자와 웃고 떠들어도 괜찮다는 건가? 그 정도로 질투하진 않는다는 건가?

"……."

그래. 믿음이 있다는 거겠지. 소비에슈의 반응이 뭐가 중요하겠어. 어차피 둘 사이 일인데. 그의 반응을 관찰하는 것도 우습다 싶어서, 나는 다시 케이크를 마저 먹었다.

"퀸."

그러고 있자니 익숙한 목소리가 들려왔다. 처다보자, 화려한 금색 가면을 쓴 남자가 다가오고 있었다. 그가 누구인지는 날 부르는 호칭으로 바로 알 수 있었다.

"하인리 왕자."

살짝 웃으며 부르자, 그는 가면 밖으로 드러난 입꼬리를 휘며 물었다.

"함께 있어도 될까요? 저는 춤을 잘 못 추어서."

"왜. 아주 잘 날아다니던데."

내가 한 말이 아니다.

나와 하인리 왕자, 모두 같은 방향을 쳐다보았다. 소비에슈가 새로운 와인잔을 받아 든 채 하인리 왕자를 쳐다보고 있었다.

"황제 폐하. 그간 평안하셨습니까?"

하인리 왕자가 뒤늦게 웃으며 인사했으나, 소비에슈는 차가운 표정을 짓기만 했다.

아…… 그래. 라스타를 두고 둘이서 싸울 뻔한 적이 있지.

소비에슈는 하인리 왕자를 싫어했다. 질투는 안 하지만 자기 여잘 괴롭힌 사람은 싫다는 거겠지. 잘만 들어가던 케이크가 갑자기 입안에서 텁텁하게 여겨졌다. 포크를 내려놓고 하인에게 들려 보냈다.

궁으로 돌아오자마자 부관을 불러 라스타와 내 드레스가 같았던 일을 이야기한 후, 정보를 유출한 사람이 누구인지 알아보라 지시했다. 하지만 명령을 내리면서도 회의적이었다. 알아내는 게 가능할까?

내가 무슨 드레스를 입을지는 기밀이 아니었다. 오히려 나와 드레스가 겹쳐지지 않게 하려고 미리 정보를 입수하고자 하는 귀부인들도 있을 정도이니, 설령 누군가 정보를 유출했다고 한들 꼭 나쁜 의도라 하기도 모호했다. 그리고 예상 그대로, 사흘이 지나도록 드레스 정보를 흘린 사람이 누군지 확정 짓지 못했다.

"여러 귀부인이나 영애들이 물어온지라, 대답해준 사람이 너무 많습니다, 폐하."

"그래요……."

대신 저녁 무렵이었다. 친구인 알리슈테 양의 생일이라며 놀러 나간 로라가, 생각보다 이른 시간에 얼굴이 새빨개져서 돌아왔다.

"폐하, 백작 부인, 그거 들으셨어요? 완전 중요한 소식이에요!"

로라가 호들갑을 떨며 들어오자 엘리자 백작 부인은 미간을 찡그리며 잔소리했다.

"로라, 황후 폐하 앞에서 교양 없이 뛰어다니지 말라 했잖아요."

"백작 부인, 지금 교양 따질 때가 아니에요!"

"교양은 때를 따져가며 따지는 게 아니에요, 로라."

"어휴 답답하셔. 지금이 교양 없어도 될 그때라니까요?"

방방 뛰어오른 로라는 얼른 내 앞으로 다가와 털썩 앉더니 잠시 숨을 골랐다. 체력이 좋은 아이인데. 헉헉대는 걸 보니 한참을 뛰어온 눈치였다.

엘리자 백작 부인도 궁금하기는 한 듯 더 잔소리하는 대신 가까이로 와 앉았다. 시녀들도 체스 두던 걸 멈추고 다가왔다. 로라는 사람들이 자신의 주위로 몰려들자, 으으하고 앓는 소리를 내며 말했다.

"투아니아 공작 부인 이야기인데요."

"로라, 혹시 마리안 경과의 이야기나 에르기 공작 이야기라면 한 발 늦었어요."

"그 이야기가 아니에요, 주베르 백작 부인."

로라는 자신의 정보력을 무시하는 거냐면서 도끼눈을 떴다.

두 이야기 모두 최근에 암암리에 돌기 시작한 이야기였다. 정확히 말하자면, 하나는 아주 옛날 소문이 다시 돌기 시작한 거고, 다른 하나는 에르기 공작의 뺨을 때린 이후 나타난 소문이지만.

"그러면요?"

"투아니아 공작이 공작 부인에게 이혼 통보를 했대요."

"어머!"

시녀들이 입을 가리고 놀라 소리쳤다. 나 역시도 놀라서 무릎 위에 놓아둔 책을 옆으로 치웠다. 투아니아 공작이 왜?

"마리안 경에 대한 소문 때문인가요?"

엘리자 백작 부인이 놀라 묻자 로라가 고개를 끄덕였다.

"네. 자기 형 아들이 아니냐고, 평소 하는 행실을 보면 의심스러울 수밖에 없다면서 막 고함을 지르는 소리가 들렸대요."

"아니, 자기가 아니라 해놓고선 이제 와서 또 그 얘길 한대요?"

시녀 하나가 헛웃음을 짓자, 주베르 백작 부인이 혀를 차며 말을 받았다.

"마리안 경이 신전에 들어간 직후에, 투아니아 공작 부인이 선대 공작님 부탁으로 신전에 방문했었잖아요. 그전에도 사이가 좋았고. 공작 입장에선 자꾸 소문이 돌면 의심스러울 만도 하죠. 계속 이야기해봐요, 로라 양."

로라는 두 사람을 번갈아 보다가 다시 말을 이었다.

"그리고 막 에르기 공작을 사이에 두고서 다른 여자랑 머리채

잡고 싸운 것도 트집을 잡았대요. 에르기 공작하고 사이에 뭔가가 있으니까 그 여자랑 싸우게 된 거 아니냐고."

"어머 그건 너무 갔다."

"공작으로서는 뭐. 신전에서 혈육 검사도 할 수 없으니 답답하겠지요."

"예전부터도 왜, 말이 있긴 했잖아요. 누가 선대 공작님한테 '손주분이 마리안 경의 아들일 가능성이 있는데 괜찮냐' 물으니까, '어차피 그 손주도 내 손주 아니냐' 하셨다면서요."

시녀들이 쯔쯔쯔쯔 혀를 찼다.

신전 혈육 검사라고 해서 그 효과가 만능은 아니었다. 35년 전까지는 만능으로 취급되었으나, 35년 전 '롬페르 사건'으로 인해서 아니라는 게 밝혀졌다.

'롬페르 사건'은 한 여자가 자신의 아기 아버지가 누구인지 밝혀 달라며 신전에 간 일인데, 독특하게도 아버지 후보가 쌍둥이 형제였다. 신관은 황당해하면서도 검사를 해주었는데, 놀랍게도 쌍둥이 형도 아기의 부친으로 뜨고 쌍둥이 동생도 아기의 부친으로 떴다. 신전 혈육 검사의 허점을 처음으로 밝혀준 이 아기 이름이 롬페르였다. 허점이 있다고는 해도 이렇게 엮일 일은 거의 없으니 괜찮지만……

"사실 좀 이상하긴 해요. 결혼 전 한 번 사고 친 거로 아기를 가졌다면서, 결혼 이후로는 공작 부인이 임신조차 못 하고 있잖아요."

"투아니아 공작이 자존심이 상해서 이 부분은 지적하지 못하고 있는 모양인데, 어쩌면 공작이 불능일지도 모르지요."

마리안 경과 투아니아 공작 부인 사이의 일은 내가 너무 어릴 때 일이어서, 당시의 소동에 대해서는 전혀 모른다. 선대 황후 폐하를 따라다니며 남들보다 일찍 사교계에 데뷔했지만, 그때에도 이미 그 일을 이야기하는 사람은 없었다. 그런데 이제 와서 이 일이 터지다니…… 이상하지. 묻힌 지 10년이 넘은 일이 왜 이제 와서?

"라스타 양이 관련 있는 걸까요?"

내가 중얼거리는 소리에 시녀들이 어리둥절한 얼굴로 쳐다보았다. 갑자기 여기서 라스타의 이름은 왜 나오는지 모르겠다는 표정들이었다. 나도 물증은 없었다. 다만, 라스타가 투아니아 공작 부인에 대해 물어본 적이 있던 것, 라스타와 친한 에르기 공작이 투아니아 공작 부인과 얽혀서 최근 스캔들을 일으킨 것, 며칠 전 대중 무도회 때 라스타가 투아니아 공작과 대화하던 것…….

심증이라 하기에도 너무 빈약한가.

"공작 부인은 어떻다고 하던가요, 로라 양?"

"절대 이혼해주지 않을 거라 했대요. 재판까지 갈지도 몰라요."

시녀들은 공작 부인의 재판 승소 가능성에 관해 이야기하기 시작했다.

아무리 생각해도 찝찝한 점이 있어, 나는 시녀들에게 투아니아 공작이 왜 갑자기 그 문제를 들추어낸 건지 알아내달라 부탁했다. 물론 라스타가 공작의 불안한 마음을 부채질했다 한들, 그것만으로 벌을 내릴 수는 없었다. 달리 적극적인 정보 조작이 없는 한에는.

'하지만 알아두어서 나쁠 건 없겠지.'

만약 라스타가 나서서 벌인 일이라면…… 그녀를 단순히 도망 노예 출신 정부, 얼굴도 보고 싶지 않고 이야기도 듣고 싶지 않은 정부로만 대해서는 안 된다. 그건 그녀에게 사교계를 휘두를 만한 자질이 있단 소리였고, 사람들의 여론을 주무를 만한 능력이 있단 소리였다. 사람을 휘두를 줄 아는 적은 어떤 출신이라 해도 경계해야 했다.

그러나 투아니아 공작 부인의 이혼 소식이 들려온 지 나흘 후. 시녀들이 공작의 속내를 알아내기 전에, 먼저 더욱 커다란 소식이 터지고 말았다.

"황후 폐하! 랑드레 자작이, 자작이 라스타를 칼로 찔렀다고 합니다!"

랑드레 자작이라면 투아니아 공작 부인에게 완전히 빠졌다는 젊은 청년이었다. 신년제 때 공작 부인의 춤 상대가 되자 세상을 다 가진 것처럼 환하게 웃던 그 청년. 그 청년이 라스타를 찔렀다면…….

"랑드레 자작도 투아니아 공작 부인에 대한 소문을 낸 게 라스타 양이라 생각했나 보군요."

소식을 전해준 시녀가 놀란 눈을 했다.

"어떻게 아셨어요?"

"자세히 이야기해봐요."

"처음엔 괜찮았대요. 랑드레 자작을 들여보내준 건 라스타라 했거든요. 어째서인진 모르겠지만……."

그가 투아니아 공작 부인을 흠모하는 청년이기 때문에 들여보내준 거겠지. 라스타는 신년제에서 공작 부인의 곁에 모이던 남자들을 계속 보고 있었으니, 그가 공작 부인의 선택을 받은 남자라는 것도 알았을 거다.

"이런 말을 해도 되는지 모르겠지만요……."

시녀는 좀 아쉽다는 듯 중얼거리다가, 역시 아니다 싶은지 손사래를 치고는 말했다.

"에르기 공작이 왔다가, 피 냄새가 난다면서 바로 문을 걸어차고 들어가는 바람에, 안타, 아니, 다행히 중간에 멈추긴 했어요. 랑드레 자작은 그 자리에서 잡혔구요."

"에르기 공작? 돌아왔나요?"

"네. 중요한 건 근데 에르기 공작이 아니에요, 폐하. 잡혔을 때요, 랑드레 자작이 계속 고래고래 고함을 지르면서 그랬대요. 투아니아 공작 부인을 망가뜨린 게 라스타라고……."

시녀가 힐긋 내 눈치를 살폈다.

"전 황후 폐하께서도 갑자기 투아니아 공작 부인 이야기를 하셔서 깜짝 놀랐어요. 정말로 뭐가 있긴 있는 건가요?"

전혀 다른 상황에 놓인 우리 두 사람이 동시에 심증을 가졌다면 뭔가 있겠지.

"라스타 양은 지금 상태가 어떤가요?"

"어떻지?"

의사는 심각한 얼굴로 라스타의 맥을 짚었다. 라스타가 식은땀을 흘리며 끙끙거릴 때마다 그의 표정도 덩달아 구겨졌지만, 대답은 나오지 않았다.

"어떤가?"

소비에슈는 거듭 물으며 라스타의 배에 감긴 붕대를 보았다. 하얀 피부 위를 덕지덕지 덮은 붕대는 끔찍하게 보였다.

궁의는 한숨을 내쉬었다. 좀 조용히 해주셨으면, 생각하는 티가 나는 얼굴이었다.

"어떠하냐 묻지 않는가!"

소비에슈가 아예 언성을 높이자, 결국 궁의는 눈을 감고 맥을 계속 살피며 대놓고 부탁했다.

"폐하, 제발 조용히. 제발 잠시만 조용히…… 집중이 잘 안 됩니다."

소비에슈는 초조해서 뒷짐을 지고 서성거렸다. 좀 괜찮다 아니다 말이라도 해주면 좋을 텐데. 그런 말 없이 저러고만 있으니 속이 갑갑해 미칠 것 같았다. 처음 치료를 마친 후에는 '생명에는 지장이 없다'고 하더니. 도대체 왜 갑자기 저러고 있단 말인가.

초조한 마음에 소비에슈는 아예 방 안을 빙빙 돌기 시작했다. 그러다 몇 걸음을 가지 않아, 근처에 있던 에르기 공작과 마주 서게 되었다. 에르기 공작이 미약하게 웃으며 인사하자, 소비에슈는 뒤늦게 그의 어깨를 두드리며 인사했다.

"고맙네. 공작이 라스타를 구해주었군."

아까는 하도 경황이 없어 아예 그의 존재조차 잊고 있었다.

"운이 닿았을 뿐입니다."

"그래……"

소비에슈는 고개를 끄덕이고서 다시 빙빙 돌기 시작했다.

에르기 공작이 잠시 그런 소비에슈를 묘한 시선으로 보았으나, 소비에슈는 초조한 마음 탓에 그런 시선을 눈치채지 못했다.

"……"

에르기 공작은 한참 소비에슈를 보다가 고개를 갸웃했다. 구해준 것도 구해준 거지만, 늦은 저녁에 다른 남자가 자기 애인의 방을 찾아왔다는데. 그 부분을 저렇게 태연히 여기는 모습이 신기했다.

'이게 놀라서 저러는 건지, 아니면……'

생각은 궁의의 "역시!" 하는 목소리에 이어지지 못했다.

"뭐가 이상하다 했지! 이상하다 했어!"

에르기 공작은 소비에슈 쪽에서 시선을 떼고 궁의를 쳐다보았다. 궁의가 라스타의 손목에서 손을 떼고서 손으로 배를 더듬거리고 있었다.

"다친 부위를 그렇게 막 눌러도 되나?"

소비에슈가 어이가 없어 물었으나, 궁의는 히죽거리기만 할 뿐이었다.

"이 부분이 아닙니다. 그리고 세게 누르고 있지 않습니다, 폐하."

그래도 좀 조심하라고 소비에슈가 한마디 하려는 찰나. 궁의가 껄껄 웃더니 돌아서며 소비에슈에게 크게 인사를 올렸다.

"축하드립니다, 폐하!"

"축하라니? 이 지경에 축하라니?"

"라스타 양의 배 안에 아기님이 있습니다!"

방 안의 사람들 모두가 그대로 굳어버렸다.

"아기……?"

소비에슈 역시 놀라긴 매한가지였다. 그는 믿을 수 없단 시선으로 라스타의 배를 쳐다보았다. 소비에슈의 눈에는 그저 평평하기만 한 배였다.

"아기라니?"

"폐하께서 라스타 양을 구해 온 후 임신이 된 것 같습니다."

방 안이 정적에 둘러싸였다.

소비에슈는 놀라서 한 손으로 자신의 입가를 가렸다.

"아기……."

본궁에 일하러 갈 준비를 하다가 거울 너머를 보았다. 엘리자 백작 부인이 심각한 얼굴로 내 머리를 다듬어주고 있었다. 시선을 눈치챘는지 백작 부인은 어색하게 웃었지만, 여전히 표정은 굳어 있었다.

"엘리자 백작 부인. 괜찮나요?"

걱정스레 묻자, 그녀는 한숨을 내쉬며 대답했다.

"실은…… 여러 가지로 신경이 쓰입니다."

그렇겠지. 갑자기 한 번에 사건이 여러 가지로 터져버렸으니. 투아니아 공작 부인은 이혼 소송에 들어간다 만다 하고 있는데, 랑드레 자작이 공작 부인의 복수를 한다며 뜬금없이 라스타를 찔렀고…….

옆에서 내 모자 깃을 만지작거리던 로라가 "아." 하고 물었다.

"랑드레 자작은 어떻게 될까요?"

걱정스러운 목소리였다. 적당히 교분이 있는 사이다 보니 신경 쓰이는 것 같았다. 아무래도 황제의 정부를 찌른 데다 너무 확실한 범죄여서…….

지금 감옥에 긴급 체포되어 있다 했지.

"자세히 알아볼 테니 걱정하지 말아요."

"랑드레 자작이 그런 짓을 하다니. 믿기 힘들어요."

울먹이는 로라를 위로해주기 위해 입을 열었다. 그러나 그보다 앞서 시녀가 들어와 알렸다.

"황후 폐하. 황제 폐하께서 오셨습니다."

"이 시간에?"

아직 아침인데? 사람을 보내는 것도 아니고 직접 오다니?

시녀도 말을 전하긴 하였으나 어리둥절한 얼굴이었다.

"들어오시라 해요."

의아했지만 선택권은 없었다.

시녀는 "네." 하고 얼른 밖으로 나갔다.

나는 거울에서 몸을 돌려 소비에슈가 들어올 방향을 쳐다보았다. 문이 열리고 바로 소비에슈가 들어왔다.

뭐라고 위로해주어야 하나, 생각하고 있다가 조금 놀랐다. 의외로 그는 무거운 표정이 아니었다. 기뻐서 생글거리는 얼굴은 아니었으나, 분노나 슬픔만이 가득한 얼굴은 분명 아니었다. 얼굴 어딘가에는 미묘한 기쁨이 묻어 있었다.

"폐하?"

라스타의 부상이 생각보다 가벼운가? 하지만 그렇다고 해서 기쁠 이유는 없었다. 의아해서 보다가, 우선 라스타의 안부부터 물었다.

"라스타 양은 괜찮나요?"

돌아온 대답은 내가 전혀 예상하지 못한 이야기였다.

"라스타가 임신했소."

잠시 내가 뭘 들은 건지, 제대로 듣긴 한 건지 헷갈렸다.

누가 임신을 해? 라스타가?

"……축하한단 말은 못 하겠군요."

저절로 솔직한 말이 튀어나갔다. 소비에슈는 참 어지간하다는 눈으로 날 보았으나, 마찬가지였다. 역시나 축하한단 말은 할 수 없었다. 축하하지도 않았고.

"황족으로 인정받진 못하겠지만 내 첫 아이요."

"그래요."

심장은 쿵쿵 거세게 뛰었으나, 이상할 정도로 얼굴이 차갑게 여겨졌다. 아마 지금 내 얼굴은 몹시도 냉정하게 보이겠지.

"황후에게 축하를 바라진 않겠소. 하지만 다음 달부터 라스타에게 줄 품위 유지비를 자식을 낳은 다른 정부들만큼 늘려주었으면 좋겠소."

"그러지요."

그거야 어차피 내가 해야 할 일이었을 테니.

"라스타는 아직 깨어나지 않았지만, 생명에 지장은 없다 하오."

소비에슈는 다시 정보를 더 알려주었으나, 이번에도 대답하진 않았다. 가만히 입을 다문 채, 소비에슈가 아닌 소파만 쳐다보았다. 소파에 새겨진 꽃무늬와 그 옆 이파리를 세었다.

소비에슈가 무겁게 한숨을 내쉬었으나 돌아보지 않았다. 소비에슈가 나간 후에도 나는 그 자리에 서 있었다. 잠시 그렇게 넋을 놓고 있었던 것 같다.

한참 동안 창문 부근의 소파를 쳐다보다가, 나는 창틀에 앉은 커다란 형체를 발견했다. 퀸이 부리를 벌린 채 멍하니 서 있었다. 오늘은 창문이 열려 있어서, 창틀에 앉아 날 기다리던 모양이었다.

아까는 분명 없었는데. 대화를 나누던 도중에 온 걸까? 어느 쪽이든 다행이었다. 다가가자, 퀸이 얼른 내게로 날아와 안겼다. 작지만 커다란 몸뚱이를 꽉 끌어안은 채, 나는 깃털 사이에 얼굴을 묻었다. 쿵덕거리는 작은 심장 소리가 크게 들려왔다. 커다란 날개로 퀸은 할 수 있는 한 최대한으로 나를 감싸 안아주었다.

"고마워……. 누가 안아주니까 훨씬 낫다."

백 마디 말보다 훨씬 위로되는 포옹이었다.

몇 시간이 지나자 소문은 빠르게 번져 나갔다. 업무를 보기 위해 본궁을 다니고 있으면, 몇몇이 내 눈치를 조심스레 살펴왔다. 라스타의 아기 이야기를 하다가 내가 지나갈 때 서둘러 입을 다무는 이들도 많았다.

저녁 식사를 할 시간이 되자마자 나는 바로 일하던 이들을 돌려보냈다. 흔들리지 않는다는 걸 보여주기 위해 몇 시간 동안 얼굴에 힘을 주었다. 휩쓸리지 않는다는 모습을 보이는 데에는 성공했지만, 안면 근육이 피로했다. 여러모로 충격적이라서 오히려 감정적인 반응은 나오지 않았다.

단지 걱정이 될 뿐. 라스타의 아기가 나오면…… 어떻게 해야 할까. 선대 황후 폐하께서 황제의 사생아들을 어떻게 대했는지 떠올려보았다. 그냥 남 대하듯 하셨던 것 같다. 그러면서도 유독 사이나쁜 정부의 아이들에겐 차갑게 대하셨지.

"……."

쉽지 않은 일이 될 터였다. 사람들은 어린아이들에게 약하다. 라스타와 소비에슈 모두 대단히 아름다우니, 태어날 아기도 높은 확률로 요정처럼 사랑스럽겠지.

황제의 첫 아이, 귀여운 외모, 아기. 세 박자가 갖추어지면 사람들은 금세 홀려버릴 터인데. 그런 아이를 차갑게 대했다가는 오히려 내 이미지가 나빠질 확률이 높았다. 사람들은 냉담한 나를 보며 말하겠지. 그 애가 무슨 죄냐고. 게다가 그 아이가 성장하며 불민한 생각을 하지 않게 하려면, 나이 차이가 크게 나기 전에 나 역시 정통성 있는 아기를 낳아야 했다.

방으로 오자마자 안락의자 위에 누운 채 깊게 심호흡했다. 부담감이 온몸을 압박하는 기분이었다.

"황후 폐하."

손으로 이마를 짚고 있다가 고개를 들었다. 엘리자 백작 부인이 가까이로 와 있었다.

"무슨 일인가요?"

"하인리 왕자님께서 찾아오셨습니다. 급히 드릴 말씀이 있다고……."

"하인리 왕자가?"

나는 상체를 일으켜 세워 앉았다.

무슨 일이지? '비밀 친구'가 되기로 한 이후 하인리 왕자는 대놓고 날 찾아오는 일이 없었다. 우리는 늘 밖에서 우연히 마주칠 때만 인사를 나누고 대화했다. 나 역시도 퀸이 걱정될 때 딱 한 번 그를 직접 찾아갔을 뿐이고. 그런 왕자가 직접 온 걸 보니 무언가 급한 일이 있는 모양이었다.

"들어오라고 해요."

걱정되어서 얼른 응접실로 나갔다. 옷을 벗지 않고 있었기에 갈아입을 필요는 없었다. 내가 응접실로 나가는 것과 거의 동시에 하인리 왕자 역시 안으로 들어왔다.

"황후 폐하. 차를 가져다드릴까요?"

"그래요. 고마워요, 부인."

엘리자 백작 부인이 나가고 문이 닫히자마자 하인리 왕자는 바로 내 앞까지 다가와서는 끌어안을 듯 팔을 벌렸다. 하지만 끌어안지는 못하고 팔을 허공에 세운 채, 곤혹스럽단 표정으로 물었다.

"위로해드리고 싶어 왔는데. 친구끼리, 위로의 포옹도 안 될까요?"

쳐다보자, 하인리 왕자가 급하게 덧붙였다.

"친구끼리도 위로할 때 끌어안아주니까요."

아…… 이 일 때문에 온 거구나. 위로해주고 싶어서 달려온 거구나. 안도감과 고마운 마음이 동시에 솟았다.

"괜찮아요."

허락하자마자, 그는 팔을 내려 나를 꽉 끌어안았다. 그의 어깨는 단단하고 넓어서 기대기 좋은 모양이었다. 잠시 이마를 붙이고 있자니 익숙한 향이 났다. 퀸에게서 늘 나는 향이었다.

퀸에게 왕자의 향이 밴 걸까, 왕자에게 퀸의 향이 밴 걸까.

퀸이 안아줄 때에도 편안해졌지만, 하인리 왕자의 품은 퀸보다 훨씬 컸다. 그가 온몸으로 나를 안고 있자니 보호받는 기분이 들었다. 다 괜찮다고, 그가 말해주는 것만 같았다.

익숙한 향과 익숙하지 않은 품 안에서 심란하던 마음은 놀랍게도 평화로워졌다. 맞닿은 몸을 통해 느껴지는 그의 심장 박동 소리조차 안정감을 주었다. 건강하기 때문일까. 그의 심장 소리는 아주 크고 빨랐다.

"난 정말……."

"?"

"썩은 놈인가 봅니다, 퀸."

"무슨 소리인가요?"

"퀸이 속상할까 봐 위로하러 온 건데. 이 와중에 또 못된 생각이 드네요."

"못된 생각?"

무슨 생각을 했기에? 어리둥절해서 이마를 떼고 뒤로 물러났다.

하인리 왕자는 팔을 내려놓았다. 세 걸음 정도 떨어져서 살피니, 그의 얼굴이 불그스름했다.

"혹시 내가 너무 붙어 있었나요?"

걱정스레 묻자, 하인리 왕자는 "네?" 하고 되묻더니 목덜미며 귀까지 빨개져서 손을 휘저었다.

"그런 의미의 못된 생각이 아닙니다, 퀸. 절대 아닙니다. 제가 이 와중에 흥분하고 그런 이상한 놈은 아닙니다."

"……."

흥분……? 잠시 멍하니 쳐다보았다.

"미치겠네."

하인리 왕자는 죽고 싶단 듯이 두 손으로 자기 눈을 가렸다.

"그런 뜻으로 물어본 게 아니었군요. 제가 혼자 땅굴을 판 거죠, 지금?"

"……좀."

그의 입에서 앓는 소리가 나오자, 나도 모르게 웃음이 나왔다.

"나야말로 이 와중에 웃음이 나오는 걸 보니 참. 사람 감정은 미묘하네요."

"어떻게든 웃으시니 좋습니다. 제 수치가 퀸의 미소가 되었다니 그나마 다행입니다."

한숨을 내쉰 왕자는 입꼬리를 올려 웃었다.

때마침 엘리자 백작 부인이 차를 가져왔다. 차를 테이블에 내려놓자마자 그녀가 얼른 나가는 바람에 우리는 다시 둘만 남겨졌다. 찻잔을 들어 내밀었다. 왕자는 조심스럽게 뜨거운 차를 받아 들었다. 찻잔을 건네는 과정에서 잠깐 손이 스치자, 그가 움칠 떠는 게 느껴졌다. 쳐다보자, 그는 눈을 아예 내리깔고 있었다. 계속 보고 있자니 그가 천천히 눈을 들어 올렸다. 연한 금색 속눈썹 사이로 드문드문 보이던 보라색 눈동자가, 천천히 완전히 모습을 드러냈다. 언제 봐도 아름다운 눈동자였다.

"만약 하인리 왕자가 여자라면……."

"예?"

"폐하께서 반하셨을 거예요. 눈이 정말 예뻐요."

"칭찬을 참. 독특한 방식으로 하시네요."

웃음을 터트린 그는 잠시 나를 유심히 바라보다가, 찻잔을 입으로 가져가며 중얼거렸다.

"하인리 왕자가 여자라면, 퀸의 시녀로 들어왔을 겁니다."

"내 시녀요?"

"하루 종일 붙어 있을 수 있잖습니까."

"내 시녀가 하고 싶나요?"

"그거 말고. 그 뒷이야기에 주목해주시지요, 퀸."

또다시 웃음이 나왔다. 아기 이야기를 들은 후 어지러워졌던 마음이 하인리 왕자 덕택에 풀리는 것 같았다. 임시 처방이니, 그가 나가고 나면 다시 어지러워지겠지만.

그런데 한창 새 퀸에 관해 이야기를 하고 있을 때였다. 엘리자 백작 부인이 노크를 하고 들어와 조심스레 알렸다.

"황후 폐하. 투아니아 공작 부인이 찾아왔습니다."

투아니아 공작 부인이?

"들어오라고 해요."

투아니아 공작 부인이 이 시간에 웬일이지?

공작 부인과는 좋은 사이를 유지하고 있었지만, 시녀가 아닌 이상 저녁때 초대 없이 귀부인들이 날 찾아올 일은 없었다. 그런데 공작 부인이, 한창 여러 가지 일로 바쁠 공작 부인이 날 찾아왔다니 놀라웠다.

내게 부탁할 게 있는 걸까?

들어오는 투아니아 공작 부인은 눈가가 젖어 있었다.

"전 이만 가보겠습니다, 퀸."

하인리 왕자는 자신이 들을 이야기가 아니다 싶었는지, 눈치 있게 말하고는 공작 부인에게 인사를 한 후 밖으로 나갔다.

나는 공작 부인에게 다가가 손을 잡고 소파로 끌었다.

"무슨 일인가요? 괜찮아요?"

여전히 허리는 곧았고 태도는 고상했지만, 평소보다 표정이 좋지 않았다. 공작 부인은 소파에 앉자마자 내 손을 마주 쥐었다. 그녀는 힘겨워 보였다. 재촉하는 대신 천천히 입을 열기를 기다리자, 마침내 공작 부인이 가까스로 목소리를 쥐어짜내듯 부탁했다.

"황후 폐하. 이런 부탁을 드리려니 염치없지만…… 제발 랑드레 자작을 구해주세요."

"천천히 얘기해봐요, 공작 부인."

달래는 목소리로 그녀의 손을 힘주어 잡았다. 공작 부인은 그렁그렁한 눈으로 나를 바라보았다. 단단한 별 같던 눈동자가 고통으로 얼룩져 있었다.

"자작이 재판을 받지 못한답니다, 황후 폐하."

"재판을 못 받다니요?"

"대법관이 자작에 대한 건은 자신 쪽으로 오지 않았답니다."

대법관은 투아니아 공작 부인의 찬양자 중 한 명이었다. 그가 공작 부인에게 몰래 전한 말이라면 사실일 확률이 높았다.

"어째서? 아. 설마. 라스타 양이 임신한 것 때문인가요?"

공작 부인이 입술을 깨물고서 고개를 끄덕였다.

"네. 황제 폐하께서는 랑드레 자작을 그 여자에 대한 살인미수로 처벌하지 않고, 황족의 아기가 죽을 뻔한 사건으로 처리하려 하실 생각이라 합니다."

그편이 자작을 확실하게 처형시킬 수 있으니까 그런 거구나.

소비에슈는 랑드레 자작을 어떻게 해서든 처형시킬 마음을 먹은 모양이었다. 사건이 대법관에게 갈 경우, 공개 재판정에서 랑드레 자작이 할 말들도 염려 되었겠지.

치마를 움켜쥔 공작 부인의 손등 위로 핏줄이 파랗게 올라왔다.

"그가 '그 여자'를 찌른 후 잡혀가면서 이상한 말을 했다고 들었습니다, 황후 폐하."

"네."

"랑드레 자작은……."

공작 부인은 숨을 몰아쉬며 간절한 눈으로 나를 올려다보았다.

"랑드레 자작은 올곧은 청년입니다. 아무 이유 없이 홧김에 그런 짓을 할 사람이 아니에요."

"……."

"압니다. 홧김이라고 해도 사람을 함부로 찔러선 안 되지요. 하지만 적어도 재판은 받게 해주어야지요. 그래야 왜 그런 짓을 저지른 건지, 변명이라도 해보고 참작이 될 텐데……!"

결국, 공작 부인은 눈물을 떨어트렸다. 자신의 명예를 지키려던 청년이 죽을 위기에 처했다는 게 몹시 괴로워 보였다. 투아니아 공작의 형이 공작 부인을 짝사랑하다 목숨을 끊었다고 했지. 늘 당당한 모습을 보여주어 눈치채지 못했는데. 그 일은 그녀에게도 트라우마가 되었던 건지도 모르겠다.

"그렇지 않아도 자작과 한번 얘기를 해볼 생각이었습니다."

나는 그녀가 조금 진정될 때까지 기다렸다가, 등을 쓸며 말했다. 공작 부인이 눈을 커다랗게 뜨고 나를 쳐다보았다.

"정말이신가요?"

나는 고개를 끄덕였다.

"나도 걸리는 게 있었거든요."

"걸리는 일이라면······?"

"공작 부인의 명예를 실추시키려 한 게 라스타 양은 아닌가, 의심하고 있었습니다."

"그러면 소문이 사실인가요?"

"자세한 건 자작을 만나 물어보아야지요."

공작 부인은 주먹을 쥐고 부르르 떨었다.

"지금 당장은 폐하께서 친국 중이라 내가 갈 수 없습니다. 하지만 재판에 보내지 않을 생각이시라면 친국도 빨리 끝나겠지요. 그때 찾아가볼 테니 걱정하지 말아요."

"감사합니다. 감사합니다, 황후 폐하."

공작 부인은 잠시 숨을 골랐다. 손수건을 꺼내어 내밀었으나, 그녀는 손수건을 받아 꼭 쥐고 있기만 할 뿐 그걸로 눈물을 닦진 않았다. 그 상태로 한참을 있다가 그녀는 손수건을 접더니 "제가 가져도 될까요?" 하고 물었다.

왜 굳이 손수건을?

"그래요."

의아했지만 허락했다. 공작 부인은 손수건을 품 안에 넣고 무거운 한숨을 내쉬었다. 굳이 내 손수건을 챙겨 간 의미는 그녀의 다음 말로 알 수 있었다.

"랑드레 자작에 대한 일이 잘 해결되든 되지 않든······ 저는 언젠가 황후 폐하께 이 은혜를 꼭 갚겠습니다."

"은혜라니요. 그런 소리 말아요. 은혜라고 할 일도 못 됩니다."

"가장 힘든 순간에 손을 내밀어준 것. 이게 은혜입니다."

공작 부인은 나를 잠시 물끄러미 바라보다가 물었다.

"한번 안아보아도 괜찮을까요?"

고개를 끄덕이자, 그녀는 몸을 기울여 나를 조심스레 끌어안았다. 그러고는 내 등을 가만히 쓸어준 다음 천천히 몸을 뗐다. 마치 위로해주는 것처럼. 놀라 굳어 있자니, 그녀는 아릿하게 웃고서 몸을 일으켰다. 왜 그런 행동을 한 건지 설명하지 않은 채, 공작 부인은 기품 있게 인사하고서 밖으로 나갔다.

다음 날. 일부러 부관 한 명을 보내어, 랑드레 자작에 대한 친국이 끝나거든 내게 알려달라 일러두었다. 생각보다 이른 시간인 오전 11시 무렵. 부관은 급히 나를 찾아와 알려주었다.

"랑드레 자작에 대한 심문이 끝났고, 폐하께서 결정을 내리셨습니다, 황후 폐하."

"어떻게 되었나요?"

"사형 선고를 내리셨다 합니다."

'역시 그렇게 되는 건가…….'

"알려줘서 고마워요."

나는 그 길로 곧장 집무실을 나와 랑드레 자작이 갇혀 있다는 감옥으로 갔다. 감옥 앞에는 병사들이 서 있었지만, 날 봐도 놀라기만 할 뿐 안으로 들어가는 걸 막진 않았다. 소비에슈가 날 들여보내지 말란 명령은 하지 않은 모양이었다.

귀족이나 왕족들을 체포해두는 감옥 안 1층에는 총 여섯 개의 방이 있는데, 그중 다섯 개가 비어 있었다. 나는 유일하게 사람이 있는 방 앞으로 갔다. 철창살로 막혀 있긴 하지만 안쪽은 평범한 평민의 방처럼 꾸며져 있었다.

지친 기색으로 의자에 앉아 있던 랑드레 자작은 기척을 듣고는 힘없이 고개를 돌리다가, 나를 알아보고 놀라 일어났다. 일어서려고 했다. 하지만 다리에 무슨 짓을 한 건지, 비틀거리며 무너지고 말았다. 어둠에 눈이 익고 난 후 보니, 입술이 터져 피가 줄줄 흐르는 건 물론 눈가까지 찢어져 있었다.

"죄송합니다, 황후 폐하. 인사드려야 하는데. 다리가 말을 듣질 않습니다."

"인사하지 않아도…… 괜찮아요."

신년제 때 공작 부인의 선택을 받고서 아이처럼 기뻐하던 모습이 떠오른다. 어두운 감옥에 갇혀 여기저기 찢어지고 터진 모습과는 정반대의 모습. 하지만 이 상황에도 랑드레 자작은 웃고 있었다.

'어째서 웃는 거지?'

의문은 자작이 한 질문을 듣고서 풀 수 있었다.

"사람들이, 그 여자가 공작 부인에게 한 짓에 대해 알게 되었습니까?"

"!"

자작은 터진 입술로 가까스로 미소를 지으며 중얼거렸다.

"일부러 막 소리 질렀는데. 다들 알라고, 열심히 소리 질렀는데."

"……"

"생각해보니 저도 참, 멍청했습니다. 그 여자를 먼저 찾아갈 게 아니라, 제가 알아낸 정보부터 풀었어야 했는데. 끝까지 발뺌하는 모습에 눈이 돌아가서……."

그래서 에르기 공작에게 잡혀가면서도 라스타에게 소리 지른 거구나. 랑드레 자작은 힘없이 벽에 기대어 늘어졌다. 자조적으로 보이긴 했으나, 그는 여전히 웃고 있었다. 잠시 고민하다가 사실대로 이야기해주었다.

"그 일은 묻혔어요."

랑드레 자작이 흠칫하더니 나를 쳐다보았다. 안 그래도 커다란 눈이 더욱 커져 있었다.

"묻혔다고요? 공작 부인의 일인데, 그게 묻혔다고요?"

"라스타가 임신한 게 알려지면서 묻혔습니다."

"그런…… 그럴 수가. 하. 임신? 임신이라니. 그럴, 그럴 수가."

랑드레 자작이 머리카락을 쥐어뜯듯 잡았다. 어쩐지 계속 웃고 있더라니. 바로 잡혀온지라 라스타의 임신 소식에 대해 듣지 못한 모양이었다. 소비에슈도 굳이 그 얘기는 하지 않은 듯하고.

"자작. 그대는 재판 없이 처형될 겁니다."

이것 역시 몰랐던 일인지, 랑드레 자작이 입술을 깨물었다. 그는 두 손으로 머리를 감쌌다. 괴로운 소리를 낸 그는 알아듣기 힘든 말을 중얼거리며 몸을 비틀었다. 나는 몸을 숙여 랑드레 자작과 눈 높이를 맞추었다. 그러나 자작은 괴로워하느라 내 쪽을 쳐다보지도 않았다.

"자작. 날 봐요."

목소리를 내어 부르자, 자작이 그제야 내 쪽으로 시선을 돌렸다. 하지만 눈동자가 멍했다. 반쯤 넋이 나가 있었다. 통, 손가락으로 창살을 쳐서 그의 주의를 끌었다.

"자작. 날 봐요."

그제야 자작의 눈에 조금이나마 정신이 돌아왔다. 나는 그와 똑바로 시선을 맞춘 채 알려주었다.

"자작. 난, 그대가 죽을 사람이라면 굳이 이런 이야기를 하진 않았을 거예요."

"!"

"내 말, 무슨 뜻인지 알겠어요?"

"절 구해주실 방도가 있다는 겁니까?"

"있어요."

"어떻게 말입니까……?"

랑드레 자작은 질문을 던지자마자 대답을 스스로 찾아낸 건지 힘들어하는 표정을 지었다.

"설마 황후 폐하께서 세 번 사용하실 수 있는 면책특권을 써주시려고요?"

"비슷해요."

"하지만 황후 폐하……. 황제 폐하께서는 저를 황족을 시해하려한 죄로 몰아가시려 하잖습니까. 면책특권은 황족 시해죄에는 사용할 수 없습니다."

"그건 내가 생각할 문제입니다."

"!"

"그대가 해야 할 일은, 내게 전후 사정을 정확하게 이야기해주는 거고."

"······이미 황제 폐하께 알려드렸지만 소용없었습니다."

랑드레 자작이 힘없이 입꼬리를 올렸다.

"무슨 증거를 가져다 드려도 그분은 절 처벌하실 겁니다. 그분에 게 소중한 건 공작 부인이 아니라 '그 여자'일 테니까요."

다시 한 번 철창살을 툭 쳤다.

"일단 말해요."

"······."

"공작 부인에 관한 헛소문을 추적해가다가 예전에 문제가 벌어 진 곳, 그러니까 마리안 경이 자살한 신전 부근의 마을까지 도착했 습니다."

멀리까지도 다녀왔구나. 꽤 본격적으로 조사한 모양이다.

"그곳에서는 술집 안주처럼 공작 부인과 마리안 경 이야기를 해 대고 있었죠. 그 이야기를 해대는 사람들을 거슬러 추적해서, 최초 로 말을 꺼냈다는 이들 몇 명을 잡아냈습니다."

랑드레 자작의 표정이 일그러졌다.

"다 판에 박힌 듯 같은 말을 하더군요. 어떤 옷을 입고 어떻게 생 긴 귀부인이 누구를 언제 어느 시간에 찾아왔다더라. 이런 것들요. 이상했습니다. 진실이라도 여러 사람의 입을 통하면 조금씩 바뀌 어 전달되는데, 모두가 같은 말을 하다니요. 게다가 상당히 오래전 의 일이지 않습니까."

"그렇지요."

"그래서 일부러 질문에 함정을 팠습니다. 그리고 같은 질문을 모두에게 따로따로 했지요. 예상대로, 정해진 답변을 벗어나자 말을 맞추지 못하더군요."

돈을 주고 사람들을 매수해 소문을 다시 일으킨 거구나.

"하지만 그것만으로는 누가 이런 짓을 꾸몄는지 알 수 없었습니다. 전, 그때엔 '그 여자'가 범인이란 생각도 못 했어요."

조용하고 무덤덤하던 랑드레 자작의 눈이 매섭게 빛났다.

"그래서 사교계에서 최근 자주 활동하는 이들의 초상화를 구한 다음, 그들을 매수한 자가 누구인지 손가락으로 짚게 했습니다. 혹시 엉뚱한 사람에게 덮어씌울까 봐, 이번에도 각기 따로따로 초상화를 골라내게 했고요."

그 그림 중 라스타는 없었을 것이다. 라스타 본인은 쭉 성에 머물렀으니까.

"로테슈 자작이었습니다."

랑드레 자작은 증오를 억누르지 못해 고통스러워 보였다.

"그리고 그자에게 일을 지시한 게 '그 여자'였지요."

"왜 라스타라고 생각한 건가요?"

"로테슈 자작은 '그 여자'와 얽히기 전까지는 사교계에 얼굴조차 들이밀지 못하던 인간입니다. 그런 작자가, 처음엔 '그 여자'를 모욕하면서 자기 이름을 알리더니 이후엔 '그 여자'를 칭송하며 돌아다니고 있어요. 가난한 영주가 갑자기 돈도 펑펑 쓰고요."

"이 이야기를 전부 다 폐하께 하였다고요?"

"네. 소용이 없었지만요."

"혹시 이 일을 혼자 조사하고 끝냈나요? 관련 보고서 같은 건 없나요?"

"있습니다."

"어디 있죠?"

"제 서재 책상…… 그냥 서랍 안에 있습니다."

잠시 말을 멈추게 하고서 나는 밖으로 나간 후 아르티나 경을 불러 부탁했다.

"랑드레 자작의 저택으로 가서 이 건을 조사한 보고서를 찾아다 줘요. 자작의 서재 서랍 안에 있답니다. 최대한 빨리."

아르티나 경이 나간 후, 나는 다시 랑드레 자작이 갇힌 곳으로 돌아왔다. 그는 어리둥절한 얼굴이었다.

"보고서는 왜……?"

"경을 구하는 데 사용할 수 있을 것 같군요."

랑드레 자작은 내 말을 잘 이해하지 못하는 눈치였지만, 그러면서도 눈물을 글썽였다.

"구해주려 하시는 것만으로도 감사합니다."

"투아니아 공작 부인에게 부탁을 받았어요. 그대를 구해달라고."

자작은 잠시 넋 놓은 얼굴로 있다가 눈물을 글썽거렸다.

"그분은, 그분은 좀 어떠십니까?"

"……"

"저 때문에 그분이 더 속상해하진 않으십니까?"

랑드레 자작은 공작 부인을 많이 좋아하는 모양이었다. 아까보다 더욱 비참해하는 얼굴로, 그는 무릎에 이마를 대고 훌쩍였다. 자신의 목숨이 경각에 달린 상태에서도 한 여자를 사랑할 수 있는 사랑이라…….

라스타를 찌른 그의 행동은 기사도에 어긋날지도 모른다. 하지만 자작이 공작 부인에게 가진 마음은 진지하고 무거워 보였다.

"경을 온전히 무죄로 만들 수는 없겠지만."

랑드레 자작이 무릎에서 머리를 떼고 나를 보았다.

"추방형으로 바꾸어줄 수는 있습니다."

"말만이라도…….."

"확실하게."

"!"

"챙길 물건이 있으면 미리 말해요. 그대의 집사에게 전해두도록 하지요."

방으로 돌아간 후, 랑드레 자작이 말한 물건의 목록을 적었다. 그리고 투아니아 공작 부인과 친한 시녀를 부른 다음 랑드레 자작의 저택으로 가 집사에게 이걸 전하라 지시했다. 시녀가 달려간 후 얼마 지나지 않아 아르티나 경이 돌아왔다.

"서류를 챙겨 나오는 도중에 궁에서 나온 수사관들이 말을 타고 오는 걸 보았습니다."

"마주쳤나요?"

"혹시나 싶어 자리를 피했습니다."

소비에슈가 랑드레 자작이 조사한 걸 완전히 묻으려 했구나.

"잘했어요."

나는 그녀에게 받은 보고서를 빠르게 확인했다. 랑드레 자작이 말한 내용과 거의 비슷했다. 딱 한 부분을 제외하고.

'로테슈 자작이 홍염의 별이 박힌 반지를 라스타에게 받아 경매 장에 팔았다?'

그는 로테슈 자작이 라스타와 밀접한 관계라는 증거로 이 반지를 예시로 들었는데…….

'어떻게 알았지?'

홍염의 별이 박힌 반지. 이 반지를 소비에슈가 가지고 있다는 걸 아는 사람은 많지 않다. 황제에게 진상된 보물의 목록을 누가 다 외운단 말인가. 하물며 이 반지를 소비에슈가 라스타에게 주었다는 걸 아는 사람도 거의 없었다. 나조차도 소비에슈가 사막의 꽃 이야기를 하지 않았더라면 몰랐을 테고.

그런데 이걸 랑드레 자작은 어떻게 알고 있던 거지?

'아니. 지금은 이게 중요한 게 아니잖아.'

최대한 빨리 사건을 처리해야 했다. 나는 보고서를 책상 안 비밀 서랍에 감추어두고서, 그 길로 바로 본궁으로 갔다. 평소 내가 자주 사용하는 업무실로 가는 대신, 소비에슈의 집무실로. 소비에슈는 생각에 잠긴 얼굴로 집무실 안을 서성이고 있다가 놀라 나를 쳐다 보았다.

"황후? 무슨 일이 있소?"

소비에슈는 아직 내가 랑드레 자작에게 다녀온 일에 대해 모르는 눈치였다.

"네."

"무슨 일이오?"

"랑드레 자작에 대한 일입니다."

"……그 일은 황후가 간섭할 일이 아니오."

"랑드레 자작에 대한 처형을 추방형으로 바꾸어줘요."

"간섭할 일이 아니라 하였소."

단호하게 말한 소비에슈는 귀찮다는 듯 손을 저었다.

"그 일을 이야기하러 온 거라면 나가보시오."

"폐하."

"나도 여러모로 심란하지만, 라스타는 지금 내 아기를 임신하고 있소, 황후. 랑드레 자작은 의도한 게 아닐지 모르지만 내 아기를 죽일 뻔했고."

"랑드레 자작이 왜 그랬는지는 중요하지 않나요?"

"어. 내게 중요한 건 내 아기가 죽을 뻔한 일이지, 그자가 왜 그런 일을 했는지가 아니오."

소비에슈가 다시 한 번 손가락으로 문을 가리켰다.

"그러니 이 일로 싸우러 온 거라면 나가시오."

"그렇다면 랑드레 자작이 조사한 내용은 별개로 처리해야겠군요. 알았습니다."

수긍하고서 뒤돌아 문을 향해 걸어갔다. 몇 걸음을 걸어가자 소비에슈가 "잠시만." 하고 뒤에서 불렀다. 쳐다보자 그가 "무슨 소리오?" 하고 물었다.

"랑드레 자작이 조사한 내용을 별개로 처리하다니?"

"그가 라스타 양을 찌른 이유. 그가 조사한 투아니아 공작 부인의 허위 정보에 대한 사건."

"뭐?"

"이건 폐하의 아기가 죽을 뻔한 일과 별개의 사건이니까요."

4
동정심뿐인가요?

잠시 나를 물끄러미 바라보던 소비에슈가 헛웃음을 지었다.

"지금 그 말, 그거요? 랑드레 자작을 추방형으로 바꾸지 않으면, 황후가 라스타에 대해 안 좋은 소문을 퍼뜨리겠다고?"

"소문을 퍼뜨리다니요. 보고서를 공식화하려는 것뿐입니다. 아, 관련 보고서가 있단 건 아시나요?"

"내가 거기에 넘어갈 것 같소?"

"폐하께서 넘어오든 아니든 상관없어요. 폐하께서는 랑드레 자작을 법대로 처리하세요. 난 라스타 양을 법대로 처리할 생각이니까."

"법대로 처리하다니?"

"라스타 양은 가짜 정보를 조작해 공작 부인의 명예를 떨어트리고 공작과의 이혼을 조장했으며, 사교계 내에서의 평판을 떨어트렸습니다. 사람까지 매수할 정도로 '적극적'으로요. 이럴 경우 감옥에 묶어두고 채찍질을 하게 되어 있지요."

"!"

"그대로 할 겁니다."

소비에슈의 어이없단 시선이 피부를 따끔하게 했다. 그는 진심
으로 내 말을 황당하게 여기는 것 같았다.

"아니, 아무리 라스타가 싫어도 그렇지. 어떻게 살인을 저지르려
던 자를 두둔하는 거지?"

코앞에 선 소비에슈가 까만 눈동자로 나를 쳐다보았다.

"폐하께서 거짓 정보로 한 사람의 인생을 망치려던 사람을 두둔
하는 것과 같겠지요."

"두 개가 같소? 라스타가 한 일은 사교계에서 자주 발생하는 일
이오."

"그러면 이 일이 터져도 모두가 이해해주겠군요. 사교계에서 자
주 발생하는 일이라고."

"진짜 말을……."

소비에슈가 숨을 거칠게 뱉으며 확 돌아섰다. 후 후 하는 소리가
뒤에서도 들려왔다. 마침내 좀 진정이 된 건지, 소비에슈는 확 돌아
서며 내게 날카롭게 빈정거렸다.

"황후는 동정심이라는 게 없소?"

"있습니다. 그러니 랑드레 자작을 구하려 하는 거지요."

"……."

"저도 뭘 하나 물어도 되나요?"

소비에슈는 대답 대신 나를 째려보았다.

나는 정말로 궁금하단 얼굴로, 눈썹을 올려 뜨며 물었다.

"폐하께서는 라스타 양에게 가진 마음이 동정심뿐인가요?"

"뭐?"

"항상 제게 묻지 않습니까. 라스타 양이 가엾지 않냐고."

비꼬려고 한 질문이었으나 소비에슈는 쉬이 대답하지 않았다. 동정심뿐인 건 아니겠지만, 동정심이 다수 섞인 감정이긴 한 모양이었다. 잠시 우리는 말없이 서로를 쳐다보았다.

소비에슈는 여러 가지 감정으로 혼란스러워 보였다. 나한테 화도 날 테고, 그렇다고 라스타가 채찍질을 당하게 두고 싶지도 않을 테고, 하지만 랑드레 자작을 풀어주고 싶지도 않을 테고…….

"좋소."

한참을 그렇게 쳐다보다가 마침내 소비에슈는 항복 선언을 했다. 어차피 내 승리를 확신하고 진행한 일이기에 달리 더 기쁘진 않았다.

"대신 조건이 있소."

"말해봐요."

"보고서. 관련 보고서가 있다 했지. 그걸 내게 주시오."

"랑드레 자작이 떠난 후 드리지요."

최대한 무덤덤한 표정을 유지한 채 대답했다. 소비에슈는 턱에 힘을 꽉 준 채 나를 쳐다보다가, 책상으로 다가가 위에 놓인 종을 눌렀다. 곧 문이 열리고 그의 비서 한 명이 들어왔다.

"랑드레 자작에 대한 처분을 바꾸겠다. 처형이 아니라 추방형으로 한다."

이제 됐냐는 듯 소비에슈가 내 쪽을 향해 눈썹을 들어 올렸다. 대답해주는 대신 예를 갖추어 인사를 한 후 집무실 밖으로 나왔다. 많은 일을 한 것 같은데 아직 저녁때조차 되지 않았다. 하늘은 밝았고 사람들은 소란스럽게 돌아다녔다. 한 사람의 인생이 오가는 몇 시간 동안 세상은 평화롭기만 했다.

이 와중에도 사람들은 황제의 첫 아기 이야기를 하느라 바빴다. 설명하기 어려운 감정이 북받쳐 와서, 나는 괜히 동궁 쪽을 쳐다보았다. 저 안 어딘가에는 라스타가 누워 있겠지.

아직 정신이 들진 않았지만, 눈을 뜨면 그녀의 세상은 달라져 있을 것이었다. 아이가 없는 정부는 계약 기간을 연장하지 않거나 황제에게 버림받으면 그걸로 끝이다. 하지만 아이가 있는 정부에게는 아이라는 연결 고리가 남아 있었다. 황제의 마음이 식어 그녀가 정부 생활을 그만두게 된다 하더라도.

"……."

랑드레 자작을 살리는 데에는 성공했고, 소비에슈와의 말다툼에서도 이겼는데. 전혀 개운하지 않은 건 왜일까. 한숨을 내쉬고 돌아섰다.

"퀸?"

뜻밖에도 돌아서자마자 나는 퀸을 발견할 수 있었다. 퀸은 바위 위에 앉아 있었는데, 부리에 제대로 된 편지 봉투를 물고 있었다.

얼마나 머리가 좋은지, 퀸은 사람들이 지나가자 얼른 수풀 뒤로 숨어버렸다. 사람들이 다 지나가자, 그제야 엉금엉금 기어 나와서는 다시 나를 빤히 바라보았다. 퀸을 보자 혼란스럽던 기분이 많이 가라앉으며 웃음이 나왔다. 다가가자, 퀸은 내 손 위에 편지 봉투를 내려주고는 어딘가로 날아가버렸다.

'안아보려 했는데.'

어색하게 뻗었던 손을 도로 회수하고서, 나는 벤치가 있는 곳으로 걸어갔다. 긴 의자 위에 앉아 봉투를 열었다. 이전의 짧은 쪽지와 달리 이번에는 제대로 된 편지지가 들어 있었다.

형님 몸이 많이 안 좋으시다네요. 걱정.

파란 머리 기사 기억나십니까? 제 기사 겸 비서 겸 사촌인데, 요즘은 원수도 되고 싶은 모양입니다.

그대를 아프게 하는 이들에게 복수하는 법 1. 아주 아름답고 신분 높고 대단한 남자를 애인으로 삼아보면 어떨까요?

그대를 아프게 하는 이들에게 복수하는 법 2. 하인리 왕자에게 부탁한다.

쪽지가 아니기 때문인지 평소보다는 내용이 길었다. 길었다고 해도 전부 조각조각 난 메시지들이었지만.

게다가 웃어야 할지 말아야 할지 애매한 내용이었다. 복수나 이야기나 파란 머리 기사 이야기 등은 재미있었지만, 형님이 아프다니…….

하인리의 형이라면 서왕국의 왕이지. 계속 몸이 안 좋단 이야기를 듣긴 했는데. 더욱 상태가 악화된 걸까? 상태가 많이 나빠지면 하인리 왕자가 서왕국에 불려갈지도 모르겠다. 제1 왕위 계승권자로서 대기하고 있어야 할 테니. 그 생각을 하자마자 문득 괴로워졌다. 하인리 왕자와 퀸 모두가 서왕국으로 가버리다니. 가장 최근에 생긴 친구이지만 가장 편안한 두 친구가 모두 사라지는 것이었다.

"왜 그렇게 표정이 어둡습니까?"

그때 옆에서 목소리가 들려왔다. 놀라 쳐다보자, 하인리 왕자가 단단한 나뭇잎 뭉치 위에 손을 올린 채 서 있었다. 입가에는 짓궂은 미소를 띠고 있었고, 그의 뒤로는 편지에 나와 있던 그 파란 머리 기사가 보였다. 눈이 마주치자 파란 머리 기사가 얼른 내게 인사했다. 하인리 왕자는 손을 저어 그를 뒤로 물린 후, 다가와 에스코트를 청했다.

"잠시 함께 걸어도 괜찮겠습니까, 퀸?"

답답한 마음을 가라앉힐 겸 괜찮을 것 같았다. 나는 고개를 끄덕이고서 몸을 일으킨 후 그의 팔 위에 손을 얹었다.

그 순간. 손 아래에 잡힌 근육이 움찔 떨리는 게 느껴졌다. 나도 모르게 힐긋 눈길이 아래로 갔다. 그래봐야 보이는 건 옷뿐이지만.

다른 사람들에게 에스코트 받은 적은 여러 번 있지만…… 하인리 왕자는 신기할 정도로 유독 근육이 잘 잡히는데. 왜 이런 걸까? 겉보기엔 호리호리한데. 의외로 팔에 근육이 많은 걸까?

'미쳤구나, 나비에! 에스코트해주는 사람한테 이게 무슨 생각이야.'

부끄러운 마음에 얼굴이 열이 오르는데, 하인리 왕자가 대번에 물어왔다.

"덥습니까, 퀸?"

"네?"

"얼굴이 붉습니다."

"조금…… 덥군요."

말을 마치자마자 하필 찬바람이 불어오며 온몸에 소름이 돋았다. 먼발치에서 따라오던 하인리의 기사가 에취 재채기를 하는 소리가 났다. 민망한 기분에 입술을 깨물었다. 옆에서 들려오는 웃음 참는 소리에 얼굴이 화끈거렸다.

"건강하신가 봅니다, 퀸. 감기에 걸리진 않으시겠군요."

"……좀."

어색하게 그의 팔에서 손을 내리자, 하인리 왕자는 결국 웃음소리를 희미하게 흘렸다. 일부러 치마를 꽉 쥐고 턱을 치켜든 채, 나는 서둘러 다른 이야기를 꺼냈다.

"편지가 운동을 많이 한 모양인데. 걱정되겠군요."

"푸흐……."

"!"

진짜…… 딱 다섯 시간만 기절해버리고 싶다. 생각하던 것과 편지 내용이 꼬여버리다니. 하지만 이미 말은 터져 나간 후였고, 하인리 왕자는 필사적으로 웃음을 참느라 입술을 깨물고 있었다.

"네. 튼튼한 편지지를 고르느라 많이 고민했습니다. 퀸이 부리로 물고 가다가 찢어지면 안 되니까요."

억지로 태연한 척 가장했지만, 하인리 왕자가 장난치듯 내뱉은 대답에 표정이 무너지고 말았다. 얄미워서 쏘아보자, 하인리 왕자는 무섭다는 듯 두 손을 모아 비는 흉내를 냈다. 그러면서도 여전히 웃어대느라 바빴지만.

"미안, 하하, 미안합니다."

"말실수였어요."

"압니다. 제가 운동을 많이 하냐 물어보고 싶으셨던 거지요, 퀸?"

"아닙니다. 그대의 형님에 대해 물어보려던 거예요."

"형님은 운동을 많이 안 하십니다."

진짜…… 이 왕자가? 자꾸 장난치는 게 얄미워서 멈춰 섰다. 일부러 차가운 표정을 꾸며내자, 하인리 왕자는 그제야 미안하다면서 제대로 대답했다.

"이전보다 몸 상태가 안 좋다고는 하시는데. '아직' 위험할 정도는 아닙니다. 원래 몸이 약한 분이었거든요."

다행입니다, 라고 하기엔 묘한 말이었다. '아직' 위험하다는 건 나중엔 더 위험해질 가능성이 있다는 게 아니던가. 걱정스레 쳐다보자, 하인리 왕자는 분위기를 환기하려는 듯 활짝 웃으며 물었다.

"제 제안은 생각해보셨습니까?"

"제안이라니요?"

"복수하는 법 1번과 2번."

내 눈치를 살핀 하인리 왕자가 크흠 헛기침을 하며 덧붙였다.

"1번을 추천합니다."

"아름답고 신분 높고 대단한 남자를 애인으로 삼으라고요?"

"원치 않으신다면 가짜 애인이라도……."

중얼거린 하인리 왕자는 다시 내 눈치를 살피더니, 뒷짐을 지고서 딴청을 부렸다. 문득, 그가 말한 '가짜 애인'이 왕자 자신을 가리키는 건 아닐까 싶었다. 그는 소비에슈를 싫어하니까. 소비에슈와 척을 질 만한 일이라면 선뜻 나서고 싶어 하겠지. 하지만 아까 날 놀려댄 게 괘씸했기에 모른 척 물었다.

"카프멘 대공을 염두에 두고 한 말인가요?"

"아니요!"

"딱 카프멘 대공인데."

"아닙니다."

"하지만 그 외에 아름답고, 신분 높고, 대단한 남자가 더 있나요?"

"……."

하인리는 삐진 얼굴로 입술을 단단히 다물고는 "없나요?" 하고 진지하게 물었다. 그러면서 얼굴을 가까이 들이대는 게, 자기가 얼마나 잘생겼는지 한번 똑바로 보고 말해보란 것 같았다. 웃음을 터트리자, 그는 농담이라는 걸 알아들었는지 히죽 웃으며 물었다.

"농담한 거군요?"

"진담인데."

"!"

이래서 하인리 왕자가 아까 날 놀려댄 거구나. 반응하는 게 꽤 재미있다.

"농담이 맞아요."

"그렇죠?"

"네. 원하지도 않는 남자를 곁에 두고서, 맞바람을 피는 것처럼 보이고 싶진 않거든요."

"……그 부분이 농담이었습니까."

"왜요?"

하인리 왕자는 시무룩해진 얼굴로 바닥을 내려다보며 걸어갔다. 본인은 놀림거리가 된 게 섭섭하니 저런 표정이겠지만, 대놓고 감정을 드러내서일까. 안쓰럽기보다는 오히려 귀여워 보였다.

나는 그의 옆에서 나란히 속도를 맞춰 걸으며, 웃음을 참기 위해 억지로 양을 셌다. 그 후로는 둘 다 말없이 쭉 걸어가서 크리스털 하우스 부근까지 갔다.

하인리 왕자는 왜 말이 없는지 모르겠지만, 나는 주위를 감상하느라 말을 할 틈이 없었다. 오늘따라 하늘이 유독 예뻤다. 조금씩 해가 저물며 하늘에서는 붉은빛이 돌았고, 그 붉은빛에 크리스털 하우스의 지붕은 거대한 루비처럼 반짝거렸다. 나는 잠시 그 장면을 멍하니 보았다. 전에도 몇 번 본 광경이지만, 순간 머릿속이 비워지면서 아무런 생각이 나지 않았다.

"제가 서왕국으로 가면……."

멍멍해진 머리를 일깨운 건, 하인리 왕자의 조심스러운 목소리였다. 쳐다보자, 하인리 왕자는 아름다운 집이 아닌 내 쪽을 바라보고 있었다. 해가 저물기 때문일까. 보라색 눈동자가 평소보다 어둡게 보였다.

"서왕국으로 가면……?"

"퀸께선 절 그리워해주실까요?"

구엉 구엉 하는 새소리가 멀리서 들려왔다. 나는 잠시 그를 넋 놓고 바라보다가, 뒤늦게 그의 질문을 이해했다. 서왕국으로 가면 그리워해줄 거냐고? 서왕국으로 돌아간다……? 그래. 하인리 왕자가 퀸과 함께 자신의 나라로 돌아가는구나. 아아. 맞아. 그는 언젠가는 돌아갈 사람이지. 특히 그곳의 후계자이니까.

"……."

먹먹한 기분이 들었다. 어느새 그가 이토록 익숙해져버린 걸까. 소중한 친구가 먼 곳으로 가버린다는 데 희미한 상실감마저 들었다. 어째서 이럴까? 생각해보니, 난 가족들이나 친구들 등 소중한 이들과 멀리 헤어져본 적이 없었다. 결혼한 후 가족들을 많이 만나진 못하지만, 그래도 거리는 멀지 않으니까.

"……그리울 겁니다. 무척."

간신히 평온한 척 대답하였다. 스스로 듣기에도 내 목소리는 제법 차분해서, 예의상 하는 말처럼 들렸다.

"진심으로."

덧붙이자, 하인리 왕자는 서글픈 듯 웃었다.

"지금 당장 떠나는 건 아닙니다."

무어라 대답해야 좋을지 알 수 없었다. 루비 같은 지붕으로 고개를 돌렸다. 힐긋 시선만 옆으로 옮겨 보니, 하인리 왕자는 회중시계를 꺼내 시간을 확인하고 있었다.

"늦었군요."

중얼거린 그는 바래다주겠다며 서궁으로 향하는 길을 잡았다.

소비에슈는 보고서를 든 채 책상머리에 앉아 있었다. 그는 무언가를 심각하게 고민하는 얼굴이었다. 소비에슈의 수석비서인 카를 후작은, 곁에 선 채 눈치를 살피다가 조심스럽게 물었다.

"폐하. 라스타 양을 어찌할지 고민하시는 겁니까?"

"어찌하긴 뭘 어찌해. 임신한 사람에게 벌을 내리겠느냐 뭘 어찌 겠느냐."

하지만 벌써 두 시간째 고민 중이지 않으십니까……. 카를 후작 은 속으로만 중얼거리다가 자신의 의견을 말했다.

"의외로운 일이긴 하지만, 폐하. 신분 낮은 정부가 사교계에서 살아남으려면 이 정도 방어 능력은 있어야 합니다."

"방어라……."

"티파티에서 공작 부인과 라스타 양이 부딪친 일이 있다던데. 그 일 때문에 벌인 짓이 아닐까요?"

"……글쎄."

소비에슈는 미간을 찡그렸다. 그 중얼거리는 소리를 듣자, 카를 후작은 소비에슈의 생각을 도무지 알 수가 없어졌다. 공작 부인을 방어하기 위해 한 일이 아니라 여기시나?

"앞으로도 이런 일이 벌어질까 염려되신다면 따끔하게 일러두 시는 게 어떨까요?"

"카를 후작."

"예, 폐하."

"그 일은 내 집안일이니 자네가 나설 일이 아니다."

"죄송합니다."

딱 잘라 선을 그은 소비에슈는 한숨을 내쉬고서, 카를 후작에게 들고 있던 보고서를 내밀었다. 카를 후작은 보고서를 받아 들며 물었다.

"보고서를 파기할까요?"

속내야 어찌 되었든 소비에슈는 이 일을 묻고자 하는 게 분명했다. 그렇다면 확실하게 관련된 보고서를 없애야 후환이 없었다. 그러나 소비에슈는 잠시 생각하는 듯하다가 전혀 의외인 지시를 내렸다.

"……일단 보관해두지."

"임신했다고요……?"

소비에슈는 고개를 끄덕였다.

라스타는 멍한 표정이었다. 깨어나자마자 뜻밖의 소식을 들었으니, 그럴 만도 했다. 라스타는 두 손으로 자신의 배를 감쌌다.

"내가 임신…….

"첫 임신이라 무섭기도 하겠지만…… 고맙다."

소비에슈는 허리를 굽혀 라스타를 꽉 끌어안았다. 팔 안쪽으로 라스타가 떨리는 게 느껴졌다. 소비에슈는 여린 등을 토닥거리며 거듭 고맙다고 말했다. 그는 늘 아기를 원했고, 아버지가 되고 싶었다. 단순히 황위를 이을 후계자가 필요한 걸 떠나서, 단란한 가정은 그가 꿈꾸어온 이상적인 소원이었다. 그 꿈을 맞이한 지 몇 달밖에 되지 않은 정부가 이루어주다니…….

하지만 기쁜 와중에도 막연히 불안한 기분이 들었다. 가장 좋은 구도는 황후와의 사이에서 첫 아이가 태어나는 것이었다. 정부의 자녀들은 후계자가 될 수 없다지만, 부모 자식 간의 사이가 그렇게 쉽게 끊어질 수는 없는 법. 영리한 서자들은 여러 다툼의 씨앗이 되곤 했다. 소비에슈는 자신의 대에서는 절대로 그런 일이 없게 하고 싶었다. 그런데 결국 서자가 먼저 태어나게 되었으니, 기쁘면서도 불안했다.

"폐하. 이 안에, 이 안에 우리의 아기가 들어 있어요……."

하지만 이제 막 아기를 가진 사람 앞에서, 이런 내색을 할 수는 없었다. 그는 불편한 마음을 누르며 웃는 낯으로 라스타의 배에 가만히 손을 올렸다.

"그리 신기한가?"

"네. 아무 느낌이 없는데…… 너무 신기해요."

중얼거리는 라스타에게, 옆에 있던 궁의가 조심스레 물었다.

"라스타 양, 혹시 월경 주기가 불규칙한 편입니까?"

라스타는 얼굴이 벌게져서 고개를 끄덕였다.

"네. 네. 그래서 임신은 생각하지도 못했어요. 항상 불규칙해서……."

"몸에 좋은 약과 식단을 짜드리겠습니다. 당분간은 처방해드린 음식을 위주로 드십시오."

궁의가 나간 후, 소비에슈는 라스타 옆에 나란히 앉으며 물었다.

"먹고 싶은 거, 가지고 싶은 거, 무엇이든 원하는 게 있거든 다 말하거라."

"다……요?"

"산모가 행복해야 태어날 아기도 행복해지지."

"!"

그 순간, 눈가가 그렁그렁하던 라스타가 울컥 눈물을 터뜨렸다.

"라스타?"

소비에슈가 놀라 얼굴을 들게 하려 했으나, 라스타는 허리를 숙여 얼굴을 무릎에 묻었다.

"어디가 아픈 것이냐? 라스타. 이리 봐야지? 궁의를 다시 불러올까?"

"그게 아니라아……."

"?"

"너무 들어보고 싶던 말이었어요."

"라스타?"

소비에슈는 어리둥절해서 라스타의 고개를 억지로 들게 했다. 그녀는 평소처럼 귀엽고 예쁘게 울지 않았다. 남들 시선조차 신경 쓰지 못하고 펑펑 쏟아내듯 울고 있었다. 한참을 그렇게 끅끅 울다가, 라스타는 팔을 뻗어 소비에슈에게 폭 안겼다.

"폐하는 라스타의 구원자세요. 폐하는, 라스타가 폐하를 얼마나 사랑하는지 모를 거예요."

그러나 라스타의 한없이 치솟았던 기분은, 다음 날 에르기 공작을 만난 후 도로 바닥에 내팽개쳐졌다. 생명을 구해주어서 고맙단 이야기를 하는 라스타에게, 에르기 공작은 심각한 표정으로 이야기했다.

"림웰에 다녀왔는데, 아가씨. 아무래도 로테슈 자작이 데리고 있다던 아이…… 아가씨 아기가 맞는 것 같아."

라스타는 눈이 커다래져서 그를 쳐다보았다. 첫아기를 가졌을 때, 단 한 번도 들어보지 못했던 말들과 축하를 들으며 한껏 부풀었던 마음에 커다란 바늘을 푹 꽂아 넣은 기분이었다.

"신전에 검사를 의뢰해봤나요?"

라스타는 두 손으로 자신의 배를 감싸며 물었다. 사랑받지 못한 채 태어났던 첫째가, 사랑받으며 살아갈 둘째의 발목을 붙잡으려는 것 같아 두려웠다.

에르기 공작은 고개를 저었다.

"아니."

"그러면 검사부터……."

"누가 봐도 아가씨 아기였어. 아가씨와 똑같이 생겼거든."

"!"

라스타는 얼굴이 파랗게 질렸다. 이렇게 된 이상 빼도 박도 할 수 없었다. 로테슈 자작에게 꽉 잡힌 채, 입을 막는 대가로 돈을 뜯기는 수밖에. 그런 라스타를 가만히 응시하다가, 에르기 공작이 웃으면서 제안했다.

"전에도 말했지만, 필요한 돈은 내가 빌려줄 수 있어 아가씨."

아주 쉬운 일이라는 듯, 별거 아니라는 듯 가벼운 목소리였다. 당장 돈을 마음대로 쓸 수 없던 라스타는 겁이 나 물었다.

"얼마……까지요?"

이전에는 돈을 빌리는 일에 아주 조심스러웠다. 하지만 상황이 달라졌다. 배 안에 이젠 황제의 아기가 들어 있었다. 행복이 발목

아래까지 흘러들어왔다. 돈은 몇 년 후면 얼마든지 사용할 수 있을 테니, 무슨 수를 써서라도 로테슈 자작이 이 행복한 울타리 안에 들어오지 못하도록 막아야 했다.

"얼마든."

라스타는 한참을 머뭇거리다가 물었다.

"그러면 1,000크랑도 가능한가요……?"

"1만 크랑 빌려주지."

에르기 공작은 본인의 말처럼, 시원스럽게 금액을 올려 잡은 후 제자리에 앉아 주머니에서 종이 한 장을 꺼냈다. 서명이 되어 있지 않은 차용증이었다. 그는 차용증에 자신의 이름과 사인을 한 후, 금액에 '1만 크랑'이라고 적었다.

"자."

이어서 그가 품 안에서 꺼낸 건 5,000크랑짜리 전표 두 장이었다. 월대륙에서 가장 신용도가 높다는 거대한 상단에서 발행한 것이었다.

"고마워요……."

라스타는 에르기 공작이 내민 차용증에 서명한 후, 전표를 챙기며 인사했다. 적어도 이걸로 당분간은 로테슈 자작의 입을 막을 수 있었다.

"계속 휩쓸려 다니면 피곤하니까, 적당히 떨어뜨릴 방법도 생각해봐."

"좋은 방법이 있나요……?"

"글쎄. 이 경우는 나도 잘 알 수 없어서."

에르기 공작은 울상을 짓고 있는 라스타를 향해 힘내라 건성으로 말하고서 문으로 나갔다. 문밖으로 나가기 전. 그는 잠시 문 옆을 잡은 채 상체만 돌아보며 물었다.

"그런데 아가씨."

"네?"

"자작이 데리고 있는 아기. 딸인지 아들인지는 안 궁금해?"

"그래……. 깨어났다고."

저녁 무렵. 업무를 마치고 온 내게 로라가 들려준 소식은 라스타가 무사히 일어났단 거였다. 게다가 소비에슈가 라스타에게 기념 선물이라면서 커다란 안락의자를 주었단 내용도 덧붙였다.

최대한 무덤덤한 척 웃고서 책상 앞에 앉았다. 그렇지만 기분이 가라앉은 티가 났는지, 시녀들은 체스 두던 걸 관두고 얼른 내 곁으로 몰려들어서 온갖 이야기를 해주었다. 듣고 보니, 라스타에 대한 것뿐만이 아니라, 전체적으로 여러 가지 희한한 이야기가 많은 날이었다.

"투아니아 공작 부인이 공작과 이혼하기로 했나 봐요. 하지만 합의가 안 되어서, 결국 재산 분할 재판에 들어갔대요."

"랑드레 자작은 어제 추방형을 당했대요, 황후 폐하."

하지만 개중 가장 뜻밖의 소식은 그들에 대한 게 아니었다.

"황후 폐하. 로테슈 자작 생각나세요? '그 여자'가 자기 노예였다고 주장했던 그 남자요."

라스타의 옛 주인……. 소비에슈가 묻어버리기는 했지만 정말로 라스타의 옛 주인이었던 남자. 당연히 이름을 모를 리가 없었다. 그런데 갑자기 그자가 왜? 의아해 쳐다보자, 시녀가 속삭이듯 말했다.

"로테슈 자작이 아예 수도에서 살려 한대요. 황궁 근처에 이사 올 거라고, 여기저기 집을 구하러 다닌다던데요?"

그 말을 듣자마자 바로 라스타가 떠올랐다. 소비에슈의 명령으로 로테슈 자작이 말을 바꾸어서 '라스타는 내 노예가 아니다'라고 한들, 과거가 사라질 리는 없었다. 라스타는 그의 노예였다. 그것도 도망 노예. 로테슈 자작이 말을 좀 바꿔주었다고 해서, 사이가 좋아질 수 없는 관계였다. 그런데도 로테슈 자작은 라스타를 위해 투아니아 공작 부인에 대한 정보를 조작하러 돌아다녔지. 게다가 이제는 궁전 근처로 이사를 온다고?

'혹시 라스타, 협박당하고 있는 건가?'

의아해하고 있자니, 로라가 "아 나도 그거 들었는데"라며 끼어들었다.

"집만 구하는 게 아니라, 유모도 같이 구하고 있다던데요? 집에 아기라도 키우나?"

입 밖으로 드러내 할 말은 아니지만…… 솔직한 심정으로, 라스타가 협박을 당하더라도 관여할 마음이 들진 않는다. 본인이 알아서 하겠지. 정 힘들면 소비에슈에게 도와달라 하거나. 설령 소비에슈에게 말하지 못할 일로 협박당한다고 해도, 내가 도와줄 일은 아니라고 생각한다. 나는 라스타에 대한 일을 흘려들으면서, 서랍을 열고 물건을 뒤적거렸다.

'어?'

그때, 손에 단단한 병이 걸렸다. 꺼내어 보니 한 뼘만 한 크기의 예쁜 연분홍색 병이었다.

"응? 이거 전에 그거 아니에요?"

잠시 병을 보고 있자니, 옆에서 로테슈 자작 이야기를 하던 로라 가 외쳤다.

"전에 황후 폐하 선물로 받으신 그거죠? 사랑의 묘약인가?"

"맞아요."

익명으로 온 거라 찝찝해서 사용하지 않았는데. 여기에 놔두고 완전히 잊어버리고 있었다. 이후에 별궁에 가고, 소비에슈가 아프 고, 여러 가지 일들이 있었으니까.

"아예 뜯어보지도 않으셨네요?"

"누가 장난친 것 같아서요."

로라는 히죽거리면서 가까이로 다가와 병을 빤히 들여다보았다. 사랑의 묘약이란 말에 호기심이 도는 것 같았다.

"혹시 진짜일 수도 있지 않을까요?"

"설마요. 이런 게 진짜라면 소문이 날 텐데."

"그치만 세상엔 온갖 것들이 다 있잖아요, 황후 폐하."

그래도 사랑의 묘약이라면 효과가 있자마자 바로 소문이 퍼지지 않을까? 머뭇거리며 병을 내려다보고 있자니, 로라가 눈을 빛내며 말했다.

"한번 사용해보세요, 황후 폐하."

"이걸 사용한다 해도 딱히 사용할 곳이……."

떨떠름해서 대답하자, 로라가 작게 입 모양으로 '황제 폐하'라고 만들어 보였다.

시녀들이 저마다의 볼일을 보러 간 후. 잠들기 전 나는 침대에 누운 채 사랑의 묘약이란 걸 멀뚱히 쳐다보았다.

'도대체 이걸 보낸 사람은 무슨 의도로 보낸 걸까?'

혹시 라스타에게 남편을 빼앗긴 내가 불쌍해 보였나? 아니면 이거, 그냥 독 아닐까? 사랑의 묘약이라 이름 붙인 독? 아…… 맞아. 그러고 보니 카프멘 대공이 마법 아카데미에서 수석 졸업을 했지. 그에게 물어보면 뭔가를 알 수도 있지 않을까? 하인리 왕자도 마법을 잘 사용하는 듯했지만, 그는 아무래도 아카데미 출신이 아니니 이론에 약할 것 같으니까…….

다음 날. 어차피 룁트와의 국교에 대한 일로 의논할 게 많았기에, 나는 약병을 챙겨 들고 궁내의 빈방을 찾아갔다. 며칠 전부터 그곳에서 만나기로 약속이 되어 있었기에 카프멘 대공 역시 곧 그쪽으로 왔다.

"찾으셨다 들었습니다, 황후 폐하."

"전에 말했던 수출입 유망 품목에 대해 작성하였나요?"

"반 정도……."

"이리 줘봐요."

"……"

"뢰트에서 월대륙으로 넘어와 있는 무역상들이 얼마나 되죠?"

"본격적으로 이렇다 할 수치를 내는 무역상들은 없다고 알고 있습니다."

"국가 주도의 사업을 벌이기 전에 유의미한 수치가 필요해요. 최소한의 안전성은 필요하니까요. 시장조사 차원에서 선행 거래를 먼저 해봐도 좋겠군요."

"예."

"그리고 그 외에, 다른 화대륙 국가에서 월대륙과 거래할 품목은 없을까요?"

내가 뢰트 외의 다른 나라들과의 무역도 노린다 여겼는지, 카프멘 대공이 미간을 살짝 찡그렸다.

"글쎄요."

"카프멘 대공 쪽에서 알아봐줘요. 두 나라만의 무역을 하는 것도 좋지만, 뢰트와 우리 동대제국이 각기 화대륙과 월대륙의 중간 유통지가 되어 중개 수수료를 받는 구조를 만드는 것도 좋을 것 같으니까."

"그렇군요."

이후에도 몇 가지 이야기를 더 한 후. 일과 관련된 얘기가 다 끝났을 즈음, 나는 조심스럽게 사랑의 묘약 이야기를 하기 위한 운을 떼보았다.

"카프멘 대공은 아카데미에서 수석을 차지했다 들었는데……."

"예."

"혹시 마법약 쪽에 대해서도 잘 아나요?"

카프멘 대공은 왜 쓸데없는 이야기를 하냐는 듯 나를 힐긋 쳐다보았다. 전에도 생각한 거지만. 역시 이 남자는 날 싫어하는 눈치다. 중요한 무역의 대표로 날 추천하는 건 물론 일 얘기를 할 때는 내 의견을 조심스레 귀담아들으면서도, 그 외의 일에서 그가 보여주는 표정을 보면 알 수 있었다. 물론 나뿐만이 아니라 라스타나 기타 다른 사람들도 모조리 싫어하는 눈치긴 했지만.

'대인 혐오증 같은 걸까?'

"아닙니다."

"네?"

"……마법약에 대해서도 잘 압니다."

"아. 네."

깜짝이야. 내 생각에 대답을 한 줄 알았다. 교묘한 타이밍에 괜히 심장이 쿵덕거렸다. 놀란 마음을 누르며, 나는 가지고 온 분홍색 약병을 꺼냈다.

"괜찮으시다면 이걸 좀 봐주시겠어요?"

"뭡니까?"

카프멘 대공은 눈썹을 치켜올리고는, 내게 내민 약병을 자연스럽게 가져갔다.

"사랑의 묘약……."

"예?"

"생일 선물로 들어온 건데, 사랑의 묘약이라 씌어 있었어요."

괜히 물어본 건가. 카프멘 대공이 미간을 더욱 찡그렸다.

"믿어서 가져온 건 아니에요. 익명으로 와서 찝찝하기도 하고."

하도 어리석게 여기는 표정인지라, 나는 그 약병에 다른 효능을 기대하고 가져온 게 아니란 걸 확실히 덧붙였다. 그래도 카프멘 대공의 표정엔 변화가 없었지만.

"하지만 선물이라 그냥 버리기도 좀 그렇고. 사용하기엔 찝찝해서요. 괜찮다면 이게 해로운 물건인지 아닌지 확인해줄 수 있을까요?"

그러나 사람을 완전히 무시하는 표정을 한 채, 카프멘 대공은 전혀 의외의 말을 했다.

"이게 해로운 건진 모르겠지만, 이런 약이 암시장에 유통되긴 합니다. 어느 정도 효과도 있고요."

"한 번도 이런 약 얘기는 들어본 적이 없는데……."

"암시장에서나 암암리에 유통될 뿐이고, 그조차도 진품이 없는 약이니까요."

카프멘 대공은 말은 시니컬하게 하면서도 퍽 흥미가 가는 눈치였다. 그는 "잠시." 하고 말한 후 돌아서더니, 약병을 잘게 흔들었다. 이후에는 뚜껑을 연 다음 냄새를 맡았다. 몇 차례의 점검을 한 후에야 그는 돌아서며 애매한 어조로 말했다.

"이건 어느 정도 효과가 있는 약 같습니다."

"그럼 이걸 마시면……?"

"처음 본 사람에게 사랑을 느끼게 될 겁니다. 아. 정확히는 사랑에 빠지게 만들어주는 게 아니라, 사랑에 빠졌을 때 나타나는 신체적 효과를 주는 겁니다만……. 심장 박동이 빨라지고 얼굴이 붉어지고 그…… 흠. 있잖습니까. 기타 등등이지요."

참 이상한 물건도 있구나 싶어서 웃음이 터졌다. 이걸 선물한 사람은 정말로 악의 없이, 내가 라스타에게 소비에슈를 빼앗긴 게 가엾어서 보낸 걸까?

잠시 내 눈치를 살피던 카프멘 대공이 툭 지나가듯 말했다.

"원한다면 소비에슈 폐하께 사용해보시지요. 먹인 후 제일 처음 본 사람이 황후 폐하시면 됩니다."

"!"

당혹스러워서 쳐다보자 그가 어깨를 으쓱했다. 자기는 이상한 말 안 했다는 듯이.

나는 어색하게 웃으면서 괜찮다고 중얼거렸다. 그렇게까지 해서 소비에슈의 시선을 끄는 게 자존심이 상하기도 했지만. 솔직히 말하자면, 자존심도 자존심이지만 이 약 자체에 신뢰가 안 갔다.

카프멘 대공은 괜찮다고 말하지만, 이런 획기적인 물건이 입소문을 타지 않을 때는 결국 이유가 있을 테니까. 게다가 약 냄새를 맡아보는 것만으로 효과가 있는지 없는지 알 수 있단 것도 좀…….

그런데 내 표정에서 불신의 기색이라도 드러난 걸까. 약병을 도로 가져가려고 하는데, 카프멘 대공이 불쾌하다는 듯 도로 약병을 자기 쪽으로 잡아당겼다. 그러고는 "못 믿으시나 본데……"라고 중얼거리며 병마개를 다시 열었다.

"제가 효과를 직접 보여드리지요."

"아니, 그럴 필요는……."

"어차피 해독제가 있느니 괜찮습니다."

"해독제라니요?"

그걸 왜 그쪽이 가지고 있냐고 묻기도 전에, 카프멘 대공은 약을 한 모금 마신 후 나를 바라보았다. 놀라서 눈이 마주치는 순간. 문이 덜컹 열리며 누군가 들어왔다.

"황후?"

2권에서 계속

재혼 황후 1

초판 1쇄 발행 2019년 10월 17일
초판 14쇄 발행 2022년 12월 26일

지은이 알파타르트
펴낸이 김문식 최민석
총괄 임승규
기획편집 박소호 김재원 이혜미
　　　　　조연수 김지은 정혜인
디자인 배현정
제작 제이오

펴낸곳 (주)해피북스투유
출판등록 2016년 12월 12일 제2016-000343호
주소 서울시 성북구 종암로 63, 5층(종암동)
전화 02)336-1203
팩스 02)336-1209

ISBN 979-11-6479-028-9 (04810)
　　　　979-11-6479-027-2 (세트)